荣 获

新闻出版总署优秀畅销书奖
全国优秀古籍图书普及读物奖
第十七届山西省优秀图书一等奖
第二届山西出版政府奖
山西出版集团2008年度十种好书

全套藏书累计销售500万册

诸子百家卷

《诗经》《尚书》《礼记》《楚辞》《论语·大学·中庸》《孟子》
《老子》《庄子》《荀子》《韩非子》《孙子兵法·尉缭子·鬼谷子》
《墨子》《周易》《山海经》《吕氏春秋》《三十六计》

名家选集卷

《三曹诗集》《陶渊明集》《王勃集》《王维集》《孟浩然集》
《高适集》《岑参集》《李白集》《杜甫集》《白居易集》
《刘禹锡集》《元稹集》《李商隐集》《李贺集》《杜牧集》
《韩愈集》《柳宗元集》《李煜集》《欧阳修集》《王安石集》
《苏轼集》《黄庭坚集》《柳永集》《秦观集》《周邦彦集》
《李清照集》《辛弃疾集》《陆游集》《范成大集》《杨万里集》
《姜夔集》《文天祥集》《元好问集》《唐寅集》《张岱集》
《三袁集》《李贽集》《傅山集》《纳兰性德集》《袁枚集》
《郑板桥集》《龚自珍集》

史著选集卷

《左传》《国语》《战国策》《史记》《汉书》《后汉书》《三国志》
《资治通鉴》

综合选集卷

《唐诗三百首》《宋词三百首》《元曲三百首》《千家诗》《古文观止》
《汉魏六朝小赋骈文选》《唐宋八大家文选》《明清小品文选》

笔记杂著卷

《蒙学六种——三字经·百家姓·千字文·增广贤文·幼学琼林·格言联璧》
《颜氏家训·朱子家训》《世说新语》《金刚经·坛经·心经·地藏经》
《曾国藩家书》《菜根谭·小窗幽记·幽梦影》《浮生六记》《闲情偶寄》
《近思录》《徐霞客游记》《古代书信精选》

戏曲小说卷

《元杂剧精选》《西厢记》《牡丹亭》《长生殿》《桃花扇》《今古奇观》
《三国演义》《水浒传》《西游记》《红楼梦》《聊斋志异》《儒林外史》
《封神演义》《话本小说选》《文言小说选》

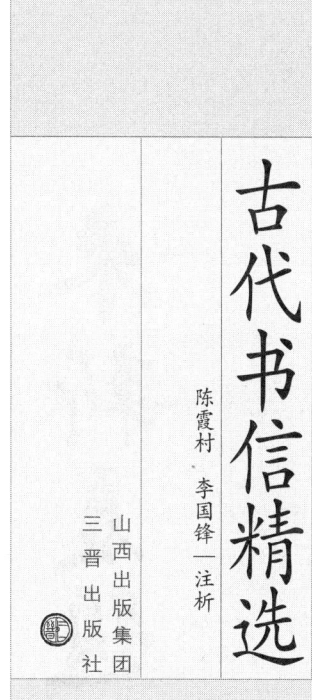

中国家庭基本藏书 笔记杂著卷

古代书信精选

陈霞村 李国锋 注析

山西出版集团
三晋出版社

博学工作室

修身齐家读书是福

来新夏题

· 南开大学教授来新夏先生为《中国家庭基本藏书》题词

前言

笔记杂著卷

书信是一种常用的社会交际工具，也是一种重要的文学体裁。

东汉许慎《说文解字叙》说："著之竹帛谓之书。"原来文字产生初期，凡是刻在金石上、写在竹帛上的文字材料都称为"书"。"书"是一切著述的泛称。到了春秋时期，各国交往频繁起来，经常互派使者传达外交辞令，除了口头传达之外，也有用书面形式传达的，最早的书信便这样出现了。但其内容大多限于国事军务，个人思想感情的因素很少。进入战国时期，书信开始突破了"公文"、"国书"的限制，表达个人的愿望，谈论自身的命运，成为书信的核心部分。到这时候，书信才真正成为一种个人与个人之间传递信息、交流感情的独立文体。至于家书——家人父子之间的书信，大约到了汉代才出现的，时间就更晚一些了。魏晋以后，书信的内容日趋丰赡，风格更加多样，也更注重文采了。

至于书信的名称，尤其繁多，有"书"、"简"、"札"、"牍"、"笺"、"柬"、"函"、"启"、"疏"等，有的是书写材料不同，有的是双方关系不同，有的是篇幅长短不同，如"简"、"牍"表示写在木片、竹简上，"疏"、"启"用于呈送帝王、皇后、太子、大臣等，

"札"、"笺"表示形式短小简便。此外，又有"书简"、"书牍"、"书札"、"书翰"、"书启"、"书函"、"尺牍"、"尺素"、"信函"等等。现在"书信"成了通用的名称，但在古代，"书"是"书"，"信"是"信"，二者并不等同。古代所谓的"信"，有三种指称：一是指凭证、信物，即符节、契券之类。《墨子·号令》："大将使人行，守操信符。信不合及号不相应者，伯长以上辄止之。"这里"信符"并举，"信"指所持的身份凭证。二是指信息、消息。汉代扬雄《太玄·应》："阳气极于上，阴信萌乎下。"这里"信"指消息。三是指传递消息的使者。《世说新语·文学》："司空郑冲驰遣信就阮籍求文。"《资治通鉴·晋纪·成帝咸和二年》："宜急追信改书。"以上"信"都指送信的使者。根据考证，"书信"连用指信，初起于晋代。《晋书·陆机传》："我家绝无书信，汝能赍书取消息不？"晋代王羲之《杂帖》："朱处仁今何在？往得其书信，遂不取答。""书信"广泛使用，则是近代以后的事。

古代有雁足传书(见于《汉书·苏建传》附《苏武传》)、鲤鱼传书(见于汉代蔡邕《饮马长城窟行》诗)的传说，故而诗文作品中用"鸿"、"雁"、"鲤"、"鱼"代称书信。南朝梁代王僧孺《捣衣》诗："尺素在鱼肠，寸心凭雁足。"唐代王勃《采莲曲》："不惜西津交佩解，还羞北海雁书迟。"元代柳贯《舟中睡起》诗："江驿比来无雁帛，水乡随处有鱼罾。"《旧五代史·唐·李袭吉传》："山高水阔，难追二国之欢；雁逝鱼沉，久绝八行之赐。"晋代傅咸《纸赋》："鳞鸿附便，援笔飞书。"元代王实甫《西厢记》三本一折："自别颜范，鸿稀鳞绝，悲怆不胜。"唐代独孤及《为吏部李侍郎祭苏州李中丞》文："白马龙輴，鲤鱼遂绝。"宋代刘才邵《清夜曲》："门前溪水空粼粼，鲤素不传娇翠颦。"元代方回《赠吕肖卿》诗之三："溢浦稀鱼素，阳山杳雁程。"唐代韦皋《赠玉箫》诗："长江不见鱼书至，为遣相思梦入秦。"宋代晏几道《生查子》词："关山魂梦长，鱼雁音尘少。"唐代羊士谔《寄江陵韩少尹》诗："蜀国鱼笺数行字，忆君秋梦过南塘。"现在仍用"海外飞鸿""远方来鸿"之类说法，可见影响多么深远。

书信这种文体，有其特定的使用范围和适用对象，因此与其他文体相比较，确有许多特点。第一，书信作为个人之间倾诉心声的载体，它的接触范围极其有限，一般只限于写信者与收信者之间，因此可以畅所欲言，较少顾忌，没有必要掩饰做作，它能比较真实地反映历史事实的本来面目、作者内心的思想感情，具有一般史料所无法代替的价值。司马迁在朝廷上为被俘的李陵说了几句公道话,触怒了汉武帝,竟被处以宫刑,受刑之后又任命他为一向由宦官担任的中书令,这对注重个人、家族声誉的士大夫来说简直是奇耻大辱,让人痛不欲生。但他为了完成《史记》这部不朽之作,忍辱含垢,坚持写作。这种埋在内心深处的冤屈、痛楚、怨愤,只能在给朋友写信(《报任安书》)时尽情抒发和倾吐。晋惠帝太子司马遹被贾后设计害死,这样一桩宫闱冤案,却在《遗王妃书》中留下了原始记录。第二,内涵广泛,笔法灵活。在书信中有的表达远隔千里的思念,有的抒发不满现实的愤懑,有的叙述家庭生活琐事,有的谈论国家大政方针,有的描写旅途自然风光,有的记载异乡风俗民情,总之,抒情、记事、说理、写景,都可以用。但它又不像史传、政论、游记那样讲究格式正规、布局严密、词句典雅,不拘一格,信笔挥洒。第三,富于抒情成分。所有书信,不论是写给父母的,写给子女的,还是写给同事、朋友的,都在字里行间渗透着深厚的情意;即使写给政敌,展开论战的书信,也都坚持以礼待人,尊敬对方的态度,决不使用谩骂、污辱的口吻。第四,充满哲理。很多古代书信出自历史名人、文章巨匠,谈论修身养性的经验,为人处世的方法,治国救民的智谋,行兵布阵的策略,读书写作的心得,释疑解惑的体会,探求学问的奥秘,领悟人生的真谛,饱含哲理,耐人寻味。

我国古代书信历史悠久,佳作如林,不仅许多名家文集列有"书疏"或"书启"一体,而且像明代张居正《张文忠公书牍》、归有光《震川尺牍》,清代郑燮《郑板桥家书》、曾国藩《曾国藩家书》这类书信专辑也很可观。改革开放以来,在神州大地上呈现了翻天覆地的巨大变化,经济繁荣,文化振兴,整理研究古代文化遗产也受到了重视,人们对研究鉴赏古代书信的兴趣越来越强烈了。为了帮助广大群众尤其是青少年朋友们从古代书信名作中汲取精神营养,我们从20世纪80年代选注的《历代名人家书选》(山西教育出版社1989年版)中选出部分家书,并且扩大范围,增选各类书信,一共选出历代书信优秀作品七十多篇,每篇介绍作者,注释词语,并对其思想内容、艺术技巧做出简要评析,以便读者接近原作。末附这些书信中的名言警句(正文中用着重号标注),便于读者吟诵。不妥之处,切盼专家学者和读者朋友给予指正!

陈霞村
2008年5月

目录

前言 / 001

◎ 先秦汉魏

乐　毅·报燕惠王书 / 001
燕王喜·遗乐间书 / 004
司马迁·报任安书 / 006
孔　臧·与子琳书 / 013
杨　恽·报孙会宗书 / 015
刘　向·诫子歆书 / 018
马　援·诫兄子严、敦书 / 019
朱　浮·为幽州牧与彭宠书 / 021
徐　淑·答夫秦嘉书 / 024
孔　融·论盛孝章书 / 026
曹　洪·与世子曹丕书 / 028
诸葛亮·诫子书 / 033
诸葛亮·诫外生书 / 034
孙　权·让皎书 / 035
曹　丕·与吴质书 / 036
曹　植·与杨德祖书 / 040
嵇　康·与山巨源绝交书 / 043

◎ 两晋南北朝隋唐

刘　琨·答卢谌书 / 051

司马遹·遗王妃书 / 053
陶渊明·与子俨等疏 / 055
范　晔·狱中与诸甥侄书 / 058
鲍　照·登大雷岸与妹书 / 062
谢　朓·拜中军记室辞隋王笺 / 066
丘　迟·与陈伯之书 / 069
吴　均·与朱元思书 / 073
魏长贤·复亲故书 / 074
王　维·山中与裴秀才迪书 / 079
李　白·与韩荆州书 / 080
韩　愈·应科目时与人书 / 083
韩　愈·答李翊书 / 085
白居易·与元九书 / 087
白居易·与元微之书 / 099
舒元舆·贻诸弟砥石命 / 101
李　翱·寄从弟正辞书 / 106
柳宗元·贺进士王参元失火书 / 108
柳宗元·答周君巢饵药久寿书 / 110

◎ 宋元明清

欧阳修·与张秀才第二书 / 113
欧阳修·与高司谏书 / 116
欧阳修·与尹师鲁书 / 120
苏舜钦·答韩持国书 / 122
曾　巩·寄欧阳舍人书 / 127
曾　巩·谢杜相公书 / 129
司马光·训俭示康 / 131
苏　轼·答秦太虚书 / 136
苏　轼·答谢民师书 / 140
王安石·答司马谏议书 / 142
陆　游·答王樵秀才书 / 144
陆　游·答陆伯政上舍书 / 147
谢枋得·与李养吾书 / 150
文天祥·与方伯公书 / 152
方孝孺·答许廷慎书 / 155
文徵明·与郡守肃斋王公书 / 157
唐顺之·答茅鹿门知县书 / 160
宗　臣·报刘一丈书 / 164
李　贽·答以女人学道为见短书 / 166
袁宏道·与汤义仍 / 169
袁宏道·与龚惟长先生 / 170
傅　山·与戴枫仲 / 173
黄宗羲·谢陈介眉代辞博学宏儒书 / 175
侯方域·与阮光禄书 / 178
张煌言·复郎廷佐书 / 182
夏完淳·狱中上母书 / 186
郑　燮·范县署中寄舍弟墨第三书 / 189
郑　燮·范县署中寄舍弟墨第四书 / 192
袁　枚·与香亭 / 195
袁　枚·与书巢 / 199

姚　鼐·复鲁絜非书 / 204
林则徐·家　书 / 207
彭端淑·为学一首示子侄 / 212
曾国藩·与澄、温、沅、季四弟书 / 214
曾国藩·与沅、季二弟书 / 216
左宗棠·谕孝威、孝宽 / 218

梁启超·与蕙仙书 / 221
林觉民·与妻书 / 224
章炳麟·驳康有为论革命书 / 227

◎附　录

《古代书信精选》名言警句 / 253

◎先秦汉魏

报燕惠王书

乐 毅

【题解】

乐毅，战国时著名将领。魏国灵寿(今河北灵寿西北)人，将军乐羊之后。魏昭王时奉命出使燕国，留下任为亚卿。前284年，任上将军，率秦、韩、赵、魏、燕五国联军击溃齐军。继而又率燕军攻破齐国都城临淄(今山东淄博西北)。由于战功卓越，封昌国君。昭王去世，惠王即位，中齐国反间计，用骑劫代乐毅为统帅。乐毅逃往赵国，封望诸君。一直到死。

燕惠王害怕乐毅乘着齐军反击、燕军溃退的机会进攻燕国，派人送信责难乐毅背弃燕国投奔赵国。乐毅在这封回信中先从"故察能而授官者，成功之君也；论行而结交者，立名之士也"立论，进而赞美先王重用贤才，担忧君主听信谗言，表白自己来到赵国避难是为了维护先王的英明，保全自己的名誉，委婉地驳斥了对方的责难，而且彰显了自己坚持君子交际之道，做人光明磊落，决不乘人之危的坦荡胸怀。文章措词委婉，主旨明畅。叙述、议论中间，时时流露对于先王的知遇之恩的无限感激和君主遇合、建功成名的无比荣幸，颇有感染力量。

本文选自《战国策·燕策二》。

【原文】

臣不佞[1]，不能奉承先王之教，以顺左右之心[2]，恐抵斧质之罪以伤先王之明[3]，而又害于足下之义[4]，故遁逃奔赵。自负以不肖之罪[5]，故不敢为辞说[6]。今王使使者数之罪[7]，臣恐侍御者之不察先王之所以畜幸臣之理[8]，而又不白于臣之所以事先王之心[9]，故敢以书对。

臣闻贤圣之君，不以禄私其亲[10]，功多者授之；不以官随其爱，能当之者处之[11]。故察能而授官者，成功之君也；论行而结交者，立名之士也。臣以所学者观之，先王之举错[12]，有高世之心[13]，故假节于魏王[14]，而以身得察于燕。先王过举[15]，擢之乎宾客之中[16]，而立之乎群臣之上。不谋于父兄，而使臣为亚卿[17]。臣自以为奉令承教，可以幸无罪矣，故受命而不辞。

先王命之曰："我有积怨深怒于齐[18]，不量轻弱而欲以齐为事。"臣对曰："夫齐，霸国之馀教也[19]，而骤胜之遗事也[20]，闲于兵甲[21]，习于战攻，王若欲攻之，则必举天下而图之。举天下而图之，莫径于结赵矣[22]！

且又淮北、宋地[23]，楚、魏之所同愿也，赵若许约，楚、魏、宋尽力，四国攻之，齐可大破也。"先王曰："善。"臣乃口受令，具符节[24]，南使臣于赵。顾反命[25]，起兵随而攻齐。以天之道，先王之灵，河北之地[26]，随先王举而有之于济上[27]。济上之军，奉令击齐，大胜之。轻卒锐兵，长驱至国[28]。齐王逃遁走莒[29]，仅以身免[30]。珠玉、财宝、车甲、珍器尽收入燕。大吕陈于元英[31]，故鼎反于历室[32]，齐器设于宁台[33]，蓟丘之植[34]，植于汶篁[35]。自五伯以来[36]，功未有及先王者也！先王以憖其志[37]，以臣为不顿命[38]，故裂地而封之，使之得比乎小国诸侯。臣不佞，自以为奉令承教，可以幸无罪矣，故受命而弗辞。

　　臣闻贤明之君，功立而不废，故著于春秋[39]；蚤知之士[40]，名成而不毁，故称于后世。若先王之报怨雪耻，夷万乘之强国[41]，收八百岁之蓄积[42]，及至弃群臣之日[43]，馀令诏后嗣之遗义[44]，执政任事之臣，所以能循法令顺庶孽者[45]，施及萌隶[46]，皆可以教于后世。臣闻善作者不必善成，善始者不必善终。昔者，伍子胥说听乎阖闾[47]，故吴王远迹至于郢[48]。夫差弗是也[49]，赐之鸱夷而浮之江[50]。故吴王夫差不悟先论之可以立功[51]，故沉子胥而不悔[52]。子胥不蚤见主之不同量[53]，故入江而不改。夫免身全功以明先王之迹者，臣之上计也！离毁辱之非[54]，堕先王之名者[55]，臣之所大恐也！临不测之罪，以幸为利者[56]，义之所不敢出也！

　　臣闻古之君子，交绝不出恶声[57]；忠臣之去也，不洁其名[58]。臣虽不佞，数奉教于君子矣！恐侍御者之亲左右之说而不察疏远之行也[59]，故敢以书报！唯君之留意焉[60]！

[1]不佞(nìng)：谦辞，不才，没有才能。佞，才智。

[2]左右：对燕惠王的尊称，如说"执事"。

[3]斧质：处死的刑具大斧和砧板，指处死的大罪。质，通"锧"。

[4]足下：对燕惠王的尊称。

[5]自负：自身背负，自己承担。不肖：不像样子，不贤，不好。

[6]辞说：辩解。

[7]数(shǔ)：列举(罪状)，一一责难。

[8]侍御者：君主身边侍奉的人，借指燕惠王。畜：收留。幸：宠幸，爱护。

[9]白：明了，理解。　事：侍奉，效力。

[10]私：用为动词，私自赏给。　亲：亲信。

[11]当：相符，胜任。　处：安排。

［12］举错：举动措置。错，通"措"。

［13］高世：超出当世，超出世俗。

［14］假节：取得出使外国的符节。节，出入关卡的凭证。假节于魏，是说魏王派他出使燕国。

［15］过举：破格提拔，含有自谦的意思。

［16］擢(zhuó)：提升。

［17］亚卿：地位仅次于正卿。

［18］积怨：多年的仇恨，世代的仇恨。史书记载，燕王哙宠信国相子之，让位给他，国内混乱，齐湣王乘机率军攻入燕国，燕王哙被杀，国家濒于覆灭。昭王即位，招纳贤士，决心复仇。

［19］霸国：称霸诸侯的大国。春秋时齐桓公为五霸之一，战国时齐湣王曾称东帝(秦昭王称西帝)。馀教：遗留的法度教令。

［20］骤胜：屡次获胜。　遗事：遗留的事业。

［21］闲：通"娴"，熟练。　兵甲：借指军事。

［22］径：直接。　结：联合，结盟。

［23］淮北：淮河以北。　宋地：原属宋国的土地，即今河南商丘、江苏铜山、山东曲阜之间的地方。前286年，齐、魏、楚联军灭宋，各得宋国部分土地，上述两地后归齐国。此时，楚国想得淮北，魏国想得宋地。

［24］具：准备。

［25］顾反：回来禀报。

［26］河北：黄河以北。

［27］济上：济水岸边，根据史书记载，到达济水西边。

［28］长驱：一直推进。　国：国都，齐国都城临淄。

［29］齐王：齐湣王，在位17年(前300—前284)。　莒(jǔ)：齐国邑名，今山东莒县。

［30］免：逃脱。

［31］大吕：齐国钟名。　元英：燕国宫殿。

［32］故鼎：被齐国掠走的燕国大鼎。　历室：燕国宫殿。

［33］宁台：燕国台名，在今河北蓟县之北。

［34］蓟丘：燕国都城，在今北京市附近。　植：旗杆，借指旗帜。

［35］汶篁：汶水的竹林。

［36］五伯：春秋五霸(齐桓公、晋文公、楚庄王、秦穆公、宋襄公)。伯，通"霸"。

［37］惬(qiè)：满足。志：欲望。

［38］顿：耽误，贻误。

［39］《春秋》：古代鲁国史书，传为孔子编定。这里指代史书。

［40］蚤知：先知，预见。蚤，通"早"。

［41］夷：削平，消灭。　万乘：万辆兵车，借指大国，这里是指齐国。乘，一车四马。

［42］八百岁：自前1065年周武王封姜尚于齐，至前284年乐毅率燕军攻入齐国都城，共781年。"八百岁"为概数。

［43］弃群臣：君主死去的婉辞。

［44］馀令：留下教令。　后嗣：后代子孙。　遗义：遗留的教训。

［45］顺：理顺(嫡庶关系)。　庶孽：庶子，封建宗法制度称妾所生的儿子，没有继承之权。

[46]施(yì)：延续，普及。　萌隶：平民。萌，通"氓"。

[47]伍子胥：春秋时楚国人，父兄遇害后逃往吴国，吴王阖闾任为大夫。　阖闾：春秋末吴国国君，在位19年(前514—前496)。

[48]远迹：率军远征，足迹到达。　郢(yǐng)：楚国都城，在今湖北江陵北。前505年，伍子胥协助吴王阖闾攻进楚国郢都。

[49]夫差：吴王阖闾之子，继位为吴王。在位20年(前495—476)。　不是：认为(伍子胥的意见)不对。

[50]鸱(chī)夷：皮口袋。浮：投入(江水)。江：长江。

[51]先论：生前的意见。吴王夫差准备进攻齐国，企图争霸中原，伍子胥劝阻这种危险举动，并且说明越国才是吴国的仇敌，一旦吴军北上，国内空虚，越国就要乘机进攻吴国。夫差不听，赐予属镂剑让他自杀。伍子胥自杀，尸体被装进皮口袋投入江中。

[52]沉：用为使动，使……沉入江中。

[53]主：先主(阖闾)与今主(夫差)二人。　量：智量，才识。

[54]离：通"罹"，遭遇。　非：非难。

[55]堕：通"隳"，毁坏，破坏。

[56]以幸为利：以侥幸去谋私利。

[57]交绝：交情断绝。　恶声：坏话。

[58]洁：用为动词，保持(名声)清白。

[59]亲：相信。　左右：身边近侍大臣。　疏远：所疏远的人(指乐毅)。　行：行事。

[60]唯：含有希望、请求的意味。　留意：认真体察，用心考虑。

遗乐间书

燕王喜

燕王喜，燕孝王之子，在位33年(前254—前222)。燕王喜四年(前251)，派国相栗腹出使赵国，建立友好关系。他听栗腹说赵国在长平之战惨败后，兵力空虚，决定发兵进攻赵国。乐间(乐毅之子，继承封号昌国君)坚决反对。结果燕军大败，乐间到了赵国。燕王喜写这封信责备他离开燕国辜负了先君的信任，而且对外宣扬君主的过失，也不合乎隐恶扬善的君子之道，甚至违背了"家丑不可外扬"的常识。本文列举事例，说明道理，有责难，有期待，入情入理。文气条畅，词句婉丽，流利可读。《新序·杂事第三》认为这是燕惠王遗乐毅书。

本文选自《战国策·燕策三》。

寡人不佞，不能奉顺君意[1]，故君捐国而去[2]，则寡人之不肖明矣！敢端其愿[3]，而君不肯听，故使使者陈愚意，君试论之[4]。

语曰："仁不轻绝，智不轻怨[5]。"君之于先王也，世之所明知也。寡人望有非，则君掩盖之，不虞君之明罪之也[6]！望有过，则君教诲之，不虞君之明罪之也！且寡人之罪，国人莫不知，天下莫不闻。君微出明怨以弃寡人[7]，寡人必有罪矣。虽然，恐君之未尽厚也！谚曰："厚者不毁人以自益也，仁者不危人以要名[8]。"以故掩人之邪者，厚人之行也；救人之过者，仁者之道也。世有掩寡人之邪，救寡人之过，非君心所望之？今君厚受位于先王以成尊，轻弃寡人以快心，则掩邪救过，难得于君矣[9]！且世有薄于故厚施[10]，行有失而故惠用[11]。今使寡人任不肖之罪，而君有失厚之累，于为君择之也，无所取之。

国之有封疆，犹家之有垣墙，所以合好掩恶也。室不能相和，出语邻家，未为通计也[12]。怨恶未见而明弃之，未尽厚也。寡人虽不肖乎，未如殷纣之乱也[13]；君虽不得意乎，未如商容、箕子之累也[14]。然则不内盖寡人而明怨于外[15]，恐其适足以伤于高而薄于行也！非然也，苟可以明君之义，成君之高，虽任恶名[16]，不难受也。本欲以为明寡人之薄，而君不得厚；扬寡人之辱，而君不得荣。此一举而两失也[17]！义者不亏人以自益，况伤人以自损乎？愿君无以寡人不肖累往事之美[18]。

昔者，柳下惠吏于鲁[19]，三黜而不去[20]，或谓之曰[21]："可以去！"柳下惠曰："苟与人之异，恶往而不黜乎[22]？犹且黜乎[23]，宁于故国尔[24]！"柳下惠不以三黜自累，故前业不忘；不以去为心，故远近无议。今寡人之罪，国人未知，而议寡人者遍天下。语曰："论不脩心[25]，议不累物[26]，仁不轻绝，智不简功[27]。"弃大功者辍也[28]，轻绝厚利者怨也。辍而弃之，怨而累之，宜在远者，不望之乎君也！今以寡人无罪，君岂怨之乎？愿君捐怨，追惟先王，复以教寡人！

意君曰[29]："余且愿心以成而过[30]，不顾先王以明而恶。"使寡人进不得脩功，退不得改过，君之所揣也[31]，唯君图之！此寡人之愚意也。敬以书谒之[32]。

[1]奉顺：承顺，顺从。

[2]捐：抛弃。

[3]端：通"耑"(zhuǎn)，齐等，均衡。端其愿，是说改变想法，重新任用乐间。

[4]论：研究，裁断。

[5]仁不轻绝，智不轻怨：讲仁爱的人不随便跟人绝交，有才智的人不随便跟人结怨。

[6]虞：料到，预测。 明：公开。 罪：用为动词；归罪，贬斥。

[7]微出：隐秘地出走了。微，隐秘(行动)。 明怨：公开表示仇恨。

[8]危：用为动词，危害。 要(yāo)：求得，谋求。

[9] 难得：难以达到，难以实现。
[10] 于：一本作"而"，可取。这里是说，世人对我薄情，我不怨愤，反而施加厚恩。
[11] 惠：疑当为"专"。这里是说，世人行动有了过失，我不离开，反而专加任用。
[12] 通计：普遍适用的对策、办法。
[13] 殷纣：商朝末代君主纣王，暴虐无道，杀害忠良，成为暴君的典型代表。
[14] 商容：商纣王时乐官，由于正直被贬黜。箕子：商纣王叔父，官至太师。比干被杀害后，他佯装疯狂，做了奴隶，被纣王囚禁。　累(lèi)：忧患，危难。
[15] 盖：掩盖，隐蔽。
[16] 任：背负，承受。
[17] 一举而两失：一次举措不当，对双方都有损害。
[18] 累(lèi)：妨碍，损坏。
[19] 柳下惠：春秋时鲁国大夫展禽，食邑柳下，谥号惠，称柳下惠，一称柳下季(季为兄弟排行居末)。做官任劳任怨，从不计较职位高低。
[20] 三黜(chù)：三次罢官。黜，罢免，削职。《论语·微子》："柳下惠为士师，三黜。人曰：'子未可以去乎？'曰：'直道而事人，焉往而不黜？枉道而事人，何必去父母之邦？'"
[21] 或：代词，有的人。
[22] 恶(wū)：疑问代词，何。
[23] 犹：同样，一样。
[24] 宁：宁愿，宁肯。尔：助词，表示确定语气。
[25] 恲：疑当为"循"。这里是说，评判是非不依内心的爱恶。
[26] 累(lèi)物：受到外在事物牵制。累，牵连，妨碍。
[27] 简：轻视，抛弃。
[28] 弃大功者辍也：应依《新序·杂事第三》作"简弃大功者仇也"。
[29] 意：连词，表示选择关系，或者。
[30] 愿心：根据考证，应为"愿(qiè)心"，快心，满意。愿，同"惬"。　而：人称代词，你的。
[31] 揣："剬"字之讹。"剬"通"制"。决定，裁断。
[32] 谒(yè)：禀告，陈述。根据史书记载，乐间接到信后，继续留在赵国，也未作回答。

报任安书

司马迁

题解

司马迁(约前145—前86)，西汉史学家、文学家，字子长，夏阳(今陕西韩城南)人。元封三年(前108)继承父(司马谈)职，任太史令，开始整理资料，并且遍游各地，搜集逸闻传说。太初元年(前104)着手编写《史记》(原名《太史公书》)。天汉二年(前99)，因李陵案被处宫刑。出狱后任中书令(宦官担任的掌管文书的官员)。他忍辱含垢，发愤著述，终于在征和二年(前91)完成我国第一部纪传体通史，成为历代正史的典范之作。

司马迁的朋友任安字少卿，西汉荥阳人，曾任郎中、益州刺史，官至北军使者护军。任安于征和二年(前91)写信，劝他慎重结交人物，注重推荐贤才。他于同年十一月间写信给以答复。信中回顾了当初他为李陵被俘投降匈奴说了几句公道话，以致触怒皇帝，被判宫刑的经过，抒发了长期郁结心中的愤懑不平，表达了自己隐忍苟活，坚持完成史学著作，流传后世的愿望。文章或议论，或叙事，或抒情，曲折跌宕，充满悲愤，打动人心。从中可看出司马迁的内心世界，窥见封建统治阶级的残酷本质。这是一篇著名散文，也是研究司马迁和《史记》的重要资料。

本文选自《文选》第四十一卷。

原文

太史公牛马走司马迁再拜言[1]。少卿足下[2]：

曩者辱赐书[3]，教以慎于接物，推贤进士为务，意气勤勤恳恳，若望仆不相师用[4]，而用流俗人之言。仆非敢如是也。仆虽罢驽[5]，亦尝侧闻长者遗风矣。顾自以为身残处秽[6]，动而见尤[7]，欲益反损，是以抑郁，而无谁语。谚曰："谁为为之？孰令听之？"盖钟子期死[8]，伯牙终身不复鼓琴[9]。何则？士为知己者用，女为悦己者容。若仆大质已亏缺矣[10]，虽材怀随、和[11]，行若由、夷[12]，终不可以为荣，适足以发笑而自点耳[13]。

书辞宜答，会东从上来[14]，又迫贱事，相见日浅，卒卒无须臾之闲得竭指意[15]。今少卿抱不测之罪[16]，涉旬月[17]，迫季冬[18]，仆又薄从上雍[19]，恐卒然不可为讳[20]。是仆终已不得舒愤懑以晓左右，则长逝者魂魄私恨无穷[21]。请略陈固陋。阙然久不报[22]，幸勿为过。

仆闻之："修身者智之府也，爱施者仁之端也，取予者义之符也，耻辱者勇之决也，立名者行之极也。"士有此五者，然后可以托于世，列于君子之林矣。故祸莫憯于欲利[23]，悲莫痛于伤心，行莫丑于辱先，诟莫大于宫刑。刑馀之人[24]，无所比数[25]，非一世也，所从来远矣。昔卫灵公与雍渠同载[26]，孔子适陈；商鞅因景监见[27]，赵良寒心[28]；同子参乘[29]，爰丝变色[30]：自古而耻之。夫中材之人，事关于宦竖[31]，莫不伤气，况慷慨之士乎！如今朝廷虽乏人，奈何令刀锯之馀荐天下豪俊哉[32]！

仆赖先人绪业[33]，得待罪辇毂下[34]，二十馀年矣。所以自惟：上之，不能纳忠效信，有奇策材力之誉，自结明主；次之，又不能拾遗补阙[35]，招贤进能，显岩穴之士[36]；外之，不能备行伍，攻城野战，有斩将搴旗之功；下之，不能累日积劳，取尊官厚禄，以为宗族交游光宠。四者无一遂[37]，苟合取容，无所短长之效，可见于此矣。乡者，仆亦尝厕下大夫之列[38]，陪外廷末议[39]。不以此时引纲维[40]，尽思虑，今已亏形为扫除之隶，在阘茸之中[41]，乃欲仰首信眉[42]，论列是非，不亦轻朝廷，羞当世之士邪！嗟乎！嗟乎！如仆，尚何言哉！尚何言哉！

且事本末未易明也。仆少负不羁之才[43]，长无乡曲之誉[44]，主上幸以先人之故，使得奏薄技[45]，出入周卫之中[46]。仆以为戴盆何以望天，故绝宾客之知，忘室家之业，日夜思竭其不肖之才力，务壹心营职，以求亲媚于主上。而事乃有大谬不然者。

夫仆与李陵俱居门下[47]，素非相善也，趣舍异路[48]，未尝衔杯酒接殷勤之欢。然仆观其为人自奇士，事亲孝，与士信，临财廉，取予义，分别有让，恭俭下人，常思奋不顾身以徇国家之急[49]。其素所畜积也，仆以为有国士之风[50]。夫人臣出万死不顾一生之计，赴公家之难，斯已奇矣。今举事壹不当，而全躯保妻子之臣随而媒孽其短[51]，仆诚私心痛之。且李陵提步卒不满五千，深践戎马之地，足历王庭[52]，垂饵虎口，横挑强胡[53]，仰亿万之师[54]，与单于连战十馀日，所杀过当。虏救死扶伤不给[55]，旃裘之君长咸震怖[56]，乃悉征左、右贤王[57]，举引弓之民，一国共攻而围之。转斗千里，矢尽道穷，救兵不至，士卒死伤如积。然陵一呼劳军，士无不起，躬自流涕，沬血饮泣[58]，张空拳[59]，冒白刃，北向争死敌。陵未没时，使有来报，汉公卿王侯皆奉觞上寿。后数日陵败，书闻，主上为之食不甘味，听朝不怡。大臣忧惧，不知所出。仆窃不自料其卑贱，见主上惨凄怛悼，诚欲效其款款之愚。以为李陵素与士大夫绝甘分少[60]，能得人之死力，虽古名将不过也。身虽陷败彼，观其意，且欲得其当而报汉。事已无奈何，其所摧败，功亦足以暴于天下[61]。仆怀欲陈之，而未有路。适会召问，即以此指推言陵功，欲以广主上之意[62]，塞睚眦之辞[63]。未能尽明，明主不深晓，以为仆沮贰师[64]，而为李陵游说，遂下于理[65]。拳拳之忠，终不能自列，因为诬上，卒从吏议。家贫，财赂不足以自赎，交游莫救，左右亲近不为壹言。身非木石，独与法吏为伍，深幽囹圄之中，谁可告诉者！此正少卿所亲见，仆行事岂不然邪？李陵既生降，隤其家声[66]，而仆又佴以蚕室[67]，重为天下观笑。悲夫！悲夫！事未易一二为俗人言也。

仆之先人非有剖符丹书之功[68]，文史星历近乎卜祝之间，固主上所戏弄，倡优畜之，流俗之所轻也。假令仆伏法受诛，若九牛亡一毛，与蝼蚁何异？而世又不与能死节者比，特以为智穷罪极，不能自免，卒就死耳。何也？素所自树立使然。人固有一死，死或重于泰山，或轻于鸿毛，用之所趋异也。太上不辱先，其次不辱身，其次不辱理色，其次不辱辞令，其次诎体受辱[69]，其次易服受辱，其次关木索、被箠楚受辱，其次别毛发、婴金铁受辱[70]，其次毁肌肤、断支体受辱，最下腐刑，极矣。传曰"刑不上大夫"[71]，此言士节不可不厉也。猛虎处深山，百兽震恐；及其在阱槛之中[72]，摇尾而求食，积威约之渐也[73]。故士有画地为牢势不入，削木为吏议不对，定计于鲜也[74]。今交手足，受木索，暴肌肤，受榜箠，幽于圜墙之中[75]。当此之时，见狱吏则头枪地[76]，视徒隶则心惕息[77]。何者？积威约之势也。及已至此，言不辱者，所谓强颜耳，曷足贵乎！且西伯[78]，伯也，拘牖里[79]；李斯，相也，具五刑[80]；淮阴[81]，王也，受械于陈；彭越、张敖[82]，南乡称孤，系狱具罪；绛侯诛诸吕[83]，权倾五伯[84]，囚于请室[85]；魏其[86]，大将也，衣赭、关三木[87]；季布为朱家钳奴[88]；灌夫受辱居室[89]。此人皆身至王侯将相，声闻邻国；及罪至罔加[90]，不能引决自财[91]，在尘埃之中，古今一体，安在其不辱也！由此言之，勇怯，势也；强弱，形也。审矣，曷足怪乎！且人不能蚤自财绳墨之外[92]，已稍陵夷[93]，至于鞭箠之间，乃欲引节[94]，斯不亦远乎！古人所以重施刑于大夫者，殆为此也。

夫人情莫不贪生恶死，念亲戚，顾妻子，至激于义理者不然，乃有不得已也。今仆不幸，早失二亲，无兄弟之亲，独身孤立，少卿视仆于妻子何如哉？且勇者不必死节，怯夫慕义，何处不勉焉！仆虽怯懦欲苟活，亦颇识去就之分矣，何至自湛溺缧绁之辱哉[95]！且夫臧获婢妾犹能引决[96]，况若仆之不得已乎！所以隐忍苟活，幽粪土之中而不辞者，恨私心有所不尽，鄙陋没世而文采不表于后也。

古者富贵而名摩灭，不可胜记，唯倜傥非常之人称焉[97]。盖西伯拘而演《周易》；仲尼厄而作《春秋》；屈原放逐，乃赋《离骚》；左丘失明，厥有《国语》；孙子膑脚，《兵法》修列；不韦迁蜀，世传《吕览》；韩非囚秦，《说难》、《孤愤》；《诗》三百篇，大抵贤圣发愤之所为作也。此人皆意有所郁结，不得通其道，故述往事，思来者。及如左丘明无目，孙子断足，终不可用，退论书策，以舒其愤，思垂空文以自见[98]。仆窃不逊，近自托于无能之辞，网罗天下放失旧闻，考之行事，稽其成败兴坏之理，上计轩辕[99]，下至于兹。为十表，本纪十二，书八章，世家三十，列传七十，凡百三十篇，亦欲以究天人之际，通古今之变，成一家之言。草创未就，适会此祸，惜其不成，是以就极刑而无愠色。仆诚已著此书，藏之名山，传之其人，通邑大都，则仆偿前辱之责，虽万被戮，岂有悔哉！然此可为智者道，难为俗人言也。

且负下未易居[100]，下流多谤议[101]。仆以口语遇遭此祸，重为乡党戮笑[102]，以污辱先人，亦何面目复上父母之丘墓乎？虽累百世，垢弥甚耳！是以肠一日而九回，居则忽忽若有所亡[103]，出则不知所如往。每念斯耻，汗未尝不发背沾衣也。身直为闺阁之臣[104]，宁得自引深藏于岩穴邪！故且从俗浮沉，与时俯仰，以通其狂惑[105]。今少卿乃教以推贤进士，无乃与仆之私指谬乎[106]？今虽欲雕饰，曼辞以自饰[107]，无益，于俗不信，只取辱耳。要之[108]，死日然后是非乃定。书不能尽意，故略陈固陋。谨再拜。

[1] 太史公：即太史令。　牛马走：像牛马一样奔走服役的人，自谦之辞。走，奴仆。
[2] 足下：古时尊称。
[3] 曩(nǎng)者：以前。　赐：给。
[4] 若：似乎。　望：怨。　师：用为动词，效法。
[5] 罢(pí)驽(nú)：才能低下。罢，通"疲"；驽，劣马、笨马，比喻能力低劣。
[6] 顾：可是，只是。　身残：受了宫刑。　处秽：地位污秽，身份卑贱。
[7] 见：被，受。　尤：过错，用为动词，指责，责怪。
[8] 钟子期：春秋时楚国人，善于听琴，被伯牙引为唯一的知音。
[9] 伯牙：春秋时楚国人，著名琴师。钟子期死后，认为世间再无知音欣赏，他摔碎了琴，扯断了弦，从此不再弹琴。
[10] 大质：身体。
[11] 随、和：随侯珠、和氏璧，比喻可贵的才干。
[12] 由、夷：尧帝时高士许由、商代末贤士伯夷。古代把二人视为品德高尚的典范。
[13] 点：黑点，用为动词，玷污。
[14] 会：正遇，正当。　东：向东。　从上：随从皇帝。征和二年七月戾太子在长安举兵，汉武帝从甘泉宫(今陕西淳化西北)返回都城。
[15] 卒卒(cùcù)：急促的样子。　竭：尽情表达。　指意：意旨。指，通"旨"。
[16] 不测之罪：大罪。戾太子起兵要杀诬陷他的锦衣使者江充，曾召北军使者护军任安出兵，任安接受兵符，但是闭门不出。太子事件平息后，追咎任安，他被下狱判处死刑，将于年底执行。
[17] 涉：度过。　旬月：整月。旬，整，足。
[18] 迫：临近。　季冬：农历十二月。汉代法律规定，每年十二月处决死刑犯人。
[19] 薄：通"迫"，即将。　雍：今陕西凤翔南，此地建有五畤(祭祀五帝之处)。
[20] 不可为讳：死的委婉之辞。
[21] 长逝者：指任安。　私恨：没有得到司马迁回信心怀遗恨。
[22] 阙然：时间隔开很久。
[23] 慘：同"惨"，惨痛。　欲：贪图。
[24] 刑馀：受刑以后。刑馀之人，指宦官。
[25] 比数(shǔ)：放在一起计算，相提并论。

［26］雍渠：春秋时卫灵公的宦官。一次，卫灵公与夫人乘车出游，雍渠坐在车子右边，孔子坐在车子后面，感到受了污辱，于是离开卫国，经过曹、宋、郑等国到陈国(今河南淮阳)去了。见于《史记·孔子世家》。

［27］景监：战国时秦孝公的宦官。商鞅从魏国来到秦国，通过他的介绍，见到孝公，获得重用。见于《史记·商君列传》。

［28］赵良：秦国贤士，认为商鞅进身途径不正，而且执法严厉，伤害王族，劝他引退。

［29］同子：汉文帝的宦官赵谈(因避父亲名讳，改称同子)。一次文帝出外，赵谈担任参乘(坐在车子右边)，中郎袁盎(字丝)伏在车前进谏，文帝便让赵谈下车了。

［30］变色：变了脸色。

［31］宦竖：对宦官的鄙称。竖，宫中少年奴仆，小子。

［32］刀锯之馀：如说"刑馀之人"。

［33］绪业：事业，功业。绪，事业。

［34］待罪：做官的自谦之词(表示不够资格，随时准备接受治罪)。　毂(gǔ)下：皇帝车驾之下，指京城。

［35］拾遗补阙：为君主提示遗漏，弥补缺失。

［36］显：用为动词，推举，显扬。　岩穴之士：山林隐士。

［37］遂：实现，成就。

［38］厕：加入，置身当中。　下大夫：太史令，禄秩六百石，相当于周代的下大夫。

［39］陪：参与的谦虚说法。　外廷：外朝，指朝官。汉代朝臣，侍中、常侍等为中朝官(又名内朝官)，丞相以下至六百石为外朝官。太史令为外朝官。

［40］引：持，维护。　纲维：法纪。纲，网上的总绳；维，系物的大绳。

［41］阘茸(tàrǒng)：卑贱，卑贱的人。

［42］仰首信(shēn)眉：高谈阔论、十分得意的样子。信，通"伸"。

［43］负：恃。　不羁：不受拘束。

［44］乡曲：乡里。

［45］奏：表现，贡献。　薄技：微薄的才能。

［46］周卫：宫禁(宫廷周围禁卫严密)。

［47］李陵(前？—前74)：西汉将领，字少卿，陇西成纪(今甘肃秦安西北)人。名将李广之孙。武帝时为骑都尉。天汉二年(前99)配合贰师将军李广利(汉武帝宠妃李夫人之兄)出击匈奴。李陵率五千兵陷入重围，转战九天，杀伤大量敌人，矢尽援绝，投降匈奴。见于《汉书·李广传》附《李陵传》。俱居门下：都在宫中任职。李陵曾任侍中建章监，司马迁任郎中、太史令，都能出入宫禁。

［48］趣舍：追求或者舍弃，表示志趣。

［49］徇(xún)：同"殉"，献身。　急：急难。

［50］国士：全国最杰出的人才。

［51］媒孽：酒曲，用为动词，酿成，编造。

［52］王庭：匈奴单于(chányú)所在的地方。

［53］横：无所阻挡。　挑：挑战，攻击。

［54］仰：向北进攻。北高南低，所以说仰。

［55］虏：对外族敌寇的蔑称。　不给(jǐ)：来不及，顾不上。

［56］旃裘：住毛毡搭成的帐篷，穿皮衣，指匈奴。

[57]左、右贤王：匈奴的王号左贤王、右贤王，地位仅次于单于。

[58]沫(huì)血：满面流血。沫，洗脸。

[59]卷(quān)：弩弓。

[60]绝甘分少：好吃的自己不吃，食物少时跟士兵分吃。

[61]暴(pù)：同"曝"，显示。

[62]广：开解，宽慰。

[63]塞(sè)：堵塞，阻止。睚眦(yázì)：瞪起眼睛仇视，这里是指心存恶意，借机泄愤。

[64]沮(jǔ)：毁谤，贬损。贰师：贰师将军李广利。此次出击匈奴，他是主将，李陵率偏师助战。当李陵陷入敌军重围奋战时，他却按兵不动。司马迁为李陵申辩，说他杀敌有功，汉武帝认为是在诋毁李广利，将他下狱治罪。

[65]下：交给。理：大理，汉武帝时改称廷尉，九卿之一，负责刑狱。

[66]隤(tuí)：败坏。

[67]佴(èr)：编次，排列。这里表示放进。 蚕室：像蚕室一样暖和、严密的屋子(受宫刑者怕受风寒)。

[68]剖符：分剖的符。符是皇帝分封功臣采地、爵位的凭证，剖分为二，皇帝和受封功臣分别保存。丹书：在铁券上用朱砂写下誓词，传给功臣子孙，可以凭它享受免死等特权。

[69]诎体：叩头、下跪(认罪的表现)。诎，通"屈"。

[70]剔毛发、婴金铁：古代髠(kūn)刑，将罪犯剃光头发，脖子套上铁圈。剔，通"剃"；婴，绕。

[71]传(zhuàn)：古书记载。以下引文见于《礼记·曲礼上》。

[72]阱：捕兽的陷阱。 槛(jiàn)：关兽的木笼。

[73]积：长期，持续不断。 威约：使用威力制约。 渐：逐步形成的结果。

[74]鲜：不以寿终，指自杀。

[75]圜(yuán)墙：监狱。又称"圜土"。四面高墙围绕。

[76]枪：通"抢"，撞，碰。

[77]徒隶：狱卒。 惕息：恐惧喘息，害怕的样子。

[78]西伯：周文王(姬昌)。商代末封西伯。崇侯虎进谗言，他被纣王囚禁。

[79]牖(yǒu)里：地名，在今河南汤阴北。又作羑里。

[80]五刑：古代五种刑罚，即劓(yì割鼻子)、刖(yuè剁左右脚趾)、笞杀(打死)、枭首(砍头)、菹(zū剁成肉酱)。

[81]淮阴：汉初功臣韩信，封淮阴侯，被以谋反罪处死。见于《史记·淮阴侯列传》。

[82]彭越：汉初功臣，封梁王。 张敖：汉初功臣张耳之子，封赵王。以上二人都被诬陷谋反下狱治罪。见于《史记·魏豹彭越列传》《史记·张耳陈馀列传》。

[83]绛侯：汉初功臣周勃，封绛侯。吕太后死，他率宫廷卫队铲除阴谋篡权的吕氏集团，迎立汉文帝(刘恒)。后因被人诬告谋反，逮捕囚禁。见于《史记·绛侯周勃世家》。

[84]倾：压倒，超过。 五伯：春秋五霸。伯，通"霸"。

[85]请室：官署名，有特设的监狱，拘押等待治罪的大臣。

[86]魏其：汉景帝时大将军窦婴，平定吴、楚七国之乱有功，封魏其侯。武帝时与武安侯田蚡结怨，被下狱处死刑。

[87]衣(yì)赭：穿上红褐色的囚服。 关三木：头、手、足套上木制刑具(枷和桎梏)。

[88]季布：项羽部将。项羽灭亡，他被汉朝悬赏捕捉，到处躲藏。于是剃光头发、套上铁圈扮成奴隶，

卖给大侠朱家。后被赦免,拜为郎中。

[89]灌夫:西汉颍阴(今河南许昌市)人。武帝时任太仆。因得罪丞相、武安侯田蚡,全家处死。 居室:官署名,后改为保宫,隶属少府。

[90]罔:通"网",法网,刑法。

[91]引决:狠下决心,拿出决断。 自财:自裁,自杀。财,通"裁"。

[92]蚤:通"早"。 绳墨之外:未受法律制裁之际。绳墨,木匠测量取直的墨线,比喻法律。

[93]稍:副词,逐渐。 陵夷:衰落,这里形容意志颓唐不振。

[94]引节:维持名节(暗指自杀)。

[95]湛(zhàn)溺:深深陷进。 缧绁(léixiè):捆人的绳索,借指监禁。

[96]臧获:古代奴婢的鄙称,辱骂奴为臧,辱骂婢为获。

[97]倜傥(tìtǎng):卓越,豪迈。

[98]垂:流传。 空文:文章(与实际功业相对)。 自见(xiàn):表现自己的才华。见,同"现"。

[99]轩辕:黄帝,号轩辕氏。

[100]负下:负罪之下,蒙受罪名的情况之下。

[101]下流:处于卑贱的地位。《论语·子张》:"纣之不善,不如是之甚也,是以君子恶(wù)居下流,天下之恶皆归焉。"

[102]重(zhòng):深。 戮笑:耻笑。戮,耻辱。

[103]忽忽:精神恍惚。 亡:丢失。

[104]直:副词,仅仅,不过。 闺阁之臣:宦官。闺阁,宫中小门。

[105]通:发泄,抒发。狂惑:愤懑。古代有"知善不行谓之狂,知恶不改谓之惑"(李善注引《鹖子》)的话,此处使用反语。

[106]无乃:恐怕,是不是。 私指:内心的旨意。 谬:违背,对立。

[107]曼辞:美好的言辞。 自琢:自我修饰。

[108]要之:总之,总起来说。

与子琳书

孔 臧

孔臧,汉武帝时人,孔子后裔,为太常(汉代九卿之一,掌管礼乐郊庙社稷之事)。熟习经学,并与博士公孙弘等上书建议置博士弟子五十人,被采纳,从此经学列为教育科目。

孔臧在这封给儿子孔琳的信里,指出学习必须立定志向,循序渐进,持之以恒,同时强调学习知识必须同修身相结合。这是很中肯的经验之谈。当然,他的教育方法和内容都是为封建阶级服务的。文章简洁朴素,论证充分有力,代表了汉初散文的风格。

本文选自《孔丛子·连丛上》。

原文

告琳[1],顷来闻汝与诸友讲肄书传[2],滋滋昼夜[3],衎衎不怠[4],善矣。人之进道,惟问其志,取必以渐[5],勤则得多。山溜至柔[6],石为之穿;蝎虫至弱,木为之弊[7]。夫溜非石之凿[8],蝎非木之钻[9],然而能以微脆之形,陷坚刚之体[10],岂非积渐之致乎[11]?训曰[12]:徒学知之未可多[13],履而行之乃足佳[14]。故学者,所以饬百行也[15]。

侍中子国[16],明达渊博,雅学绝伦[17],言不及利[18],行不欺名[19],动遵礼法,少小长操[20]。故虽与群臣并参侍[21],见侍崇礼[22],不供亵事[23],独得掌御唾壶[24]。朝廷之士,莫不荣之[25]。此汝所亲见。《诗》不云乎[26]:"毋念尔祖,聿修厥德[27]。"又曰[28]:"操斧伐柯,其则不远[29]。"远则尼父[30],近则子国,于以立身,其庶矣乎[31]?

注释

[1]琳:孔琳,孔臧之子。
[2]顷来:近来。 讲肄(yì):研究学习。肄,学习,练习。 书传:古代典籍。
[3]滋滋:通"孳孳"、"孜孜",勤奋的样子。
[4]衎衎(kànkàn):坚毅努力的样子。
[5]以渐:按照循序渐进的方式。
[6]山溜:山坡奔泻而下的水。溜,屋檐水,也指高处下注的水。
[7]弊:破。
[8]凿:石匠师傅用来打眼的工具。这句是说,山溜不是用来在石头上打眼的凿子。
[9]钻:木匠师傅用来钻孔的工具。
[10]陷:冲破,穿透。
[11]积渐:逐渐积成。
[12]训:古代先王遗典。
[13]徒:只是,仅仅。 多:用作动词,称赞,赞许。
[14]履:施行,实施。佳:作动词用,夸奖。
[15]饬(chì):整顿,修治。这里指修养。
[16]侍中:孔臧从弟孔安国(字子国)的加官称号。
[17]雅学:品德高尚,又有学识。 绝伦:超出同辈。伦,同类。
[18]及:涉及。这句是说,从不谈论利禄。
[19]行(xìng):行为。这句是说,所作所为,与其声誉相一致,并非徒有其名。
[20]长操:具有成人的操行。
[21]参侍:身居近侍大臣之列。
[22]见侍:得到待遇。 崇礼:尊敬优待。崇,尊崇;礼,礼遇。

[23]亵(xiè)事:卑贱事务。
[24]御唾壶:皇帝所用痰盂。
[25]荣:以为荣耀。
[26]《诗》:《诗经》。下文所引,出自《诗经·大雅·文王》。
[27]毋念尔祖,聿修厥德:你若是怀念你的祖先,那就修养你的德行吧。毋,助词,无义;聿,句首语气助词。
[28]又曰:以下所引,出自《诗经·豳风·伐柯》。
[29]操斧伐柯,其则不远:原诗本作"伐柯伐柯,其则不远"。砍一个斧柄么,那个样子就在手里(指所握的旧斧柄)。伐,砍;柯,斧柄;则,样板。
[30]则:作动词用,以……为典范。尼父:孔子字仲尼,敬称为仲尼父(或仲尼甫),也称尼父。
[31]其庶矣乎:大概就差不多了吧? 其,表示推测语气,大概,或许;庶,庶几,接近。

报孙会宗书

杨 恽

杨恽(前? —前54),已故丞相杨敞之子,史学家、文学家司马迁外孙,字子幼,西汉华阴(今陕西华阴)人。宣帝时以揭发霍氏集团(霍光子孙)谋反有功,封平通侯,升中郎将,官至光禄勋。他为人傲慢,出语无所忌讳,又好揭人阴私,因此得罪近臣太仆戴长乐,被其诬陷,免为庶人。五凤四年(前54)四月,发生日蚀,有人告发,这是杨恽不思悔改,广置田产,生活骄奢所致。此时宣帝又看到了他写给孙会宗的信,便以"大逆"罪名判腰斩。孙会宗也被牵连免官。

按照封建礼制,大臣获罪遭贬,应当闭门思过,不应无视礼法,照常作乐。因此他的朋友、安定(今甘肃平凉)太守孙会宗写信告诫杨恽应当收敛自己,言行谨慎,表示悔改。他在回信中不仅不虚心接受劝告,还对自己获罪极其不满,大发牢骚,在赋诗中侵犯了封建皇帝的尊严,终于招来大祸。这封书信抒发怨愤,倾吐不满,有时语调慷慨,有时含蓄深沉,颇有司马迁《报任安书》的风格特点。

本文选自《文选》第四十一卷。

恽材朽行秽,文质无所底[1],幸赖先人馀业,得备宿卫[2]。遭遇时变[3],以获爵位;终非其任,卒与祸会[4]。足下哀其愚蒙,赐书教督以所不及,殷勤甚厚。然窃恨足下不深推其终始,而猥随俗之毁誉也[5]。言鄙陋之愚心,若逆旨而文过[6];默而息乎,恐违孔氏"各言尔志"之义[7]。故敢略陈其愚,唯君子察焉[8]!

恽家方隆盛时,乘朱轮者十人[9],位在列卿[10],爵为通侯[11],总领从官[12]，与闻政事。曾不能以此时有所建明，以宣德化，又不能与群僚同心并力，陪辅朝廷之遗忘，已负窃位素餐之责久矣。怀禄贪势，不能自退，遭遇变故，横被口语[13]，身幽北阙[14]，妻子满狱。当此之时，自以夷灭不足以塞责[15]，岂意得全首领，复奉先人之丘墓乎？伏惟圣主之恩不可胜量。君子游道，乐以忘忧；小人全躯，说以忘罪[16]。窃自私念，过已大矣，行已亏矣[17]，长为农夫，以没世矣[18]。是故身率妻子，戮力耕桑[19]，灌园治产，以给公上。不意当复用此为讥议也[20]。

夫人情所不能止者，圣人弗禁。故君父至尊亲，送其终也，有时而既[21]。臣之得罪，已三年矣。田家作苦，岁时伏腊[22]，烹羊炰羔[23]，斗酒自劳。家本秦也[24]，能为秦声，妇赵女也[25]，雅善鼓瑟[26]，奴婢歌者数人，酒后耳热，仰天拊缶[27]，而呼乌乌[28]。其诗曰："田彼南山，芜秽不治；种一顷豆，落而为萁[29]。人生行乐耳，须富贵何时[30]？"是日也，拂衣而喜，奋袖低昂，顿足起舞，诚淫荒无度，不知其不可也。恽幸有余禄，方籴贱贩贵，逐什一之利[31]。此贾竖之事[32]，污辱之处，恽亲行之。下流之人，众毁所归，不寒而栗。虽雅知恽者，犹随风而靡[33]，尚何称誉之有？董生不云乎[34]："明明求仁义[35]，常恐不能化民者，卿大夫意也；明明求财利，尚恐困乏者，庶人之事也。"故道不同，不相为谋[36]。今子尚安得以卿大夫之制而责仆哉？

夫西河魏土[37]，文侯所兴[38]，有段干木、田子方之遗风[39]，凛然皆有节概[40]，知去就之分[41]。顷者足下离旧土[42]，临安定。安定山谷之间，昆戎旧壤[43]，子弟贪鄙，岂习俗之移人哉[44]？于今乃睹子之志矣！方当盛汉之隆，愿勉旃[45]，毋多谈。

[1] 厎：达到，引申表示成就。
[2] 备：充数，充任。　宿卫：保卫宫廷。杨恽初以父荫任为郎(宫廷侍卫)。
[3] 时变：时局变化。指得到霍氏集团(霍光子孙)谋反消息及时揭发，朝廷立即加以镇压。
[4] 卒：副词，终于。　会：遭遇。
[5] 狠：随便，胡乱。　毁誉：这里偏指毁谤。
[6] 逆旨：违背旨意。　文过：文饰过错。
[7] 孔氏：孔子。　各言尔志：各自谈谈自己的志向。《论语·公冶长》："颜渊、季路侍，子曰：'盍各言尔志？'"志，原指志向，这里指思想认识。
[8] 唯：表示希望。　君子：指孙会宗。
[9] 朱轮：华贵的车子。汉制，俸薪在两千石以上官员才能乘朱轮。
[10] 列卿：九卿之列。指任光禄勋。

［11］通侯：汉代承袭秦制，爵二十级，通侯(原称彻侯，避汉武帝刘彻讳，改称通侯)为最高一级。指封平通侯。

［12］从官：宫中侍从官员。

［13］横：突然，无故。 被：遭受。 口语：指戴长乐上书汉宣帝，告发杨恽对皇帝有不恭的言语。

［14］幽：囚禁。 北阙：古时宫殿北面的门楼，是臣下上书和等候朝见皇帝之处。杨恽受人诬陷，在此上书，他及家属被囚禁在此处。

［15］夷灭：灭族，满门抄斩。夷，杀尽。 塞(sè)责：抵偿罪责。

［16］说：通"悦"，高兴。

［17］亏：败坏。

［18］没世：一直到死。

［19］戮力：努力，尽力。

［20］意：预料。 用：因为。为：被。

［21］既：尽。古代规定，君父死去，服丧三年。

［22］岁时：过年过节。 伏腊：两个节日。伏，伏祭，夏至后第三个庚日为初伏，举行伏祭；腊，腊祭，冬至后第三个戌日，举行腊祭。

［23］炰：同"炮"，把食物裹起来烤。

［24］秦：春秋战国时期诸侯国名，今陕西省。

［25］赵：战国时诸侯国名，今山西省北部和中部，河北省西部和南部。

［26］雅：副词，很，甚。 鼓：击，弹。

［27］拊(fǔ)：拍打。 缶(fǒu)：瓦罐，古时秦人用作乐器。

［28］乌乌：呼喊的声音。

［29］萁(qí)：豆茎。

［30］须：等待。

［31］什一：十分之一。

［32］贾(gǔ)竖：对商人的鄙称，认为商人只知道追逐利润，品质卑劣。竖，宫中少年奴仆，小子。

［33］随风而靡：(草木)随风倒下。这里比喻追随世俗，放弃主见。

［34］董生：董仲舒(前197—前104)，西汉学者，广川(今河北枣强东北)人，景帝时为经学博士。武帝时提议罢黜百家，独尊儒术，被采纳。曾任江都相、胶西相。后托病辞官，从事著述。著《春秋繁露》等。他在《对贤良策》第三中说："夫皇皇求财利，常恐乏匮者，庶人之意也；皇皇求仁义，常恐不能化民者，大夫之意也。"文中引用，有所改变。

［35］明明：皇皇，后来写作"遑遑"，匆忙急迫的样子。

［36］道不同，不相为谋：主张不同，不在一起商谈策划。见于《论语·卫灵公》。

［37］西河：战国时魏国地名，今陕西合阳一带，与汉代西河郡不同。这里要借古代讽刺对方。

［38］文侯：战国时魏文侯(魏都)，当时称为贤君。

［39］段干木、田子方：战国时魏国贤士，魏文侯尊他们为老师。

［40］凛然：不可侵犯的样子。 节概：节操。

［41］去就之分：抛弃什么，选择什么。

［42］顷者：近来。 旧土：故乡。

[43]昆戎:又称昆夷,古代西北少数民族西戎的一支,文化落后,风俗恶劣。

[44]习俗之移人:孙会宗从有贤士遗风的西河来到风俗贪鄙的安定做官,信中用世俗的观念来告诫自己遵从礼义,这是受了环境的影响,品行节操都改变了。这是讽刺对方见识庸俗。

[45]勉旃(zhān):努力吧。旃,助词,相当于"之焉"。

诫子歆书

刘 向

刘向,原名更生,汉成帝时改名向,字子政,汉楚元王(刘邦弟交)四世孙。元帝时,任散骑宗正、给事中,身列九卿,很受信用。与太傅萧望之等共同反对宦官弘恭、石显,事泄下狱,被赦免。成帝时,迁光禄大夫,领校五经,写成《别录》(分类书目),又著《新序》《说苑》等书。刘向谙熟经典,精通历史,考察历代兴亡,引为教训,多次不顾俗流排斥和个人安危,上疏皇帝除奸邪、戒奢泰。但是他把政治失当和天象反常联系起来,显然是继承了董仲舒"天人感应"那一套唯心主义理论。

此信是写给小儿子刘歆(字子骏)的。刘歆从小受到父亲的培养,未成年即以通诗书,善文章,被汉成帝召见,任黄门郎。后来就与父亲一起领校宫廷秘籍,编成《七略》。王莽篡政以后,因为参与谋杀王莽,事败自杀。黄门郎之职,虽然职位不高,因系宫廷侍从,掌管诏命、奏状等事,地位尊贵,受到朝中士大夫敬重。刘向担心他少年得志,忘乎所以,引出祸患,因此举出汉代大儒董仲舒的名言"贺者在门,吊者在闾"以及春秋时齐顷公骄慢招祸的事例,反复告诫。

本文选自《艺文类聚》卷二十。

告歆无忽[1]。若未有异德[2],蒙恩甚厚,将何以报?董生有云[3]:"吊者在门[4],贺者在闾[5]。"言有忧则恐惧敬事[6],敬事则必有善功而福至也[7]。又曰:"贺者在门,吊者在闾[8]。"言受福则骄奢,骄奢则祸至,故吊随而来。齐顷公之始[9],藉霸者之馀威[10],轻侮诸侯[11],亏跋蹇之容[12],故被鞍之祸[13],遁服而亡[14]。所谓"贺者在门,吊者在闾"也。兵败师破[15],人皆吊之,恐惧自新,百姓爱之,诸侯皆归其所夺邑[16]。所谓"吊者在门,贺者在闾"。今若年少,得黄门侍郎,要显处也。新拜[17],皆谢贵人[18],叩头谨,战战栗栗,乃可必免。

[1]无忽:不要轻忽。无,"毋"的通假,不要。

[2]若:你,古代第二人称代词。　异:超出常人。

[3]董生:西汉学者董仲舒。　云:说。

[4] 吊：慰问，哀悼。

[5] 闾(lǚ)：街巷的门。以上两句是说，来慰问的人到了家门，来祝贺的人到了街门了(意即幸福不久就会到来)。《后汉书》注引《孙卿子》曰："庆者在堂，吊者在闾，福与祸邻，莫知其门。"

[6] 敬事：以严肃认真态度对待职事。

[7] 善功：良好的成绩。

[8] 贺者在门，吊者在闾：是说来祝贺的人到了家门，来慰问的人就到了街门了(意即灾祸不久就会到来)。

[9] 齐顷公：春秋时齐国国君(姜无野)，在位17年(前598年—前582年)。齐桓公之孙，齐惠公之子。顷公六年(前593年)，晋国大夫郤克出使齐国，夫人叔子从帷帐中偷看并讥笑郤克，郤克发誓报仇雪耻。十年(前589年)，齐军进攻鲁、卫，鲁、卫战败，赴晋国求救。晋国派郤克为主帅，以兵车八百辆与齐军交战，即鞍(在今山东济南附近)之战。顷公自恃强大，骄傲轻敌，结果溃败，险些被俘。战后，顷公退还所侵占的鲁、卫土地，亲自赴晋朝拜。回国后开放苑囿，减轻赋税，救济贫苦，礼遇诸侯，百姓归附，诸侯不犯。

[10] 藉：凭借，仗恃。 霸者：指齐桓公，春秋五霸之一。 馀威：遗存的威势。齐顷公为桓公之孙。

[11] 轻侮诸侯：即指侮辱郤克，侵犯鲁、卫。

[12] 亏：缺乏，没有。 跂(qǐ)謇(jiǎn)：虚心忠诚。跂，企望。引申则为虚心；謇，"謇"的通假，忠诚直言。

[13] 被：遭受。

[14] 遁(dùn)服：改换服装，藏起国君衣服。根据《史记·齐太公世家》《左传·成公二年》，晋军追上齐侯(顷公)战车，车右(卫士)恐怕齐侯被俘，和他交换位置，又让他下车取水，顷公因此逃脱。遁，隐藏。 亡：逃亡，逃走。

[15] 师：军队。

[16] 邑(yì)：乡邑。《公羊传·成公八年》："鞍之战，齐师大败。齐侯归，吊死视疾，七年不饮酒，不食肉。晋侯闻之，曰：'嘻！奈何使人之君七年不饮酒不食肉？请反其所取侵地。'"《左传·成公八年》记载，晋侯使韩穿赴鲁国，让鲁国把汶阳之田(齐曾侵占)归还齐国。

[17] 拜：受封，任官。

[18] 谢：致谢。古时授官以后，新官要逐个登门拜望朝中大臣，既表感谢引荐之意，也是借此结交权贵，有利仕途升迁。 贵人：显贵大臣。

诫兄子严、敦书

马 援

马援(前14—49)，东汉名将，字文渊，扶风茂陵(今陕西兴平市)人。王莽末年，任新成大尹(郡守)。更始起兵之初，依附隗嚣，后归汉光武帝(刘秀)。隗嚣在陇西称霸一方，马援聚米为山，指画形势，向刘秀献计策，终于击破隗嚣，征先零羌(汉代西北羌族的一支)，收复陇右一带。建武十一年(35)，任陇西太守。后封伏波将军、虎贲中郎将，率兵南征，镇压交阯起义，立铜柱以表功。马援一生，功绩卓著，堪称名将，常说："丈夫为志，穷当益坚，老当益壮。"又说："男儿要当死于边野，以马革裹尸还葬耳。"他在62岁时，还挂帅出征，病死军中。

在长期曲折的军事政治生涯中，他养成了严谨慎重的品行，最厌恶轻薄放纵之流。当他在南征中听说侄儿马严、马敦好论是非，妄议时事，交往一些轻狂任侠子弟，很是担心，于是写信告诫他们慎于言语，谨于择交，并且举出龙伯高、杜季良两类人物为例，勉励他们学习龙伯高，敦厚慎重，谦恭约束，即使不能有很高的成就，也不失为严谨敦厚的人。

本文选自《后汉书·马援传》。

原文

吾欲汝曹闻人过失[1]，如闻父母之名[2]，耳可得闻，口不可得言也。好议论人长短，妄是非正法[3]，此吾所大恶也[4]。宁死不愿子孙有此行也。汝曹知吾恶之甚矣，所以复言者，施衿结缡[5]，申父母之戒[6]，欲使汝曹不忘之耳。

龙伯高敦厚周慎[7]，口无择言[8]，谦约节俭，廉公有威。吾爱之重之，愿汝曹效之。杜季良豪侠好义[9]，忧人之忧[10]，乐人之乐，清浊无所失[11]，父丧致客，数郡毕至[12]。吾爱之重之，不愿汝曹效也。效伯高不得，犹为谨敕之士[13]，所谓刻鹄不成尚类鹜者也[14]；效季良不得，陷为天下轻薄子[15]，所谓画虎不成反类狗者也[16]。

迄今季良尚未可知[17]，郡将下车辄切齿[18]，州郡以为言[19]，吾常为寒心[20]，是以不愿子孙效也。

注释

[1] 汝曹：你们，指马严、马敦。马严，字威卿，官至五官中郎将、太中大夫、将作大匠。马敦，字孺卿，官至虎贲中郎将。

[2] 如闻父母之名：古代下属对上司、晚辈对长辈不能称名，否则就是不敬，所以父母之名，儿女只能耳听，不能口说。

[3] 是非：文中作动词用，肯定或否定。　正法：政治法令。正，"政"的通假。

[4] 恶(wù)：憎恶。

[5] 施衿(jīn)：古代女子许婚，有衿缨(yīng，彩色香袋)的仪式，母亲为女儿系上香袋，表示已经订婚，并对女儿有所嘱告。衿，系(jì)，拴结。　结缡(lí)：系上佩巾。缡，佩巾。古代女子出嫁，有结缡的仪式，母亲为女儿系上佩巾，并对女儿有所嘱告。文中以此事为比喻，说明长辈对子弟反复告诫之意。

[6] 申：反复说明。　戒：此处同"诫"，告诫，嘱咐。

[7] 龙伯高：名述，字伯高，东汉京兆(今陕西长安县)人，官至零陵太守。敦厚：淳朴厚道。周慎：严谨慎重，行为不苟。

[8] 口无择言：口中没有须加选择的话，形容言语皆合法度。出自《孝经·卿大夫》："口无择言，身无择行。"

[9] 杜季良：名保，字季良，东汉京兆(今陕西长安县)人，曾任越骑都尉，后被免官。

[10] 忧人之忧：以他人的忧愁为忧愁，下文"乐人之乐"，用法相同。

[11] 清浊：水质清净或污浊，比喻人品高洁或卑污。清浊无所失，是说无论善恶，都不疏远。

[12] 毕：全，都。

[13] 谨敕：恭谨整肃，严свою约束。敕，"饬"的通假。

[14] 鹄(hú):天鹅。　鹜(wù):鸭子。刻鹄不成尚类鹜,为古时谚语,是说不能求得上乘,还能求得中等。
[15] 陷:堕落,陷溺。　轻薄子:轻浮放荡的人。
[16] 画虎:与上文"刻鹄"相对应。此句亦为古时谚语,是说未能求得上乘,反而落入下流。
[17] 迄:至。
[18] 郡将:本郡太守。因为汉代郡守既为行政长官,又管军事,故称太守为郡将。　下车:官吏到任。
[19] 州郡以为言:当地把他(杜季良)当成谈话资料,作为坏的样板。
[20] 寒心:害怕,恐惧。

为幽州牧与彭宠书

朱　浮

题解

朱浮(约5—66),东汉初年大臣,字叔元,沛国萧县(今江苏萧县西北)人。封大将军,任幽州牧,驻兵蓟城(今河北蓟县)。他广泛收罗当时名士和旧吏,任为属官。他的下级渔阳太守彭宠反对这种行为,彼此产生矛盾,形成仇隙。朱浮暗中向皇帝奏报彭宠的种种劣迹,任意夸张,耸人听闻。光武帝产生怀疑,召彭宠回京城,彭宠迫于压力,发兵进攻蓟城。朱浮于是写这封信,凭借朝廷的威势迫其降服,利用谋逆罪大恶极、招来杀身大祸进行威胁恫吓。激成这次变乱,朱浮本是罪魁祸首,他对这些却竭力掩盖。彭宠见信以后无比愤怒,攻破蓟城,朱浮逃回京城,受到贬斥。文章简明扼要,锋芒犀利,尤其"凡举事,无为亲厚者所痛,而为见仇者所快",堪称名言警句。

原文

盖闻智者顺时而谋[1],愚者逆理而动。常窃悲京城太叔[2],以不知足而无贤辅[3],卒自弃于郑也[4]。伯通以名字典郡[5],有佐命之功[6],临民亲职[7],爱惜仓库[8];而浮秉征伐之任,欲权时救急[9]:二者皆为国耳。即疑浮相谮[10],何不诣阙自陈[11],而为族灭之计乎[12]?

朝廷之于伯通,恩亦厚矣:委以大郡,任以威武[13],事有柱石之寄[14],情同子孙之亲。匹夫媵母[15],尚能致命一餐[16];岂有身带三绶[17],职典大邦[18],而不顾恩义,生心外叛者乎?伯通与吏民语,何以为颜[19]?行步拜起[20],何以为容[21]?坐卧念之,何以为心[22]?引镜窥影,何以施眉目[23]?举措建功[24],何以为人?惜乎!弃休令之嘉名[25],造枭鸱之逆谋[26];捐传世之庆祚[27],招破败之重灾;高论尧、舜之道[28],不忍桀、纣之性[29]。生为世笑,死为愚鬼,不亦哀乎!

伯通与耿侠游俱起佐命[30],同被国恩[31]。侠游谦让,屡有降抑之言[32],而伯通自伐[33],以为功高天下。往时辽东有豕[34],生子白头[35],异而献之[36],行至河东[37],见群豕皆白,怀惭而还。若以子之功[38],论于朝廷,则为辽东豕也。今乃愚妄[39],自比六国[40]。六国之时,其势各盛,廓土数千里[41],胜兵将百万[42],故能据国相持,多历年所[43]。今天下几里,列郡几城?奈何以区区渔阳[44],而结怨天子?此犹河滨之人[45],捧土以塞孟津[46],多见其不知量也[47]。

方今天下适定[48],海内愿安,士无贤不肖[49],皆乐立名于世。而伯通独中风狂走[50],自捐盛时[51],内听骄妇之失计[52],外信谗邪之谀言[53],长为群后恶法[54],永为功臣鉴戒,岂不误哉!定海内者无私仇,勿以前事自疑[55]。愿留意顾老母少弟。凡举事[56],无为亲厚者所痛[57],而为见仇者所快[58]。

[1]盖:句首助词,引起议论。

[2]窃:表示谦恭的副词,私下。 悲:叹惜,痛惜。 京城太叔:春秋初郑武公之子,郑庄公之弟,封于京城(今河南荥阳东南),受到母亲姜氏宠爱,蓄谋叛乱,兵败逃亡。

[3]贤辅:好的辅佐,能干的助手。

[4]卒:副词,终于。 弃:弃绝,抛弃。 于:介词,表示被动。

[5]伯通:彭宠的字。 以:凭借。 名字:声望,声誉。 典:掌管。 郡:指渔阳郡,隶属幽州。

[6]佐命:辅助君主创业。当年彭宠曾以兵力、军粮支援刘秀收复河北。

[7]临民:统治人民。 亲职:处理政务。

[8]爱惜仓库:指彭宠反对朱浮增加属官,招纳宾客,耗费财力,滥用军粮。

[9]权时:权衡时局,采取对策。 救急:解救当前危急。这是朱浮为自己调拨军粮辩解,认为彭宠不肯答应是不懂他的权宜之计。

[10]相谮(zèn):说坏话陷害自己。

[11]诣(yì):到达。 阙(què):宫阙,朝廷。 自陈:自我表白。

[12]族灭:满门抄斩,古代重刑。

[13]威武:领军大权。彭宠任大将军。

[14]柱石:国家栋梁。 寄:托付。

[15]匹夫媵(yìng)母:普通男女。媵,妾。

[16]致命一餐:吃过人家一餐,就不惜性命报答。

[17]身带三绶:身佩三个官印。彭宠任渔阳太守、封建忠侯、大将军。绶,官印丝带。

[18]大邦:大郡。

[19]何以为颜:脸往哪里放?

[20]行步拜起:借指一举一动。

[21]何以为容:如说"何以为颜"。

[22]何以为心:良心放在哪里?

[23]施:安放。

[24]举措建功:采取谋叛的行动企图建立功业。

[25]休令:同义连用,美好。

[26]枭鸱(xiāochī):猫头鹰,传说出生后先吃母鸟。比喻奸邪叛逆的人。

[27]捐:抛弃。 庆祚(zuò):幸福。

[28]尧、舜:远古部落联盟首领,古代奉为圣人。

[29]忍:克制,抑制。 桀、纣:夏桀王、商纣王,古代暴君的代表。

[30]耿侠游:耿况,字侠游,王莽末年为上谷(今河北中部、西部及西北地区)太守,与彭宠一起归附光武帝。

[31]被:蒙受。

[32]降抑:谦让,谦逊。

[33]自伐:自夸功德。

[34]辽东:汉代郡名,位于辽河以东。 豕(shǐ):猪。

[35]子:猪崽。

[36]异:感到稀罕。

[37]河东:山西境内黄河以东地区。

[38]子:对人的尊称,您。

[39]乃:副词,表示出乎预料,竟然。

[40]六国:战国时秦国之东六个国家,齐、燕、楚、韩、赵、魏。彭宠攻破蓟城,自号燕王。兵败被杀。

[41]廓:开拓。

[42]胜兵:精兵。

[43]多历年所:经过多年。年所:年次,年数。

[44]奈何:怎么。 区区:极小的。

[45]河:黄河。

[46]孟津:黄河重要渡口,在河南孟县南。

[47]多:副词,只是,仅仅。 量:估计。

[48]适:副词,刚刚,方才。

[49]无:无论。 不肖:不贤,不像样子。

[50]中(zhòng)风:中医所说得了风邪,比喻头脑错乱。 狂走:发狂乱跑。

[51]自捐:自暴自弃。

[52]骄妇:指彭宠的妻子。 失计:错误的计谋。朝廷召彭宠回京城去,他的妻子认为渔阳是个大郡,兵多粮足,又据战略要地,可以割据称雄,劝他不要接受诏书回京。

[53]逸邪:好说坏话的奸邪小人(指彭宠的僚属)。 谀(yú)言:阿谀奉承的话。彭宠的僚属也都怨恨朱浮,劝他不要回京。

[54]群后:诸侯。借指各地州牧、郡守。 恶法:坏的榜样。

[55]前事:两人之间过去的仇隙。

[56]举事:做事。

[57]为:介词,表示被动,被。 痛:痛心。

[58]见仇:仇视自己。 快:感到高兴。

答夫秦嘉书

徐 淑

题解

徐淑，东汉桓帝时人，上郡（今陕西北部）上计吏秦嘉妻子，有才华，会诗文。钟嵘《诗品》评论南朝梁以前诗人一百馀人，把蔡琰、徐淑列为汉代仅有的两位女诗人。秦、徐夫妻亲密和谐，后人赞叹不绝。徐淑久病不愈，回到娘家调养，不能随丈夫赴职。这年年终，长官派秦嘉到都城（洛阳）报告统计结果。因所需时日较久，临行前，秦嘉派车去接徐淑，并寄信一封，准备和妻子好好叙别一番。然而徐淑病势沉重，虽然内心十分想念丈夫，迫切希望会面，终因力不从心，无法成行。她给丈夫写了一封情意缠绵的回信，信中想象丈夫长途跋涉，奔赴京城的艰难劳苦，表现了这位温柔多情的妻子的体贴之情，而且劝慰丈夫暂时忍耐夫妻离别的痛苦，等待将来团聚的欢乐。京城是繁华之地，徐淑在回信中讽劝丈夫不要乐而忘返。

本文选自《北堂书钞》卷一三六。

原文

秦嘉与妻徐淑书：

不能养志[1]，当给郡使[2]，随俗顺时，黾勉当去[3]。知尔所苦[4]，尚未有瘳[5]，想念喑喑[6]，劳心无已[7]。当涉远路[8]，趋走飞尘，非志所慕，惨惨少乐。又计往还，将弥时节[9]，念发同怨，意犹迟迟。欲暂相见，有所属托，今遣车往，想必有方[10]。

淑答书曰：

知屈珪璋[11]，愿奉岁使[12]，策名王府[13]，观国之光[14]。虽失高素浩然之业[15]，亦是仲尼执鞭之操也[16]。自初承问，心愿东还，迫疾惟忧[17]，抱叹而已。日月已尽，行有伴列[18]，想严装已办[19]，发迈在近[20]，谁谓未远，企予望之[21]。室迩人遐[22]，我劳如何？深谷逶迤[23]，而君是涉[24]；高山岩岩[25]，而君是越。斯亦难矣！长路悠悠，而君是践；冰霜惨烈，而君是履[26]。身非形影，何得动而辄俱[27]？体非比目[28]，何得同而不离？于是诵萱草之咏[29]，以消两家之思[30]；割今者之恨[31]，以待将来之欢。君适乐土[32]，优游京邑[33]，观王都之壮丽，察天下之珍妙，得无目玩意移[34]，往而不能出邪[35]？

[1] 养志：远离世俗，涵养志节。古时多指不慕荣利，隐居山林。不能养志，是说迫于生计或其他原因，勉强出仕，含有违心的意思。

[2] 给(jǐ)：供职，应差。

[3] 黾(mǐn)勉：尽力。　当：即将，将要。

[4] 尔：你，古代第二人称代词。　所苦：这里指患病。

[5] 瘳(chóu)：病好，痊愈。

[6] 唈唈(yìyì)：气不顺畅，内心抑郁。

[7] 劳心：内心忧愁。劳，忧愁。　已：停止，终了。

[8] 涉：跋涉，经历。

[9] 弥：满，整。　时节：季节。

[10] 方：道理。

[11] 珪(guī)璋(zhāng)：都是古代大臣上朝所执玉版，比喻美德。

[12] 岁使：每年各郡派到朝廷上报的官员。

[13] 策名：出仕任官。古代官员任官都要录姓名在简策上（类似花名簿），表示隶属上司。

[14] 观国之光：出自《易经·观》："六四，观国之光，利用宾于王。"古代四方人士赴京游览，考察礼仪，称颂盛世，称为观光。

[15] 高素：高尚，纯洁。　浩然：刚正宏伟。高素浩然之业，是指退隐山林。

[16] 仲尼：孔子，名丘，字仲尼，春秋末期鲁国人，曾在鲁国任中都宰、司寇等，为时不久。他是儒家代表人物，主张效法先王，维护礼制。曾周游列国，不被任用。晚年回到鲁国招徒讲学，整理典籍，为文化教育事业建立了不朽的功勋。　执鞭：《论语·述而》："子曰：'富而可求也，虽执鞭之士，吾亦为之。如不可求，从吾所好。'"执鞭之士，指市场守门人，比喻低贱之职。　操：志向，品节。

[17] 惟：古代助词，用于句中，引出谓语。　亟(jí)：急迫。

[18] 伴列：伙伴。

[19] 严装：整齐装束。

[20] 发迈：出发，上路。

[21] 企：提起脚跟，盼望的意思。

[22] 室迩(ěr)人遐(xiá)：出自《诗经·郑风·东门之墠》："其室则迩，其人甚远。"朱熹《集传》："室迩人远者，思之而未得见之词也。"本指男女互相思慕而不得相见，后来也指怀念亲故或亡者。迩，近；遐，远。

[23] 逶迤(wēiyí)：曲折绵长的样子。

[24] 是涉：渡过这个。这是古汉语中宾语前置的特殊句式。下文"而君是越"等句，亦同。

[25] 岩岩：山势高峻。

[26] 履(lǚ)：鞋。作动词用，践踏。

[27] 俱：在一起，一起去。

[28] 比目：即比目鱼。旧时以为此鱼雌雄二者并行而游，因而诗文中用作夫妻和谐的象征。徐幹《室思》诗："故如比目鱼，今隔如参辰。"

[29] 萱草之咏：出自《诗经·卫风·伯兮》："焉得谖(萱)草？言树之背。愿言思伯，使我心痗！"古代

习惯认为萱草可以忘忧,因此又名"忘忧"。诵萱草之咏,借此排遣忧愁。

[30] 消:排遣。
[31] 恨:怅恨,失望。
[32] 适:前往。 乐土:快乐的地方。出自《诗经·魏风·硕鼠》:"逝将去女,适彼乐土。"
[33] 优游:悠闲自得。 京邑:京城。下文王都也指京城。
[34] 得无:表示推测,大概,恐怕。 目玩意移:眼睛观赏,精神随之被吸引。玩,观赏;移,转移。
[35] 往而不能出:迷恋其中,不能脱身。

论盛孝章书

孔 融

【题解】

孔融(153—208),东汉末著名作家,字文举,鲁国(今山东曲阜)人。"建安七子"之一。曾任北海(今山东聊城市东昌府区西)相,世称孔北海。好议时政,时加嘲讽,因而触怒曹操,夫妻儿女一起被杀。文集亡佚。

这是建安九年(204)孔融写给曹操推荐当时江东名士盛孝章的信,写得词句委婉,感情恳切。用战国时燕昭王筑黄金台招纳贤才的事例论证人才可贵,正适合曹操统一北方、延揽贤士的政治需要,因此下诏征聘盛孝章为都尉。然而诏书未到,盛孝章就被孙权杀害了。

本文选自《文选》卷四一。

【原文】

岁月不居[1],时节如流。五十之年,忽焉已至[2]。公为始满[3],融又过二[4]。海内知识[5],零落殆尽[6],惟会稽盛孝章尚存[7]。其人困于孙氏[8],妻孥湮没[9],单孑独立[10],孤危愁苦。若使忧能伤人[11],此子不得复永年矣[12]!

《春秋传》曰[13]:"诸侯有相灭亡者,桓公不能救[14],则桓公耻之。"今孝章实丈夫之雄也[15],天下谈士依以扬声[16],而身不免于幽执[17],命不期于旦夕,是吾祖不当论损益之友[18],而朱穆所以绝交也[19]。公诚能驰一介之使[20],加咫尺之书[21],则孝章可致[22],友道可弘矣[23]。

今之少年[24],喜谤前辈[25],或能讥评孝章[26]。孝章要为有天下大名[27],九牧之民所共称叹[28]。燕君市骏马之骨[29],非欲以骋道里[30],乃当以召绝足也[31]。惟公匡复汉室[32],宗社将绝[33],又能正之。正之之术,实须得贤。珠玉无胫而自至者[34],以人好之也,况贤者之有足乎!昭王筑台以尊郭隗[35],隗虽小才,而逢大遇[36],竟能发明主之至心[37],故乐毅自魏往[38],剧辛自赵往[39],邹衍自齐往[40]。向使郭隗倒悬而

026

王不解[41],临溺而王不拯[42],则士亦将高翔远引[43],莫有北首燕路者矣[44]。凡所称引[45],自公所知[46],而复有云者[47],欲公崇笃斯义也[48]。因表不悉[49]。

注释

[1] 居:停留,止住。

[2] 忽焉:忽然。焉,古代汉语副词、形容词词尾。

[3] 公:对曹操的尊称。曹操时为大将军、武平侯。始满:刚满五十。

[4] 过二:五十二岁。

[5] 知识:熟人,相识的人。

[6] 零落:凋零衰落。用草木的衰落比喻人事的丧亡。 殆:几乎。 尽:没有剩馀,完了。

[7] 会稽:汉代郡名,郡治山阴(今浙江绍兴市)。盛孝章:盛宪,字孝章,东汉末会稽人,举孝廉,补尚书郎,升任吴郡太守,因病辞官。后被孙权杀害。

[8] 孙氏:占据江东的孙策、孙权。

[9] 孥(nǔ):儿女。 湮(yān)没:埋没,这里表示死亡。

[10] 单孑(jié):孤单无助。孑,孤单的样子。

[11] 若使:假设连词,假如。

[12] 永年:长寿。

[13] 《春秋传》:以下引文,出自《公羊传·僖公元年》。

[14] 桓公:齐桓公(姜小白),春秋五霸之一。鲁僖公元年(前659),狄人侵入邢国,邢国终于灭亡。《春秋》对此未作明确记述。因为齐桓公身为霸主,未能救援,是有责任的,《春秋》作者为其隐讳。文中引用此事,提示曹操应救盛宪。

[15] 雄:豪杰。

[16] 谈士:能言善辩之士。 扬声:扬名。

[17] 幽执:逮捕囚禁。

[18] 吾祖:孔子。孔融是孔子的二十世孙。 论损益之友:《论语·季氏》:"益者三友,损者三友。"这是孔子谈论交友的话。这里是说,盛宪身处困境,朋友不加营救,那就不该分辨益友、损友了。

[19] 朱穆:东汉末人,作《绝交论》,愤慨世风败坏,不讲交友之道。

[20] 诚:副词,真的(表示假设)。 驰:赶快派遣。 一介:一个。

[21] 咫(zhǐ)尺:简短。八寸为咫。

[22] 致:招来。

[23] 弘:用为动词,弘扬,光大。

[24] 少年:青年,后生。

[25] 谤:毁谤,非议。前辈:资格老的学者。

[26] 讥评:指责。

[27] 要为:总的说来。

[28] 九牧:九州,天下。九州长官称牧,因以"九牧"指九州。 称叹:赞叹,称赞。

[29] 燕君:燕昭王。 市:买。《战国策·燕策》记载,燕昭王想招纳贤士,郭隗对他讲了一个用五百金

[30]骋:奔跑。 道里:路程。

[31]当:将。 绝足:超出一般的良马,骏马。

[32]惟:想。 匡复:扶持恢复。 汉室:汉朝皇室。

[33]宗社:宗庙社稷,指代君主国家。

[34]胫(jīng):小腿,代脚。《韩诗外传》卷六盖胥谓晋平公曰:"主君亦不好士耳!夫珠出于江海,玉出于昆山,无足而至者,由主君之好也。士有足而不至者,盖主君无好士之意耳。"

[35]筑台:《战国策·燕策》记载,燕昭王筑宫殿尊奉郭隗。后世有筑黄金台的传说。

[36]大遇:大好的遭际。

[37]发:彰显。 至心:至诚之心。

[38]乐毅:战国时著名将领,本魏国人,到燕国后任上将军,率五国之兵击败齐国。

[39]剧辛:战国时赵国人,到燕国后受重用,与乐毅共同谋划讨伐齐国。

[40]邹衍:战国时著名学者,阴阳家,齐国人,到燕国后,昭王为他筑宫讲学,尊为师傅。

[41]向使:如果从前。向,从前。 倒悬:倒着身子悬挂,比喻处于困境。 解:解开绳索。

[42]临溺:即将溺水而死。 拯(zhěng):援救。

[43]高翔远引:远走高飞。翔,飞;引,退避。

[44]北首:向北走。首,面向。

[45]称引:援引(上文所举齐桓公、燕昭王事迹)。

[46]自:副词,本来。

[47]有云:有所讲述。云,说。

[48]崇笃:推崇,注重。 义:道理。

[49]因:借着(盛宪的事)。 表:表达意见。 不悉:不尽,不详。旧时书信结尾常用套语,表示心里的想法没有全说清楚。

与世子曹丕书

曹 洪

题解

曹洪,字子廉,三国沛国谯(今安徽亳县)人。曹操堂弟。汉末曹操起兵讨伐董卓,曹洪募兵助战,供给粮饷。以后曹操击破吕布,征讨刘表,屡从征伐有功,封为谏议大夫、都护将军。魏文帝即位,迁骠骑将军,封都阳侯。曹洪家资富足,曹丕少年时,求借不能如愿,时常怨恨,于是借故捕曹洪入狱,判死罪。卞太后力救赦免,削其官爵。明帝即位,又拜骠骑将军。

建安二十年(215),曹操率兵西征,曹洪时任都护将军,亦在军中。张鲁与弟张卫,以道教为号召,割据汉中多年,曹军乘其松懈,袭击成功,张鲁等降服。《文选》李善注引《文帝集序》:"上平定汉中,族父都护,还书与余,盛称彼方土地形胜。"当时曹丕为世子(太子),致信族叔曹洪讨论汉中之役获胜的原因。此信过去题为《与魏文帝书》,显然是后人所加,现改为《与世子曹丕书》。此信寄自汉中前线,记述实地观感,对曹丕所说王者之师,所向无敌,汉中纵有中才守御,也易攻破的论点,提出异议,突出论证了汉中形势险固、易守难攻的特点,证明了将帅英明、指挥得当对于战争胜利的重要作用。这是家人父子之间讨论军国大事,既有严谨的推论,又有感情的交融,谈笑风生,别有情趣。此信向来题为陈琳所作,并被收入《陈琳集》中,实为一大误会。信中一再申明陈琳无暇代笔,曹洪亲自答书,并说自己近日注意文辞,写作猛进,不必怀疑这是假手他人之作。而许多人没有注意这个事实。其实在曹氏父子擅长诗文、倡导文学的影响下,武人习文,也是完全可能的事。

本文选自《文选》卷四一。

原文

十一月五日[1],洪白[2]:前初破贼[3],情参意奢[4],说事颇过其实。得九月二十日书[5],读之喜笑,把玩无厌[6]。亦欲令陈琳作报[7],琳顷多事[8],不能得为。念欲远以为欢[9],故自竭老夫之思[10]。辞多,不可一一[11],粗举大纲[12],以当谈笑。

汉中地形[13],实有险固,四岳三涂[14],皆不及也。彼有精甲数万[15],临高守要[16],一人挥戟[17],万夫不得进;而我军过之,若骇鲸之决细网[18],奔兕之触鲁缟[19],未足以喻其易。虽云王者之师[20],有征无战[21];不义而强,古人常有。故唐虞之世[22],蛮夷猾夏[23];周宣之盛[24],亦雠大邦[25]。《诗》《书》叹载[26],言其难也。斯皆凭阻恃远[27],故使其然。是以察兹地势,谓为中才处之[28],殆难仓卒[29]。来命陈彼妖惑之罪[30],叙王师旷荡之德[31],岂不信然?是夏殷所以丧[32],苗扈所以毙[33],我之所以克[34],彼之所以败也。不然,商周何以不敌哉[35]?昔鬼方聋昧[36],崇虎谗凶[37],殷辛暴虐[38],三者皆下科也[39];然高宗有三年之征[40],文王有退修之军[41],盟津有再驾之役[42],然后殪戎胜殷[43],有此武功。焉有星流景集[44],飙奔霆击[45],长驱山河,朝至暮捷,若今者矣?由此观之,彼固不逮下愚[46],则中才之守,不然明矣。

在中才则谓不然,而来示乃以为彼之恶稔[47],虽有孙田墨犛[48],犹无所救,窃又疑焉。何者?古之用兵,敌国虽乱,尚有贤人,则不伐也。是故三仁未去[49],武王还师;宫奇在虞[50],晋不加戎[51];季梁犹在[52],强楚挫谋。暨至众贤奔绌[53],三国为墟[54],明其无道有人,犹可救也。且夫墨子之守,萦带为垣[55],高不可登;折箸为械[56],坚不可入。若乃距阳平[57],据石门[58],摅八阵之列[59],骋奔牛之权[60],焉肯土崩鱼烂哉[61]?设令守无巧拙,皆可攀附[62],则公输已陵宋城[63],乐毅已拔即墨矣[64],墨翟之术何称,田单之智何贵?老夫不敏,未之前闻[65]。

盖闻过高唐者[66],效王豹之讴[67];游睢涣者[68],学藻缋之彩[69]。间自入益部[70],仰司马、杨、王遗风[71],有子胜斐然之志[72],故颇奋文辞,异于他日[73]。怪乃轻其家丘[74]，谓为倩人[75]，是何言欤？夫绿骥垂耳于林坰[76]，鸿雀戢翼于污池[77]，袭之者固以为园囿之凡鸟[78]，外厩之下乘也[79]。及整兰筋[80]，挥劲翮[81]，陵厉清浮[82]，顾盼千里，岂可谓其借翰于晨风[83]，假足于六驳哉[84]？恐犹未信丘言[85]，必大噱也[86]。洪白。

注释

[1]十一月五日：建安二十年十一月五日。

[2]洪白：曹洪报告。自称其名，表示谦恭。

[3]破贼：击溃马超、韩遂等叛军。

[4]情侈(chǐ)意著：高兴过头，说话夸大。侈，"哆"的通假，过分；著，夸大。

[5]书：指曹丕写来的信。

[6]把玩：拿在手中反复欣赏。 无厌：不足，不够。

[7]陈琳：字孔璋，东汉末广陵(今江苏江都)人。先为大将军何进主簿，后依袁绍。袁绍死，归曹操，担任司空军谋祭酒、掌书记，长于书牍，也能作诗。 作报：写回信。

[8]顷：最近。

[9]念欲远以为欢：想要从远方写信给你表达喜悦的心情。

[10]老夫：古代老年人的谦称。

[11]一一：逐项不漏地说出来。

[12]大纲：要点。

[13]汉中：汉代郡名，故治在今陕西南郑。

[14]四岳：即东岳泰山、南岳衡山、西岳华山、北岳恒山。 三涂：指太行山、轘辕山、崤渑山(在河南嵩县西南)。《左传·昭公四年》："四岳三涂……九州之险也。"

[15]精甲：精兵。

[16]临高守要：凭临高崖，守住要隘。

[17]戟：古代能刺能砍的长柄武器。一个人拿着长戟守卫，一万人也不能前进，形容地势险固。

[18]骇鲸：受了惊的鲸鱼。决：冲破，冲开。

[19]奔兕(sì)：狂奔的犀牛。兕，独角犀牛。 鲁缟：鲁国所产一种轻薄丝绸。

[20]云：说。 王者之师：天子的军队，正义的军队。

[21]征：讨伐有罪。 战：以同等身份对阵。

[22]唐虞：唐尧、虞舜。

[23]蛮夷：古代对边境少数民族的蔑称。 猾：扰乱。 夏：华夏，中原地区。

[24]周宣：周宣王(姬静)，西周天子，号称中兴之主，政治清平，国势强盛。

[25]亦雠大邦：也有异族入侵，来与大国为敌。《诗经·小雅·采芑》："蠢尔蛮荆，大邦为雠。"

[26]叹载：《诗经》感叹周宣王时异族入侵之事；《尚书·舜典》记载："蛮夷猾夏，寇贼奸宄。"

[27]凭阻恃远：凭着地势险阻、路途遥远。

[28]中才：中等才质的人，一般的人才。

[29]殆：恐怕，几乎。 仓卒(cù)：很快进攻，突然袭击。卒，"猝"的通假，突然。

[30]来命：来信，您的指教。 妖惑：妖言惑众，煽动叛逆。

[31]旷荡:广阔无边。
[32]夏殷所以陨:夏末暴君桀王,被商汤王推翻;殷末暴君纣王,被周武王推翻。
[33]苗扈:古代异族有苗、有扈。《尚书·舜典》:"咨禹,惟时有苗弗率,汝徂征。"(告诉禹,只有这有苗不遵循政令,你去征讨他。)《尚书·甘誓》:"启与有扈,战于甘之野。"(夏王启跟有扈,在甘地原野中作战。)陨:失败,垮台。
[34]我:曹操所率西征军队。 克:战胜,克服。
[35]商周:这里指灭夏的商汤王、灭殷的周武王。 不敌:《左传·桓公十一年》:"斗廉曰:'师克在和,不在众,商周之不敌,君之所闻也。'"
[36]鬼方:古代西北部族。殷高宗曾征鬼方。 耄昧:愚昧无知。
[37]崇虎:即崇侯虎,商代崇国(其地盖在丰、镐之间)君主,文王曾伐崇侯。 逸凶:听信逸言,滥施酷刑。
[38]殷辛:殷末君主纣王,名辛。 暴虐:纣王是历史上有名的暴君,他使用挖心、剖腹、炮烙、菹醢等酷刑,任意残害臣民,甚至连孕妇也不放过。
[39]下科:下等才能。这话不尽属实,史载纣王力气过人,武艺高强,并有卓越军事才能。
[40]高宗:殷代帝王。《易经·既济》:"高宗之伐鬼方,三年克之。"
[41]文王:周文王,殷末诸侯之一,封为西伯。最初统治范围较狭,仅限于岐山一带,后来迁都于丰,势力逐渐扩大,并得到西方各诸侯国拥护。 退脩:撤退军队,加强德政。《左传·僖公十九年》:"子鱼言于宋公曰:'文王闻崇德乱而伐之,军三旬而不降。退脩教而复伐之,因垒而降。'"
[42]盟津:即孟津(今河南孟津县东)。周武王伐纣,在此会集天下诸侯,自动来者八百。 再驾:两次驾车(出征)。
[43]殪(yì)戎:杀死异族首领。殪,死。 胜殷:战胜殷纣王。
[44]星流景集:行动之快,如流星般前进,如影子般随形来到。景,"影"的古体;集,落下。
[45]飙夺霆击:形势之猛,如暴风般走起,如雷霆般袭击。
[46]不逮:不及。 下愚:指鬼方等。这句是说,张鲁等人连下愚也算不上,极其愚顽无能,简直不堪一击。
[47]来示:来信。 恶稔(rěn):罪恶积累很久。稔,积久,成熟。
[48]孙:孙武,春秋时齐国人,著名军事家,吴王阖闾用以为将,西破强楚,著有《孙子兵法》传世。田:田单,战国时齐国人,为齐宗族。齐湣王时,燕将乐毅领五诸侯兵长驱攻齐,占七十馀城,只有莒、即墨不降,齐王出奔。田单率领吏民坚守即墨,施反间计逼迫乐毅归赵国,又用火牛阵击溃敌军,乘胜前进,收复全境。 墨翟:墨翟,运用机械巧妙,与楚公输般较量攻守之策,终于获胜,制止了楚国要以云梯攻宋国的侵略企图。翟,"翟"的通假。
[49]三仁:殷代末期的三位贤人,即微子、箕子、比干。《史记·周本纪》记载,周武王东观兵于孟津,诸侯皆曰:"纣可伐矣。"武王曰:"未知天命,未可也。"乃还师。闻杀王子比干,囚箕子,于是曰:"殷有重罪,不可不伐。"
[50]宫之奇:宫之奇,春秋时虞国大夫。晋侯向虞公借路以伐虢国,宫之奇谏阻,指出虞、虢两国邻近,唇亡齿寒,而且容许晋军通过,丧失警惕,会给敌人以可乘之机。虞公执迷不悟,不采纳他的意见,他就带家族到外国避难去了。后果如宫之奇所料,晋侯灭了虢国,回兵驻在虞国,随即袭击占领了它。
[51]加戎:使用武力。戎,军事。
[52]季梁:隋国贤臣。《左传·桓公六年》:"楚武王侵隋,使薳章求成焉,军于瑕以待之。隋人使少师董成。斗伯比言于楚子曰:'吾不得志于汉东也,我则使然;我张吾三军,而被吾甲兵,以武临之,彼则惧而协以谋我,故难间也。汉东之国,随为大,随张,必弃小国。小国离,楚之利也。少师侈,请羸师以张之。'熊率且比曰:'季梁在,何益?'"

[53]暨至：到了……时候。暨，意义同"及"。　众贤：即指殷末三仁、虞国宫之奇、隋国季梁。　奔绌(chù)：逃亡、废黜。绌，"黜"的通假。

[54]三国：即殷朝、虞国、隋国。　为墟：化作废墟，指代亡国。

[55]萦：盘绕。　垣：城墙。

[56]箸：筷子。　械：攻守器械。

[57]若乃：至于，表示他转。　距："拒"的通假，抵御。　阳平：汉中地名。据《文选》注引《周地图记》："褒谷西有古阳平关。"

[58]据：据守。　石门：汉中地名。据《文选》注引刘渊林《蜀都赋》注："石门在汉中之西。"

[59]摅：散布。　八阵之列：古代八种作战阵形。

[60]骋：施展。　奔牛之权：放出牛群攻击敌营的计谋。《史记·田单列传》记载，田单守即墨，城内预备牛千馀头，身披龙彩衣，角束利刃，尾巴缠上灌了油脂的芦苇。夜间从城墙下凿开洞放出牛群，尾巴点起火，牛群狂奔猛冲，五千壮士随后冲杀，燕军大乱溃散。

[61]土崩鱼烂：迅速崩溃，如土堤般崩塌，如煮鱼般碎烂。

[62]攀附：攀登，攀援。

[63]公输：公输般，战国时鲁人，又称鲁班，古代著名工匠，技巧高超，曾为楚王造云梯，准备用以攻打宋国。　陵：登上。

[64]乐毅：战国时燕国将军，本魏国人。他率领五诸侯兵攻打齐国，占领七十馀城。后被燕惠王疏远免职。　拔：攻取。　即墨：齐国城名(在今山东即墨)。

[65]未之前闻：古代动词宾语提前句式，是说以前未曾听说。

[66]盖：据说，大概。　高唐：春秋时齐国城名(在今山东禹城市西南)。

[67]王豹之讴：王豹的歌唱。《孟子·告子下》："昔者王豹处于淇，而河西善讴；绵驹处于高唐，而齐右善歌。"王豹应为绵驹，这是作者引文之误。

[68]睢(suī)涣：即襄邑，汉代县名，故城在今河南睢县西。襄邑南有涣水，北有睢水，故称睢涣。其地以制作锦绣图案著名，供奉宗庙御服。

[69]藻缋：花纹彩饰。缋，同"绘"。

[70]间：近来。　益部：益州，即汉中地区。

[71]仰：仰慕。崇尚。　司马、杨、王：汉代文学家司马相如、杨雄、王褒。司马相如，汉武帝时人，曾任为郎，汉赋名家。杨雄，亦作扬雄，汉成帝时为郎，学者、汉赋作家，模仿居多。王褒，汉宣帝时人，善于诗赋，官谏大夫。

[72]子胜：勉强效法。《墨子》："二三子复于子墨子曰：'告子胜仁。'子墨子曰：'未必然。告子为仁，譬犹跂以为长，隐以为广，不可久也。'"斐然：勉强努力的样子。

[73]他日：从前。

[74]家丘：即东家丘，孔子的蔑称。传说孔子西邻不知孔子是博学的人，平时称他东家丘。后来成为不识人才的典故。

[75]倩(qiàn)人：请人代劳。倩，借助他人之力。(曹丕怀疑曹洪的信是别人代写。)

[76]绿骥：古代良马之名。　垂耳：低头(没有施展本领)。　林坰(jiōng)：林野。坰，林外。

[77]鸿雀：鸿鹄，天鹅。　戢(jí)翼：收敛翅膀。戢，收敛。　污池：池塘。

[78]亵(xiè)：轻侮。　园囿(yòu)：园林。囿，帝王饲养动物、狩猎游乐之处。

[79]外厩(jiù)：外面的马棚。厩，马棚。　下乘：下等马。

[80]兰筋：据《相马经》说，马眼睛上有竖形兰筋的，能日行千里。
[81]劲翮(hé)：有力的翅膀。翮，鸟翼上六根长翎的茎，指代翅膀。
[82]陵厉：凌厉，气势凶猛，勇往直前。　清浮：天空，云气。
[83]翰：羽毛。
[84]假：借。　六駮(bó)：猛兽。据《尔雅·释兽》说，駮的样子像马，牙齿大，吃虎豹。
[85]丘言：大话。丘，巨大。
[86]大噱(xué)：大笑。

诫子书

诸葛亮

诸葛亮(181—234)，字孔明，三国琅邪阳都(今山东沂水县)人。早年丧父，与弟诸葛均随叔父流寓荆州，在襄阳城西隆中山躬耕读书。少有大志，经常自比管仲、乐毅。后受邀请做了刘备军师，帮助刘备联吴破曹，占领荆益，建立蜀汉政权，奠定三分之势。刘备死后，辅助后主，总揽政事，治理蜀中，五次伐魏，积劳成疾，死于军中，实践了他"鞠躬尽瘁，死而后已"的名言。他的文章朴素自然，而又具有真知灼见。

这封家书是写给儿子诸葛瞻的，其中"非淡泊无以明志，非宁静无以致远"已成千古名言。诸葛瞻，字思远，官至尚书仆射。邓艾伐蜀，他拒绝诱降，战死绵竹。诸葛亮在《与兄瑾言子瞻书》中说："瞻今已八岁，聪慧可爱，嫌其早成，恐不为重器耳。"(《三国志·蜀书·诸葛亮传》)可见他自小聪明，而乃父对他的确教育有方。

本文选自《太平御览》卷四五九。

夫君子之行，静以修身，俭以养德，非淡泊无以明志[1]，非宁静无以致远[2]。夫学须静也，才须学也，非学无以广才[3]，非志无以成学。淫慢则不能励精[4]，险躁则不能治性[5]。年与时驰[6]，意与日去[7]，遂成枯落[8]，多不接世[9]，悲守穷庐[10]，将复何及[11]！

[1]淡泊：胸襟恬淡，安于贫贱。　明志：表明志向。
[2]宁静：沉稳冷静。　致远：实现远大目标。
[3]广才：增加才干，扩展知识。
[4]淫慢：放任懈怠。　励精：振奋精神。
[5]险躁：奸邪浮躁。　治性：整饬品性，修养道德。
[6]年与时驰：年岁跟时间一道流逝。
[7]意与日去：意志随日月一起消磨。
[8]枯落：枯枝落叶，比喻无所作为。

[9] 接世：用于社会实际，应付时务。
[10] 穷庐：简陋的小屋。
[11] 将复何及：哪里还来得及呢？

诫外生书

诸葛亮

题解

诸葛亮生于东汉末年天下动荡、军阀混战之际，少有大志，熟读经典，静观世变，终于成为一代名相。这封《诫外生书》，强调了志向高尚、目标远大对于人生事业的重大意义。这是历代人物成败的经验教训，其中也包括了诸葛亮本人的实际体会。

本文选自《太平御览》卷四五九。

原文

夫志当存高远。慕先贤[1]，绝情欲[2]，弃疑滞[3]，使庶几之志[4]，揭然有所存[5]，恻然有所感[6]；去细碎[7]，广咨问[8]，除嫌吝[9]，虽有淹留[10]，何损于美趣[11]，何患于不济[12]？若志不强毅，意不慷慨，徒碌碌滞于俗[13]，默默束于情[14]，永窜伏于凡庸[15]，不免于下流矣！

注释

[1] 慕：仰慕，向往。 先贤：古代的贤人。
[2] 绝：断绝，摈弃。
[3] 疑滞：疑惑不定，停滞不前。
[4] 庶几：这里是指好学可以成材的人。
[5] 揭然：高而突出的样子。
[6] 恻然：伤痛的样子。
[7] 去：使……去，摈弃，抛开。 细碎：琐碎小事。
[8] 咨问：征询，请教。
[9] 嫌吝：怨恨、吝惜。这句是说，气量要宽大。
[10] 淹留：滞留，停留。这里是说有才德不被录用。
[11] 美趣：美好的志趣。
[12] 患：担忧，顾虑。 济：成功，成就。
[13] 碌碌：平庸无能。 滞于俗：被世俗风气所困扰。滞，这里是困扰、牵制的意思。
[14] 束于情：被情欲嗜好所束缚。情，情欲。
[15] 窜伏：隐藏不出。 凡庸：平庸的人。

让皎书

孙　权

题解

孙权(182—252)，三国吴国大帝，字仲谋，吴郡富春(今浙江富阳区)人。孙坚之子，孙策之弟。自小随兄(孙策)参谋军事，颇有才名。建安五年(200)，孙策遇刺身亡，江东六郡托付孙权。他在张昭、周瑜等人辅佐下，招纳贤才，镇抚吴越。建安十三年(208)，与刘备联合，在赤壁击败曹操。黄龙元年(229)称帝，历二十馀年。晚年疑忌好杀，听谗信神，多有失误。

孙皎(孙权叔父孙静之子)时为都护征虏将军，抚服江淮一带，威望日著。一次，因为饮酒，与将军甘宁起争执，有人劝阻甘宁，甘宁说："我遇明主，只该舍身报效，不能随从世俗屈服权势。"孙权听说后，写信批评从弟孙皎，词句诚挚，情意殷切。又派诸葛瑾去传达他的旨意。孙皎见信以后，上疏表示悔悟，从此与甘宁结成深交。

本文选自《三国志·吴书·宗室传第六》。

原文

自吾与北方为敌[1]，中间十年[2]。初时相持年小，今者且三十矣[3]。孔子言[4]："三十而立[5]。"非但谓五经也[6]，授卿以精兵[7]，委卿以大任[8]，都护诸将于千里之外[9]，欲使如楚任昭奚恤[10]，扬威于北境[11]，非徒相使逞私志而已[12]。近闻卿与甘兴霸饮[13]，因酒发作，侵陵其人[14]，其人求属吕蒙督中[15]。此人虽粗豪，有不如人意时，然其较略[16]，大丈夫也。吾亲之者，非私之也[17]。吾亲爱之，卿疏憎之，卿所为每与吾违，其可久乎？夫居敬而行简[18]，可以临民[19]；爱人多容，可以得众。二者尚不能知[20]，安可董督在远[21]，御敌济难乎[22]？

卿行长大[23]，特受重任，上有远方瞻望之视[24]，下有部曲朝夕从事[25]，何可恣意，有盛怒邪？人谁无过，贵其能改，宜追前愆[26]，深自咎责[27]。今故烦诸葛子瑜重宣吾意[28]。临书摧怆[29]，心悲泪下。

[1]北方：曹操。东汉献帝时，曹操独揽朝政，挟天子以令诸侯。各地军阀先后被消灭，只剩东吴孙权、西蜀刘备与之抗衡。

[2]十年：建安十三年，刘备、孙权联兵抗击曹操，三国鼎立形势遂定。此信当作于建安二十三年(218)。

[3]且：将近。

[4]孔子：春秋末鲁国人，名丘，字仲尼，儒家代表人物。以下引文出自《论语·为政》。

[5]立：立足，学会做人。这句是说，到三十岁，才学会立身处世。

[6]五经：儒家五部经典，即《诗经》、《书经》、《礼经》、《易经》、《春秋》。

[7]卿：魏晋以来，对平辈或爵位较低者的亲昵称呼。至唐代，卿只用于君主称臣。

[8]委：托付。

[9]都护：统领，总管。三国时各州置都督，总管军事。 千里之外：当时孙皎驻兵夏口。

[10]楚：春秋战国时期诸侯国家之一。 昭奚恤：战国时楚贵族，当时名将，多年统兵与中原各诸侯国作战，威望颇高。

[11]扬威：播扬声威。《战国策·楚策》记载，江乙对楚宣王说："今王之地方五千里，带甲百万，而专属之昭奚恤。故北方之畏奚恤也，其实畏王之甲兵也，犹百兽之畏虎也。"

[12]非徒：不只是。 相使：让你。相，在此指代动词宾语。 私志：个人意气。

[13]甘兴霸：名宁，三国巴郡临江（今重庆忠县）人，吴国著名将领，屡建战功，拜西陵太守、折冲将军。其人性粗猛，好攻杀，但有计谋，轻财物，部下愿为效命。

[14]侵陵：欺负，欺犯。 其人：那人（甘宁）。

[15]吕蒙：字子明，三国汝南郡（郡治今河南平舆县）人，十五六岁即投身军旅，曾为平北都尉、庐江太守、虎威将军、南郡太守，后为吴军统帅，死时仅42岁。

[16]较略：大体，大概。

[17]私：偏私，偏向。

[18]夫：句首语气助词，引起议论。 居敬行简：出自《论语·雍也》："居敬而行简，以临其民，不亦可乎？"（仲弓之言）居，处在某种立场；敬，严肃认真；行，施行；简，简要。这句话说，存心严肃认真，办事简要利索。

[19]临民：统治百姓。

[20]尚不能知：这是未必做到的委婉说法。

[21]董督：督察统领。

[22]济难：解救患难。

[23]行：将要。

[24]远方瞻望：指朝廷在注视孙皎的所作所为。

[25]部曲：家兵，私人部队。

[26]追：追悔，反省。 愆(qiān)：过失。

[27]咎责：悔过谴责。

[28]诸葛子瑜：名瑾，三国琅邪阳都（今山东沂水县）人，蜀国丞相诸葛亮之兄。汉末避乱江东，孙权待为宾客，任为谋士，曾作使臣，赴蜀通好，与弟诸葛亮无私会。孙权称帝，拜为大将军、左都护，领豫州牧。 宣：表明。

[29]摧怆(chuàng)：心中悲伤难过。怆，悲伤。

与吴质书

曹丕

题解

曹丕（187—226），曹操次子，字子桓，三国魏沛国谯（今安徽亳县）人。建安二十五年（220），曹操病死，他继任丞相、魏王，进而代汉称帝（魏文帝）。爱好文学，擅长写作，著有文章、诗赋一百多篇，多数亡佚。由于三曹（曹操、曹丕、曹植）提倡文学，并且团结、联系了当时的作家、诗人,对建安文学的发展有积极的推动作用。

吴质是他的朋友,字季重,三国魏济阴(今山东菏泽市定陶区)人,著名文人,曾任朝歌令,后为振威将军,封列侯。建安二十二年(217),魏国流行瘟疫,徐幹、陈琳、刘桢、应场等优秀作家一时病逝。他在这封信中以浓重的感情回顾了当年与众多文友欢聚游乐的情景,抚今追昔,无限伤悼;又评论了这些文友的文章和才气,并对自己岁月流逝、事业无成深感忧虑。文章抒情气氛很浓,文句骈散交错,灵活变化,表现了高超的修辞技巧。

原文

二月三日,丕白[1]:

岁月易得,别来行复四年[2]。三年不见,《东山》犹叹其远[3];况乃过之,思何可支[4]?虽书疏往返[5],未足解其劳结[6]。

昔年疾疫,亲故多离其灾[7]:徐、陈、应、刘[8],一时俱逝,痛可言耶!昔日游处,行则连舆[9],止则接席[10],何曾须臾相失!每至觞酌流行[11],丝竹并奏[12],酒酣耳热,仰而赋诗。当此之时,忽然不自知乐也。谓百年已分[13],可长共相保[14]。何图数年之间,零落略尽[15],言之伤心!顷撰其遗文[16],都为一集[17]。观其姓名,已为鬼录[18]。追思昔游,犹在心目;而此诸子,化为粪壤,可复道哉?

观古今文人,类不护细行[19],鲜能以名节自立[20]。而伟长独怀文抱质[21],恬淡寡欲[22],有箕山之志[23],可谓彬彬君子者矣。著《中论》二十余篇,成一家之言。辞义典雅[24],足传于后,此子为不朽矣。德琏常斐然有述作之意[25],其才学足以著书;美志不遂,良可痛惜[26]。间者[27],历览诸子之文,对之抆泪[28]。既痛逝者,行自念也[29]。孔璋章表殊健[30],微为繁富[31]。公幹有逸气[32],但未遒耳[33]。其五言诗之善者,妙绝时人[34]。元瑜书记翩翩[35],致足乐也。仲宣独自善于辞赋[36],惜其体弱,不足起其文[37];至于所善,古人无以远过。昔伯牙绝弦于钟期[38],仲尼覆醢于子路[39],痛知音之难遇,伤门人之莫逮[40]。诸子但为未及古人,自一时之俊也[41]。今之存者,已不逮矣。后生可畏[42],来者难诬[43],然恐吾与足下不及见也。

年行已长大[44],所怀万端。时有所虑,至通夜不瞑[45],志意何时复类昔日[46]?已成老翁,但未白头耳!光武言[47]:"年三十余,在兵中十岁,所更非一[48]。"吾德不及之,年与之齐矣。以犬羊之质[49],服虎豹之文[50];无众星之明,假日月之光[51];动见瞻观[52],何时易乎!恐永不复得为昔日游也。少壮真当努力,年一过往,何可攀援[53]?古人思炳烛夜游[54],

良有以也[55]。

顷何以自娱？颇复有所述造不[56]？东望於邑[57]，裁书叙心[58]。丕白。

[1] 白：报告，告诉。多用于下对上，也可用于同辈之间。

[2] 行：副词，将。

[3]《东山》：《诗经·豳风·东山》："自我不见，于今三年。"诗中抒发了服役士兵远离家乡、三年不归的感叹。

[4] 支：支持，承担。

[5] 书疏：书信。疏，分条陈述的奏章。

[6] 劳结：盘结心怀的担忧思念。劳，忧愁。

[7] 离：通"罹"，遭受。

[8] 徐、陈、应、刘：徐幹、陈琳、应场、刘桢。

[9] 连舆：车子互相连接。

[10] 接席：坐席互相挨近。

[11] 觞酌流行：依次敬酒。觞，酒器；酌，斟酒。

[12] 丝：琴瑟等弦乐器。竹：箫笛等管乐器。并奏：一起演奏。

[13] 百年：百年之寿，享尽天年。 己分(fèn)：自己分内应有。

[14] 相保：相守，聚在一起，不致分散。

[15] 零落：凋零衰落。用草木的零落比喻人事的丧亡。 略：几乎，大体。 尽：没有剩馀，完了。

[16] 顷：时间副词，不久之前。 撰：编订。

[17] 都：合编，总共。

[18] 鬼录：死人的名录，死人的名册。

[19] 类：副词，大体，大抵。 护：顾及，注意。 细行：小节。《尚书·旅獒》："不矜细行，终累大德。"

[20] 鲜(xiǎn)：很少。 以名节自立：在名誉、品节上站得住脚。

[21] 伟长：徐幹(171—218)，字伟长，东汉末北海(今山东昌乐西)人。"建安七子"之一。长于诗赋，著有《中论》。官至五官中郎将文学。 怀文抱质：既有文采又有品节。

[22] 恬(tián)淡：不求名利，不慕虚荣。

[23] 箕(jī)山之志：退隐山林的志趣。箕山，在今河南登封东南。传说尧帝让天下于高士许由，许由不接受，逃隐于箕山之下。

[24] 典雅：合乎规范，优美不俗。

[25] 德琏：应场(？—217)，字德琏，东汉末汝南南顿(今河南项城市西南)人。"建安七子"之一。官至五官中郎将文学。 斐(fěi)然：有文采的样子。

[26] 良：副词，很。

[27] 间(jiàn)者：近来。

[28] 抆(wěn)：抹，擦。

[29] 行：副词，且，又。 自念：想到自己(忧虑自己年纪长大，著述没有成就)。

[30] 孔璋：陈琳(？—217)，字孔璋，东汉末广陵(今江苏扬州市)人。"建安七子"之一。初依袁绍，后

归曹操，官至门下督。长于诗歌、章表。　章表：臣下写给皇帝的奏章。　殊：副词，很。　健：刚健有力。

[31] 微为：稍微。　繁富：文辞繁多冗长。

[32] 公幹：刘桢（？—217），字公幹，东汉末东平（今山东东平东）人。"建安七子"之一。才思敏捷，与曹植齐名。曾任丞相掾属。　逸气：奔放的才气。

[33] 遒（qiú）：刚劲有力。

[34] 妙绝时人：诗句美妙，超过当时作者。绝，超出。

[35] 元瑜：阮瑀（约165—212），字元瑜，东汉末陈留尉氏（今河南尉氏）人。"建安七子"之一。长于公文，与陈琳同管记室。　书记：书信奏记等应用公文。　翩翩：文辞优美的样子。

[36] 仲宣：王粲（177—217），字仲宣，东汉末山阳高平（今山东邹城市西南）人。"建安七子"之一。先依刘表，后归曹操，升任军谋祭酒，封关内侯。曹丕称帝，任侍中。《文心雕龙》作者刘勰称他为"七子之冠冕"。

[37] 起其文：振起他的文气。

[38] 伯牙绝弦：春秋时伯牙善于奏琴，钟子期善于听琴，称为知音。传说钟子期死后，伯牙扯断琴弦，从此不再演奏，没有知音了。　钟期：即钟子期。

[39] 仲尼：孔子（前551—前479），字仲尼，春秋末鲁国昌平乡陬邑（今山东曲阜东南）人，儒家代表人物。覆醢（hǎi）：倒掉肉酱。　子路：孔子著名弟子仲由，字子路。孔子听说子路在卫国被杀，被剁成肉酱，他哭着倒了家中的肉酱。见《礼记·檀弓上》。

[40] 门人：学生，弟子。　逮：赶上，及。

[41] 俊：优秀作者。

[42] 后生可畏：出自《论语·子罕》。后来者令人敬畏。

[43] 来者：未来的文人。　难诬：难以瞎说。

[44] 年行：行年，年纪。

[45] 瞑（míng）：闭眼，睡着。

[46] 志意：志气和精神。

[47] 光武：东汉开国皇帝光武帝刘秀。

[48] 更（gēng）：亲身经历。以上引言见于《东观汉记》光武帝赐隗嚣书。

[49] 犬羊之质：卑劣的才智。

[50] 虎豹之文：华美的文采。以上是说自己德才低劣，占据高位，如同狗羊披着虎豹的文采，极不相称（自谦之辞）。

[51] 假：借助。这里是用众星与日月比喻自己借助父辈势力占据高位。

[52] 动：动辄。　见：受，被。　瞻观：众人瞩目。

[53] 攀援：拉回来。古代神话传说，羲和为太阳做驭手，每天驾车自东向西奔驰。

[54] 炳烛夜游：爱惜时光，夜间点亮火炬出外游玩。《古诗十九首》："昼短苦夜长，何不秉烛游？"

[55] 有以：有原因，有道理。

[56] 述造：著作，创作。　不（fǒu）：同"否"。

[57] 於（wū）邑：呜咽，忧郁。

[58] 裁书：作书，写信。　叙心：说心里话。

与杨德祖书

曹 植

题解

曹植(192—232),三国时著名作家,字子建,沛国谯(今安徽亳州市谯城区)人。曹操第三子,曹丕同母弟。幼时才思敏捷,下笔成文,深受曹操宠爱,想立为太子。后因行为不检失宠。他政治抱负很大,因受曹丕猜忌,不得施展。曹丕称帝,曹睿继位,他一直受到压抑,终于忧愤而死。

杨修(175—219),字德祖,东汉末弘农华阴(今陕西华阴东)人,太尉杨彪之子。才学出众,为曹操忌恨,被杀。他是作者的知心朋友。在这封信中,曹植表达了他对文学批评和文学创作的见解,强调文人不应自视过高,应当正视自己的短处,虚心接受批评;另一方面也指出了批评者本身也要具备较高的才识,不能仅凭主观爱好,褒贬作品。他对民间文学的重要价值给予肯定,超出了封建士大夫的狭隘之见。至于把辞赋视为"小道",大丈夫应当建立功业,虽有一定的片面性,结合作者当时的处境来看,说这些话透露了他政治上受压抑的愤懑。这是一篇重要文论,从中反映当时文坛的风气,又是一篇自然流畅、情辞俱佳的抒情散文,因此向来得到很高的评价。

本文选自《文选》卷四二。

原文

植白:数日不见,思子为劳[1],想同之也[2]。

仆少小好为文章,迄至于今二十有五年矣[3]。然今世作者,可略而言也。昔仲宣独步于汉南[4],孔璋鹰扬于河朔[5],伟长擅名于青土[6],公幹振藻于海隅[7],德琏发迹于大魏[8],足下高视于上京[9]。当此之时,人人自谓握灵蛇之珠[10],家家自谓抱荆山之玉[11]。吾王于是设天网以该之[12],顿八纮以掩之[13],今悉集兹国矣。

然此数子,犹复不能飞轩绝迹[14],一举千里也[15]。以孔璋之才,不闲于辞赋[16],而多自谓能与司马长卿同风[17],譬画虎不成反为狗也[18]。前有书嘲之,反作论盛道仆赞其文。夫钟期不失听[19],于今称之。吾亦不能妄叹者,畏后世之嗤余也[20]。

世人之著述,不能无病。仆常好人讥弹其文[21],有不善者,应时改定[22]。昔丁敬礼常作小文[23],使仆润饰之[24]。仆自以才不过若人[25],辞不为也。敬礼谓仆:"卿何所疑难?文之佳恶,吾自得之,后世谁相知定吾文者耶[26]?"吾常叹此达言[27],以为美谈。昔尼父之文辞[28],与人通流[29]。至于制《春秋》[30],游、夏之徒乃不能措一辞[31],过此而言不病者[32],吾未之见也[33]。

盖有南威之容[34]，乃可以论于淑媛[35]；有龙渊之利[36]，乃可以议于断割。刘季绪才不能逮于作者[37]，而好诋诃文章[38]，掎摭利病[39]。昔田巴毁五帝、罪三王、呰五霸于稷下[40]，一旦而服千人；鲁连一说[41]，使终身杜口[42]。刘生之辩[43]，未若田氏，今之仲连，求之不难，可无叹息乎？人各有好尚。兰茝荪蕙之芳[44]，众人之所好，而海畔有逐臭之夫[45]；咸池、六茎之发[46]，众人所共乐，而墨翟有非之之论[47]，岂可同哉！

今往仆少小所著辞赋一通相与[48]。夫街谈巷说[49]，必有可采。击辕之歌[50]，有应风雅[51]；匹夫之思，未易轻弃也。辞赋小道，固未足以揄扬大义[52]，彰示来世也。昔扬子云先朝执戟之臣耳[53]，犹称"壮夫不为"也[54]，吾虽薄德，位为蕃侯[55]，犹庶几戮力上国[56]，流惠下民，建永世之业，流金石之功[57]，岂徒以翰墨为勋绩[58]，辞赋为君子哉？若吾志未果[59]，吾道不行，则将采庶官之实录，辩时俗之得失，定仁义之衷[60]，成一家之言。虽未能藏之于名山[61]，将以传之于同好[62]。非要之皓首[63]，岂今日之论乎[64]？其言之不惭，恃惠子之知我也[65]。

明早相迎，书不尽怀[66]。植白。

[1]劳：忧愁，苦恼。

[2]同：用为动词，同样这样。

[3]有(yòu)：通"又"，用于整数和零数之间。

[4]仲宣：王粲(177—217)，字仲宣，东汉末山阳高平(今山东邹城市西南)人。"建安七子"之一。刘勰称他为"七子之冠冕"。 独步：超出众人。 汉南：汉水之南，荆州地区。王粲依附荆州刘表达十五年。

[5]孔璋：陈琳(？—217)，字孔璋，东汉末广陵(今江苏扬州市)人。"建安七子"之一。长于诗歌、章表。鹰扬：像雄鹰展翅飞扬，比喻大展才华。 河朔：河北，冀州地区。陈琳曾为冀州袁绍掌书记，后归曹操。

[6]伟长：徐幹(171—218)，字伟长，东汉末北海(今山东昌乐西)人。"建安七子"之一。长于诗赋，著有《中论》。 擅名：独具盛名。 青土：青州地区。北海郡处青州东部。

[7]公幹：刘桢(？—217)，字公幹，东汉末东平(今山东东平东)人。"建安七子"之一。才思敏捷，与曹植齐名。 振藻：发挥文采。藻，词藻。 海隅：海边。刘桢家乡近海。

[8]德琏：应玚(？—217)，字德琏，东汉末汝南南顿(今河南项城市西南)人。"建安七子"之一。 发迹：出名。 大魏：许昌。应玚家乡接近魏都许昌。

[9]高视：从高处往下看，居高临下。形容文学成就最高。 上京：京城的美称。指魏都许昌，杨修在许昌做官。

[10]自谓：自己认为。 灵蛇之珠：隋侯珠。《淮南子·览冥》中说，古时隋侯救了一条受伤的大蛇。大蛇从江水中衔来一颗宝珠送他，作为报答。比喻最可宝贵的文学才华。

[11]荆山之玉：和氏璧。《韩非子·和氏》中说，卞和发现荆山之璞(含玉的石头)，几经周折，献给楚文王，剖出宝玉，即和氏璧。比喻最可宝贵的文学才华。

[12]吾王：曹操，封号魏王。 天网：天大的网，比喻罗致人才的高明政策。该：通"赅"，全部囊括，没有遗漏。

[13]顿：通"振"，挥动。 八纮(hóng)：八方(古代传说大地八方有长绳维系)。纮，长绳。 掩：覆盖，收罗干净。

[14]飞轩绝迹：高高飞翔，不留踪迹。比喻取得高超的文学成就。轩，高；绝迹，没有足迹。

[15]举：高飞。

[16]闲：通"娴"，娴熟。

[17]司马长卿：西汉辞赋家司马相如(前179—前118)，字长卿，蜀郡成都(今四川成都市)人，武帝时，以辞赋受召见，任为郎，转文园令。代表作品有《子虚赋》、《上林赋》、《大人赋》等。 同风：韵味相似。

[18]画虎不成反为狗：比喻效仿名家，反而露丑。

[19]钟期：钟子期，传为春秋时楚国人，伯牙弹琴，每奏一曲，他都能领会曲调的含意。 不失听：不会听错。这里比喻正确鉴赏文艺作品。

[20]嗤(chī)：讥笑。

[21]讥弹：指责批评。 其：自己的。

[22]应时：随时，及时。

[23]丁敬礼：丁廙(yì)，字敬礼，作者的好友，因与其兄丁仪共同谋划立曹植为太子，被曹丕杀害。

[24]润饰：修改加工(诗文)。

[25]若：指示代词，这个。

[26]定：改定，定稿。

[27]达言：通情达理的话。

[28]尼父：对孔子(字仲尼)的尊称。古时在男子字后加"父"、"甫"表示尊敬。孔子被尊称"尼甫"或"尼父"。

[29]通流：同流，水平相近。

[30]制：写作。 《春秋》：鲁国史书，传为孔子编订。

[31]游、夏：孔子著名弟子子游(言偃，字子游)、子夏(卜商，字子夏)。二人都以文学见长。 措：安排(词句)。《史记·孔子世家》："孔子在位听讼，文辞有可与人共者，弗独有也。至于为《春秋》，笔则笔，削则削，子夏之徒不能赞(协助，增加)一辞。"

[32]过此：在此(孔子编订《春秋》)之外。

[33]末之见：未见之。

[34]南威：春秋时晋文公的妃子南之威，著名美女。见于《战国策·魏策》。

[35]淑媛：美女，美人。

[36]龙渊：古代宝剑，又作龙泉。以上用评论美女、宝剑作比喻，说明评论文学作品，本身应有较高的文学才华和鉴赏能力。

[37]刘季绪：刘琦，字季绪，东汉末山阳高平(今山东邹城市西南)人，荆州牧刘表之子。官至乐安太守。有诗赋等作品。

[38]诋(dǐ)诃(hē)：诋毁。

[39]掎(jǐ)摭(zhí)：挑剔，指责。 利病：偏义复词，只指瑕疵、毛病。

[40]田巴：战国时齐国辩士。 訾(zǐ)：同"訾"，毁谤。 稷下：战国时齐国都城临淄稷门(西门)，在此设立馆舍，招纳学者。

[41]鲁连:鲁仲连,齐国高士,驳倒田巴,使其闭口无言。

[42]杜口:闭口。杜,关闭。

[43]刘生:指刘季绪。

[44]兰茝(chǎi)荪蕙:四种香草。

[45]逐臭之夫:追随臭味的人。逐臭,比喻怪癖。见于《吕氏春秋·遇合》。

[46]咸池:传为黄帝时的乐曲。 六茎:传为颛顼时的乐曲。 发:演奏。

[47]墨翟(dí):战国时墨家学派的创始人,《墨子》书中有《非乐》篇。

[48]往:送去,送达。 通:篇,件。 与:给。

[49]街谈巷说:民间的传说、轶闻。

[50]击辕之歌:车夫拍着车辕唱的歌谣,即民间歌谣。

[51]应:合。 风雅:《诗经》中的《国风》和《大雅》《小雅》,古代称为诗歌典范。

[52]揄扬(yúyáng):宣扬。 大义:大道。

[53]扬子云:西汉著名学者、辞赋家扬雄(前53—后18),蜀郡成都(今四川成都市)人。著《法言》《太玄》《方言》等。一作杨雄。 执戟之臣:扬雄曾在黄门任郎(宫廷卫士)。

[54]壮夫不为:《法言·吾子》:"童子雕虫篆刻,壮夫不为。"认为辞赋着重修饰文辞,丈夫不干这样的事。

[55]蕃侯:藩侯,诸侯(辅佐王室,犹如屏障、藩篱的作用)。曹植先封平原侯,后又徙封临淄侯。

[56]庶几:希望。 戮(lù)力:效力。 上国:朝廷。

[57]流:传布,遗留。 金石:(功绩)铸在钟鼎上,刻在石碑上。

[58]翰墨:笔墨,指代文章。

[59]果:实现。

[60]衷:同"中",正确的准则。

[61]藏之于名山:西汉司马迁《报任安书》:"仆诚已著此书,藏之名山,传之其人。"表示著作永垂不朽。

[62]同好(hào):志趣爱好相同的人。

[63]要(yāo)之皓首:预期要在老年完成(著述)。

[64]今日之论:今天讨论。

[65]恃(shì):依赖,依仗。 惠子:战国时思想家惠施,庄子的朋友,两人常在一起辩论哲学问题。惠施死后,庄子走到他的坟前,说:"没有可以跟我谈论的人了。"

[66]尽怀:说尽内心的想法。

与山巨源绝交书

嵇 康

题解

嵇康(224—263),魏晋之际著名作家,谯郡铚(今安徽宿州西南)人,"竹林七贤"之一。博学多才,喜好清谈。他是曹魏宗室女婿,做过中散大夫,世称嵇中散。当时王室衰微,司马氏篡权的阴谋十分明显。正直人士多数采取退隐山林或醉酒佯狂方式,以免遭到迫害。嵇康不与司马氏合作,绝ர仕进。被司马昭、钟会忌恨,借故杀害。

山涛(205—283),字巨源,魏晋之际名士,河内怀(今河南武陟西南)人。爱好老庄学说,

"竹林七贤"之一。初与阮籍、嵇康等交游,后投靠司马氏,成为亲信,连获升迁,官至吏部尚书、侍中。山涛由选曹郎升任大将军从事中郎,推荐嵇康代任原职,嵇康写这封信,不但拒绝出仕,而且跟他绝交。他从自己天性疏放、不受世俗拘束立论,跟统治集团提倡"礼义"、"名教"相对立,阐明自己保全天性、远离官场的态度。信中描述自己作风懒散,污秽生虱,傲慢无礼,既是率性自然、蔑视世俗、不屑趋奉当朝权贵的表现,也有消极颓废的一面。这是朋友之间的书信,信笔写来,如谈家常,无所拘束。但在言辞中间,却尽情表露了自己愤世嫉俗的精神和清高孤傲的骨气,对于山涛的投靠权贵,揶揄嘲讽,笔锋犀利而又曲折婉转,令人不由叹服。

本文选自《文选》卷四三。

原文

　　康白:足下昔称吾于颍川[1],吾尝谓之知言[2]。然经怪此意[3],尚未熟悉于足下,何从便得之也?前年从河东还[4],显宗、阿都说足下议以吾自代[5],事虽不行,知足下故不知之[6]。足下傍通[7],多可而少怪[8];吾直性狭中[9],多所不堪,偶与足下相知耳。间闻足下迁[10],惕然不喜[11]。恐足下羞庖人之独割[12],引尸祝以自助[13];手荐鸾刀,漫之膻腥[14],故具为足下陈其可否[15]。

　　吾昔读书,得并介之人[16];或谓无之,今乃信其真有耳。性有所不堪,真不可强[17]。今空语同知有达人而无所不堪,外不殊俗,而内不失正;与一世同其波流[18],而悔吝不生耳[19]。老子、庄周[20],吾之师也,亲居贱职;柳下惠、东方朔[21],达人也,安乎卑位:吾岂敢短之哉[22]!又仲尼兼爱[23],不羞执鞭[24];子文无欲卿相[25],而三登令尹[26]:是乃君子思济物之意也[27]。所谓达能兼善而不渝[28],穷则自得而无闷[29]。以此观之,故尧、舜之君世[30],许由之岩栖[31],子房之佐汉[32],接舆之行歌[33],其揆一也[34]。仰瞻数君,可谓能遂其志者也。故君子百行,殊途而同致[35]。循性而动,各附所安。故有处朝廷而不出,入山林而不反之论[36]。且延陵高子臧之风[37],长卿慕相如之节[38],志气所托,不可夺也。

　　吾每读尚子平、台孝威传[39],慨然慕之,想其为人。加少孤露[40],母兄见骄[41],不涉经学。性复疏懒,筋驽肉缓[42]。头面常一月十五日不洗;不大闷痒,不能沐也[43]。每常小便而忍不起,令胞中略转[44],乃起耳。又纵逸来久,情意傲散;简与礼相背[45],懒与慢相成,而为侪类见宽[46],不攻其过[47]。又读《庄》《老》,重增其放[48]。故使荣进之心日颓[49],任实之情转笃[50]。此由禽鹿[51],少见驯育,则服从教制;长而见羁[52],则狂顾顿缨[53],赴蹈汤火;虽饰以金镳[54],飨以嘉肴[55],逾思长林而志在丰草也。

　　阮嗣宗口不论人过[56],吾每师之,而未能及。至性过人,与物无伤,唯饮酒过差耳[57]。至为礼法之士所绳[58]，疾之如雠，幸赖大将军保持之耳[59]。吾以不如嗣宗之贤，而有慢弛之阙[60]；又不识人情，暗于机宜[61]；无万石之慎[62]，而有好尽之累[63]；久与事接，疵衅日兴[64]。虽欲无患，其可得乎？又人伦有礼，朝廷有法；自惟至熟，有必不堪者七，甚不可者二。卧喜晚起，而当关呼之不置[65]，一不堪也；抱琴行吟，弋钓草野[66]，而吏卒守之，不得妄动，二不堪也；危坐一时[67]，痹不得摇，性复多虱，把搔无已[68]，而当裹以章服[69]，揖拜上官，三不堪也；素不便书[70]，又不喜作书，而人间多事，堆案盈机[71]，不相酬答，则犯教伤义，欲自勉强，则不能久，四不堪也；不喜吊丧，而人道以此为重[72]，已为未见恕者所怨，至欲见中伤者，虽瞿然自责[73]，然性不可化，欲降心顺俗，则诡故不情[74]，亦终不能获无咎无誉，如此，五不堪也；不喜俗人，而当与之共事，或宾客盈坐，鸣声聒耳[75]，嚣尘臭处[76]，千变百伎[77]，在人目前，六不堪也；心不耐烦，而官事鞅掌[78]，机务缠其心[79]，世故繁其虑，七不堪也。又每非汤、武而薄周、孔[80]，会显世教所不容[81]，此甚不可一也；刚肠疾恶[82]，轻肆直言[83]，遇事便发，此甚不可二也。以促中从心之性[84]，统此九患[85]，不有外难，当有内病，宁可久处人间邪[86]？又闻道士遗言，饵术、黄精[87]，令人久寿，意甚信之。游山泽，观鱼鸟，心甚乐之。一行作吏[88]，此事便废[89]。安能舍其所乐，而从其所惧哉！

夫人之相知，贵识其天性，因而济之[90]。禹不逼伯成子高[91]，全其节也。仲尼不假盖于子夏[92]，护其短也。近诸葛孔明不逼元直入蜀[93]，华子鱼不强幼安以卿相[94]。此可谓能相终始，真相知者也。足下见直木不可以为轮，曲者不可以为桷[95]，盖不欲以枉其天才[96]，令得其所也。故四民有业[97]，各以得志为乐，唯达者为能通之。此似足下之度内耳[98]。不可自见好章甫[99]，强越人以文冕也[100]；自以嗜臭腐，养鸳雏以死鼠也[101]。吾顷学养生之术[102]，方外荣华[103]，去滋味[104]，游心于寂漠[105]，以无为为贵。纵无九患，尚不顾足下所好者。又有心闷疾，顷转增笃[106]。私意自试[107]，必不能堪其所不乐。自卜已审[108]，若道尽涂穷则已耳[109]。足下无事冤之[110]，令转于沟壑也[111]。

吾新失母兄之欢[112]，意常凄切。女年十三，男儿八岁，未及成人，况复多病，顾此恨恨[113]，如何可言！今但愿守陋巷，教养子孙；时与亲旧叙离阔[114]，陈说平生。浊酒一杯，弹琴一曲，志愿毕矣。足下若嬲之不置[115]，不过欲为官得人，以益时用耳。足下旧知吾潦倒粗疏，不切事情[116]，自惟亦皆不如今日之贤能也。若以俗人皆喜荣华，独能离之，以此为快,此最近之,可得言耳。然使长才广度[117],无所不淹[118],而能不营[119],乃可贵耳。若吾多病困,欲离事自全,以保馀年,此真所乏耳[120],岂可见黄门而称贞哉[121]!若趣欲共登王途[122],期于相致[123],时为欢益[124],一旦迫之,必发狂疾。自非重怨[125],不至此也。野人有快炙背而美芹子者[126],欲献之至尊[127],虽有区区之意[128],亦已疏矣[129]。愿足下勿似之[130]。其意如此。既以解足下[131],并以为别[132]。嵇康白。

[1] 称:称赞,赞扬。颍川:山涛的族叔山嵚(qīn),曾任颍川(今河南许昌市)太守。这里用官职指代本人。

[2] 知言:知己的话。山涛曾对族叔山嵚说过,嵇康不愿出仕。

[3] 经:常常。 怪:感到奇怪。 此意:这种(不愿出仕)的心意。

[4] 河东:山西境内黄河以东地区。

[5] 显宗:公孙崇,字显宗,谯国人,任尚书郎。阿都:作者朋友吕安,小字阿都。后因所谓"吕安不孝"之案,嵇康受牵连一起被处死。

[6] 故:副词,本来,原来。 知之:了解自己。

[7] 傍通:善于变化,适应形势(暗示没有操守)。

[8] 可:许可,奉承。 怪:指责。多加认可,少加指责(暗示善于奉承屈从)。

[9] 直性:生性耿直。 狭中:心地狭窄。这里是指不能容忍奸邪势力。

[10] 间:近来。 迁:升官。

[11] 惕然:忧虑害怕的样子。

[12] 羞:用为动词,以……为羞耻。 庖人:厨师。

[13] 尸祝:庙祝,主管祭祀的人。《庄子·逍遥游》:"庖人虽不治庖,尸祝不越樽俎而代之矣。"这里是说,你羞于像厨师一样独自割肉,想拉庙祝当助手。暗示拉自己跟山涛一起投靠司马氏一伙。

[14] 漫:沾染。 膻腥:羊膻味、鱼腥味。比喻清高的人进入官场受了玷污。

[15] 陈:陈述。

[16] 并介:既能兼济天下,又能耿介孤直。

[17] 强(qiǎng):勉强,逼迫。

[18] 同其波流:随波逐流。

[19] 悔吝:悔恨。这里是说,现在妄谈都知道有这种什么都能忍受的通达之士,他们对外跟世俗没有两样,内心却不失掉原则;他们跟世人一起随波逐流,却不感到悔恨。"空语"表示并不存在这样的人。

[20] 老子、庄周:道家学派代表人物。

[21] 柳下惠:春秋时鲁国大夫展禽,食邑柳下,谥号惠。曾任士师(狱官)。 东方朔:西汉武帝时人,字曼倩,为人滑稽多智,长期做郎官(宫廷卫士)。

[22] 短:用为动词,指责。

[23] 兼爱:兼济天下。

[24] 执鞭:当车夫。《论语·述而》:"富而可求,虽执鞭之士,吾亦为之;如不可求,从吾所好。"

[25] 子文:姓斗,名縠於菟(gǔwūtú),楚国人,三次做令尹(国相)。

[26]登:担任官职。
[27]济物:救济民众。物,众人。
[28]达:仕途顺利。 兼善:普遍搞好天下。《孟子·尽心上》:"穷则独善其身,达则兼善天下。" 渝:改变。
[29]穷:与"达"相对,仕途不顺利,政治上没有出路。 无闷:没有愁闷。《易经·乾传》:"遁世无闷。"
[30]君世:君临天下,做当世的君主。
[31]许由:尧帝时高士。尧帝要把天下让给许由,许由不接受,逃到箕山之下。 岩栖:隐居山林。
[32]子房:汉初开国功臣张良,字子房。 佐:辅佐。张良辅佐刘邦打败项羽,平定天下。
[33]接舆:春秋时楚国隐士。 行歌:一边走一边唱歌。《论语·微子》:"楚狂接舆歌而过孔子,曰:'凤兮凤兮,何德之衰,往者不可谏,来者犹可追。已而已而,今之从政者殆而!'"
[34]揆(kuí):准则。 一:同样的。
[35]殊途而同致:道路不同,而目的一样。致,目的,到达。《易经·系辞下》:"天下同归而殊途,一致而百虑。"
[36]反:同"返",回来。论:议论,说法。《韩诗外传》卷五:"朝廷之人为禄,故入而不出;山林之士为名,故往而不反。"
[37]延陵:春秋时吴国公子季札,封于延陵(今江苏武进),因以封地指代。 高:推崇。 子臧:春秋时曹国公子,不肯做国君,逃到国外去了。见于《左传·成公十五年》。风:风操、气节。《左传·襄公十四年》记载,吴国诸樊提议立季札为国君,他效法子臧,加以拒绝。
[38]长卿:西汉辞赋家司马相如,字长卿,原名犬子,仰慕蔺相如的为人,改为相如。见于《史记·司马相如列传》。 相如:战国时赵国上卿蔺相如。他的政治才干、爱国事迹见于《史记·廉颇蔺相如列传》。
[39]尚子平:东汉人,曾任县功曹,辞官回乡,卖柴为生。台(yí)孝威:台佟,字孝威,东汉魏郡人,隐居武安山(今河北武安市)中,采药为业。见于《后汉书·逸民传》。
[40]孤:幼年丧父。 露:身体瘦弱。
[41]见骄:对我娇惯宠爱。
[42]驽:劣马,这里形容(筋骨)迟钝。 缓:松散。
[43]能:耐。 沐:洗头。
[44]胞:尿脬(pāo),膀胱。胞中略转,形容憋尿的感觉。
[45]简:散漫,不讲礼仪。
[46]侪(chái)类:同辈。 见宽:对我宽容,从不计较。
[47]攻:指责(过失)。
[48]重:更加。 放:放任,放纵不羁。
[49]荣进:追求荣显,指做官。 颓:低落,下降。
[50]任实:放任天性。 转:更加。 笃:深,重。
[51]由:通"犹",比如,好像。
[52]长:长大。 见:受,被。 羁:束缚。
[53]狂顾:急忙扭过头去,形容不受制约。 顿缨:弄断绳子。顿,挣断;缨,拴缚鸟兽的绳子或带子。
[54]金镳(biāo):黄金制的马嚼子。镳,马嚼子上的环。
[55]饣襄:供给酒饭,这里指喂养,饲养。
[56]阮嗣宗:阮籍,字嗣宗,魏晋之际诗人,陈留尉氏(今河南尉氏)人。"竹林七贤"之一。

［57］过差(cī)：过量。差，等级。
［58］礼法之士：指何曾。　绳：弹劾。《晋阳秋》记载，何曾向大将军司马昭弹劾阮籍说："卿任性放荡，败礼伤教，若不革变，王宪岂得相容？"
［59］大将军：司马昭。　保持：维护。司马昭没有听信何曾的逸言，说："此贤(阮籍)素羸病，君当恕之。"
［60］慢弛：傲慢疏放。　阙：通"缺"。
［61］暗：不懂得。　机宜：随机应变的手段、策略。
［62］万石：西汉大臣石奋，父子五人都任高官，各有俸禄二千石，汉景帝称他"万石君"。他们父子都以言行谨慎小心闻名。见于《汉书·石奋传》。
［63］好(hào)：喜欢。　尽：直言不讳，说话不留馀地。　累(lèi)：过失。
［64］疵：瑕疵，毛病。　衅：嫌隙。
［65］当关：守门的人，早晨负责叫人起床。　不置：不停，不放。
［66］弋(yì)：用带丝绳的箭射鸟。　钓：钓鱼。
［67］危坐：挺直上身端坐。　一时：一个时辰。
［68］把(pá)搔：抓挠(身上发痒之处)。
［69］章服：有纹饰(等级标志)的官服。
［70］便书：习惯写字。
［71］案：几案。　机：通"几"，小桌子。这里是说，书信堆满几案。
［72］人道：人情风俗。
［73］瞿(jù)然：惊恐的样子。
［74］诡故：违反固有天性。诡，违反。　不情：不合性情。
［75］聒(guō)耳：声音嘈杂刺耳。
［76］嚣(xiāo)：喧闹。　尘：尘土乱飞。　臭：气味恶浊。喧闹嘈杂、尘土乱飞、气味恶浊之处，描写官场情景。
［77］千变百伎：官场交往，勾心斗角，人们施出各种手段互相倾轧。伎，伎俩。
［78］鞅掌：急迫繁忙的样子。
［79］机务：公务。
［80］非：非难。　汤、武：商汤王、周武王。　薄：鄙薄，看不起。　周、孔：周公(姬旦)、孔子(孔丘)，儒家尊为圣人。
［81］会：恰好。　显：显扬，张扬。　世教：世俗礼教。
［82］刚肠：刚直不阿(ē)的心性。　疾恶(è)：痛恨邪恶。
［83］轻肆：轻率放肆，无所顾忌。
［84］促中：心胸狭窄(暗示不能容忍坏人坏事)。　小心：小心眼儿。
［85］统：一并承受。　患：痛苦。
［86］宁：副词，表示反诘，岂，难道。
［87］饵：服食，吃。　术(zhú)、黄精：两种草药，据说长期服食可以养生长寿。
［88］一行：一去。
［89］废：放弃。
［90］济：帮助，成全。

[91]逼:强迫。 伯成子高:尧帝把他立为诸侯,禹王即位,辞去侯爵,归耕田间。禹王很不理解,但也没有强迫他出仕,成全他的名节。见于《庄子·天地》。

[92]假盖:借雨伞。《孔子家语·致思》记载,孔子雨天打算外出,却没有雨伞,弟子让他向子夏借伞。孔子认为子夏吝啬,向他借伞不答应,就暴露了小气的短处,不合交际之道,因此不跟子夏借伞。

[93]元直:东汉末人徐庶,字元直。原跟诸葛亮(字孔明)一起辅佐刘备。后因他的母亲被曹操扣留,只得去投曹操,诸葛亮送他离去。

[94]华子鱼:魏文帝时,华歆(字子鱼)推荐同学管宁(字幼安)出仕,魏文帝任命管宁为太中大夫,管宁带着家眷回乡隐居,华歆也不勉强。

[95]桷(jué):方形的木椽。

[96]枉:屈枉,悖逆。 天才:天生的才智,本性。

[97]四民:士、农、工、商。 业:正业,本职。

[98]度内:考虑到的。

[99]章甫:古时一种礼帽。

[100]文冕:华丽的礼帽,指章甫。越人风俗是剪断头发,身上刺花纹,不适合戴礼帽。《庄子·逍遥游》:"宋人资(贩卖)章甫而适诸越,越人断发文身,无所用之。"

[101]养:饲养。 鹓雏:传为凤类的鸟,以竹实为食物。死鼠:腐烂的死老鼠。《庄子·逍遥游》:"夫鹓鶵(鹓雏)……非梧桐不止,非练实不食,非醴泉不饮。于是鸱得腐鼠,鹓雏过之,仰而视之,曰:'吓!'"以上引用章甫、鹓雏为例,讽刺山涛自己爱好做官,就硬拉别人出来做官;可是清高的人鄙视功名利禄,对官位毫无兴趣。

[102]顷:近来。

[103]外:用为动词,疏远,抛弃。

[104]去:摒弃。

[105]游心:运用心思。 寂漠:同"寂寞"。这里是说,心思清静,无所牵挂。

[106]转:更。 增笃:(病情)加重,加深。

[107]私意:私下,内心。 试:忖度,估量。

[108]卜:料想,选择。 审:详尽明白。

[109]道尽涂穷:无路可走。 已:罢了。

[110]无事:不用,不须。 冤:委屈,强加于人。

[111]转于沟壑(hè):死无葬身之地。转,流离失所。转徙山谷深沟,最后死在那里。

[112]失母兄之欢:失去母亲和哥哥的爱。母亲、哥哥死去。

[113]悢悢(liàngliàng):心情悲伤。

[114]离阔:离别期间的怀念之情。阔,分别。

[115]魙(niǎo):纠缠。

[116]切:接近,切合。 事情:实际。

[117]度:器度,气量。这里是说,才能杰出,气量宏大。

[118]淹:淹博,贯通。

[119]营:谋求(名利)。

[120]乏:缺乏,不足。这里是说,体弱多病,想要脱离俗事,保全性命,这真是自己的短处。

［121］黄门：太监。　称贞：称赞不好女色。
［122］趣(cù)：催促。　登王途：入朝廷任官职。
［123］期：希望，想要。　致：招致，招引。
［124］欢益：相聚快乐并获补益。
［125］自非：如果不是。　重怨：深仇。
［126］野人：农夫。　快：感到舒适。　炙背：冬天背向太阳晒着。　美：觉得味美。　芹子：芹菜。
［127］至尊：皇帝，君王。这里是说，乡下农夫感到冬天晒太阳很舒服，芹菜味道很美，想把这些献给皇帝，遭到人们嘲笑。见于《列子·杨朱》。
［128］区区：诚恳。
［129］疏：脱离实际，不合时宜。
［130］似之：像他(乡下农夫)那样。
［131］解：解释，开导。
［132］别：告别(绝交的委婉说法)。

◎两晋南北朝隋唐

答卢谌书

刘　琨

题解

刘琨(270—318),晋代将领、诗人,字越石,中山魏昌(今河北安国市西南)人。年少负有才名,与石崇、陆机等依附权贵贾谧门下,称"二十四友"。永嘉初年,任并州刺史,转大将军,都督并、蓟、幽三州诸军事。有志恢复中原,长期对抗石勒、刘曜。后被石勒击败,投奔幽州刺史段匹䃅,遭其杀害。后人辑有《刘越石集》。卢谌(chén),字子谅,晋代范阳(今河北涿州市)人。原在刘琨部下任从事中郎,后任段匹䃅别驾。他给刘琨写信并赠诗,刘琨给他写了回信并附一首答诗。信中不仅表达了对故吏兼诗友的卢谌的怀念和期望,而且对自己当年爱好老庄、作风狂放深感悔恨,面对当时国破家亡的形势,抒发了誓死抗击敌寇的爱国情怀和形势严峻、回天乏力的忧愤。风格苍凉悲壮,语言生动质朴,颇有感人的力量。

本文选自《文选》卷二五。

原文

琨顿首。损书及诗[1],备辛酸之苦言[2],畅经通之远旨[3],执玩反复,不能释手。慨然以悲,欢然以喜。

昔在少壮,未尝检括[4],远慕老庄之齐物[5],近嘉阮生之放旷[6],怪厚薄何从而生,哀乐何由而至?自顷辀张[7],困于逆乱[8],国破家亡,亲友雕残[9]。负杖行吟,则百忧俱至;块然独坐[10],则哀愤两集。时复相与[11],举觞对膝,破涕为笑,排终身之积惨[12],求数刻之暂欢。譬由疾疢弥年[13],而欲一丸销之[14],其可得乎[15]?

夫才生于世,世实须才。和氏之璧,焉得独曜于郢握[16]?夜光之珠,何得专玩于随掌[17]?天下之宝,当与天下共之。但分析之日[18],不能不怅恨耳。然后知聃周之为虚诞[19],嗣宗之为妄作也[20]。昔骥骏倚辀于吴坂[21],长鸣于良乐[22],知与不知也。百里奚愚于虞而智于秦[23],遇与不遇也。今君遇之矣,勖之而已[24]。

不复属意于文[25],二十余年矣。久废则无次。想必欲其一反[26],故称旨送一篇[27],适足以彰来诗之益美耳。琨顿首顿首。

[1]损：糟蹋，破费，这里表示惠赠，恩赐（含有没有资格接受的意思）。

[2]备：全是，尽是。

[3]畅：通畅表达。 经通：正当通达。 旨：旨意。

[4]检括：约束自己，检点言行。

[5]齐物：主张万物差别是相对的，齐同（没有差别）是绝对的。这是《庄子·齐物论》中的唯心主义观点。

[6]嘉：欣赏，赞扬。 阮生：阮籍，魏晋之际名士，"竹林七贤"之一，任性狂放，不守礼教。 放旷：放任旷达。

[7]顷：近来。 辀（zhōu）张：惊慌恐惧，不知所措的样子。

[8]逆乱：叛乱和战祸。西晋末年，内部发生"八王之乱"，外敌伺机入侵，晋室被迫南迁，局势动荡不安。

[9]雕残：伤亡零落。刘琨任并州刺史时，不畏强敌，坚守晋阳（今山西太原市），不幸城被攻破，父母都被杀害。

[10]块然：孤独的样子。

[11]时：有时，偶尔。 相与：聚在一起。

[12]积惨：郁结的哀痛。

[13]譬由：譬如。由，通"犹"。 疾疢（chèn）：疾病。疢，热病。 弥年：经年，多年。

[14]销：通"消"，消除，去掉。

[15]其：作用同"岂"，表示反诘。以上是说，比如患病多年，却想用一丸药把病去掉，怎么可能呢？

[16]郢握：楚国人的手里。郢，郢都（今湖北江陵西北），借指楚国。

[17]随掌：随侯（也作隋侯）手里。以上是说，和氏璧怎能只在楚国人手里闪光？夜明珠怎能只让随侯玩赏？比喻人才可以流动，卢谌改投别处可以理解。

[18]分析：分别，分手。

[19]聃（dān）：老聃，老子。 周：庄周，庄子。 虚诞：虚妄荒诞。道家主张对于喜怒哀乐之事，不动感情，称为"忘情"。实践证明，这是违背人情的。

[20]嗣宗：阮籍，字嗣宗。 妄作：胡乱行动，乱来。

[21]骥騄（lù）：古代名马。 倚辀（zhōu）：靠近车辕，表示驾车。辀，车辕。 吴坂：地名，位于吴城（今江苏苏州市）之北。

[22]良：王良，春秋时晋国人，善于驾车。 乐：伯乐，春秋秦穆公时人，善于相马。据说伯乐看到良马驾盐车上山，很表同情，对它哭泣，良马也仰首长鸣，感谢知己。见于《战国策·楚策》。

[23]百里奚：春秋时虞国大夫，不被重视。晋国灭亡虞国，他被俘获，以陪嫁的奴隶身份来到秦国，得到穆公任用，做了辅佐大臣，帮助穆公成就霸业。

[24]勖（xù）之：努力吧。

[25]属（zhǔ）意：用心，留意。

[26]其：指我。 反：写信作答。

[27]称（chèn）旨：按照（您的）旨意。

遗王妃书

司马遹

题解

司马遹(278—301),字熙祖,晋惠帝(司马衷)长子,为谢才人所生。惠帝即位,立为太子,遭贾后忌恨。贾后之侄贾谧和太子弈棋,因争道而积怨。便与贾后谋划,于惠帝元康九年(299)十二月,逼其饮醉,令抄写篡位弑君的祷神文告。于是太子被废为庶人,幽困许昌宫中。王妃(王惠风)及三子幽困金墉。他到许昌,写信向王妃叙述他被逼写祷文的经过情形,倾诉自己遭到贾后之党陷害的怨愤。全文随口而谈,但所叙事实详细,令人信服。此信有助于后人认识帝王之家的血腥内幕。永宁元年(301)三月,贾后矫诏使黄门孙宪至许昌药死太子,时年23岁,谥号愍怀。

本文选自《晋书·愍怀太子传》。

原文

遹虽顽愚[1],心念为善,欲尽忠孝之节,无有恶逆之心[2]。虽非中宫所生[3],奉事有如亲母。自为太子以来[4],敕见禁检[5],不得见母[6]。自宜城君亡[7],不见存恤[8],恒在空室中坐[9]。去年十二月[10],道文疾病困笃[11],父子之情,实相怜愍,于时表国家[12],乞加徽号[13],不见听许。疾病既笃,为之求请恩福[14],无有恶心。

自道文病,中宫三遣左右来视[15],云[16]:"天教呼汝[17]。"到二十八日暮,有短函来,题言东宫发[18],疏云:"言天教欲见汝。"即便作表求入。二十九日早,入见国家[19]。须臾[20],遣至中宫。中宫左右陈舞见语[21]:"中宫旦来吐不快。"使住空室中坐。须臾,中宫遣陈舞见语:"闻汝表陛下[22],为道文乞王[23],不得王,是成国耳[24]。"

中宫遥呼陈舞:"昨天教与太子酒枣[25]。"便持三升酒、大盘枣来见与,使饮酒啖枣尽[26]。遹素不饮酒,即便遣舞启说"不堪三升"之意[27],中宫遥呼曰:"汝常陛下前侍酒可喜[28],何以不饮?天与汝酒,当使道文差也[29]。"便答中宫:"陛下会同[30],一日见赐,故不敢辞。通日不饮三升酒也。且实未食,恐不堪。又未见殿下[31],饮此或至颠倒[32]。"陈舞复传语曰:"不孝那[33]!天与汝酒饮,不肯饮,中有恶物邪[34]?"遂可饮二升[35],馀有一升。求持还东宫饮尽,逼迫不得已,更饮一升。

饮已,体中荒迷[36],不复自觉[37]。须臾,有一小婢持封箱来[38],云:"诏使写此文书。"遹便惊起视之,有一白纸一青纸,催促云:"陛下停待。"又小婢承福持笔、砚、墨、黄纸来,使写。急疾不容复视[39],实不觉纸上语轻重。父母至亲，实不相疑，事理如此，实为见诬[40]，想众人见明也[41]。

[1]鄙：鄙人，"我"的谦称。顽愚：愚蠢无知。
[2]恶逆：作恶叛逆。愍怀太子被逼抄写的祷神文告中说："陛下宜自了；不自了，吾当入了之。中宫又宜速自了；不了，吾当手了之。并谢妃共要克期而两发，勿怀犹豫，致后患。茹毛饮血于三辰之下，皇天许当扫除患害，立道文为王，将为内主。愿成，当三牲祠北君，大赦天下。要疏如律令。"
[3]中宫：指晋惠帝皇后贾氏。古代皇后居中宫，太子居东宫。
[4]太子：晋惠帝永熙元年(290)即位，立司马遹为皇太子。至此已十一年。
[5]敕：告诫，下令。 见：作副词用，指代动词宾语。敕见禁检，即敕禁检我。 禁检：禁戒约束，加以限制。
[6]母：愍怀太子生母谢才人，名玖。贾后不准她与太子相见，另置一室。愍怀太子被杀后，她亦遇害。
[7]宜城君：贾后母，死后谥号宜城君。
[8]见：被。 存恤：慰问抚恤。
[9]恒：常。
[10]去年：元康九年(299)。
[11]道文：愍怀太子长子司马虨，字道文。元康九年得病，次年(永康元年)正月病死。困笃(dǔ)：病势沉重。
[12]于时：在这时候。 表：用为动词，上表章。
[13]徽号：美好的称号。古时加给帝王、后妃的称号，含有称颂功德之意。道文死后，封南阳王。
[14]求请恩福：古时迷信做法，人有疾病灾难，为他祈祷鬼神，请求赐福除灾。愍怀太子也曾为长子祈祷鬼神。
[15]左右：侍从或仆役。
[16]云：说。
[17]天：皇帝。
[18]题言：信上写明。 东宫发：太子亲启。
[19]国家：皇帝。
[20]须臾：顷刻，一会儿。
[21]陈舞：中宫婢女。
[22]陛下：敬称皇帝。
[23]乞王：请求王号。
[24]成国：成了国家，另立政权，对抗朝廷。
[25]与(yǔ)：给。
[26]啖：吃。
[27]启说：报告解说。 不堪：经不住，受不了。
[28]侍酒：陪侍饮酒。
[29]当：将要。 差(chài)："瘥"的通假，病好。
[30]会同：朝会，群臣朝见皇帝。
[31]殿下：指道文。

[32]颠倒:神志不清,精神错乱。

[33]那(nuó):语气助词,表示反诘。这句是说,你敢不孝顺吗?

[34]恶物:坏东西(指毒药)。

[35]可:大约。

[36]荒迷:荒忽昏迷(说明已醉)。

[37]自觉:清醒。

[38]封箱:匣子。

[39]急疾:紧急。

[40]见诳:被骗。

[41]见明:了解我(受了冤枉)。

与子俨等疏

陶渊明

陶渊明(372—427),晋代著名诗人,一名潜,字元亮,东晋末浔阳柴桑(今江西九江市)人。世称靖节先生。他的一生处在晋宋交替、社会动荡的混乱时代,曾经做过江州祭酒、镇军参军、建威参军和彭泽县令,但都为时不长。41岁时,终因不满现实社会,辞彭泽令,退隐山林,参加劳动,交往农夫野老而怡然自乐。陶渊明是位独具风格的田园诗人,他的散文、辞赋也有很高的成就。六朝时期,文学上雕琢词句、讲究骈偶之风盛行,陶渊明的诗文,却能一反当时风气,摒弃浮华,自然平淡。著有《陶渊明集》。

此信写于诗人晚年,信中回顾了一生的经历,展示了自己厌恶污浊世俗,不肯屈从达官显贵,热爱自然,追求精神解放的思想性格。诗人晚年的生活十分困苦,信中流露出对今后生活的忧虑。诗人赞扬七世同堂,固然是一种封建宗法观念,但是教导异母之子互相友爱,不争财利,还是有其积极意义的。

本文选自《陶渊明集》。

告俨、俟、份、佚、佟[1]:天地赋命[2],生必有死。自古圣贤,谁能独免?子夏有言曰[3]:"死生有命,富贵在天。"四友之人[4],亲受音旨[5],发斯谈者,将非穷达不可妄求[6],寿夭永无外请故耶[7]?

吾年过五十,少而穷苦,每以家弊[8],东西游走[9]。性刚才拙,与物多忤[10]。自量为己[11],必贻俗患[12]。俛俛辞世[13],使汝等幼而饥寒[14]。余尝感仲孺贤妻之言[15],败絮自拥[16],何惭儿子[17]?此既一事矣。但恨邻靡二仲[18],室无莱妇[19],抱兹苦心,良独内愧[20]。

少学琴书，偶爱闲静，开卷有得，便欣然忘食。见树木交荫，时鸟变声，亦复欢然有喜。常言：五六月中，北窗下卧，遇凉风暂至，自谓是羲皇上人[21]。意浅识罕[22]，谓斯言可保；日月遂往，机巧好疏[23]。缅求在昔[24]，眇然如何[25]！疾患以来[26]，渐就衰损[27]。亲旧不遗[28]，每以药石见救[29]，自恐大分将有限也[30]。

汝辈稚小家贫，每役柴水之劳[31]，何时可免？念之在心，若何可言？然你等虽不同生[32]，当思四海皆兄弟之义[33]。鲍叔管仲[34]，分财无猜[35]；归生伍举[36]，班荆道旧[37]。遂能以败为成[38]，因丧立功[39]。他人尚尔[40]，况同父之人哉？颍川韩元长[41]，汉末名士。身处卿佐，八十而终。兄弟同居，至于没齿[42]。济北氾稚春[43]，晋时操行人。七世同财，家人无怨色。《诗》曰[44]："高山仰止，景行行止[45]。"虽不能尔，至心尚之[46]。汝其慎哉[47]！吾复何言？

[1]俨(yǎn)、俟(sì)、份(bīn)、佚(yì)、佟(tóng)：陶渊明五个儿子，小名叫舒、宣、雍、端、通。

[2]赋命：赋予本性。赋，给予，赋予。

[3]子夏：孔子的弟子卜商，字子夏。根据《论语·先进》，子夏列入文学科（熟悉古代文献）。文中所引子夏的话，出自《论语·颜渊》。

[4]四友：根据《孔丛子·书论》，孔子称弟子颜渊、子贡、子张、子路为四友，认为这四个人维护他的讲学事业，帮助扩大他的影响。子夏也是四友一流的人（高材生）。

[5]音旨：言语意旨，这里是指孔子的教诲。

[6]将非：难道不是，表示反诘。　穷达：仕途困顿或者顺利。

[7]外请：过分要求。

[8]家弊：家业衰败。弊，破，坏。

[9]游走：飘泊奔走，指其出外做官，谋求生计。如陶渊明《归去来兮辞·序》说："余家贫，耕种不足以自给。幼稚盈室，瓶无储粟，生生所资，未见其术。亲故多劝余为长吏，脱然有怀，求之靡途。会有四方之事，诸侯以惠爱为德，家叔以余贫苦，遂见用于小邑。"

[10]物：众人，世俗的人们。　忤(wǔ)：抵触，不能相合。

[11]为已：做下去吧。已，"矣"的通假。

[12]贻(yí)：留下。文中是招致的意思。　俗患：世俗的灾祸。

[13]僶俛(mǐnmiǎn)：亦作"黾勉"，努力，奋勉。　辞世：脱离世俗，辞官回乡。

[14]汝等：你们。汝，古代第二人称代词。　饥寒：陶渊明退隐以后，由于灾荒严重、不善经营等原因，虽有一些房舍土地，生活仍难维持，饥寒交迫，常靠亲友救济，有时还去乞讨。

[15]仲孺贤妻：王霸贤明的妻子。王霸，字仲孺，东汉初人。品节高尚，不慕荣利，汉光武帝几次聘请，不肯做官。《后汉书·列女传》记载，王霸的朋友令狐子伯任楚相，派儿子来送信。王霸看到子伯的儿子服装华丽，举止文雅，再看自己的儿子蓬头垢面，不懂礼节，为此惭愧。他的妻子不以为然，说道："你决心不

仕，躬耕田间，儿子也要务农，怎么会不蓬头垢面，一身土气？你怎么忘了自己的志向而为儿子惭愧呢？"王霸认为妻子说得有理，终生隐居不仕。

[16] 败絮：破丝绵被。　拥：抱，围。这里是说盖着(被子)。

[17] 何惭儿子：为什么要因为儿子惭愧？

[18] 但：副词，仅，只。　恨：遗憾，不足。　靡：无，没有。　二仲：指汉代隐士羊仲、求仲。根据《高士传》，汉代蒋诩辞官回乡隐居，平时不与世俗交往，庭院草木丛生，只有三条小路，用来接待羊仲、求仲。

[19] 莱妇：老莱子妻。老莱子，春秋时楚国人。《列女传》记载，老莱子妻劝告丈夫，在乱世做官，难免遇祸，于是夫妻一起逃到江南，以避开楚王召聘。

[20] 良：的确。

[21] 羲皇上人：伏羲氏时代以前的人。古代传说"伏羲、神农、黄帝"为三皇，都是远古时代原始部落首领。文中是指返回自然、纯任天性的隐士。

[22] 意浅识罕：见识短浅，知识很少。

[23] 机巧：追求名利的心思计谋。　好疏：容易离弃。疏，离开。

[24] 缅求在昔：回顾以往，反省过去。缅，遥远。

[25] 眇然如何：多么渺茫。眇然，模糊不清。

[26] 疾患：陶渊明中年患疟疾，晚年复发，病情加剧。

[27] 就：接近，趋向。　衰损：衰败。

[28] 亲故：亲戚旧交。　遗：遗弃，撇下不管。

[29] 药石：方药、砭石(用以针灸的石针石片，后改用金属针)，药的统称。见救：救济我。见，作副词，指代动词宾语(我)。

[30] 大分(fèn)：大限，寿数。　有限：含有不能长久的意思。

[31] 役：操劳。　柴水之劳：打柴担水的苦活儿。

[32] 虽不同生：陶渊明二十岁丧妻，又娶翟氏，他的五个儿子为异母兄弟。《怨诗楚调示庞主簿、邓治中》一诗所说"弱冠逢世阻，始室丧其偏"，可资证明。

[33] 四海皆兄弟：出自《论语·颜渊》："四海之内，皆兄弟也。"(是子夏对司马牛说的话。)

[34] 鲍叔管仲：都是春秋时齐国大夫。《史记·管晏列传》记载，管夷吾(字仲)与鲍叔(又名叔牙)友好，年轻时一道经商。分财时，管仲家里穷，拿的多，鲍叔体谅他，不认为他贪婪。

[35] 无猜：没有猜疑，以诚相待。

[36] 归生伍举：归生又叫声子，春秋时蔡国人。伍举，春秋时楚国人。两人友好，归生出使晋国，在半路上遇到伍举，坐在荆条上叙旧谈心。后来归生出使楚国，向楚令尹(国相)推荐伍举，伍举被召回国任职。事见《左传·襄公二十六年》。

[37] 班荆道旧：把荆条铺在地上，坐下谈论旧日交往之事。后来成为友谊深厚的典故。班，分布，铺开；荆，荆棘。

[38] 以败为成：《史记·管晏列传》记载，齐襄公死后，公子小白与公子纠争夺君位，鲍叔事公子小白，管仲事公子纠。公子纠失败身亡，管仲做了俘虏，要被处死。鲍叔此时向公子小白(即齐桓公)推荐管仲，管仲被赦免，而且当了执政大夫，辅佐桓公建立霸业。

[39] 因丧立功：楚公子围与伍举出使郑国，未出边境，听说楚王有病，公子围就回去，杀死楚王，准备即位。伍举到郑国后，就在外交辞令中称"共王之子围"，为公子围继承君位制造舆论，因而立功。事见《左传·昭公元年》。

[40] 尚尔：还能如此。

[41] 颍川：汉代郡名，郡治在今河南禹州市。韩元长：韩融，字元长，东汉末颍川人，汉献帝初平年间任大鸿胪（执掌接待宾客等事，九卿之一）。

[42] 没齿：终生，到老。没，尽，完；齿，年寿。

[43] 济北：汉代诸侯王国之一，故城在今山东长清。 氾(fàn)稚春：氾毓，字稚春，西晋济北卢(在今山东济南市长清区西南)人，客居青州。安于贫困，坚持节操。有人荐于晋武帝，召补南阳王文学、秘书郎、太傅参军，并不就职。撰《春秋释疑》等。

[44]《诗》：即《诗经》，我国最早的一部诗歌总集，下文所引诗句见于《小雅·车辖》。

[45] 高山仰止，景行行止：高山是供人仰望的，大路是供人行走的，比喻高尚的德行，是人们所景仰的。景，大；行，路；止，句尾语气助词。

[46] 至心：至诚的心。 尚：崇尚，推崇。

[47] 其：语气副词，表示命令、祈使语气。这句是说，你们要谨慎啊！

狱中与诸甥侄书

范 晔

题解

范晔(398—445)，字蔚宗，南朝宋代顺阳(今河南淅川县)人。他是《后汉书》的作者，古代很有见地的史学家。少年广览经史，善为文章，能隶书，通音乐。初任宋武帝相国掾、彭城王义康相国参军，后迁新蔡太守等。官至左卫将军、太子詹事。后因参与原彭城王义康谋逆事，范晔及外甥谢综等被捕下狱。被杀时48岁。

此信是我国古代文学批评史上很有影响的一篇论文。范晔回顾自己平生治学著述的经历，着重阐述了"以意为主，以文传意"的创作主张。他说自己所著《后汉书》体大思精，不愧班固，相信必有知音能赏识。这种自我评价虽然未必恰如其分，但是人们认为《后汉书》叙述简明周详，文辞富有特色。范晔又善操琴，闻名当时，宋文帝也很称赏。文中谈到他对音乐的独特感受，以及对于诗文声律的运用，说明一个作家具备多种艺术修养是很重要的。

本文选自《宋书·范晔传》。

原文

吾狂衅覆灭[1]，岂复可言？汝等皆当以罪人弃之。然平生行己任怀，犹应可寻。至于能否，意中所解，汝等或不悉知。吾少懒学问，晚成人，年三十许[2]，政始有向耳[3]。自尔以来，转为心化[4]，推老将至者，亦当未已也[5]。往往有微解，言乃不能自尽。为性不寻注书，心气恶[6]，小苦思，便愦闷，口机又不调利[7]，以此无谈功。至于所通解处，皆自得之于胸怀耳。文章转进，但才少思难，所以每于操笔，其所成篇，殆无全称者。常耻作文士文，患其事尽于形[8]，情急于藻[9]，义牵其旨[10]，韵移其意[11]。虽时有能者,大较多不免此累[12],政可类工巧图缋[13],竟无得也。常谓情志所托,故当以意为主,以文传意。以意为主,则其旨必见;以文传意,则其词不流[14]。然后抽其芬芳[15],振其金石耳[16]。此中情性旨趣,千条百品[17],屈曲有成理[18]。自谓颇识其数[19],尝为人言,多不能赏[20],意或异故也[21]。

性别宫商[22],识清浊[23],斯自然也[24]。观古今文人,多不全了此处[25],纵有会此者,不必从根本中来。言之皆有实证,非为空谈。年少中,谢庄最有其分[26],手笔差易[27],文不拘韵故也。吾思巧无定方[28],特能济难适轻重[29],所禀之分[30],犹当未尽[31]。但多公家之言[32],少于事外远致[33],以此为恨[34],亦由无意于文名故也[35]。

本未关史书,政恒觉其不可解耳[36]。既造《后汉》[37],转得统绪[38],详观古今著述及评论,殆少可意者[39]。班氏最有高名[40],既任情无例[41],不可甲乙辨[42]。后赞于理近无所得[43],唯志可推耳[44]。博赡不可及之[45],整理未必愧也[46]。吾杂传论[47],皆有精意深旨[48],既有裁味[49],故约其词句[50]。至于《循吏》以下及《六夷》诸序论[51],笔势纵放[52],实天下之奇作。其中合者,往往不减《过秦》篇[53]。尝共比方班氏所作[54],非但不愧之而已[55]。欲遍作诸志,《前汉》所有者悉令备[56]。虽事不必多,且使见文得尽。又欲因事就卷内发论,以正一代得失[57],意复未果[58]。赞自是吾文之杰思[59],殆无一字空设,奇变不穷,同含异体[60],乃自不知所以称之。此书行,故应有赏音者[61]。纪、传例为举其大略耳[62],诸细意甚多。自古体大而思精[63],未有此也。恐世人不能尽之[64],多贵古贱今[65],所以称情狂言耳[66]。

吾于音乐,听力不及自挥[67],但所精非雅声[68],为可恨。然至于一绝处[69],亦复何异邪?其中体趣[70],言之不尽,弦外之意[71],虚响之音[72],不知所从而来[73]。虽少许处,而旨态无极[74]。亦尝以授人,士庶中未有一豪似者[75]。此永不传矣。吾书虽小小有意[76],笔势不快[77],余竟不成就,每愧此名。

[1]狂衅(xìn):狂妄悖理,致生大祸。衅,祸端。 覆灭:灭亡。范晔因参与义康谋反事,被捕入狱,判处死刑。

[2]许:左右,表示约数。

[3]政:"正"的通假,才,刚。 向:志向,目标。

[4]心化:从精神上领略感受。

[5] 未已：没有停止。
[6] 心气：中医名词术语，指心脏的机能。人到老年，则心气衰。　恶(è)：差，不好。
[7] 口机：谈锋，口才。　调利：协调流利。
[8] 事尽于形：事实全都表现出来，没有回味馀地。形，表现，形式。
[9] 情急于藻：偏重词藻，没有深刻内容。藻，词藻。
[10] 义牵其旨：堆砌材料，大事铺排，妨碍文章题旨。牵，连累。
[11] 韵移其意：强求押韵，改变语意。移，改动。
[12] 大较：大概，大略。　累(lèi)：毛病，过失。
[13] 工巧：技巧完美精妙(指图画)。　图绩：绘画，图画。绩，"绘"的异体。
[14] 其词不流：它的措词造句不浮泛。
[15] 抽其芬芳：突出它的词采，美丽动人。芬芳，词采美丽。
[16] 振其金石：协调它的声韵，铿锵悦耳。金石，比喻诗词音调优美。
[17] 千条百品：各种各样，千姿百态。品，种类。
[18] 屈曲：曲折变化。　成理：一定的规律。
[19] 自谓：自己以为。　颇：略。　数：规律；法则。
[20] 赏：品赏，领略。
[21] 或：或许，大概。这一句说，思想认识或许不同的缘故吧。
[22] 宫商：五音(古代音乐五种音阶)，即宫、商、角、徵(zhǐ)、羽。
[23] 清浊：五音有清、浊区别。
[24] 斯：此，这。
[25] 了：明了。
[26] 谢庄(421—466)：字希逸，南朝宋代陈郡阳夏(今河南太康)人。善于作赋，名闻异国。官至吏部尚书、常侍、金紫光禄大夫。　其分：那种天资。
[27] 手笔：诗文写作。　差(chā)易：比较容易。差，比较。
[28] 定方：固定的格式。
[29] 特：副词，只。　济难：解决难题。　轻重：不同情况。
[30] 所禀之分：所禀受的天资。
[31] 未尽：没有完全发挥。
[32] 公家之言：官府应用文体，公文，如表章、檄文、诏令等。
[33] 事外远致：写实以外的深远意趣。
[34] 恨：遗憾，缺憾。
[35] 文名：文章声誉。这句是说，也是由于不想在写文章上树立名声的缘故。
[36] 恒：经常。
[37] 《后汉》：范晔任宣城太守时，把各家后汉书加以合并删削，写成《后汉书》，流行于世，为"二十四史"之一。
[38] 统绪：体系条列。
[39] 可意：合心，满意。
[40] 班氏：《汉书》作者班固(字孟坚)，东汉著名史学家、汉赋家。
[41] 任情：随意发挥。

［42］不可甲乙辨：分不出等级高低。

［43］后赞：《汉书》每篇传记之后"赞曰"以下，发表议论。这句是说，后赞这段议论，在道理上几乎没有得当之处。

［44］唯：副词，只。这句是说，只有作者的用意可以据此推断清楚。

［45］博赡：材料丰富。赡，富足。 及：赶上，达到。

［46］整理：整理史料成书，使其主次分明，繁简得当，具有条理。 愧：自愧不如，比班固差。

［47］杂传论：《后汉书》每篇列传之后附以"论曰"。

［48］精意深旨：淳美深厚的意义内涵。

［49］裁味：品赏，体味。

［50］约其词句：节省笔墨，简缩文字。

［51］《循吏》以下：《后汉书》从卷七十六至卷九十，是《循吏》、《酷吏》、《宦者》、《儒林》、《文苑》、《独行》、《方术》、《逸民》、《列女》、《东夷》、《南蛮西南夷》、《西羌》、《西域》、《南匈奴》、《乌桓鲜卑》等列传，每篇列传，前有序文，后有论赞（个别除外）。 《六夷》：包括《东夷》以下六篇。

［52］笔势：文章气势。

［53］不减：不逊色。 《过秦》篇：汉政论家贾谊《过秦论》上下篇，论述秦朝灭亡原因，气势磅礴雄浑，论证精辟透彻，是古代著名政论文章。

［54］比方：放在一起比较。

［55］非但：不只。这两句说，我曾把自己写的论赞和班固《汉书》的后赞相比较，不只不感到逊色，而且认为超出古人。

［56］《前汉》：《汉书》，其中有志十篇：《律历志》《礼乐志》《刑法志》《食货志》《郊祀志》《天文志》《五行志》《地理志》《沟洫志》《艺文志》。范晔本打算仿《汉书》作十志，但未实现。今《后汉书》八志为晋司马彪作。

［57］以正：以便考定。 得失：成就和缺失。

［58］意复未果：设想又没有实现。果，按着主观愿望办成事情。

［59］杰思：高超的构思。

［60］奇变不穷，同含异体：神奇变化，层出不穷；相同之中，又有相异。含，《宋书》作"合"。

［61］赏音：知音。以音乐被人理解，比喻文章（指《后汉书》）将会获得赏识。知音典故出自《淮南子》《吕氏春秋》等书。《吕氏春秋·本味》："伯牙鼓琴，钟子期听之。方鼓琴而志在太山，钟子期曰：'善哉乎鼓琴！巍巍乎若太山！'少选之间，而志在流水，钟子期又曰：'善哉乎鼓琴！汤汤乎若流水！'钟子期死，伯牙破琴绝弦，终身不复鼓琴，以为世无足复为鼓琴者。"

［62］纪传：在《后汉书》中，帝王、后妃为纪，如《光武皇帝本纪》《献帝伏皇后纪》，其他人物为传，如《梁冀传》（大臣）、《梁鸿传》（隐士）等。这句说，纪、传按史书条例是列举主要事迹。

［63］体大：体制规模宏大。 思精：构思精妙独到。

［64］尽：完全领略，彻底明了。

［65］贵古贱今：厚古薄今。看重古代，轻视现代。

［66］称情：随意，纵情。 狂言：乱说。

［67］听力：欣赏能力。这里是说听人弹琴。 自挥：自己弹琴。挥，挥手（古称弹琴）。

［68］雅声：雅乐，古代供郊庙朝会时表演的宫廷音乐。与此相对，则为俗乐，民间歌曲舞蹈。

［69］一绝：独到的造诣。

[70]体趣：风格、情趣。
[71]弦外之意：乐曲之外的馀意。
[72]虚响之音：没有弹出的音调。以上两句形容琴曲美妙委婉，意境深远，耐人寻味。
[73]不知所从而来：搞不清楚从哪里来的这种艺术魅力。
[74]旨态：旨趣、意态。旨态无极，是说意味没有穷尽，变化千姿百态。
[75]士庶：士人和庶民。　一豪：一丝一毫。豪，通"毫"。
[76]书：书法。
[77]笔势不快：写字运笔的气势滞涩，缺乏飘逸流畅之感。

登大雷岸与妹书

鲍　照

题解

鲍照(414？—466)，字明远，南朝宋代东海郡(在今江苏涟水)人。他是我国南北朝时期著名诗人，与谢灵运、颜延之等齐名，杜甫对他也很称赏。幼年家贫，出身寒微，在政治上一直未能得志。宋武帝大明六年(462)，临海王子顼(xū)为荆州刺史，他被任为前军行参军，又迁前军刑狱参军，世称鲍参军。宋明帝泰始二年(466)，死于乱兵中。他怀才不遇，不满现实，许多诗篇都表现了这种心境。在创作上能够学习民歌，活泼清新，以乐府诗成就最高，较少华靡浮艳的习气，甚为难得。他的妹妹鲍令晖，是闻名当时、很有才华的女诗人。现存《拟古诗》两首。宋文帝元嘉十六年(439)秋天，他到江州赴任临川国侍郎，途中登大雷岸，给妹妹令晖写信描写登岸远眺所见秀美奇异的山川景色，抒发自己离乡远游的羁旅之情，情景交融，文笔生动，是一篇富于抒情笔调的骈文。

本文选自《鲍参军集》。

原文

吾自发寒雨[1]，全行日少[2]，加秋潦浩汗[3]，山溪猥至[4]，渡溯无边[5]，险径游历。栈石星饭[6]，结荷水宿[7]，旅客贫辛，波路壮阔[8]，始以今日食时[9]，仅及大雷[10]。涂登千里[11]，日逾十晨[12]，严霜惨节[13]，悲风断肌[14]，去亲为客，如何如何[15]！

向因涉顿[16]，凭观川陆，遂神清渚[17]，流睇方曛[18]。东顾五洲之隔[19]，西眺九派之分[20]，窥地门之绝景[21]，望天际之孤云。长图大念[22]，隐心者久矣[23]。

南则积山万状[24]，负气争高[25]，含霞饮景[26]，参差代雄[27]，凌跨长陇[28]，前后相属[29]，带天有匝[30]，横地无穷[31]；东则砥原远隰[32]，亡端靡际[33]，寒蓬夕卷，古树云平[34]，旋风四起，思鸟归群[35]，静听无闻，极视不见[36]；北则陂池潜演[37]，湖脉通连[38]，苎蒿攸积[39]，菰芦所繁[40]，栖波之鸟[41]，水化之虫[42]，智吞愚，强捕小，号噪惊聒[43]，纷牣其中[44]；西则回江永指[45]，长波天合，滔滔何穷，漫漫安竭？创古迄今[46]，舳舻相接[47]，思尽波涛[48]，悲满潭壑[49]。烟归八表[50]，终为野尘[51]，而是注集[52]，长写不测[53]，修灵浩荡[54]，知其何故哉？

西南望庐山[55]，又特惊异。基压江潮[56]，峰与辰汉相接[57]。上常积云霞，雕锦缛[58]，若华夕曜[59]，岩泽气通[60]，传明散彩[61]，赫似绛天[62]。左右青霭[63]，表里紫霄[64]。从岭而上，气尽金光，半山以下，纯为黛色[65]，信可以神居帝郊[66]，镇控湘汉者也[67]。

若溧洞所积[68]，溪壑所射[69]，鼓怒之所豗击[70]，涌澓之所宕涤[71]，则上穷获浦[72]，下至狶洲[73]，南薄燕爪[74]，北极雷淀[75]，削长埤短[76]，可数百里。其中腾波触天，高浪灌日，吞吐百川，写泄万壑；轻烟不流，华鼎振涾[77]，弱草朱靡[78]，洪涟陇蹙[79]，散涣长惊[80]，电透箭疾[81]；穹溢崩聚[82]，坻飞岭复[83]，回沫冠山[84]，奔涛空谷[85]，砧石为之摧碎[86]，碕岸为之䆗落[87]。仰视大火[88]，俯听涛声，愁魄胁息[89]，心惊慓矣[90]。

至于繁化殊育[91]，诡质怪章[92]，则有江鹅海鸭、鱼鲛水虎之类[93]，豚首象鼻、芒须针尾之族[94]，石蟹土蚌、燕箕雀蛤之俦[95]，折甲曲牙、逆鳞反舌之属[96]，掩沙涨，被草渚[97]，浴雨排风[98]，吹涝弄翮[99]。

夕景欲沉，晓雾将合，孤鹤寒啸，游鸿远吟，樵苏一叹[100]，舟子再泣[101]，诚足悲忧，不可说也。风吹雷飙[102]，夜戒前路[103]，下弦内外[104]，望达所届[105]。

寒暑难适，汝专自慎，凤夜戒护[106]，勿我为念[107]。恐欲知之，聊书所睹[108]。临涂草蹙[109]，辞意不周[110]。

注释

[1] 吾：我。这句是说，我从出发，就天冷降雨。

[2] 全行日少：整天赶路的日子少（因受天气影响）。

[3] 秋潦(lǎo)：秋季雨后大水。潦，雨后的大水。　浩汗：水势广阔无涯。

[4] 猥：盛，多。

[5] 渡溯：横渡或者溯流前进。　无边：指广阔的水域。

[6] 栈石：在山岩上用木板架起栈道。　星饭：在星空下进餐。

[7] 结荷：荷叶连成一片。这句是说，在荷叶丛中停船过夜。

[8] 波路：航道、陆路。

[9] 食时：吃晚饭时。

[10] 仅及：才到。　大雷：地名，在今安徽望江。

[11] 涂登千里：路途行经千里。涂，"途"的通假；登，这里意义同"行"。

[12] 日逾十晨：时间超过十天。日，天数，时间；逾，超过。
[13] 惨节：使人内心悽惨。节，骨节，比喻深入体内。
[14] 断肌：使人皮开肉裂，形容内心痛苦。
[15] 如何如何：怎么样呢！怎么样呢？（抒发背井离乡旅居远方的感叹。）
[16] 向：不久之前（离家以来）。涉：渡水。 顿：登高。
[17] 邀神：精神漫游，情思飞荡。 清渚：水中清明的小洲。
[18] 流睇：转眼斜视。流，转动目光；睇，斜视。 方曛：正当日色昏暗时候。曛，夕阳落山的馀光。
[19] 五洲：江中五块沙洲，根据文意应在大雷以东。
[20] 九派：长江自浔阳分为九条支流。
[21] 地门：地势险绝地方，具体所指不详。 绝景：独特的景观。
[22] 长图大念：长远的计划，宏大的谋虑。
[23] 隐心：藏在心间。
[24] 积山：丛山，群山。 万状：千姿百态，形状各异。
[25] 负气争高：犹如许多巨人站在一起，谁也不肯服气低头，互相争高夺魁。
[26] 含霞饮景：山间飘着彩霞，山峰照满阳光。景，"影"的通假，日光。
[27] 参差代雄：山势高低不齐，随着阳光移动，山色明暗变幻，交替显现称雄。
[28] 长陇：长长的山冈。
[29] 相属(zhǔ)：相连。属，连接。
[30] 带天有匝(zá)：在高山间行路，感到人与天近，仿佛环绕天空走了一圈。带，环绕；匝，一圈，一周。
[31] 横地无穷：横亘大地，没有尽头。这是形容山路之长。
[32] 砥(dǐ)原：平原。砥，磨刀石，长而平。 远隰(xí)：广阔的低地。隰，低湿之地。
[33] 亡端：没有终点。亡，"无"的通假。 靡际：没有边际。靡，无。
[34] 古树云平：多年老树耸入云间。
[35] 思鸟归群：晚上思念旧巢的鸟飞回鸟群。
[36] 极视：极目远望。以上两句是说，站住倾听，没有人声；极目远望，不见人迹。形容山区幽深寂静。
[37] 陂(bēi)池：池塘，湖泊。陂，水池。 潜演：潜藏水脉，即指水流潜入地层。
[38] 湖脉通连：湖水在地下互相沟通。
[39] 苎蒿：苎麻(农作物名)、蒿莱(野草)。 攸积：所聚集之处。攸，用法同"所"。
[40] 菰(gū)芦：茭白(蔬菜名)、芦苇，都是长在湖泽池沼之间的植物。菰，俗称茭白，其叶为菜，其籽可食，即雕菰米。
[41] 栖波：栖息水上，鸥鹭之类。
[42] 水化：水里滋生，鱼螺之类。
[43] 惊聒(guō)：惊慌吵嚷。聒，喧闹。
[44] 纷轫(rèn)：纷纭杂乱，布满四处。轫，盈满，充实。
[45] 回江：曲折的江水。回，曲折。 永指：一直奔流前进。指，向着前方。
[46] 创古：初民以来，自有人类以来。 迄今：至今。
[47] 舳舻：船尾、船头。
[48] 思尽波涛：离乡的思绪如同波涛起伏，没有休止。尽，完全，全像。

［49］悲满潭壑(hè)：悲伤的感情布满深潭幽谷。壑，山沟，涧谷。

［50］烟归八表：云烟飞往天外。八表，八方之外。

［51］野尘：野马(春天原野上的蒸汽)、尘埃(空中飘浮的灰尘)。

［52］注集：灌注汇集。这句是说，烟雾蒸汽一起汇集成为江水。

［53］长写：永远奔泻。写，"泻"的通假。　不测：不知何时休止，如说不尽。

［54］修灵：作灵修，神灵。以下两句是说，神灵威力无边，知道这是为什么呢？

［55］庐山：也称匡山、庐阜，我国风景名山之一，在江西九江市南，东南傍鄱阳湖，山峰九十余座，以大汉阳峰为最高，其余如香炉峰、仙人洞、三迭泉等都是游览胜景。

［56］基压：山根坐落。

［57］辰汉：辰，北极(星名)；汉，银河。这句是说，庐山高峰，跟天上的北极、银河相接近。

［58］雕锦缛：彩绘锦绣花纹。缛，(彩饰花纹)繁密。

［59］若华：若木之华，这里借指夕阳光辉。若木，古代神话中说生长在西方日入处的树木。《山海经》"若木"注："生昆仑西，附西极，其华光赤下照地。"

［60］巖泽气通：湖泽升起雾气，上与岩峰相连。也就是说，岩峰湖泽，都被一片暮霭缭绕。

［61］传明散彩：余辉透过云气，展开美丽多彩的霞光。

［62］赫似绛天：霞光鲜红，好似天空变成绛红一般。赫，赤色鲜明。

［63］左右：环绕山腰两侧。　青霭：青色的云气。

［64］表里紫霄：(山间青霭)与红色的云霄相表里。就是上为紫霄，下为青霭，互为表里，互相辉映。

［65］黛色：黑绿的颜色。

［66］信：的确，诚然。　神居帝郊：成为神仙的住所、天帝的游地。

［67］镇控：镇守控扼(湘江汉水流域)。

［68］若：至于。　潀(cóng)洞：潀，细流汇集之处；洞，疾流。

［69］射：喷射。

［70］鼓怒：鼓风掀浪，疾风猛浪。　豗(huī)击：互相冲击。豗，水相击声。

［71］涌溉：涌，腾起波浪；溉，水流曲折。　宕涤：冲刷。宕，"荡"的通假。

［72］上穷：向上直至。　荻浦：长满芦荻的水边。

［73］猗洲：此处以及燕爪、雷淀等，都是作者由家乡到任所经历的地名。

［74］薄：迫近，靠近。

［75］极：至。

［76］削长埤(bǐ)短：截去长的，补齐短的(计算不规则形方法，称割补法)。埤，增加。

［77］华鼎：闪光的水珠浪花。鼎，"濎"的通假，水珠。　振澾(tà)：飞腾散开。澾，沸溢。

［78］弱草：水中细草。　朱靡：在疾流中伏倒。朱，草茎。

［79］洪涟：洪波巨浪。　陇蹙(cù)：在山冈前受阻聚拢。蹙，促迫。

［80］散涣长惊：巨浪向前受阻，被迫退回扩散，成为连续不断的惊涛。涣，水势盛大。

［81］电透箭疾：像闪电般快，像飞箭般速。透、疾，在此都是说快。

［82］穹溘(kè)崩聚：由于急流冲击，隆起的高岸迅速塌落，塌坏的山石纷纷堆积。穹，隆起的崖岸；溘，急速；崩，塌坏。

［83］坻(chí)飞岭覆：由于急流冲击，水中高地溅飞，山岭倾倒。坻，水中高地；覆，翻倒。

[84] 回沫：波浪退下，旋起浮沫。　冠山：盖满山顶。冠，作动词用，盖住。

[85] 奔涛空谷：奔腾的波涛淹没山涧深谷。空，这里是说使其(峡谷)不见。

[86] 砧(zhēn)石：捣衣的平石。

[87] 碕(qí)岸：曲折的崖岸。碕，曲折。　韲(jī)落：粉碎跌落。韲，亦作"齑"，粉末。

[88] 大火：星名，心宿。夏历六月黄昏，在南方升起，七月以后，向西下降。

[89] 愁魄：心情为之忧惧。　胁息：屏住呼吸。胁，收住。

[90] 惊慓(piāo)：惊慌着急。慓，急。

[91] 繁化：众多的生物。　殊育：不同的物种。

[92] 诡质：怪异的形体。质，身体。　怪章：奇特的花纹。

[93] 江鹅海鸭：海鸥、文鸭(皆水鸟名)。　鱼鲛水虎：沙鱼、水怪。水虎，传说水中怪物，状如三四岁小儿。

[94] 豚首：海豚。　象鼻：建同(鱼名，产柬埔寨海边)有长鼻，能喷水几十丈高。　芒须针尾：长虾须、针尾鳍(鲛的形状)。

[95] 石蟹：蟹类，生长溪水石穴中，体形小，壳赤色。　土蚌：蚌类，老能产珠。　燕箕：虹鱼，头圆秃如燕，身扁圆如箕。　雀蛤：《礼记·月令》记载，秋末雀入水中，即化为蛤，此是讹传。

[96] 折甲：鳖。　曲牙：海兽。　逆鳞：蠪蛟。　反舌：鸟名，即百舌鸟。

[97] 被：覆盖。

[98] 浴雨排风：在风雨中来去。

[99] 吹涝：吹起大浪。　弄翮(hé)：弄羽。翮，鸟类羽毛的主茎，代指羽毛。

[100] 樵苏：打柴割草(这里指代樵夫)。

[101] 舟子：船夫。　再泣：连续两次哭泣。

[102] 雷飙(biāo)：雷霆震动。飙，暴风，这里表示震动、惊骇。

[103] 戒：禁戒，禁止。这句是说，夜间不能向前走了。

[104] 下弦：夏历每月二十二、三日(此时月亮缺下一半，状如弓弦)。

[105] 届：至。这句是说，可望到达任所。

[106] 夙(sù)夜戒护：清早夜晚谨慎保重。夙，清早。

[107] 勿我为念：不要惦念着我。

[108] 聊：姑且，暂时。

[109] 临涂：在路途中。　草蹙：写信草率匆忙，不能细心推敲。

[110] 不周：不周全，有疏漏(含有请求原谅之意)。

拜中军记室辞隋王笺

谢　朓

谢朓(464—499)，南朝齐代诗人，字玄晖，陈郡阳夏(今河南太康)人。永明体诗代表作家，与谢灵运并称"二谢"，他为"小谢"。明帝时任宣城太守，世称"谢宣城"。后迁尚书吏部郎，被萧遥光诬陷，下狱处死。后人辑有《谢宣城集》。

齐武帝时，谢朓担任隋王萧子隆镇西功曹，后转文学，很受赏识。永明十年(492)，因被长史王秀之的忌恨,向武帝进谗言,于是被召回京(建业)。次年郁林王萧昭业即位,萧昭文封新安王,谢朓担任他的中军记室参军。此时写信告别隋王,感谢知遇之恩。文章虽然词藻华丽,讲究平仄、对仗,但是自然流利,情意恳切,确是难得的一篇优秀骈文。

本文选自《南齐书·谢朓传》。

原文

故吏文学谢朓,死罪死罪[1]。即日被尚书召[2],以朓补中军新安王记室参军[3]。朓闻潢污之水[4],愿朝宗而每竭[5];驽蹇之乘[6],希沃若而中疲[7]。何则?皋壤摇落[8],对之惆怅;歧路西东[9],或以欷唈[10]。况乃服义徒拥[11],归志莫从[12]。邈若坠雨[13],翩似秋蒂[14]。

朓实庸流,行能无算[15]。属天地休明[16],山川受纳[17],褒采一介[18],抽扬小善[19]。故舍耒场圃[20],奉笔兔园[21]。东乱三江[22],西浮七泽[23]。契阔戎旃[24],从容晏语[25]。长裾日曳[26],后乘载脂[27]。荣立府庭,恩加颜色。沐发晞阳[28],未测涯涘[29];抚臆论报[30],早誓肌骨[31]。

不悟沧溟未运,波臣自荡[32];渤澥方春[33],旅翮先谢[34]。清切藩房[35],寂寥旧革[36]。轻舟反溯[37],吊影独留[38]。白云在天,龙门不见[39]。去德滋永[40],思德滋深。

唯待青江可望,候归舻于春渚[41];朱邸方开[42],效蓬心于秋实[43]。如其簪履或存[44],衽席无改[45];虽复身填沟壑[46],犹望妻子知归[47]。揽涕告辞[48],悲来横集[49],不任犬马之诚[50]!

[1]死罪:礼貌不周,请求原谅。书信、奏章常用的套语。
[2]即日:当天。 尚书:尚书省,封建朝廷最高行政机关。
[3]补:任职。 中军:中军将军,指新安王萧昭文。 记室参军:简称记室,掌管公文记录的官员。
[4]潢污:池塘。
[5]朝宗:诸侯朝见天子,比喻河流汇入大海。这里是说,池塘中的浅水,向往流入大海,可是常常枯竭。比喻自己才能低下,不能报答深恩。
[6]驽蹇(jiǎn):迟钝跛脚。驽,马跑不快;蹇,跛脚。 乘:四匹马驾的车,这里是指马。
[7]沃若:雄壮威武的样子。这里是说,笨马也希望健壮奔跑,可是中途就疲乏无力了。与上句比喻含义相近。
[8]皋壤:水边高地,河岸。 摇落:秋天草木凋残零落。
[9]歧路:岔路。 东西:握手分别,各奔东西。
[10]欷唈(wūyì):呜唈,悲伤气噎。欷,同"呜"。
[11]服义:佩服(您的)崇高的道义。 徒:白白地。 拥:抱,怀。
[12]归志:归依(您的)心愿。 莫:不能。 从:顺从。以上是说,白白心里佩服您的高义,不能实现

归依您的心愿。

[13]邈：远远的。

[14]翩：轻飘飘的。蒂：同"蒂"。以上是说，跟您远远分开，像雨水从天上落下来，像瓜果离开枝条掉下来。

[15]行能：品行才能。 无算：无须计算，不值一提。

[16]属(zhǔ)：正好遇到。 天地：比喻皇帝。 休明：美好英明。

[17]山川：比喻隋王。 受纳：接纳。秦代李斯《谏逐客书》："太山不让土壤，故能成其大；河海不择细流，故能就其深；王者不却众庶，故能明其德。"山川受纳，比喻接纳人才。

[18]褒采：褒奖选用。 一介：一个渺小的人(自谦之辞)。

[19]抽扬：采纳推崇。 小善：微小的长处。

[20]舍：放。 耒(lěi)：犁杖一类的农具。 场(cháng)圃：禾场菜圃，借指田野。

[21]奉笔：恭敬地拿着笔。 兔园：西汉时梁孝王的园林。借指隋王府邸。

[22]乱：横渡。 三江：松江、钱塘江、浦阳江。这里是说，隋王赴任会稽(郡治在今浙江绍兴市)太守，他随同渡江东去。

[23]浮：游。 七泽：荆州地区的湖泽，具体待考。这里是说，隋王改任荆州刺史，他随同过湖西去。

[24]契阔：要约，建立友谊。 戎旃：军帐。戎，军事；旃，通"毡"，毡制的帐篷。

[25]从容：安闲自在的样子。 晏语：饮宴交谈。汉末曹操《短歌行》："越陌度阡，枉用相存。契阔谈䜩，心念旧恩。"文中化用诗句。

[26]长裾：长长的袍襟。裾，衣襟。 曳(yè)：拖。

[27]后乘：跟在后边的车。 载：助词，无义。 脂：给车轴涂上油，表示出发。以上是说，每天拖着袍襟陪您饮宴，坐在后边车上随同出游。

[28]沐发：洗濯头发。 晞阳：在太阳下晒。晞，晒干。《楚辞·九歌·少司命》："与汝沐兮咸池，晞汝发兮阳之阿。望美人兮未来，临风怳兮浩歌。"这里是说，我对您的思念，远远超过少司命企盼美人。

[29]涯涘：水边，泛指边际。(感情深厚)不能测量边际。

[30]抚臆：摸着胸前。 论报：自问怎样报答深恩。

[31]早誓肌骨：早已立下刻骨铭心的誓言。

[32]不悟：没有料到。 沧溟未运：大鹏尚未乘着海运(海啸)腾飞到达南海。比喻隋王任满提升。《庄子·逍遥游》："是鸟(鹏)也，海运则徙于南冥。"沧溟，沧海。 波臣：《庄子·外物》所说困在车辙中的鲋(fù)鱼(鲫鱼)，自称"东海之波臣"，乞求救援。 荡：冲散。这里是说，未等隋王升迁新职，自己就像鲫鱼被水冲击一样离开，得不到您的庇护了。

[33]渤澥(xiè)：渤海。澥，海。比喻隋王。

[34]旅翮(hé)：寄居的小鸟。翮，鸟的翅膀，借指鸟。 谢：退，离去。比喻自己离开。

[35]清切：宫殿戒备森严。 藩房：隋王的府邸。藩，分封的王侯。

[36]旧荜(bì)：旧茅屋。荜，荜门，用树枝编的门，借指简陋的住房，谢朓的家里。

[37]反溯：溯流而上回去。

[38]吊影：孤单的影子。晋代李密《陈情表》："茕茕孑立，形影相吊。"形影相吊，形容孤单。以上是说送我的小船已返回荆州去，我却独自留在这里(建业)。

[39]龙门：楚国郢都(今湖北江陵西北)的东门，这里指荆州东门。《楚辞·哀郢》："过夏首而西浮兮，望龙门而不见。"

[40]德:恩德,此指恩人(隋王)。 滋:副词,更加。 永:长久。

[41]艎:艅艎,船名。 渚(zhǔ):水中陆地。这里是说,只有等待春来绿水满江,在江边等候您回建业,才能相见。

[42]朱邸:隋王在京城的官邸,这里指大门。

[43]效:献出。 蓬心:浅陋的心意(自谦之辞)。 于:如同。 秋实:秋天的果实。

[44]簪履:固定礼帽的长针和鞋子,借指官职。

[45]衽席:朝堂宴饮的坐席。以上是说,如果您的王府还有给我的官服,饮宴还有我的席位,到死都感激不尽。

[46]填沟壑(hè):死的婉辞。

[47]妻子:妻子儿女。 知归:知道感恩报答。归,归心。

[48]揽涕:抹掉眼泪。

[49]横集:纵横汇集。

[50]不任:不胜,不尽。 犬马之诚:自己的一片诚心(自比犬马,表示谦恭)。

与陈伯之书

丘 迟

题解

丘迟(464—508),南朝齐梁时期作家,字希范,吴兴乌程(今浙江湖州市)人。齐时任殿中郎。入梁以后做过永嘉(今浙江温州市)太守、司空从事中郎等。长于骈文,诗歌多写山水,有《丘司空集》辑本。

天监元年(502),江州刺史陈伯之受人教唆,率兵反梁,战败以后投奔北魏,任为平南将军。天监四年(505)冬天,梁临川王萧宏奉命率军北伐。当时陈伯之屯兵寿阳梁城(今安徽寿县一带),与梁军对抗。萧宏让记室丘迟写信劝他投降。这封信中批判陈伯之背叛祖国、投降北魏的严重错误,说明梁朝不咎既往、欢迎投诚的宽大政策,指出异族首领不可信赖,唤起他的思乡情怀,使他感到只有回到祖国才是唯一的出路。本文义正词严,说理透彻,分析利害,预见成败,使人别无选择;兼之激发民族的尊严,引动赤子的真情,委曲动人,具有震撼作用。"暮春三月"一段更是千古传诵的名句。陈伯之读了信后,果然于次年春末反正归来。文中所说"异类"、"杂种"之类,带有狭隘民族主义的倾向,应予批判。

本文选自《文选》卷四三。

##

迟顿首[1]:陈将军足下无恙[2],幸甚幸甚!

将军勇冠三军,才为世出[3],弃燕雀之小志,慕鸿鹄以高翔[4]。昔因机变化[5],遭遇明主[6],立功立事,开国称孤[7],朱轮华毂[8],拥旄万里[9],何其壮也!如何一旦为奔亡之虏[10],闻鸣镝而股战[11],对穹庐以屈膝[12],又何劣邪!寻君去就之际[13],非有他故,直以不能内审诸己[14],

外受流言[15]，沈迷猖獗[16]，以至于此。圣朝赦罪责功[17]，弃瑕录用[18]，推赤心于天下[19]，安反侧于万物[20]，此将军之所知，不假仆一二谈也[21]。朱鲔喋血于友于[22]，张绣剚刃于爱子[23]，汉主不以为疑，魏君待之若旧；况将军无昔人之罪，而勋重于当世。夫迷途知反，往哲是与[24]，不远而复[25]，先典攸高[26]。主上屈法申恩[27]，吞舟是漏[28]。将军松柏不剪[29]，亲戚安居，高台未倾[30]，爱妾尚在。悠悠尔心[31]，亦何可言？

今功臣名将，雁行有序[32]，佩紫怀黄[33]，赞帷幄之谋[34]；乘轺建节[35]，奉疆埸之任[36]：并刑马作誓[37]，传之子孙。将军独靦颜惜命[38]，驱驰毡裘之长[39]，宁不哀哉[40]！夫以慕容超之强[41]，身送东市[42]；姚泓之盛[43]，面缚西都[44]。故知霜露所均[45]，不育异类[46]；姬、汉旧邦[47]，无取杂种[48]。北虏僭盗中原[49]，多历年所[50]，恶积祸盈，理至焦烂[51]。况伪孽昏狡[52]，自相夷戮[53]，部落携离[54]，酋豪猜贰[55]。方当系颈蛮邸[56]，悬首藁街[57]。而将军鱼游于沸鼎之中[58]，燕巢于飞幕之上[59]，不亦惑乎！

暮春三月，江南草长，杂花生树，群莺乱飞。见故国之旗鼓[60]，感平生于畴日[61]，抚弦登陴[62]，岂不怆悢[63]！所以廉公之思赵将[64]，吴子之泣西河[65]，人之情也。将军独无情哉？想早励良规[66]，自求多福。当今皇帝盛明，天下安乐，白环西献[67]，楛矢东来[68]；夜郎、滇池[69]，解辫请职[70]，朝鲜、昌海[71]，蹶角受化[72]。唯北狄野心[73]，崛强沙塞之间[74]，欲延岁月之命耳[75]！中军临川殿下[76]，明德茂亲[77]，总兹戎重[78]，吊民洛汭[79]，伐罪秦中[80]。若遂不改[81]，方思仆言，聊布往怀[82]，君其详之[83]！丘迟顿首。

[1] 顿首：叩头。用在信的开始或结尾，表示敬礼。

[2] 无恙(yàng)：没有病痛。恙，病痛。古代信中常用"无恙"，表示问好。

[3] 世出：超出当世。

[4] 鸿鹄(hú)：天鹅。《史记·陈涉世家》："嗟乎！燕雀安知鸿鹄之志哉！"后来常用"燕雀"比喻眼光短浅的庸人，"鸿鹄"比喻抱负远大的英雄。

[5] 因机：顺应时势。变化：改变立场。这里是指齐朝末年陈伯之归降梁武帝(萧衍)。

[6] 遭遇：有幸遇到。明主：指梁武帝。

[7] 开国称孤：获得公侯爵位。陈伯之归降后仍任江州刺史，封丰城县公。孤，王侯自称。

[8] 朱轮：红色车轮。　华毂(gǔ)：装饰华丽的车子。毂，车轮中心(插轴的部位)，借指车子。古代高官贵人乘坐豪华车子。

[9] 拥旄(máo)：手持节旄(旗杆用牦牛尾做装饰的旗子)。　万里：一方。拥旄万里，表示拥有军队，号

令一方。

[10] 奔亡之虏:逃跑投敌的奴才。指陈伯之失败后投奔北魏,卑鄙可耻。

[11] 鸣镝(dí):响箭。据说汉初匈奴使用响箭。镝,箭头,借指箭。 股:大腿。 战:颤抖,发抖。这里形容异常恐惧。

[12] 穹庐:毛毡做成的圆顶帐篷,游牧民族的住所。 屈膝(xī):下跪。这里形容十分低贱。

[13] 寻:考察,探求。际:时刻。

[14] 直:副词,仅仅,不过。

[15] 流言:没有根据的话,谣言。

[16] 沈迷:迷惑,不能自拔。沈,同"沉"。 猖獗:狂妄作乱。

[17] 圣朝:指梁朝。 赦罪责功:只要立功,可以赎罪。责,要求。

[18] 弃瑕:不咎既往。瑕,玉上的斑点,比喻过失。

[19] 赤心:赤诚的心。

[20] 安:用于使动,使……安定。 反侧:动摇不定,反复无常。 万物:这里指很多的人。

[21] 假:借助,等待。 仆:我的谦称。

[22] 朱鲔(wěi):王莽末年绿林军将领。他劝更始帝刘玄杀害了汉光武帝刘秀的哥哥刘縯,后来他在洛阳被汉军包围,光武帝劝他投降,保证不咎既往,他就开城门投降了。 喋(dié)血:踩在血泊中。喋,通"蹀",踩。 友于:兄弟(指刘縯)。《尚书·君陈》"惟孝友于兄弟。"后用"友于"指兄弟。

[23] 张绣(?—207):东汉末年地方军阀,屯兵宛地。初降曹操,后又率兵进攻曹操,曹操中箭,长子曹昂、侄儿安民被害。两年后他又归降曹操,曹操并不记仇,封他为列侯。 剚(zì)刃:用刀扎进。剚,(用刀)刺。

[24] 往哲:从前的圣哲。 是与:动词宾语前置,赞许这种行为。与,赞许,称道。

[25] 复:返回。

[26] 先典:古代经典。《易经·复》:"不远复,无祗悔,元吉。"攸:助词,相当于"所",用在及物动词之前。 高:用为动词,推崇,认为高。

[27] 屈法申恩:执法从轻,施恩从重。屈、申相对,表示进退或轻重。

[28] 吞舟是漏:漏掉吞舟的大鱼,比喻法网疏阔,宽赦身负重罪的人。是,复指前置宾语"吞舟"(吞舟的大鱼)。

[29] 松柏不剪:祖先的坟墓没有遭到破坏。古代坟旁种植松柏,因以代指祖坟。

[30] 高台未倾:住宅没有倒塌。倾,倒下。

[31] 悠悠:深思的样子。 尔:人称代词,你的。

[32] 雁行(háng):飞雁的行列。比喻尊卑前后,井然有序。

[33] 佩紫怀黄:佩戴紫色印绶(印纽丝带),怀揣金印。这是高官的标志。

[34] 赞:参与,协助。 帷幄:军帐。

[35] 乘轺(yáo)建节:乘坐马车,插起旄节。轺,两匹马驾的轻便马车,朝廷使臣所乘。

[36] 奉:接受。 疆埸(yì):边疆,边防。

[37] 刑马作誓:杀白马后饮血宣誓。这是古代封侯拜将的仪式。刑,用为动词,杀。

[38] 靦(tiǎn)颜:厚着脸皮。靦,同"觍"。

[39] 驱驰:奔走效劳。 毡裘之长:游牧民族的首领(指北魏君主)。毡裘,北方匈奴、鲜卑等住毛毡帐篷,穿毛皮衣服。

[40]宁：副词，表示反诘，岂、难道。

[41]慕容超：东晋时南燕(鲜卑族)君主。义熙五年(409)，慕容超率兵进犯淮北。次年刘裕北伐，生俘慕容超，押往建康(今江苏南京市)处死。

[42]东市：西汉都城长安东市，处死罪犯的地方，借指刑场。

[43]姚泓：东晋时后秦(羌族)君主。义熙十三年(417)，刘裕北伐，进入关中，攻破长安，生俘姚泓，押往建康处死。

[44]西都：长安。

[45]霜露所均：霜露所到之处，借指天地之间。均，分布。

[46]异类：对汉族以外的民族的污蔑称呼。文中所说天地之间不容其他民族生存，带有明显的民族偏见。

[47]姬汉旧邦：中原地区。姬，周代天子姓氏，指周；汉，刘邦所建汉朝。

[48]杂种：如说"异类"。

[49]北房：指鲜卑拓跋氏建立的北魏。房，对外族敌人的称呼。 僭：非法使用(名号、礼仪、器物等)。 盗：窃据。

[50]多历年所：经过多年。年所，年次，年数。

[51]焦烂：比喻溃灭、崩溃。

[52]伪孽(niè)：指北魏宣武帝(元恪)。 昏狡：昏庸奸诈。

[53]夷戮：残杀。夷，杀尽；戮，杀戮。自相夷戮，统治集团内部自相残杀。景明二年(501)，宣武帝叔父元禧阴谋叛乱被杀。正始元年(504)北海王元祥也因"谋为逆乱"罪名囚禁而死。

[54]携离：背叛、叛离。携，怀有贰心。

[55]酋豪：外族头目，部落首领。 猜贰：由于怀疑而离心离德。

[56]方当：同义连用，即将。 系颈：用绳索拴脖子，逮捕。 蛮邸：外族首领入朝时的官邸。

[57]悬首：斩首后挂在高处示众。 藁(gǎo)街：西汉都城长安的街名。外族首领宾馆所在之处。

[58]沸鼎：开水沸腾的大鼎。

[59]巢：用为动词，做巢。鱼游于沸鼎，燕巢于飞幕，极力形容处境危险，性命不保。

[60]故国：梁朝。 鼓旗：军中用的战鼓和旌旗。

[61]感：感念，回想。 畴日：往日。

[62]抚弦：手持弓弦。 登陴(pí)：登上城头女墙。陴，女墙(呈凹凸形，便于瞭望射击的短墙)。

[63]怆恨(chuàngliàng)：悲痛伤心。

[64]廉公：战国时赵国著名将领廉颇，后期不受重用，到了魏国。不久又到楚国，率兵作战，未能立功，他说："我思用赵人。"见于《史记·廉颇蔺相如列传》。

[65]吴子：战国时军事家、改革家。初在魏国，任西河守，治绩显著。魏武侯听信谗言，召他回去，他对着西河哭泣，说："今君听谗人之议，而不知我，西河之为秦也不久矣，魏国从此削矣！"吴起后往楚国，主持变法，遭贵族杀害。西河：今陕西境内黄河西岸合阳一带。

[66]想：希望。 励：努力做。 规：打算。

[67]白环：白色玉环。传说舜帝时西王母(西域部落女性首领)入朝天子，进献白环。

[68]楛(hù)矢：楛木制作的箭。传说周武王时肃慎氏(外族部落，在今东北吉林一带)进贡楛矢石砮。

[69]夜郎：古代国名，在今贵州桐梓县东部地区，西汉时与中原发生联系。 滇池：古代滇国，在今云南昆明市一带。西汉时归附朝廷。

[70]解辫：解开发辫，表示放弃旧俗，改用汉人服饰。 请职：请求承担贡职，定期进献贡品。

[71]朝鲜:古代国名,归附汉朝,后分裂为高句丽、新罗、百济三国。 昌海:蒲昌海,古代西域国名,在今新疆罗布泊地区。

[72]蹶(jué)角:顿首,叩头。蹶,跌倒;角,额角。 受化:接受教化,诚心归附。

[73]北狄:北方少数民族,指北魏。

[74]沙塞:沙漠边塞。

[75]岁月:一年半载,时间短暂。

[76]中军:中军将军。 临川:中军将军萧宏,封临川王。 殿下:对王侯、太子的尊称。

[77]明德:品德美好。 茂亲:至亲。萧宏是梁武帝的弟弟。

[78]总:统领,主管。 兹:代词,此。

[79]吊民:安慰人民。古代天子发兵征战,都以"吊民伐罪"(安慰受苦人民,讨伐罪人)为口号。 洛汭(ruì):洛水流入黄河的地方。汭,两水会合之处。

[80]秦中:今陕西省,古代秦地。又称关中。

[81]遂:一直。因循不改。

[82]布:陈述。 往:往日。 怀:情怀。

[83]详:用为动词,详加考察。

与朱元思书

吴 均

吴均(469—520),南朝齐梁作家,字叔庠,吴兴故鄣(今浙江安吉西北)人。曾任国侍郎、奉朝请。著述很多,诗文风格清新,影响较广,号"吴均体"。

吴均家世寒微,当时世家大族掌控大权,政治上受压抑,在这封写给朋友朱元思(生平不详)的信(节录)中,描写了自富春江到桐江一带优美的山水风光,表达了向往隐逸的志趣。全用骈体,对偶工整,文辞清丽,音调和谐,情味隽永,很受称赏。

风烟俱净[1],天山共色[2]。从流飘荡[3],任意东西[4]。自富阳至桐庐[5],一百许里[6],奇山异水,天下独绝。水皆缥碧[7],千丈见底。游鱼细石,直视无碍[8]。急湍甚箭[9],猛浪若奔。夹岸高山,皆生寒树,负势竞上[10],互相轩邈[11];争高直指[12],千百成峰。泉水激石,泠泠作响[13];好鸟相鸣,嘤嘤成韵[14]。蝉则千转不穷[15],猿则百叫无绝[16]。鸢飞戾天者[17],望峰息心[18];经纶世务者[19],窥谷忘返[20]。横柯上蔽[21],在昼犹昏;疏条交映[22],有时见日。

[1]风烟俱净:既无风尘,也无烟霭,形容天空晴朗。

[2] 共色：一样的颜色。

[3] 从流：随着水流（游船自上游驶向下游）。

[4] 东西：或者向东，或者向西。

[5] 富阳：县名，原名富春，晋简文帝时避郑太后（春）讳，改称富阳（今浙江杭州市富阳区）。 桐庐：县名，今浙江桐庐，在富阳西南。

[6] 许：用在数词或数量词后表示约数。

[7] 缥（piǎo）：淡青色。

[8] 无碍：没有遮挡，清清楚楚。

[9] 湍（tuān）：急流。 甚：厉害，超过。

[10] 负势：凭着山势。 竞上：争着向上。

[11] 轩：高。 邈（miǎo）：远。这里是说，互相比赛高远。

[12] 直指：挺直向上。

[13] 泠泠（línglíng）：形容水声清越。

[14] 嘤嘤（yīngyīng）：形容鸟鸣优美动听。

[15] 啭：婉转地叫。 穷：尽。

[16] 绝：断。

[17] 鸢（yuān）飞戾（lì）天：出自《诗经·大雅·旱麓》。鹰鹞高高飞到天空，比喻追求名位。鸢，鹰鹞之类。戾，到。

[18] 望峰息心：遥望群峰风光幽美，就会平息追逐名位的世俗欲望。

[19] 经纶（lún）：治理，谋划。 世务：世俗事务。

[20] 窥谷忘返：看到山谷景物清丽，就会乐而忘返。

[21] 柯：树枝。

[22] 交映：交相映衬。

复亲故书

魏长贤

魏长贤，北朝北魏巨鹿下曲阳（今河北晋州市西）人。先代历仕北魏。祖父魏钊，曾随孝文帝征淮南，任为义阳太守。父亲魏彦，博学善文章，曾为彭城王掾兼知客郎中、清河王咨议。他年轻时，与弟德振游学洛中，后徙居邺。博览经史，文辞清华，任汝南王参军事。入北齐，平阳王高淹辟为法曹参军，转著作佐郎，修改《晋书》，欲成先人之志。

北齐武成帝（高湛）河清年间，他上书批评时政，触怒权贵，被贬为上党屯留令。他的亲属旧交写信规劝他应当相时而动，安守本分，他即写信答复，表明自己坚守正道，不顾个人安危，犯颜进谏的态度。信中要旨虽不超出忠孝之节，但在朝政混乱，国势倾危，很多人都为保全秩缄默不言的形势下，他却能仗义执言，是难能可贵的。此信抒发作者内心的幽愤，曲折回环，感情沉痛，可看出明显地受到司马迁《报任安书》的措辞与风格的影响。

本文选自《北史·魏长贤传》。

原文

日者惠书[1]，义高旨远[2]。诲仆以自求诸己[3]，思不出位[4]，国之大事，君与执政所图[5]。又谓仆禄不足以代耕[6]，位不登于执戟[7]，干非其议[8]，自贻悔咎[9]。勤勤恳恳[10]，诚见故人之心。静言再思[11]，无忘寤寐[12]。

仆虽固陋[13]，亦尝奉教于君子矣。以为士之立身，其路不一。故有负鼎俎以趋世[14]，隐渔钓以待时[15]，操筑傅岩之下[16]，取履圯桥之上者矣[17]。或有释贩车以匡霸业[18]，委挽辂以定王基[19]，由斩祛以见礼[20]，因射钩而受相者矣[21]。或有三黜不移[22]，屈身以直道[23]；九死不悔[24]，甘心以苦节者矣[25]。皆奋于泥滓[26]，自致青云[27]。虽事有万殊[28]，而理终一致，权其大要[29]，归乎忠孝而已矣。

夫孝则竭力所生[30]，忠则致身所事[31]，未有孝而遗其亲，忠而后其君者也[32]。仆自射策金马[33]，记言麟阁[34]，寒暑迭运[35]，五稔于兹[36]。不能勒成一家[37]，润色鸿业[38]，善述人事；功既阙如[39]，显亲扬名，邈焉无冀[40]。每一念之，曷云其已[41]？自顷王室板荡[42]，彝伦攸斁[43]，大臣持禄而莫谏，小臣畏罪而不言，虚痛朝危，空哀主辱。匪躬之故[44]，徒闻其语；有犯无隐[45]，未见其人。此梅福所以献书[46]，朱云所以请剑者也[47]。抑又闻之[48]，嫠不恤纬而忧宗周之亡[49]，女不怀归而悲太子之少[50]。况仆之先人[51]，世传儒业，训仆以为子之道，厉仆以事君之节[52]。今仆之委质[53]，有年世矣[54]，安可自同于匹庶[55]，取笑于儿女子哉[56]！是以肠一夕而九回[57]，心终朝而百虑[58]，惧当年之不立[59]，耻没世而不闻[60]，慷慨怀古，自强不息，庶几伯夷之风[61]，以立懦夫之志[62]。

吾子又谓干进务入[63]，不畏友朋；居下讪上[64]，欲益反损。仆诚不敏，以贻吾子之羞，默默苟容[65]，又非平生之意。故愿得锄彼草茅[66]，逐兹鸟雀[67]，去一恶，树一善，不违先旨[68]，以没九泉[69]。求仁得仁[70]，其谁敢怨？但言与不言在我，用与不用在时[71]。若国道方屯[72]，时不我与[73]，以忠获罪，以信见疑，贝锦成章[74]，青蝇变色[75]，良田败于邪径[76]，黄金铄于众口[77]，穷达命也[78]，其如命何？吾子忠告之言，敢不敬承嘉惠[79]！然则仆之所怀，未可一二为俗人道也。投笔而已[80]，夫复何言！

[1]日者：近日。日前。　惠书：寄信给我。惠，敬词，对方来信，是施给自己恩惠。

[2]义高旨远：道理高超，意义深远。

[3]诲:教导。仆:谦称自己。自求诸己:要求自己。出自《论语·卫灵公》:"君子求诸己,小人求诸人。"

[4]思不出位:出自《论语·宪问》:"子曰:'不在其位,不谋其政。'曾子曰:'君子思不出其位。'"是说想问题不越出自己的职责范围,就是安分守己的意思。

[5]执政:宰相,协助皇帝处理朝政的大臣。

[6]禄:俸禄,朝廷按照官级高低给予官员的物质待遇。 代耕:代替农耕,保障衣食。

[7]位:官职爵位。 登:升到,晋升。 执戟:官名,宫廷侍卫(低级武官)。

[8]干:触犯,介入。这句是说,越出职责,议论那些本不属于自己管的事情。

[9]自贻(yí):给自己招来了(灾祸)。贻,留下,给予。 悔咎:悔恨、罪过。

[10]勤勤恳恳:情意诚挚。

[11]言:助词,无义。这句是说静下来反复思考。

[12]寤寐:寤,醒来。寐,睡着。这句是说,无论醒来睡着,都忘不了。

[13]固陋:顽固鄙陋,愚钝无知。

[14]负鼎俎:背靠大鼎(古代烹饪器具,类似后世大锅),举着案板。这是指商汤辅相伊尹(名挚)。他想求见汤王,没有机会,就做了汤王妻有莘氏的陪嫁奴隶。他背靠大鼎,举着摆满菜肴的案板来见汤王。借谈滋味劝说汤王实现王道,获得任用。辅佐汤王讨伐夏桀,建立殷朝,后又辅佐太甲。被尊为阿衡(主宰一切之意)。见于《史记·殷本纪》。 趋世:趋奉迎合当世君主。

[15]隐渔钓:隐于渔翁钓客中间。这是指吕尚,商末贤人。为了躲避纣王暴政,钓于渭水之滨,周文王聘为师。武王即位,尊为师尚父。辅佐武王伐纣灭商,建立周朝,封于齐,为齐国始祖。见于《史记·齐太公世家》。

[16]操筑:拿着捣土的木杵。这是指傅说(yuè),殷高宗武丁的相。传说他是筑墙工匠,在傅岩(地名)为人筑墙(筑墙时先竖起两道夹板,把土倒进夹板里,用杵捣实),高宗发现他是贤人,选拔出来。

[17]取履:捡起鞋子。这是指张良。秦末汉初人,汉高祖刘邦主要谋臣,封为留侯。他是韩国宗室之后。秦灭韩国,他策划行刺秦始皇未成,逃到下邳躲避。一天,他到圯桥上散步,遇一老者,老者让他给自己到桥下捡鞋子,他恭敬地捡起鞋子,并给老者穿好。于是老者授给《太公兵法》一书。后来张良追随刘邦,为其出谋划策,终于打败项羽,统一天下。见于《史记·留侯世家》。

[18]释贳车:放下租用的车,这是指宁戚。春秋时卫国人,有贤才,不被任用。于是贩货到齐,住在齐国都城郭门之外。一次,齐桓公夜里出城迎客,宁戚正在喂牛,敲着牛角唱歌:"南山矸,白石烂,生不遭尧与舜禅。短布单衣适至骭(胫部),从昏饭牛薄夜半,长夜曼曼何时旦?"桓公叫他前来交谈,很喜欢他,任为大夫。见于《史记·邹阳列传》注及《吕氏春秋》。 匡:端正,扶正。

[19]委挽辂(lù):放下挽车的横木。委,放下;辂,挽辇(用人拉的车)的横木,缚在辕上。这是指胶鬲(lì),商末贤士。纣王残暴,忠良被害,胶鬲隐遁行商,贩卖鱼盐。周文王发现了他,举以为臣,帮助文王奠定王业基础。

[20]斩袪(qū):斩去衣袖。袪,袖子。这是指寺(shì)人(宫中小臣,相当于后世的宦官)勃鞮。晋献公晚年,宠爱骊姬,听信骊姬谗言,逼死太子申生,迫害公子重耳(即晋文公)。寺人勃鞮(又名披)被献公派去杀重耳,斩掉一只袖子,重耳逃亡国外。后来重耳回国做了国君,赦免其罪。吕甥、郤芮阴谋杀害国君,寺人勃鞮得知消息,及时报告,救了重耳。 见礼:受到礼遇。

[21]射钩:射中衣带上的钩。这是指春秋时齐国大夫管仲。齐国内乱,公子纠和公子小白逃往国外。齐襄公死,公子小白由莒国赶回去即位,为齐桓公。鲁国也派军队送公子纠回国,于是齐、鲁交战。管仲追随公子纠,用箭射中桓公带钩。公子纠战败身死,管仲被俘送回齐国。桓公不记前仇,采纳鲍叔牙(管仲好

友)意见,任用管仲为执政大臣,国富兵强,称霸诸侯。

[22]三黜(chù)不移:三次被罢官,却不动摇他的意志。这是指春秋时楚国令尹孙叔敖。《史记·循吏列传》记其事迹,曾经三次相楚庄王。"三得相不喜,知其才之自得也;三去相不悔,知非己之罪也。"

[23]屈身:委屈自己。 直道:坚持道义。

[24]九死不悔:即使死多少回,也不悔恨。战国末期爱国诗人屈原,楚国宗室,曾任左徒,辅佐楚怀王办理外交,制定法令,坚决主张联齐抗秦。后遭小人诬陷,被贬官,最后流放湘水流域,愤而自沉江中。他在《离骚》中说:"亦余心之所善兮,虽九死其犹未悔。"

[25]苦节:坚苦卓绝,保持气节。

[26]泥滓:污泥渣滓,比喻地位卑贱,处境屈辱。

[27]自致:凭自己达到。 青云:比喻高官显爵。以上两句是说,都从卑贱和屈辱中奋起,凭自己的力量取得高官显爵,高居众人之上。

[28]万殊:千差万别。

[29]榷(què):商讨。

[30]所生:指父母。

[31]致身:奉献自己的一切。 所事:指君主。

[32]后:抛弃,把(君主)扔到后边。

[33]射策:汉代考试方法之一。主考官将考题(经书大义)写在简策上,应试者随意选答,按其题目难易和答案优劣判定甲、乙等级,类似后世抽签考试。 金马:汉代宦者署门,武帝时立金马于门侧,称金马门,东方朔、主父偃等人都曾待诏金马门。后为官署代称。

[34]记言:担任史官。古代史官有记事、记言之分。 麟阁:麒麟阁,汉代阁名,在未央宫内。汉宣帝时有功臣图像。

[35]寒暑迭运:季节交替,时序代谢。

[36]五稔(rěn):五年。稔,庄稼成熟,引申为年。 于兹:至今。兹,此。

[37]勒:刻文于金石。这里是说写下独成一家的著作,刊刻成书。魏长贤父魏彦看到《晋书》诸家分歧杂乱,有志重加修订,但未实现。长贤继承父志,着手修订成书。

[38]润色:使有光彩。 鸿业:大业,帝王之业。古代文人认为写作是为宣扬帝王政教之业。

[39]阙如:空着,尚未去做。如,形容词词尾。

[40]邈焉:渺茫。焉,形容词词尾。 无翼:没有希望。

[41]曷云:怎么能说。 其已:它停止了(志愿放弃了)。

[42]自顷:自从最近。 王室:国家。 板荡:政局动荡不稳。《诗经·大雅》有《板》《荡》二诗,描述周厉王时政治混乱情形,后以"板荡"作为国家动乱的代称。

[43]彝伦:世间常道,社会秩序。 攸:相当于"所"。 致(dù):败坏。此句出自《尚书·洪范》。

[44]匪躬之故:出自《易经·蹇》:"王臣蹇蹇,匪躬之故。" 疏:"尽忠于君,匪以私身之故而不往济君,故曰匪躬之故。"匪,非,不,不因为一己的私利,不去帮助国君。

[45]有犯无隐:只有直言进谏,冒犯君颜,决不顾惜个人,隐忍不说。《礼记·檀弓上》:"事君有犯而无隐。"

[46]梅福:字子真,汉代九江寿春(今安徽寿县)人,少年游学长安,为郡文学、南昌尉,后去官回乡,数上书指斥大将军王凤专权跋扈。王莽当朝专权,他即离开九江隐匿远方,民间传说他已成仙,显系附会之辞。献书:上书朝廷。

[47] 朱云：字游，汉代鲁(今山东曲阜一带)人。汉元帝时，为槐里令，数忤权贵，因而获罪被刑。汉成帝时，又上书议政，愿借上方剑，斩佞臣张禹，成帝大怒，御史带他下朝，他拉住殿前栏杆，以致拉断。被赦免罪。后来修理栏杆，成帝下令不要改换，以表彰直谏之士。

[48] 抑：可是，然而，转折连词。

[49] 嫠(lí)不恤纬：嫠，寡妇；恤，忧虑，顾惜；纬，织布帛的横线。这是古代典故。《左传·昭公二十四年》："抑人亦有言曰：嫠不恤其纬，而忧宗周之陨，为将及焉。"意思是说，寡妇不忧虑她的纬线缺乏，而担心国家灭亡，自己跟着受难。借此说明忘私忧国。　宗周：周天子的宗庙，象征国家。

[50] 女不怀归：这句是说，妇女不想念回祖国之事，却伤心太子年少。这是指春秋时晋襄公夫人缪嬴。晋襄公七年(前621)，襄公卒，太子夷皋(缪嬴所生)年少，晋国大臣以有国难，议废太子，立年长者。赵盾主张立襄公弟公子雍(时在秦国)，贾季主张立雍弟公子乐(时在陈国)。此时缪嬴(秦缪公女)日夜抱着太子夷皋在朝廷上哭号，并且斥责执政大臣赵盾背弃先君的遗嘱。赵盾与诸大夫都害怕了，于是放弃公子雍，立夷皋(晋灵公)。见于《左传·文公七年》。

[51] 先人：祖先，这里是指死去的祖父魏钊、父亲魏彦，都是著名学者。

[52] 厉：同"励"，激励，鞭策。

[53] 委质：做官，事奉君主。委，放下；质，身体。臣下见君主时，伏身下拜，因此作为称臣的代称。

[54] 年世：年代。古代以三十年为一世。

[55] 匹庶：平民，普通的人。

[56] 儿女子：妇女小孩，古代当作最卑贱无知的人。

[57] 九回：多次转动。古时以回肠形容内心愁苦。

[58] 终朝：早晨，自早起至食时。

[59] 当年：壮年。　不立：不能立身，不能成就功名，建立事业。

[60] 耻：以……为可耻。　没世：死去，逝世。耻没世而不闻，如同孔子所说"君子疾没世而名不称焉"(《论语·卫灵公》)。

[61] 庶几：或许(希望之词)。伯夷：商末孤竹君太子，孤竹君死，与弟叔齐互相推让，不肯即位，二人都逃往国外去。　风：风格气节。

[62] 立：使动用法，促使……树立。《孟子·万章下》："故闻伯夷之风者，顽夫廉，懦夫有立志。"即为此句所本。

[63] 吾子：比称"子"含亲切意味。　干进：谋求进身为官。屈原《离骚》："既干进以务入兮，又何芳之能衹？"盖为此句所本。

[64] 讪(shàn)上：毁谤上司。讪，毁谤，讥刺。

[65] 苟容：苟且求容，委曲求全。

[66] 锄彼草茅：铲除那妨害禾苗的茅草。草茅，比喻坏人坏事。

[67] 逐兹鸟雀：驱赶这糟蹋庄稼的飞鸟。鸟雀，比喻坏人坏事。

[68] 先旨：先辈的训示。

[69] 没："殁"的通假，死去。　九泉：地下，墓坑。

[70] 求仁得仁：恰如所愿，如愿以偿。出自《论语·述而》："(冉有)入，曰：'伯夷、叔齐何人也？'曰：'古之贤人也。'曰：'怨乎？'曰：'求仁得仁，又何怨？'"周武王灭商纣，伯夷、叔齐认为以臣弑君，不合君臣之义，两人耻食周粟，采蕨首阳山下，终于饿死。孔子认为他们为了维护理想，死而无怨。

[71]时：时运。

[72]国道：如说国步，国家的命运。 方屯(zhūn)：正值艰难。屯，困顿。

[73]时不我与：时间不等待我。与，等待。《论语·阳货》："日月逝矣，岁不我与。"盖为此句所本。

[74]贝锦成章：贝形花纹的锦缎织成文采，比喻故意编造事实，罗织罪状。《诗经·小雅·巷伯》："萋兮斐兮，成是贝锦。彼谮人者，亦已大甚。"笺："喻谮人集己过以成于罪，犹女工之集采色以成锦文。"

[75]青蝇变色：好进谗言的人玷污了君子清白的人格。《诗经·小雅·青蝇》："营营青蝇，止于樊。岂弟君子，无信谗言。"后即以青蝇喻好进谗言的佞人。汉代王充《论衡·商虫》："谗言伤善，青蝇污白。"盖为此句所本。

[76]败：毁坏，糟蹋。这句是说，良田被穿过的邪路糟蹋了，比喻君子的名声被小人所破坏。

[77]铄：熔化，销毁。古代有"众口铄金"的谚语（《国语·周语下》），比喻人言沸腾，即使黄金也被销毁。

[78]穷达：在仕途上受到阻遏或是顺利畅达。

[79]嘉惠：好意，恩情。

[80]投笔：扔下笔，写不下去了。

山中与裴秀才迪书

王　维

王维（701—761），唐代著名诗人，字摩诘，祖籍太原祁县（今山西祁县），生于蒲州（今山西永济市）。开元九年（721）进士。因安史之乱中被俘，被迫任官，降为太子中允。官至尚书右丞。前期积极用世，很有抱负；后期消极退隐，游玩山水，信奉佛教。他是山水诗派代表作家，兼通音乐、绘画，诗作形象鲜明，音韵和谐。著有《王右丞集》。

王维晚年住在辋川别墅（位于终南山下蓝田县南辋谷口，原为初唐诗人宋之问旧居）。朋友裴迪（关中人，曾任尚书郎、蜀州刺史）当时住在附近，时有唱和。在这封写给裴迪的短信中，描写了寒冬辋川别墅一带的清雅幽静的景象，回忆从前携手游玩的情景，邀请诗友开春后同来山中。词句清秀，境界优美，充满诗情画意。从中可以感受王维隐居山林的情趣，也透露出他对争名夺利、勾心斗角的恶浊世俗的厌倦和鄙弃。

本文选自《王右丞集》。

近腊月下[1]，景气和畅[2]，故山殊可过[3]。足下方温经[4]，猥不敢相烦[5]。辄便往山中，憩感配寺[6]，与山僧饭讫而去[7]。北涉玄灞[8]，清月映郭[9]。夜登华子冈[10]，辋水沦涟[11]，与月上下[12]；寒山远水，明灭林外[13]；深巷寒犬，吠声如豹；村墟夜舂[14]，复与疏钟相间[15]。此时独坐，僮仆静默，多思曩昔[16]，携手赋诗，步仄径[17]，临清流也。

当待春中，草木蔓发[18]，春山可望，轻鲦出水[19]，白鸥矫翼[20]，露湿青皋[21]，麦陇朝雊[22]。斯之不远，倘能从我游乎[23]？非子天机清妙者^[24]，岂能以此不急之务相邀^[25]；然是中有深趣矣。无忽^[26]！因驮黄檗人往^[27]，不一^[28]。山中人王维白。

[1] 腊月：农历十二月。　下：某个时间范围。
[2] 景气：景物气候。　和畅：温和舒畅。
[3] 故山：旧山。这里指辋川别墅一带。　殊：副词，很。　过：过访，探访。
[4] 温经：温习经书。
[5] 猥(wěi)：鄙贱，自谦之词，在下。　烦：烦扰，打扰。
[6] 憩(qì)：休息，歇脚。　感配寺：一作"感化寺"，在蓝田东南。
[7] 饭：用为动词，吃饭。　讫：罢，毕。
[8] 涉：过河。　玄灞：深蓝色的灞水。灞，水名，源出蓝田县东，流向西南纳入蓝水。
[9] 郭：外城，城墙。
[10] 华子冈：辋川别墅著名景点之一。
[11] 辋川：水名，又称辋谷水，在蓝田县南，向北流入灞水。　沦涟：微波起伏的样子。
[12] 与月上下：水波与月影一起起伏不定。
[13] 明灭：灯光闪动，犹如忽明忽灭。
[14] 村墟：村落，村庄。　舂(chōng)：用杵捣米。
[15] 间(jiàn)：交替，交错。这里是说，远村捣米的声音和稀疏钟声此起彼落，交替响起。
[16] 曩(nǎng)昔：昔日，从前。
[17] 仄(zè)：狭窄。
[18] 蔓发：滋生蔓延。发，生长。
[19] 鲦(tiáo)：小白鱼，长仅几寸。《庄子·秋水》："鲦鱼出游从容，是鱼之乐也。"
[20] 矫翼：展翅飞翔。矫，举起。
[21] 青皋(gāo)：绿色河岸。皋，水边高地。
[22] 朝(zhāo)：早晨。　雊(gòu)：野鸡叫声。
[23] 倘：或许(含有期待意味)。　从：跟随。
[24] 天机：天赋的灵性，天生的感悟能力。　清妙：超出世俗。
[25] 不急之务：游览山水。暗示世俗人们急于追逐功名利禄，没有爱好自然的雅趣。
[26] 忽：忽视，忘记。
[27] 黄檗(bò)：一种草药，俗名黄柏(bò)。
[28] 不一：不能逐一详述，信末常用的套语。

与韩荆州书

李　白

李白(701—762)，唐代伟大诗人，字太白，号青莲居士。祖籍陇西成纪(今甘肃秦安)，隋末其家迁居安西碎叶(今吉尔吉斯斯坦境内)。他5岁时随父回到蜀地。一生绝大部分时间游历四方。天宝元年(742)42岁时奉召入京,任翰林供奉,不久便离开京城。安史之乱发生,他入永王李璘幕府,因此流放夜郎,途中遇赦归来。不久病死。诗与杜甫并称,风格豪放,气势雄伟。著有《李太白文集》。

李白自视颇高,自信"天生我材必有用",他不屑走科举入仕的道路,希望得到名人推荐,于是给当时以推荐人才著称的韩朝宗(京兆长安人,官至荆州长史,时称韩荆州)写了这封信。信中称颂韩朝宗的学识威望,不失去自尊;介绍自己的经历和才能,不流于浮夸。词句清丽,用典恰当,回环跌宕,笔力雄健,堪称一篇美妙的散文。此文作于开元二十一年(733),李白住在安陆(今湖北安陆市)时期。

本文选自《李太白文集》。

原文

白闻天下谈士相聚而言曰[1]:"生不用封万户侯[2],但愿一识韩荆州。"何令人之景慕一至于此[3]!岂不以有周公之风[4],躬吐握之事[5],使海内豪俊,奔走而归之,一登龙门[6],则声价十倍[7]。所以龙蟠凤逸之士[8],皆欲收名定价于君侯[9]。君侯不以富贵而骄之,寒贱而忽之,则三千之中有毛遂[10],使白得颖脱而出[11],即其人焉。

白,陇西布衣,流落楚汉[12]。十五好剑术,遍干诸侯[13];三十成文章,历抵卿相[14]。虽长不满七尺,而心雄万夫[15]。皆王公大人许与气义[16]。此畴曩心迹[17],安敢不尽于君侯哉!君侯制作侔神明[18],德行动天地,笔参造化[19],学究天人[20]。幸愿开张心颜[21],不以长揖见拒[22]。必若接之以高宴,纵之以清谈,请日试万言,倚马可待[23]。今天下以君侯为文章之司命[24],人物之权衡[25],一经品题[26],便作佳士。而君侯何惜阶前盈尺之地,不使白扬眉吐气,激昂青云耶[27]!

昔王子师为豫州[28],未下车[29],即辟荀慈明[30];既下车,又辟孔文举[31]。山涛作冀州[32],甄拔三十馀人,或为侍中、尚书[33],先代所美。而君侯亦一荐严协律[34],入为秘书郎[35];中间崔宗之、房习祖、黎昕、许莹之徒[36],或以才名见知,或以清白见赏。白每观其衔恩抚躬,忠义奋发。白以此感激,知君侯推赤心于诸贤之腹中,所以不归他人,而愿委身国士[37]。倘急难有用,敢效微躯。

且人非尧舜,谁能尽善?白谟猷筹画[38],安能自矜?至于制作[39],积成卷轴,则欲尘秽视听[40],恐雕虫小技,不合大人。若赐观刍荛[41],请给纸笔,兼之书人[42]。然后退扫闲轩,缮写呈上。庶青萍、结绿[43],长价于薛、卞之门[44]。幸推下流[45],大开奖饰[46]。唯君侯图之!

[1]谈士:长于谈论的士人,能言善辩之士。

[2]万户侯:食邑万户的侯爵,这是汉代列侯中等级最高的。

[3]景慕:景仰敬慕。一:竟然。

[4]周公:周武王弟弟姬旦,辅佐武王、成王,不仅功勋卓著,而且优礼士人。

[5]躬:亲自。 吐握:吐哺握发。传说周公热情接待来访的贤士,一饭三吐哺(吃一顿饭三次吐出口里咀嚼的饭菜出来会客),一沐三握发(洗一次头三次握住头发出来会客)传为美谈。见于《韩诗外传》卷三。

[6]龙门:传说黄河的鲤鱼游到龙门(河津别称,在今山西河津西边,又称禹门口)再也上不去了,能跃上去的就变成龙了。士人得到名人称赞推荐,声价提高,称为"登龙门"。《后汉书·李膺传》:"(李)膺以声名自高,士有被其容接者,名为登龙门。"

[7]声价:名声和地位。

[8]龙蟠凤逸:像龙那样盘伏,像凤那样隐居,比喻贤士等待时机。蟠,盘伏;逸,隐遁。

[9]君侯:古代尊称列侯,后来也称高级官员。

[10]三千:战国时赵国平原君赵胜有门客三千人。 毛遂:赵胜门客,多年默默无闻。赵孝成王八年(前258),都城邯郸(今河北邯郸市)被秦国大军围困,赵胜奉命前往楚国求援,要带二十名有才干的门客,反复选拔,只差一人。毛遂主动自荐,一同前去。到楚国后,毛遂发挥辩才,说服怀王发兵救赵。

[11]颖脱而出:像锥子在布袋里,一下就露出尖端来。比喻贤才遇到时机就会显露头角。这是毛遂自荐时用的比喻。

[12]楚汉:楚国旧地和汉水流域,即今湖北。

[13]干:求见。

[14]历:遍,一个一个地。 抵:投奔,拜访。

[15]心:抱负,雄心。 雄:高于。

[16]许与:赞许肯定。 气义:气概和道义。

[17]畴曩(nǎng):从前。畴,助词,无义。 心迹:内心真实的想法。

[18]制作:创造,这里是指功绩事业。 侔(móu):相平,相等。 神明:神灵。

[19]笔:文章。 参:辅助。 造化:天地。

[20]究:探索。 天人:天道和人事。

[21]开张心颜:开心张颜,放开心怀,态度和蔼,形容欢迎来客。

[22]长揖:拱手高举自上至下,但不跪拜,表示以平等身份相见。这是古代贤士见尊者时不失身份的礼节。 见拒:被拒绝。

[23]倚马可待:东晋袁宏才思敏捷,担任桓温记室。一次军中急需报捷文书,他倚马疾书,顷刻便写了七张纸,非常可观。见于《世说新语·文学》。

[24]司命:星名,又称文曲星,旧说主宰文运。这里比喻评定文章高下的权威人物。

[25]权衡:秤砣和秤杆,称量轻重的器具。这里比喻判定人物优劣的权威人物。

[26]品题:给以评价鉴定。

[27]激昂:精神振作,意气风发。 青云:青云直上,取得高官显爵。

[28]王子师:东汉大臣王允,字子师,太原祁县(今山西祁县东南)人。灵帝时任豫州(今河南汝南之西)

刺史。献帝初年,任尚书令、司徒。他与吕布设计杀死董卓,后被董卓部将李傕、郭汜杀害。

[29] 下车:到任。

[30] 辟(bì):征聘。荀慈明:东汉大臣荀爽,字慈明,颍川颍阴(今河南许昌市)人。桓帝时任郎中,因世乱辞官隐居。献帝时征聘入朝,位至三公。

[31] 孔文举:东汉学者、作家孔融,字文举,鲁国(今山东曲阜市)人。孔子二十世孙。"建安七子"之一。曾任北海(今山东昌乐西)相。因喜评讥时政,被曹操处死。

[32] 山涛:魏晋之际名士,字巨源,河内怀县(今河南武陟西南)人。"竹林七贤"之一。依附司马氏,官至吏部尚书。

[33] 或:有的。 侍中:秦汉时为皇帝侍从,出入宫廷,应对顾问。后来参与朝政,魏晋后已相当于宰相。尚书:魏晋时期最高行政机关尚书省长官尚书令、尚书仆射,相当于宰相。

[34] 严协律:唐代大臣严武(726—765),字季鹰,华州华阴(今陕西华阴东南)人。多年任东川、剑南节度使。后以攻破吐蕃,封郑国公。协律,掌管音乐的官员。

[35] 秘书郎:唐代秘书省官员,掌管宫廷藏书。

[36] 崔宗之:唐代宰相崔日用之子,袭封齐国公,开元中官至左司郎中。 房习祖、黎昕(xīn)、许莹:唐代人,事迹不详,都曾得到韩朝宗赏识。

[37] 委身:投靠。 国士:国内杰出的贤士,指韩朝宗。

[38] 谟猷:计划谋略。

[39] 制作:诗文写作。

[40] 尘秽:玷污(自谦之辞),表示请您过目。

[41] 刍荛(chúráo):割草打柴的人,如说山野村夫(自谦之辞),这里是指拙作。

[42] 书人:誊抄的人。

[43] 青萍:古代宝剑。 结绿:古代美玉。以上用宝剑、美玉比喻自己的文章。

[44] 长(zhǎng)价:提高声价。 薛:薛烛,春秋时越国人,善于鉴别宝剑。见于《淮南子·氾论》。 卞:卞和,春秋时楚国人,善于鉴别美玉,和氏璧就是他发现的。见于《韩非子·和氏》。

[45] 幸:望。 推:推荐。 下流:卑贱的人(自谦之辞)。

[46] 奖饰:称誉,赞扬。

应科目时与人书

韩 愈

韩愈(768—824),唐代文学家,字退之,河南河阳(今河南孟州市南)人。郡望昌黎,自称"昌黎韩愈"。贞元八年(792)进士。先后入董晋、张建封节度使幕府。贞元十九年(803)任监察御史,上疏进言触怒权贵,被贬为阳山令。元和十二年(817)随宰相裴度平淮西之乱,升刑部侍郎。因上书谏迎佛骨,被贬潮州刺史。官至吏部侍郎。一生以振兴儒学为己任,极力排斥佛老。他与柳宗元齐名,同为唐代古文运动领袖。著有《昌黎先生集》。

唐德宗贞元九年(793),韩愈参加礼部博学宏词科考试,想求韦舍人引荐自己,给他写了这封信。信中讲了一则困在浅滩的蛟龙的故事,如果有人帮助,使它得水,就能变化风雨,上下于天;

如果无人帮助，不能得水，爬行尺寸之间，被猵獭所耻笑。末尾说出自己处境类似这个蛟龙，点明求荐之意。文笔含蓄，曲折有致。以怪自喻，贴切得体。

本文选自《昌黎先生集》。

月、日，愈再拜：

天池之滨[1]，大江之濆[2]，日有怪物焉，盖非常鳞凡介之品汇匹俦也[3]，其得水[4]，变化风雨，上下于天，不难也；其不及水，盖寻常尺寸之间耳[5]。无高山大陵旷途绝险为之关隔也[6]，然其穷涸[7]，不能自致乎水，为猵獭之笑者[8]，盖十八九矣。如有力者，哀其穷而运转之，盖一举手一投足之劳也[9]。然是物也，负其异于众也，且曰："烂死于沙泥，吾宁乐之。若俯首帖耳，摇尾而乞怜者，非我之志也。"是以有力者遇之，熟视之若无睹也[10]。其死其生，固不可知也。

今又有有力者当其前矣。聊试仰首一鸣号焉[11]，庸讵知有力者不哀其穷[12]，而忘一举手一投足之劳，而转之清波乎？其哀之，命也；其不哀之，命也；知其在命，而且鸣号之者，亦命也。愈今者，实有类于是。是以忘其疏愚之罪，而有是说焉。阁下其亦怜察之[13]！

[1]天池：《庄子·逍遥游》中说："南溟者，天池也。"天池就是寓言故事中的海洋。

[2]濆(fén)：水边。

[3]常鳞凡介：鳞介，水中动物之统称，鳞指鱼龙之类，介指龟鳖之类。常、凡，都是普通的意思。　品汇：种类。　匹俦：匹敌，同等。

[4]其："其得水……其不及于水……"，两句"其"字都当如果讲。

[5]寻常尺寸：指范围很小。古代八尺为寻，倍寻为常。

[6]关隔：封闭阻隔，这里是说障碍。

[7]穷涸(hé)：穷，困厄；涸，干涸，枯竭。穷涸如说穷于涸，困在缺水的地方。

[8]猵(bīn)獭(tǎ)：两种穴居岸边的野兽，体型较小，善游水，毛皮珍贵。猵比獭更小些。

[9]一举手一投足：比喻费力极小。

[10]熟视：细致地看。

[11]聊：姑且。

[12]庸讵：两个反诘副词复用，难道，哪里。

[13]阁下：对有官职的人的尊称。　其：副词，表示祈望、请求。

答李翊书

韩 愈

题解

李翊(yì),唐德宗时人,贞元十八年(802)进士。他写信向韩愈请教写古文的途径和要领,韩愈写了这封答书,介绍自己学习古文的经验,提出"气盛言宜"的主张,强调学习古文的根本功夫在于加强道德修养。韩愈自叙写作古文的三个阶段:深入钻研古代经典,作文务去陈言,不顾时人的议论嘲笑,此为第一阶段;识别古书正伪,然后加以继承扬弃,文思汩汩涌流,此为第二阶段;功夫臻于成熟,笔墨纵横淋漓,又能省察检讨,去除不纯,此为第三阶段。贯彻始终的主导思想则是写作以气为本,实开论文重气的先河。文章结构严谨,比喻贴切,说理深刻精当,而又透着谆谆教导、奖掖后进的深挚情意。

本文选自《昌黎先生集》。

原文

六月二十六日[1],愈白李生足下:

生之书辞甚高,而其问何下而恭也[2]!能如是,谁不欲告生以其道[3]?道德之归也有日矣,况其外之文乎[4]?抑愈所谓望孔子之门墙而不入于其宫者[5],焉足以知是且非邪[6]?虽然,不可不为生言之。

生所谓"立言"者[7],是也;生所为者与所期者,甚似而几矣[8]。抑不知生之志,蕲胜于人而取于人邪[9]?将蕲至于古之立言者邪?蕲胜于人而取于人,则固胜于人而可取于人矣;将蕲至于古之立言者,则无望其速成,无诱于势利[10],养其根而竢其实[11],加其膏而希其光[12]。根之茂者其实遂[13],膏之沃者其光晔[14],仁义之人,其言蔼如也[15]。

抑又有难者,愈之所为,不自知其至犹未也。虽然,学之二十余年矣[16]。始者,非三代两汉之书不敢观[17],非圣人之志不敢存[18]。处若忘[19],行若遗[20],俨乎其若思[21],茫乎其若迷[22]。当其取于心而注于手也[23],惟陈言之务去[24],戛戛乎其难哉[25]!其观于人,不知其非笑之为非笑也[26]。如是者亦有年,犹不改,然后识古书之正伪[27],与虽正而不至焉者,昭昭然白黑分矣[28],而务去之,乃徐有得也。当其取于心而注于手也,汩汩然来矣[29]。其观于人也,笑之则以为喜,誉之则以为忧,以其犹有人之说者存也。如是者亦有年,然后浩乎其沛然矣[30]。吾又惧其杂也,迎而距之[31],平心而察之,其皆醇也[32],然后肆焉[33]。虽然,不可以不养也。行之乎仁义之途[34],游之乎《诗》《书》之源[35],无迷其途,无绝其源,终吾身而已矣。气[36],水也;言,浮物也。水大,而物之浮者大小毕浮[37];气之与言犹是也:气盛,则言之短长与声之高下者皆宜。

虽如是,其敢自谓几于成乎?虽几于成,其用于人也奚取焉[38]?虽然,待用于人者,其肖于器邪[39]?用与舍属诸人。君子则不然,处心有道,行己有方,用则施诸人,舍则传诸其徒,垂诸文而为后世法[40]。如是者,其亦足乐乎?其无足乐也?

有志乎古者希矣[41],志乎古必遗乎今,吾诚乐而悲之。亟称其人[42],所以劝之[43],非敢褒其可褒而贬其可贬也。问于愈者多矣,念生之言不志乎利,聊相为言之。愈白。

[1]六月二十六日:据考,本文作于唐德宗贞元十七年(801),韩愈时年34岁。

[2]下:谦卑。

[3]道:韩愈《原道》中说:"博爱之谓仁,行而宜之之谓义,由是而之焉之谓道。"道指仁义之道。

[4]其外之文:其,指道德;文,指文章。韩愈认为,道德是内容,文章是表现,故说"其外之文"。

[5]抑:连词,表示转折,不过,可是。望孔子之门墙而不入于其宫者:《论语·子张》:"子贡曰:'譬之宫墙,夫子之墙数仞,不得其门而入,不见宗庙之美,百官之富。'"《论语·先进》:"由也升堂矣,未入于室也。"文中即用此典故,说明还没进入道德之域、学问之门,这是自谦之词。

[6]且:连词,表示选择,还是。

[7]立言:《左传·襄公二十四年》说:"'太上有立德,其次有立功,其次有立言。'虽久不废,此之谓三不朽。"所谓"立言",就是创立学说,写成著作,留传后世。

[8]几(jī):近。

[9]蕲(qí):"祈"的通假,求。

[10]无诱于势利:唐代科举和士大夫应酬习用的是骈体时文,韩愈却教青年学习古文,不能借此取得功名利禄。

[11]竢(sì):同"俟",等待。

[12]膏:油。古人照夜,使用油灯,称作膏镫或华灯。

[13]遂:成,顺,这里指成熟、饱满。

[14]晔(yè):明亮。

[15]蔼如:言语美好。如,形容词词尾。

[16]学之二十馀年矣:韩愈《上邢君牙书》中说:"十三而能文。"据考本文作于34岁,正合"二十馀年"。

[17]三代两汉:三代,指夏、商、周;两汉,指前汉、后汉。

[18]圣人:即指儒家所尊崇的禹、汤、文、武、周公、孔子等人。

[19]处(chǔ):呆着,静坐。

[20]遗:丢失。

[21]俨乎:矜持、庄重的样子。

[22]茫乎:迷惘的样子。

[23]注：流注，泻下。

[24]惟陈言之务去：代词"之"字复指前置宾语"陈言"，如说"惟务去陈言"。

[25]戛戛(jiájiá)乎：费力的样子。乎，形容词词尾。

[26]非笑：非，非议；笑，讥笑。

[27]正伪：正，纯正；伪，杂驳不纯，或者伪托之作。

[28]昭昭然：明显清楚的样子。

[29]汩汩(gǔgǔ)然：水流很急的样子，比喻文思敏捷，如同泉水涌流。

[30]浩乎：浩浩荡荡，水大的样子。　沛然：水流充沛的样子。浩乎、沛然，都是比喻文笔奔放恣肆。韩愈的学生皇甫湜曾说："韩吏部之文如长江秋注，千里一道。"

[31]迎而距之：是说写作之前，先作体察准备工作，对于要写的意思，有的加以肯定(迎)，有的加以排除(拒)。距，"拒"的通假。

[32]醇：本指酒味醇厚，引申为纯粹。纯，本指丝色纯洁，引申为纯粹。这里醇字同"纯"。

[33]肆：放肆，放开笔写。

[34]乎：介词，同"于"。

[35]游：浸没，深入。这里说深入研究。《诗》《书》：《诗经》《尚书》，这里代表古代经典。

[36]气：思想境界，道德修养。

[37]毕：副词，全。

[38]奚取：奚，疑问代词，同"何"，用作"取"的宾语，置于动词之前，如说采取什么。

[39]肖(xiào)：相像。

[40]垂：留下。

[41]希：很少，罕见。

[42]亟(qì)：一再，屡次。　其人：那样的人(有志乎古者)。

[43]劝：鼓励，勉励。

与元九书

白居易

白居易(772—846)，唐代著名诗人，字乐天，晚年号香山居士，祖籍太原(今山西太原市)，曾祖白温迁居下邽(今陕西渭南)。幼年生活贫寒，曾经接近劳动人民，对其以后的从政和诗歌创作有很大的影响。贞元十六年(800)进士，书判拔萃科考试后，授秘书省校书郎。元和十年(815)，任左赞善大夫(东宫太子属官)，上书请求缉拿刺杀建议削藩的宰相武元衡的凶手，得罪权贵，被贬为江州司马。历任杭州、苏州等地刺史，关心民生，政绩显著。官至刑部尚书。他有反对弊政、改革社会的理想，大力提倡反映现实的新乐府诗。诗歌平易浅近，生动形象，广为传诵，时称"元(稹)轻白俗"。著有《白氏长庆集》。

这是元和十年(815)十二月，白居易从浔阳(今江西九江市)写给好友元稹的一封论诗的书信。信中从儒家诗教的传统观念出发，总结我国诗歌现实主义的优良传统，评价《诗经》以来的历代诗人的优劣得失，回顾自己几十年来诗歌创作的经历，抒发诗人大多境遇困顿的感慨，表达对远方诗友的怀念，是我国古代一篇影响深远的文论。白居易是个有远大政治理想的诗人，生当"安史之乱"以后国势日趋衰落之际，和元稹一起倡导新乐府运动，要用诗歌作为改革时弊、解救民瘼的武器，因此强调诗歌的社会功用，明确提出"文章合为时而著，歌诗合为事而作"的创作主张，而对六朝期间嘲风吟月的浮艳靡弱诗风给予抨击，对陈子昂、杜甫的诗歌成就极力赞扬。联系作者所处的社会现实，这种强调诗歌的讽喻作用的理论当时是有积极意义的，对今天也有一定借鉴作用。但他对诗歌的现实主义传统和社会功用理解不够全面，缺乏历史发展的科学眼光，这是他的诗歌理论的缺陷。文章规模宏大，内容丰富，洋洋三千四百多字，但因结构严整、条理通畅、词句简练、论述透辟，使人百读不厌，成为千古名篇。

本文选自《白居易全集》。

月日，居易白，微之足下：

自足下谪江陵[1]，至于今，凡枉赠答诗仅百篇[2]。每诗来，或辱序，或辱书，冠于卷首[3]。皆所以陈古今歌诗之义，且自叙为文因缘与年月之远近也[4]。仆既受足下诗，又谕足下此意[5]，常欲承答来旨[6]，粗论歌诗大端[7]，并自述为文之意，总为一书[8]，致足下前。累岁已来[9]，牵故少暇[10]；间有容隙[11]，或欲为之，又自思所陈亦无出足下之见，临纸复罢者数四[12]，卒不能成就其志，以至于今。今俟罪浔阳[13]，除盥栉食寝外无余事[14]，因览足下去通州日所留新旧文二十六轴[15]，开卷得意，忽如会面。心所蓄者，便欲快言，往往自疑，不知相去万里也。既而愤悱之气思有所泄[16]，遂追就前志，勉为此书。足下幸试为仆留意一省[17]！

夫文尚矣[18]，三才各有文[19]：天之文，三光首之[20]；地之文，五材首之[21]；人之文，六经首之[22]。就六经言，《诗》又首之。何者？圣人感人心而天下和平。感人心者，莫先乎情，莫始乎言，莫切乎声[23]，莫深乎义。诗者，根情[24]，苗言[25]，华声[26]，实义[27]。上自圣贤，下至愚骏[28]，微及豚鱼[29]，幽及鬼神[30]，群分而气同[31]，形异而情一，未有声入而不应，情交而不感者。

圣人知其然，因其言，经之以六义[32]；缘其声，纬之以五音[33]。音有韵[34]，义有类[35]。韵协则言顺，言顺则声易入；类举则情见[36]，情见则感易交。于是乎孕大含深[37]，贯微洞密[38]，上下通而一气泰[39]，忧乐合而百志熙[40]。五帝三皇所以直道而行[41]，垂拱而理者[42]，揭此以为大柄[43]，决此以为大宝也[44]。故闻"元首明，股肱良"之歌[45]，则知虞道昌矣[46]。闻五子洛汭之歌[47]，则知夏政荒矣。言者无罪，闻者足戒，言者闻者莫不两尽其心焉。

洎周衰秦兴[48]，采诗官废[49]，上不以诗补察时政[50]，下不以歌泄导人情[51]，乃至于谄成之风动[52]，救失之道缺。于时六义始刓矣[53]。

国风变为骚辞[54]，五言始于苏、李[55]。苏、李、骚人，皆不遇者，各系其志[56]，发而为文。故河梁之句[57]，止于伤别；泽畔之吟[58]，归于怨思。彷徨抑郁，不暇及他耳。然去《诗》未远，梗概尚存[59]。故兴离别则引双凫一雁为喻[60]，讽君子小人则引香草恶鸟为比[61]，虽义类不具[62]，犹得风人之什二三焉[63]。于时六义始缺矣。

晋宋以还[64]，得者盖寡。以康乐之奥博[65]，多溺于山水；以渊明之高古[66]，偏放于田园。江、鲍之流[67]，又狭于此。如梁鸿《五噫》之例者[68]，百无一二焉。于时六义浸微矣[69]，陵夷矣[70]。

至于梁、陈间，率不过嘲风雪，弄花草而已。噫！风雪花草之物，《三百篇》中岂舍之乎[71]？顾所用何如耳[72]。设如"北风其凉"[73]，假风以刺威虐也[74]；"雨雪霏霏"[75]，因雪以愍征役也；"棠棣之华"[76]，感华以讽兄弟也；"采采芣苢"[77]，美草以乐有子也。皆兴发于此而义归于彼。反是者，可乎哉！然则"馀霞散成绮，澄江净如练"[78]，"离花先委露，别叶乍辞风"之什[79]，丽则丽矣，吾不知其所讽焉。故仆所谓嘲风雪、弄花草而已。于时六义尽去矣。

唐兴二百年，其间诗人不可胜数。所可举者，陈子昂有《感遇诗》二十首[80]，鲍防有《感兴诗》十五首[81]。又诗之豪者，世称李、杜[82]。李之作，才矣奇矣，人不逮矣[83]，索其风雅比兴，十无一焉。杜诗最多，可传者千馀首，至于贯串今古，觑缕格律[84]，尽工尽善，又过于李。然撮其《新安吏》《石壕吏》《潼关吏》《塞芦子》《留花门》之章，"朱门酒肉臭，路有冻死骨"之句[85]，亦不过三四十首。杜尚如此，况不逮杜者乎！

仆常痛诗道崩坏，忽忽愤发[86]，或食辍哺、夜辍寝[87]，不量才力，欲扶起之。嗟夫！事有大谬者[88]，又不可一二而言，然亦不能不粗陈于左右。

仆始生六七月时，乳母抱弄于书屏下，有指"无"字"之"字示仆者，仆虽口未能言，心已默识。后有问此二字者，虽百十其试，而指之不差，则仆宿昔之缘[89]，已在文字中矣。及五六岁，便学为诗，九岁谙识声韵，十五六始知有进士[90]，苦节读书[91]。二十已来，昼课赋[92]，夜课书，间又课诗[93]，不遑寝息矣[94]。以至于口舌成疮，手肘成胝[95]，既壮而肤革不丰盈，未老而齿发早衰白，瞥瞥然如飞蝇垂珠在眸子中也[96]，动以万数。盖以苦学力文所致，又自悲矣。

家贫多故,二十七方从乡赋[97]。既第之后[98],虽专于科试[99],亦不废诗。及授校书郎时[100],已盈三四百首。或出示交友如足下辈,见皆谓之工,其实未窥作者之域耳[101]。自登朝来,年齿渐长[102],阅事渐多,每与人言,多询时务,每读书史,多求理道,始知文章合为时而著[103],歌诗合为事而作。是时皇帝初即位[104],宰府有正人[105],屡降玺书[106],访人急病。仆当此日,擢在翰林[107],身是谏官[108],手请谏纸[109],启奏之外,有可以救济人病,裨补时阙[110],而难于指言者,辄咏歌之,欲稍稍递进闻于上。上以广宸聪[111],副忧勤[112];次以酬恩奖,塞言责;下以复吾平生之志[113]。岂图志未就而悔已生,言未闻而谤已成矣。

注释

[1]谪(zhé):降低官职并调往边远地方。　江陵:唐代为府,今湖北江陵。元和五年(810),元稹由于得罪权贵和宦官,由监察御史贬为江陵士曹参军。

[2]枉:表示谦虚的副词,没有资格接受。　仅(jìn):将近,几乎达到。

[3]冠(guàn):用作动词,放在前边。

[4]因缘:缘故,理由。

[5]谕:领会,明白。

[6]承答:恭敬地回答。　来旨:来信的意旨。

[7]大端:大的方面,原则问题。

[8]总:汇总起来。　书:书信。

[9]累岁:连年,多年。

[10]牵故:被变故所牵制。

[11]间(jiàn):偶尔,有时。　容隙:空闲。

[12]临纸复罢:到铺开纸写信时又作罢了。　数四:三番两次。

[13]俟(sì)罪:等待治罪,即被贬谪。　浔阳:唐代郡名,今江西九江市。

[14]盥(guàn)栉(zhì):洗脸梳头。

[15]通州:今四川达县。元稹于元和十年(815)由江陵调任通州司马。　轴:卷。诗文写在长幅纸上,一端有轴,可以卷起或展放。

[16]既而:接着,不久之后。　愤悱:郁积心中的愤慨不平。

[17]幸:希望。　省(xǐng):仔细察看。

[18]文:文采。　尚:久远。

[19]三才:天、地、人。

[20]三光:日、月、星。

[21]五材:水、火、木、金、土。也叫五行。

[22]六经:《诗》《书》《易》《礼》《乐》《春秋》。

[23]切:贴近。

[24]根情:(诗歌)以感情为根株。

[25]苗言：(诗歌)以语言为禾苗。

[26]华声：(诗歌)以声音为花朵。

[27]实义：(诗歌)以意义为果实。

[28]愚骏(ái)：愚民(封建统治阶级对劳动人民的蔑称)。骏，无知。

[29]豚(tún)鱼：小猪和鱼，借指微小的动物。

[30]幽：隐秘难测。

[31]群分：种类有别。　气同：气质相同。

[32]经：贯穿。　六义：《诗经》包含的六个要素，风、雅、颂(体制)和赋、比、兴(表现方法)。

[33]纬：组织。　五音：宫、商、角、徵(zhǐ)、羽。又叫五声。

[34]韵：韵律。

[35]类：类别。

[36]举：揭示清楚。　见：同"现"，表现。

[37]孕大：内容广大。　含深：意蕴深厚。

[38]贯微：贯通隐微。　洞密：洞察细密。

[39]上下通：帝王与臣民互相沟通。　一气泰：天地之气通畅。

[40]忧乐合：忧愁快乐一致，如说"休戚与共"。　百志熙：万众的情绪都和乐了。

[41]直道而行：坚持正道行事。

[42]垂拱：天子垂衣拱手，不须作为，所谓"无为而治"。　理：唐代避高宗(李治)讳，用"理"代"治"。

[43]揭：高举。　此：《诗经》六义。　大柄：大纲。

[44]决：辨明，认清。　大宝：大法。

[45]元首明，股肱(gōng)良：《尚书·益稷》："元首明哉，股肱良哉，庶事康哉！"元首，帝王；股肱，辅佐大臣。

[46]虞道：虞舜的政治。　昌：昌明。

[47]五子洛汭(ruì)之歌：《尚书·五子之歌》。传说夏王太康荒淫无道，被后羿驱逐，他的五个弟弟在洛水旁等候，作歌劝诫。汭，河湾。

[48]洎(jì)：介词，到。

[49]采诗官：周代设采诗官，采集民间歌谣，借以考察政教风俗。

[50]补察：补救考察。

[51]泄导：宣泄疏通。

[52]诏成：歌颂成绩，谄媚邀宠。

[53]刓(wán)：消磨，损害。

[54]骚辞：以战国时楚国诗人屈原《离骚》为代表的楚辞。

[55]苏、李：汉代苏武、李陵。《文选》收入苏、李五言诗，后人疑为伪托之作。

[56]系：依据。　志：思想感情。

[57]河梁之句：李陵《与苏武》诗其三开头两句："携手上河梁，游子暮何之？"

[58]泽畔之吟：屈原的诗歌。《楚辞·渔父》："屈原既放，游于江潭，行吟泽畔，颜色憔悴，形容枯槁。"

[59]梗概：(《诗经》六义的)基本精神。

[60]双凫一雁为喻：苏武《别李陵》诗："双凫俱北飞，一雁独南翔。"

[61]香草恶鸟为比：《楚辞》常用香草比贤人，用恶鸟比奸佞。

[62]具:完全,齐备。
[63]风人:《诗经·国风》的创作者。 什二三:十分之二三。什,通"十"。
[64]以还:以下,以来。
[65]康乐:南朝宋代诗人谢灵运,袭封号康乐公。 奥博:深奥广博。
[66]渊明:晋末诗人陶渊明。 高古:高超古朴。
[67]江:南朝梁代诗人江淹。 鲍:南朝宋代诗人鲍照。
[68]梁鸿《五噫》:东汉隐士梁鸿路过京城洛阳登北邙山作《五噫歌》讽刺时政,唱道:"陟彼北芒兮,噫!顾彼帝京兮,噫!宫阙崔巍兮,噫!民之劬劳兮,噫!辽辽未央兮,噫!"
[69]浸:逐渐。 微:微弱。
[70]陵夷:衰落,越来越差。
[71]《三百篇》:指《诗经》,共305篇。
[72]顾:只是。
[73]北风其凉:《诗经·邶风·北风》第一章第一句。
[74]假:借助。 刺:讽刺。
[75]雨雪霏霏:出自《诗经·小雅·采薇》末章。
[76]棠棣之华:出自《诗经·小雅·常棣》。
[77]采采苤苢(fúyǐ):出自《诗经·周南·苤苢》。
[78]"馀霞"二句:出自谢朓《晚登三山还望京邑》一诗。
[79]"离花"二句:出自鲍照《玩月城西门廨中》一诗。 什:诗篇。
[80]陈子昂(661—702):初唐诗人,字伯玉,梓州射洪(今四川射洪)人,武后执政时任右拾遗。辞官回乡,被诬陷死于狱中。作《感遇》诗38首,文中误作20首。陈子昂是较早反对六朝形式主义诗风的人,对发扬现实主义传统起了先导作用。
[81]鲍防:唐代诗人,天宝末年进士,字子慎。他的诗中揭露时弊,受到称赞。
[82]李、杜:李白、杜甫。
[83]人不逮:别人不及。
[84]猡(luó)缕:委曲体现。
[85]"朱门"二句:出自杜甫《自京赴奉先县咏怀五百字》。
[86]忽忽:精神恍惚,形容愁闷的样子。
[87]辍:停住。 哺:吃。
[88]大谬:跟愿望大相违背。
[89]宿昔:生来,早年。 缘:缘分。
[90]进士:唐代科举科目之一,主要考查诗赋文章。
[91]苦节:刻苦的精神。
[92]课:学习考查。
[93]间(jiàn):间或,有时。
[94]不遑(huáng):没有闲暇,顾不上。遑,闲暇。
[95]胝(zhī):手脚等处的硬趼。
[96]瞥瞥然:眼前景象一闪一闪。 如飞蝇垂珠:年老眼花,眼前出现晃动的斑点,今称飞蚊症。

[97]从:前往参加。 乡赋:州郡科举考试。贞元十五年(799),白居易参加宣州(今安徽宣城市宣州区)考试中选。

[98]既第:考中进士,获得名次。

[99]科试:唐代吏部进行的分科考试,有书判拔萃、博学宏词、贤良方正等科,中选后即授官职。贞元十六年(800)白居易考中书判拔萃科,授校书郎。

[100]校书郎:官名,执掌校勘宫廷书籍。

[101]作者之域:诗人的境界。

[102]年齿:年岁。

[103]合:应当。

[104]皇帝:指唐宪宗(李纯),在位15年(806—820)。

[105]宰府:相府。 正人:正直的人。当时宰相杜黄裳、武元衡等。

[106]玺(xǐ)书:诏书(盖有皇帝玉玺)。

[107]擢(zhuó):提拔。 翰林:元和二年(807),白居易升任翰林学士。

[108]谏官:元和三年(808),白居易任左拾遗(执掌谏议)。

[109]请:领。 谏纸:唐代制度,谏官每月领取一定数额的纸,供写谏章。

[110]裨补:弥补。 时阙:时政缺陷。阙,通"缺"。

[111]广:扩展。 宸聪:皇帝的见闻。宸,北极星所在的位置,指代帝王;聪,听。

[112]副:辅助。 忧勤:忧国勤政,指皇帝处理朝政(含颂扬意)。

[113]复:实践。

原文

又请为左右终言之。凡闻仆《贺雨诗》,而众口籍籍[1],已谓非宜矣。闻仆《哭孔戡诗》,众面脉脉[2],尽不悦矣。闻《秦中吟》,则权豪贵近者相目而变色矣。闻乐游园寄足下诗,则执政柄者扼腕矣[3]。闻《宿紫阁村》诗,则握军要者切齿矣。大率如此,不可遍举。不相与者号为沽名[4],号为诋訐[5],号为讪谤[6]。苟相与者,则如牛僧孺之戒焉[7]。乃至骨肉妻孥皆以我为非也。其不我非者,举世不过两三人。有邓鲂者[8],见仆诗而喜,无何而鲂死。有唐衢者[9],见仆诗而泣,未几而衢死。其馀则足下,足下又十年来困踬若此[10]。呜呼!岂六义四始之风[11],天将破坏不可支持耶?抑又不知天之意不欲使下人之病苦闻于上耶?不然,何有志于诗者不利若此之甚也。

然仆又自思关东一男子耳[12]。除读书属文外[13],其他懵然无知[14],乃至书画棋博可以接群居之欢者[15],一无通晓,即其愚拙可知矣。初应进士时,中朝无缌麻之亲[16],达官无半面之旧,策蹇步于利足之途[17],张空拳于战文之场[18]。十年之间,三登科第[19],名入众耳,迹升清贯[20],

出交贤俊,入侍冕旒[21]。始得名于文章,终得罪于文章,亦其宜也。

日者[22],又闻亲友间说[23]:礼、吏部举选人,多以仆私试赋判传为准的[24]。其馀诗句亦往往在人口中。仆愆然自愧[25],不之信也。及再来长安,又闻有军使高霞寓者[26],欲聘倡妓,妓大夸曰:"我诵得白学士《长恨歌》,岂同他妓哉?"由是增价。又足下书云,到通州日,见江馆柱间有题仆诗者[27],复何人哉?又昨过汉南日[28],适遇主人集众乐,娱他宾,诸妓见仆来,指而相顾曰:"此是《秦中吟》《长恨歌》主耳。"自长安抵江西,三四千里,凡乡校、佛寺、逆旅、行舟之中往往有题仆诗者[29],士庶、僧徒、孀妇、处女之口每每有咏仆诗者。此诚雕虫之技[30],不足为多[31],然今时俗所重,正在此耳。虽前贤如渊、云者[32],前辈如李、杜者,亦未能忘情于其间哉!

古人云:"名者公器[33],不可以多取。"仆是何者,窃时之名已多。既窃时名,又欲窃时之富贵,使己为造物者[34],肯兼与之乎?今之迍穷[35],理固然也。况诗人多蹇[36],如陈子昂、杜甫,各授一拾遗,而迍剥至死[37]。李白、孟浩然辈不及一命[38],穷悴终身。近日孟郊六十[39],终试协律[40];张籍五十[41],未离一太祝[42]。彼何人哉!彼何人哉!况仆之才又不逮彼。今虽谪佐远郡,而官品至第五,月俸四五万,寒有衣,饥有食,给身之外,施及家人[43],亦可谓不负白氏之子矣。微之微之,勿念我哉!

仆数月来,检讨囊帙中[44],得新旧诗,各以类分,分为卷首,自拾遗来,凡所适所感,关于美刺兴比者,又自武德讫元和因事立题[45],题为《新乐府》者,共一百五十首,谓之讽谕诗。又或退公独处[46],或移病闲居[47],知足保和[48],吟玩情性者一百首,谓之闲适诗。又有事物牵于外,情理动于内,随感遇而形于叹咏者一百首,谓之感伤诗。又有五言、七言、长句、绝句,自一百韵至两韵者四百馀首,谓之杂律诗。凡为十五卷,约八百首。异时相见[49],当尽致于执事。

微之,古人云:"穷则独善其身,达则兼济天下[50]。"仆虽不肖,常师此语[51]。大丈夫所守者道,所待者时。时之来也,为云龙[52],为风鹏[53],勃然突然,陈力以出[54];时之不来也,为雾豹[55],为冥鸿[56],寂兮寥兮,奉身而退。进退出处,何往而不自得哉?故仆志在兼济,行在独善,奉而始终之则为道,言而发明之则为诗。谓之讽谕诗,兼济之志也;谓之闲适诗,独善之义也。故览仆诗,知仆之道焉。其馀杂律诗,或诱于一时一物,发于一笑一吟,率然成章[57],非平生所尚者,但以亲朋合散之际,取其释恨佐欢[58]。今铨次之间[59]，未能删去，他时有为我编集斯文者，略之可也。

微之！夫贵耳贱目[60]，荣古陋今[61]，人之大情也。仆不能远征古旧[62]，如近岁韦苏州歌行[63]，才丽之外，颇近兴讽。其五言诗又高雅闲淡，自成一家之体。今之秉笔者谁能及之？然当苏州在时，人亦未甚爱重，必待身后，然后人贵之。今仆之诗，人所爱者，悉不过杂律诗与《长恨歌》已下耳。时之所重，仆之所轻。至于讽谕者，意激而言质[64]，闲适者，思淡而辞迂[65]，以质合迂[66]，宜人之不爱也。

今所爱者，并世而生[67]，独足下耳。然千百年后，安知复无如足下者出而知爱我诗哉？故自八九年来，与足下小通则以诗相戒，小穷则以诗相勉，索居则以诗相慰[68]，同处则以诗相娱。知吾罪吾，率以诗也[69]。如今年春游城南时，与足下马上相戏，因各诵新艳小律[70]，不杂他篇，自皇子陂归昭国里[71]，迭吟递唱，不绝声者二十餘里。樊、李在旁[72]，无所措口[73]。知我者以为诗仙，不知我者以为诗魔。何则？劳心灵，役声气[74]，连朝接夕，不自知其苦，非魔而何？偶同人当美景[75]，或花时宴罢，或月夜酒酣，一咏一吟，不知老之将至。虽骖鸾鹤、游蓬瀛者之适[76]，无以加于此焉。又非仙而何？微之微之！此吾所以与足下外形骸[77]、脱踪迹[78]、傲轩鼎[79]、轻人寰者，又以此也。

当此之时，足下兴有餘力，且与仆悉索往还中诗，取其尤长者，如张十八古乐府[80]，李二十新歌行[81]，卢、杨二秘书律诗[82]，窦七、元八绝句[83]，博搜精缀，编而次之，号《元白往还诗集》。众君子得拟议于此者[84]，莫不踊跃欣喜，以为盛事。嗟乎！言未终而足下左转[85]，不数月而仆又继行，心期索然[86]，何日成就，又可为之叹息矣。

又仆尝语足下：凡人为文，私于自是，不忍于割截，或失于繁多，其间妍媸益又自惑[87]，必待交友有公鉴无姑息者[88]，讨论而削夺之，然后繁简当否得其中矣。况仆与足下，为文尤患其多。己尚病之[89]，况他人乎？今且各纂诗笔[90]，粗为卷第[91]，待与足下相见日，各出所有，终前志焉。又不知相遇是何年，相见在何地，溘然而至[92]，则如之何！微之微之！知我心哉！

浔阳腊月，江风苦寒，岁暮鲜欢[93]，夜长无睡。引笔铺纸，悄然灯前[94]，有念则书，言无次第，勿以繁杂为倦，且以代一夕之话也[95]。微之！微之！知我心哉！乐天再拜。

注释

［1］籍籍：纷乱的样子，众人乱喊乱叫。

［2］脉脉(mòmò)：相看的样子，众人一起看我。

［3］扼腕：扼着手腕，愤怒的姿态。

［4］相与：交往，友好。　沽名：沽名钓誉。

［5］诋(dǐ)讦(jié)：污蔑攻击。

［6］讪(shàn)谤：讥讽诽谤。

［7］牛僧孺(779—847)：唐朝大臣，字思黯，安定鹑觚(今甘肃灵台)人。贞元年间进士，官至户部侍郎同平章事(宰相)。他于元和三年(808)参加贤良方正科考试，指斥时弊，触怒宰相李吉甫，受到惩戒，长期不得叙用。

［8］邓鲂：与白居易同时的诗人。他的诗受到白居易的称赞。科考落第，贫困而死。死时仅30岁。

［9］唐衢：与白居易同时的诗人。久试进士不中，怀才不遇而死。死时50岁。白居易很同情他的遭际，作诗伤悼。

［10］困踬(zhì)困顿。踬，跌倒，引申表示受挫。

［11］四始：指风、小雅、大雅、颂。汉代学者郑玄认为："始者，王道兴衰之所由。"是说风、小雅、大雅、颂四者关系王道兴衰的根源。

［12］关东：白居易祖籍太原，太原位于函谷关以东。

［13］属(zhǔ)文：撰写文章。

［14］懵(měng)然：无知的样子，糊涂的样子。

［15］博：博戏，类似后来的掷色子。　接：联络。

［16］中朝：朝中。　缌(sī)麻之亲：疏远的亲戚。古代丧服分五等，称为五服。即斩衰、齐衰、大功、小功、缌麻。缌，细麻布。缌麻服丧三个月。

［17］蹇(jiǎn)步：瘸拐的脚步。　利足：必须脚步灵便才能求得功名。

［18］空拳：比喻没有凭借。　战文之场：科举考场，以文章决胜负，因称科考为文战，考场为战文之场。

［19］三登科第：白居易于贞元十六年(800)登进士第，贞元十八年(802)参加吏部书判拔萃科考试登科，元和元年(806)参加吏部才识兼茂明于体用科考试登科，列第四等。

［20］清贯：清贵的官职，皇帝侍从之类。

［21］冕旒(liú)：皇冠上的玉串，借指皇帝。

［22］日者：近日，不久之前。

［23］间(jiàn)：私下。

［24］私试：(白居易)本人应试所作。　赋判：律赋和判词(应试文体)。　准的：标准。

［25］恧(nù)然：惭愧的样子。

［26］军使：节度使。　高霞寓：唐代大臣，范阳(今河北涿州市)人，元和年间随诸将讨伐王承宗叛乱有战功，拜为振武邠宁节度使。

［27］江馆：江边客店。

［28］汉南：汉水之南。

［29］逆旅：客店，旅馆。

［30］雕虫之技：汉代扬雄《法言》称诗赋为"雕虫小技"，这里用为谦辞。

[31] 多:赞美,称道。

[32] 前贤:前代名人。 渊、云:汉赋作家王褒(字子渊)、扬雄(字子云)。

[33] 公器:公有的器具。此处引文出自《庄子·天运》。

[34] 造物:旧说世界万物的创造者和主宰者老天、上帝。

[35] 迍(zhūn)穷:困窘。

[36] 蹇(jiǎn):命运不顺,困窘。

[37] 迍剥:困厄,不利。《易经·剥》:"剥,不利有攸往。"后用剥指命运不利。

[38] 孟浩然(689—740):唐代诗人。襄州襄阳(今湖北襄阳市)人。长期隐居鹿门山。40岁时赴长安应试不第。著有《孟浩然集》。 不及一命:没有得到一个小官。《周礼》中说,下士一命。

[39] 孟郊(751—814):唐代诗人,字东野,湖州武康(今浙江德清西)人。早年隐居嵩山。近50岁时考中进士,任协律郎,一生穷困潦倒。他与韩愈为至友,韩愈对他的诗歌评价颇高。

[40] 协律:即协律郎,管理音乐的低级官员,属太常寺。

[41] 张籍(765—约830):唐代诗人。吴郡(今江苏苏州市)人,寓居和州乌江(今安徽和县东北)。贞元十五年(799)进士,历任太常寺太祝、水部员外郎、国子司业。

[42] 太祝:属太常寺,执掌祭祀祷文。唐代制度,太祝为正九品上。

[43] 施及:供养。

[44] 检讨:翻检,搜寻。 囊帙(zhì):书袋、书套。

[45] 武德:唐高祖(李渊)年号(618—626)。 元和:唐宪宗(李纯)年号(806—820)。

[46] 退公:公事完毕,退出官署。

[47] 移病:上书称病辞职。移,移文,古代文书。

[48] 知足:知道满足。 保和:保养冲和之气。

[49] 异时:将来。

[50] 兼济:普遍救助。此处两句出自《孟子·尽心上》,"兼济",原文作"兼善"。

[51] 师:用作动词,作为法则。

[52] 云龙:乘云腾飞的龙。《易经·乾》:"云从龙,风从虎。"比喻遇到时机。

[53] 风鹏:凭借风力起飞的鹏。《庄子·逍遥游》:"鹏之徙于南冥也,水击三千里,抟扶摇(暴风)而上者九万里。"比喻遇到时机。

[54] 陈力:用尽全力。《论语·季氏》:"孔子曰:'求,周任有言曰:陈力就列,不能者止。'"

[55] 雾豹:藏在雾中的豹。刘向《列女传·陶答子妻》:"妾闻南山有玄豹,雾雨七日而不下食者,何也?欲以泽其毛而成文章也。故藏而远害。"比喻避世的隐士。

[56] 冥鸿:高空的大雁。扬雄《法言·问明》:"鸿飞冥冥,弋人(射猎的人)何篡焉?"比喻避世的隐士。

[57] 率然:随意地,不经意地。

[58] 释恨:消愁解闷。 佐欢:助兴。

[59] 铨(quán)次:选择编排。铨,衡量;次,排列先后次序。

[60] 贵耳贱目:看重听说的,轻视看见的。

[61] 荣古陋今:厚古薄今,推崇古代的,贬低现代的。

[62] 远:时代久远。 征:征引,引证。

[63]韦苏州:韦应物(737—约789),唐代诗人,京兆(今陕西西安市)人,历任滁州、江州、苏州刺史。世称韦苏州。著有《韦苏州集》。他的诗多写田园风光,风格近似陶渊明。 歌行:旧诗体裁之一,汉代开始出现,唐代继承这种诗体,称歌或行,也称歌行。表示铺张本事而歌。

[64]意激而言质:情绪激烈而言词直率。

[65]思淡而辞迂:情怀恬淡而言辞迂缓。

[66]合:加以。

[67]并世:同一时代。

[68]索居:孤单地生活。

[69]率:大都。

[70]新艳:清新优美。 小律:短篇律诗,每首八句的律诗(与"长律"相对而言)。

[71]皇子陂(bēi):唐代长安城南地名。 昭国里:长安街名。白居易曾在这里居住。

[72]樊、李:一说樊宗宪与李景信,当时同游的诗人。

[73]措口:插嘴。

[74]役:役使,用尽。

[75]偶:伴随。 同人:志趣一致的人。

[76]骖(cān):两旁驾车的马。用为动词,驾。 鸾鹤:仙人所乘的鸾凤和仙鹤。 蓬瀛:传说东海中的仙山蓬莱、瀛洲。

[77]外:用为动词,当作身外之物。 形骸:形体。

[78]脱:摆脱。 踪迹:世俗交往的踪迹。

[79]傲:轻蔑。 轩鼎:达官贵人乘坐的华美车子和使用的大型食器,借指达官贵人。

[80]张十八:张籍。

[81]李二十:李绅。

[82]卢、杨:卢拱、杨巨源,二人都做过秘书郎。

[83]窦七:窦巩。 元八:元宗简。

[84]拟议:筹划,设计。

[85]左转:贬官(古代以右为上,左为下)。

[86]心期:希望。 索然:落空。

[87]妍(yán)媸(chī):相貌美丑,比喻好坏。

[88]公鉴:公正的评价。 姑息:过于迁就。

[89]病:用为动词,认为不好。

[90]纂:编辑。 诗笔:诗文。笔,文章。

[91]卷第:卷次。

[92]溘(kè)然:忽然,这里指死。

[93]鲜(xiǎn)欢:缺少乐趣。

[94]悄然:寂静的样子。

[95]且:暂且。 以:用(这封长信)。

与元微之书

白居易

题解

这封信作于元和十三年(818),是寄给好友元稹(字微之)的。元和五年(810),元稹由于得罪权贵和宦官被贬为江陵士曹参军。元、白同为新乐府运动的倡导者,此时在政治上都受到了当权人物的打击压抑。作者在这封信中报告了在江州的生活情景,表达了怀念知己的心情,表现了坚持正道、不畏强权、虽受挫折、无怨无悔的胸怀,也流露出苦闷无奈、聊以自慰的情绪。文章简洁明快,如同晤面交谈,亲切有味,真切感人。

本文选自《白居易全集》。

原文

四月十日夜,乐天白:

微之微之,不见足下面已三年矣,不得足下书欲二年矣[1]!人生几何,离阔如此[2]。况以胶漆之心[3],置于胡越之身[4],进不得相合,退不能相忘,牵挛乖隔[5],各欲白首[6]。微之微之,如何如何!天实为之[7],谓之奈何?

仆初到浔阳时[8],有熊孺登来[9],得足下前年病甚时一札[10]。上报疾状,次叙病心[11],终论平生交分[12]。且云危惙之际[13],不暇及他[14],唯收数帙文章[15],封题其上[16],曰:"他日送达白二十二郎[17],便请以代书[18]。"悲哉!微之于我,其若是乎!又睹所寄闻仆左降诗云[19]:"残灯无焰影幢幢[20],此夕闻君谪九江[21]。垂死病中惊起坐,暗风吹雨入寒窗。"此句他人尚不可闻,况仆心哉!至今每吟犹恻恻耳[22]。

且置是事[23],略叙近怀。仆自到九江,已涉三载[24]。形骸且健[25],方寸甚安[26],下至家人,幸皆无恙。长兄去夏自徐州至[27],又有诸院孤小弟妹六七人提挈同来[28]。顷所牵念者今悉置目前[29],得同寒暖饥饱,此一泰也[30]。江地风候稍凉[31],地少瘴疠[32],乃至蛇虺蚊蚋[33],虽有甚稀。湓鱼颇肥[34],江酒极美,其馀食物多类北地。仆门内之口虽不少,司马之俸虽不多[35],量入俭用,亦可自给,身衣口食,且免求人,此二泰也。仆去年秋始游庐山[36],到东、西二林间[37],香炉峰下[38],见云水泉石,胜绝第一[39]。爱不能舍[40],因置草堂。前有乔松十数株,修竹千馀竿。青萝为墙援[41],白石为桥道,流水周于舍下[42],飞泉落于檐间。红榴白莲,罗生池砌[43]。大抵若是,不能殚记[44]。每一独往,动弥旬日[45]。

平生所好者尽在其中,不唯忘归,可以终老,此三泰也。计足下久不得仆书,必加忧望。今故录三泰,以先奉报。其馀事况,条写如后云云[46]。

微之微之,作此书夜,正在草堂中,山窗下。信手把笔[47],随意乱写,封题之时,不觉欲曙[48]。举头但见山僧一两人,或坐或睡。又闻山猿谷鸟哀鸣啾啾[49]。平生故人,去我万里,瞥然尘念[50],此际暂生。馀习所牵[51],便成三韵云[52]:"忆昔封书与君夜,金銮殿后欲明天[53]。今夜封书在何处,庐山庵里晓灯前[54]。笼鸟槛猿俱未死[55],人间相见是何年?"

微之微之,此夕我心,君知之乎!乐天顿首[56]。

[1] 欲:副词。将近,快要。
[2] 离阔:远别,久别。阔,长久分开。
[3] 胶漆:如胶似漆,比喻感情密切,无法分开。
[4] 胡越:比喻相距很远。胡,西北地区少数民族;越,东南沿海古国(今江苏南部、浙江大部地区)。
[5] 牵挛(luán):(感情)牵挂。 乖隔:(身体)别离。乖,分离;隔,隔断。
[6] 白首:年老。
[7] 天实为之:老天这样安排。《诗经·邶风·北门》:"天实为之,谓之何哉?"
[8] 浔阳:今江西九江市。
[9] 熊孺登:作者的朋友,长于诗歌,时任西川从事。
[10] 甚:严重。 札(zhá):古代写字的小木片,借指书简。
[11] 病心:生病期间的心绪。
[12] 交分(fèn):交情。分,情分。
[13] 危惙(chuò):病危。惙,疲乏。
[14] 不暇:没有闲暇,没有时间。 及他:顾及其他。他,旁指代词,别的。
[15] 帙(zhì):包在书画外边的布套。
[16] 封题:加封题签。
[17] 二十二郎:白居易在堂兄弟中排行第二十二,唐代有称朋友排行表示亲切的习惯。
[18] 代书:代替书信。
[19] 左降:贬低官职(古时以右为上,以左为下)。
[20] 幢幢(chuángchuáng):影子摇晃的样子。
[21] 谪(zhé):贬职并且调到边远地区做官。 九江:江州的旧称。
[22] 恻恻:心里难过。
[23] 置:放在一边,搁置。
[24] 涉:经过(时间)。
[25] 形骸:身体。 且:尚且,仍然。
[26] 方寸:指心。 安:稳定(表明不因贬降而情绪颓丧)。
[27] 长兄:白幼文,此年五月病死在白居易任所。 徐州:今江苏徐州市。

[28]院:房(家族的支派)。 孤:父亲去世的(子女)。 提挈(qiè):带领。挈,携,提。

[29]顷:近来。 置:在。

[30]泰:安定,心情坦然。

[31]风候:气候。

[32]瘴疬(zhànglì):热带或亚热带潮湿地区的瘟疫。过去认为是由西南地区的湿热空气(瘴气)所引起的。

[33]乃至:至于。 虺(huǐ):毒蛇。 蚋(ruì):像苍蝇而较小的飞虫,吸食人畜的血液。

[34]湓(pén):水名,即今龙开河,源出江西瑞昌,流经九江,汇入长江。又称湓浦。

[35]司马:州长官(刺史)的僚佐,协理政务,实际是个虚衔,没有具体工作。 俸:俸禄。

[36]庐山:又名匡山、庐阜,在今江西九江市南,我国著名的风景胜地。

[37]东、西二林:东林寺、西林寺,晋代所建佛寺,都在庐山。

[38]香炉峰:庐山名胜之一。唐李白有《望庐山瀑布》诗:"日照香炉生紫烟,遥看瀑布挂前川。飞流直下三千尺,疑是银河落九天。"

[39]胜绝:极其优美。

[40]舍:放弃,抛开。

[41]青萝:绿色的松萝。 墙援:花草攀附的墙头,成为绿化的景色。

[42]周:围绕。

[43]罗:分布。 池砌:水池和台阶。

[44]殚(dān):完全,尽。

[45]动:动辄,常常。 弥:满,够。 旬日:十天。

[46]条写:分条写下。 云云:如此如此,用于句末,表示以下省略。

[47]信手:随手。 把笔:握笔,借指书写。

[48]曙:天亮。

[49]山猿:山上的猿猴。 谷鸟:山谷的鸟雀。 啾啾(jiūjiū):凄厉的叫声。

[50]瞥(piē)然:转瞬之间。 尘念:世俗的思想感情,这里指怀念朋友的感伤心情。

[51]馀习:多年形成的习惯,长期相沿的旧习。指吟诗。

[52]三韵:六句诗(两句为一韵)。

[53]金銮殿:唐代宫殿,在大明宫内还周殿北,旁为翰林院。作者任左拾遗时,常在宫内值班。

[54]庵:草屋。白居易在庐山建草堂,并常来这里休闲。

[55]笼鸟槛(jiān)猿:关在笼中的鸟,囚在栅栏中的猴,比喻两人贬谪远方的境况。

[56]顿首:叩头,如现在的敬礼。

贻诸弟砥石命

舒元舆

题解

舒元舆,唐代江州(今江西九江市)人。宪宗元和八年(813)进士,初为诸府从事。他出身寒微,刻苦学习,少有奇才,擅长文辞,曾以所著文章进献宰辅,请求试用。文宗大和五年(831),改著作郎。大和九年(835),为御史中丞、同平章事,与李训同参朝政,共同策划铲除宦官势力,事败被杀。

贻,赠送;砥(dǐ)石,质地细腻的磨刀石;命,教训,训诫。此信是作者写给二弟、三弟的。他的宝剑久未磨砺,几成废铁,后经砥石反复加工,则又锋利光辉,胜似新时。作者由此想到人们的进业修德,大抵也是这样。如不经常砥砺切磋,就要荒废退步,甚至有可能成为庸才,沦为败类。他想以这一事例所包含的深刻意义教育他的弟弟们,于是托人把这块砥石带回家去,并写了这封信,启发他们以砥石为鞭策,坚持学习锻炼,在学问积累和道德修养上不断追求进步,与日俱新。

本文选自《全唐文》卷七二七。

原文

昔岁吾行吴江上[1],得亭长所贻剑[2],心知其不荞卤[3],匣藏爱重,未曾衰视[4]。今秋在秦[5],无何发开[6],见惨翳积蚀[7],仅成死铁[8]。意惭身将利器[9],而使其不光明之如此,常缄求淬磨之心于胸中[10]。数月后,因过岐山下[11],得片石,如渌水色[12],长不满尺,阔厚半之[13],试以手磨,理甚腻[14],纹甚密[15]。吾意其异石[16],遂携入城,问于切磋工[17],工以为可为砥。吾遂取剑发之[18]。初数日,浮埃薄落[19],未见快意[20],意工者相绐[21],复就问之。工曰:"此石至细[22],故不能速利坚铁[23],但积渐发之[24],未一月当见真貌[25]。"归,如其言[26],果睹变化[27],苍惨剥落[28],若青蛇退鳞[29],光劲一水[30],泳涵星斗[31],持之切金钱三十枚[32],皆无声而断,愈始得之利数十百倍[33]。

吾因叹以为金刚首五材[34],及为工人铸为器[35],复得首出利物[36]。以质刚铦利[37],苟暂不砥砺[38],尚与铁无以异[39];况质柔铦钝[40],而又不能砥砺,当化为粪土耳[41],又安得与死铁伦齿耶[42]?以此益知人之生于代[43],苟不病盲聋瘖哑[44],则五常之性全[45];性全,则豺狼燕雀亦云异矣[46]。而或公然忘弃砺名砥行之道[47],反用狂言放情为事[48],蒙蒙外埃[49],积成垢恶[50],日不觉悟[51],以至于戕正性[52],贼天理[53],生前为造化剩物[54],殁复与灰土俱委[55]。此岂不为辜负日月之光景耶[56]!

吾常睹汝辈趣向[57],尔诚全得天性者[58],况凤能承顺严训[59],皆解甘心服食古圣人道[60],知其必非雕缺道义[61],自埋于偷薄之伦者[62]。然吾自干名在京城[63],兔魄已十九晦矣[64],知尔辈惧旨甘不继[65],困于薪粟[66],日丐于他人之门[67]。吾闻此,益悲此身使尔辈承顺供养至此[68],亦益忧尔辈为穷窭而斯须忘其节[69],为苟得眩惑而容易徇于人[70],为投刺牵役而造次惰其业[71]。日夜忆念,心力全耗[72]。且欲书此为戒[73]，又虑尔辈年未甚长成，不深谕解[74]。今会鄂骑归去[75]，遂置石于书函中[76]，乃笔用砥之功[77]，以寓往意[78]。欲尔辈定持刚质[79]，昼夜淬厉[80]，使尘埃不得间发而入[81]。为吾守固穷之节[82]，慎临财之苟[83]，积习肆之业[84]，上不贻庭闱忧[85]，次不贻手足病[86]，下不贻心意愧。欲三者不贻，只在尔砥之而已，不关他人。若砥之不已，则向之所谓切金涵星之用[87]，又甚琐屑[88]，安足以谕之[89]？然吾固欲尔辈常置砥于左右，造次颠沛[90]，必于是思之，亦古人韦弦铭座之义也[91]。因书为《砥石命》，以警尔辈，兼刻辞于其侧曰[92]：

剑之锷[93]，砥之而光；人之名，砥之而扬[94]。砥乎砥乎，为吾之师乎！仲分季兮[95]，无坠吾命乎[96]！

注释

[1] 昔岁：往年。 吴江：即吴淞江，在江苏省，为太湖最大的支流，汇合黄浦江注入东海。

[2] 亭长：秦汉时十里一亭，设亭长，掌管治安、讼狱等。隋唐时成为流外官名，在尚书省所属官署设置，掌管门户和通传等。

[3] 莽卤：质地粗劣。卤，"鲁"的通假。

[4] 亵(xiè)视：轻视。亵，轻侮，随便。

[5] 秦：今陕西省，唐属京畿道(全国十五道)，古代秦国封地，沿袭旧称为秦。

[6] 无何：不久，没有多久。 发开：打开，即把剑从剑匣(剑鞘)中抽出来。

[7] 惨翳(yì)：阴暗，生了锈迹。惨，"黲"的通假，阴暗；翳，遮蔽不明。 积蚀：堆积锈蚀，锈迹斑驳。

[8] 仅(jìn)：几乎(是说程度很重，与今"仅"表程度之轻相反)。 死铁：废铁，烂铁。

[9] 意惭：心里惭愧。 身将：随身携带。 利器：锋利的武器(宝剑)。

[10] 缄(jiān)：拴结器物的绳子，引申则为束缚、封闭，这里是说含着。 淬(cuì)：淬火，把铁器烧红浸入冷水，使它坚硬。

[11] 岐山：山名，在今陕西岐山县。

[12] 渌(lù)水：清水。渌，清澈。

[13] 阔厚：宽度、厚度。 半之：相当于长度的一半。

[14] 理：纹理。 腻：细致，光滑。

[15] 密：细腻。

[16] 意：猜想，估计。

[17] 切磋工：磨工。

[18] 发：俗称开刃，把刀剑刃部磨快。

[19] 浮埃：表面的锈垢。 薄落：掉落一些。

[20] 快意：满意，称心。

[21] 相绐(dài)：骗我。绐，说假话骗人；相，这里代动作对象(我)。

[22] 至：极，最。

[23] 速利：使动用法，使(坚铁)很快变锋利。

[24] 但:只要。　积渐:持续渐进。

[25] 当见:将会露出。见,"现"的通假。

[26] 如:照着。这句是说,照着他的话办。

[27] 果:真的。　睹:看到。

[28] 苍惨:深绿阴暗,指铁锈。　剥落:掉落。

[29] 退鳞:脱下一层蛇皮。

[30] 光劲一水:剑光在水光映照下,更加闪烁逼人。这是借用龙泉、太阿(ē)的典故。《晋书·张华传》记载,晋代张华博闻强识,时人推为第一,著有《博物志》。晋惠帝时,他见斗牛(星宿名)之间有紫气,询问雷焕,说是丰城(在今江西南昌市)地下埋着宝剑,剑气冲上天空。于是任雷焕为丰城令,果然挖出两把宝剑,即龙泉、太阿,都是古代名剑。把剑放在水盆上,光芒耀眼,不可逼视。后来二剑落入水中,化为蛟龙。

[31] 泳涵星斗:剑光照射斗牛之间(借用龙泉、太阿的典故)。泳涵,沉浸,潜藏。

[32] 金钱:铜钱。

[33] 愈:通"逾",超过。　数十百倍:几十倍上百倍(夸张之词)。

[34] 金刚:金属的硬度。　首:作动词用,为首。　五材:水、火、木、金、土。这句是说,我就此发生感叹,认为金属硬度为五材之首。

[35] 及:等到。　为:前一个"为"表示被动,介词;后一个"为"表示成为。

[36] 首出:首先用来。　利物:有利于人们。物,众人。

[37] 质刚铓利:质地坚硬、锋芒锐利。

[38] 苟:如果。　暂:短时间。　砥砺:磨(刀剑等)。

[39] 尚:尚且,还是。　无以:没有什么用来……。

[40] 况:何况,更不必说。

[41] 耳:表示肯定语气。

[42] 伦齿:同类,相提并论。齿,并列。

[43] 益:更加。　代:世间。唐代避太宗李世民讳,用"代"代替"世",这是古代避讳习俗。

[44] 瘖(yīn):哑。

[45] 五常:仁、义、礼、智、信。儒家认为这是人生而具有的本性。这是一种唯心主义观点。

[46] 云:句中语气助词,引出谓语。这句是说,那么和豺狼燕雀之类禽兽就有区别了。

[47] 或:有的人。　砺名砥行:磨砺品行提高名望。

[48] 用:用法同"以"。　放情:放纵情欲。

[49] 蒙蒙:模糊不清。　外埃:附着的尘垢。

[50] 垢恶:污垢。

[51] 日:一天天地。

[52] 戕(qiāng):残害,破坏。　正:本来的。

[53] 贼:伤害,损坏。　天理:天性,旧时所说生而具有的人性。

[54] 造化:自然的创造演化。这里是说天地。　剩物:废物,多馀的东西。

[55] 殁(mò):死。　委:丢弃不用。

[56] 光景:光辉照耀。景,"影"的通假。辜负日月之光景,是说白到世间来了一场。

[57] 汝辈:你们。　趣向:志趣。目标。

[58]尔:你们。　诚:的确。

[59]夙(sù):向来。　承顺:接受,遵循。　严训:父亲的教导。古代有严父慈母的说法,因称父为严。

[60]服食:同义联用,吸取。

[61]雕缺:损伤,侵害。

[62]自埋:自动沦为。　偷薄之伦:苟且轻薄之流。

[63]干名:求取功名,进入仕途。　京城:长安。

[64]兔魄:月亮。神话传说月中有兔,因此兔为月的代称;魄,月初出或将没时的微光。　十九晦:(月亮)暗了十九回,已经过了十九个月。晦,暗。阴历三十,没有月光,称为晦。

[65]旨甘不继:不能继续赡养父母。旨甘,美味食物,用以养亲。

[66]薪粟:柴米。

[67]丐:乞求,乞讨。这句是说,在家的弟弟们,每天都要到别人门前求借柴米。

[68]承顺供养:供养父母,遵从旨意。

[69]穷窭(jù):穷困。窭,贫苦。　斯须:一会儿,霎时。　忘:"亡"的通假。丢失。　节:气节,操守。

[70]苟得:不当得而获取,贪图财利。《礼记·曲礼上》:"临财毋苟得。"　眩惑:迷了心窍,利令智昏。徇(xún):曲从,听人摆布。

[71]投刺:投递名帖(类似后世名片),求见官绅。　牵役:牵累。　造次:轻率。　惰:"堕"的通假,荒废。业:学业。

[72]心力:身心,精神和体力。　耗:损伤,消磨。

[73]且:将。　为戒:当作教训。

[74]谕解:明白,理解。

[75]会:恰遇。　鄂骑:鄂州(今湖北武汉市)驿站的使者(传送官方文书的人)。

[76]书函:书信的封袋。函,装书、信或器物的封套或匣子。

[77]乃:便,就。　笔:用为动词,写下,记述。　用砥之功:常用砥石磨剑的效验。

[78]以寓:以便借此说明。　往意:先前的想法。

[79]定持:坚定地保持。　刚质:刚正的品格。

[80]淬厉:磨炼提高。厉,同"砺"。

[81]尘埃:比喻过失、污点。　间发:像头发般细微的空隙。

[82]固穷:安于贫困,不因困动摇意志。《论语·卫灵公》:"子曰:'君子固穷,小人穷斯滥矣。'"固,这里用作动词,坚守。

[83]慎:警惕。

[84]习肄(yì):学习进修。肄,学习。

[85]庭闱(wéi):父母的住室,借指父母。庭,堂前;闱,闺门,借指内室。

[86]手足:比喻兄弟。　病:耻辱。

[87]向:先前。　用:功用。

[88]琐屑:微不足道。

[89]谕:说明。以上四句是说,如果坚持不懈,进德修业,意义极为重大,相形之下,宝剑锋利断金,光照斗牛,都是区区小事,微不足道了,怎么能够用它说明磨砺品学呢?

[90]造次颠沛:不论遇到什么紧急和艰危的情形。造次,急迫;颠沛,流离失所。

105

[91]韦弦:佩带韦带(熟皮带)和弓弦。战国时西门豹性急躁,身佩韦带(取其柔韧)以自警;春秋时董安于性缓慢,身佩弓弦(取其紧张)以自警。　铭座:古人常把处世格言铭刻或题写在座位旁,以警诫自己,称座右铭。

[92]兼:并且,同时。

[93]锷(è):刀剑的刃。

[94]扬:传播。

[95]仲兮季兮:二弟啊三弟啊。兮,语气助词。

[96]无:"毋"的通假,不要。　坠:抛弃,丢掉。

寄从弟正辞书

李翱

[题解]

李翱(772—841),字习之,唐代陇西成纪(在今甘肃秦安县北)人。德宗贞元十四年(798)进士,初为校书郎、国子博士、史馆修撰,后调礼部郎中、庐州刺史、谏议大夫,官至山南东道节度使。他是继韩、柳后的古文作家,曾跟韩愈学古文,为其侄婿。他的文章谨严浑厚,强调仁义之辞。语言平实流利,在风格上有近似韩愈之处。

本文是作者的一篇得意之作。他曾把《杨烈妇传》《高愍女碑》《钟铭》以及这封信献给裴度,颇获赞赏。作者从弟正辞参加京兆府乡试,没有录取,情绪有些愁闷,为此作者写信开导教育。他完全继承了韩愈关于文以明道、学道兼辞的文学理论,主张以文章为宣扬仁义、辅助教化的工具,建立不朽的事业,鄙视用文章来博取一时功名的世俗见解。作者认为,只要仁义、文章为我所有,至于富贵,那是身外之事,听凭时运罢了,不必斤斤计较、与时俗同忧喜。作者敢于批判骈体时文,蔑视功名,在封建时代是难得的。

本文选自《李文公集》。

[原文]

知尔京兆府取解[1],不得如其所怀[2],念勿在意。凡人之穷达所遇[3],亦各有时尔,何独至于贤丈夫而反无其时哉?此非吾徒之所忧也[4]。其所忧者何?畏吾之道未能到于古之人尔。其心既自以为到,且无谬,则吾何往而不得所乐?何必与夫时俗之人[5],同得失忧喜[6],而动于心乎?借如用汝之所知[7],分为十焉,用其九学圣人之道,而知其心,使有馀以与时世进退俯仰[8]。如可求也,则不啻富且贵也[9];如非吾力也,虽尽其十,只益劳其心尔[10],安能有所得乎?

汝勿信人号文章为一艺[11]。夫所谓一艺者,乃时世所好之文,或有盛名于近代者是也。其能到古人者,则仁义之辞也[12],恶得以一艺而名之哉[13]?仲尼、孟子殁千馀年矣[14],吾不及见其人,吾能知其圣且贤者,以吾读其词而得之者也。后来者不可期[15],安知其读吾辞也,而不知吾心之所存乎？亦未可诬也[16]。夫性于仁义者[17]，未见其无文也；有文而能到者，吾未见其不力于仁义也。由仁义而后文者，性也；由文而后仁义者，习也。犹诚明之必相依尔[18]。贵与富，在乎外者也，吾不能知其有无也，非吾求而能至者也。吾何爱而屑屑于其间哉[19]？仁义与文章，生乎内者也，吾知其有也，吾能求而充之者也[20]。吾何惧而不为哉？

汝虽性过于人，然而未能浩浩于其心[21]，吾故书其所怀以张汝[22]，且以乐言吾道云尔[23]。

[1]京兆府：沿用汉代旧称，指京城(长安)。 取解(jiè)：乡试录取和解送举子。唐代制度，乡试考中者，由地方解送入京城，应进士考。

[2]其：这里指代你的。这句是说，不能使你如愿(指落选)。

[3]穷达：在政治上受到阻遏为穷，顺利为达。

[4]吾徒：我们。徒，这一类人。

[5]夫：代词，那些，那般。

[6]同：用作动词，有相同的(得失忧喜)。

[7]借如：假如，如果。

[8]进退俯仰：比喻与人周旋应付。这几句说，如果把你的知识才能分成十份，用其十分之九学习圣人之道，深入研究，掌握精神实质，用其十分之一应付世俗。

[9]不啻(chì)：不只。

[10]益：更加，越发。 劳：忧愁困苦。

[11]号：称，说。 艺：技艺。以下几句是说，所谓文章仅是一种技艺，这是指当代热衷科举的士人所爱好的文章(骈体时文)，或者近代名声显赫的大人先生的文章。

[12]仁义之辞：以宣扬圣人之道为内容、同时讲求文辞与内容相适应的文章(古文)。

[13]恶(wū)：怎么，表示反诘。 名：称呼，命名。

[14]仲尼：儒家代表人物孔子，名丘，字仲尼，封建时代被尊为圣人。 孟子：孟轲，儒家代表人物。封建时代被尊为亚圣。常以孔孟并称，代表儒家。 殁(mò)：死。

[15]期：预料，等待。

[16]诬：瞎说，欺骗。

[17]性：作动词用，生来具有。

[18]诚明：儒家认为思想至诚，与明白事理有密切关系，所谓"自诚明，谓之性，自明诚，谓之教，诚则明矣，明则诚矣"(《礼记·中庸》)，就是这个意思，因此把诚意作为修养的基本功夫。

[19]屑屑：劳碌奔波，不得安宁。

[20]充：扩充，普遍推行。

[21]浩浩：这里是指心胸旷达开朗。

[22]张：开导，开阔。

[23]吾道：我的主张。 云尔：如此罢了。

贺进士王参元失火书

柳宗元

【题解】

柳宗元(773—819),唐代文学家和唯物主义思想家,字子厚,河东(今山西永济市)人。称柳河东、柳柳州(曾任柳州刺史)。出身仕宦之家。德宗贞元九年(793)进士。学识渊博,才华绝异,敢于批评时政,亦不迷信古人,在政治上积极进取,不为俗流所容。顺宗任用王叔文,革除弊政,惩治贪官,维护中央集权。柳宗元成为革新派骨干之一。由于遭到朝内宦官和地方藩镇的反对,顺宗被迫退位,改革很快就失败了,革新人物都被贬谪。柳宗元被贬为永州司马,元和十年(815),改任柳州刺史,死于任所。贬逐南方,是其生活和思想的一次重大转折。他的政治理想破灭,情绪抑郁愁闷,就专注于诗文写作和哲学的研究。他与韩愈同为唐代古文运动的倡导者,并称"韩柳",文风峭拔简练,诗歌造诣很深。他对经史诸子的探讨,敢于坚持唯物主义哲学,大胆批判唯心论宿命论,锋芒所向,光彩闪耀。后期由于比较接近劳动人民,能在一定程度上揭露政治的黑暗,同情民众的疾苦,表达他被长期压抑的悲愤之情。著有《柳宗元集》。

这封写给好友王参元的信大约作于元和七年(812)。王参元,濮阳(今河南濮阳县)人,鄜坊节度使王栖曜少子,宪宗元和二年(807)进士。王家不幸失火,财物荡然无存,作者不去慰问,反而表示庆贺。这种反常的举动正是反常的社会现实的深刻反映。王参元多才多能,却长期得不到重用,原因是他家庭富有,人们为了避免受贿的嫌疑,而不敢举荐他。所以只有把家产付诸一炬,才可能摆脱社会舆论强加在王参元身上的精神重压,才可望有出头之日。拥有物质财富的王参元是这样,那么,身为朝廷罪人的作者所承受的舆论压力是多么沉重,也就不言而喻了。全文名为庆贺,实则对"公道难明"的朝野上下表现出深沉的愤慨。这封书信以骇、疑、喜三个感情发展阶段为顺序,用祸福相依,去来无常的观点安慰并祝贺对方,论说出乎意料,又入于情理之中,表现了作者关于对立转化的辩证思想和愤世嫉俗的战斗精神。

本文选自《柳宗元集》。

【原文】

得杨八书[1],知足下遇火灾,家无馀储。仆始闻而骇[2],中而疑,终乃大喜,盖将吊而更以贺也[3]。道远言略,犹未能究知其状,若果荡焉泯焉而悉无有[4],乃吾所以尤贺者也。

足下勤奉养,乐朝夕,惟恬安无事是望也。乃今有焚炀赫烈之虞[5],以震骇左右[6],而脂膏滫瀡之具[7],或以不给,吾是以始而骇也。

凡人之言,皆曰:盈虚倚伏[8],去来之不可常。或将大有为也,乃始厄困震悸,于是有水火之孽[9],有群小之愠[10]。劳苦变动,而后能光明,古之人皆然。斯道辽阔诞漫,虽圣人不能以是必信,是故中而疑也。

以足下读古人书,为文章,善小学[11],其为多能若是,而进不能出群士之上,以取显贵者,无他故焉。京城人多言足下家有积货,士之好廉名者,皆畏忌,不敢道足下之善,独自得之,心蓄之,衔忍而不出诸口,以公道之难明,而世之多嫌也!一出口,则嗤嗤者[12],以为得重赂。仆自贞元十五年见足下之文章[13],蓄之者盖六七年未尝言。是仆私一身而负公道久矣,非特负足下也[14]!及为御史、尚书郎[15],自以幸为天子近臣,得奋其舌[16],思以发明足下之郁塞。然时称道于行列[17],犹有顾视而窃笑者。仆良恨修己之不亮,素誉之不立,而为世嫌之所加,常与孟几道言而痛之[18]。乃今幸为天火之所涤荡,凡众之疑虑,举为灰埃。黔其庐[19],赭其垣[20],以示其无有。而足下之才能乃可显白而不污,其实出矣,是祝融、回禄之相吾子也[21]!则仆与几道十年之相知,不若兹火一夕之为足下誉也。宥而彰之[22],使夫蓄于心者,咸得开其喙[23],发策决科者[24],授子而不栗。虽欲如向之蓄缩受侮[25],其可得乎[26]?于兹吾有望乎尔!是以终乃大喜也。

古者列国有灾,同位者皆相吊。许不吊灾[27],君子恶之。今吾之所陈若是,有以异乎古,故将吊而更以贺也。颜、曾之养[28],其为乐也大矣,又何阙焉[29]?

足下前要仆文章古书,极不忘,候得数十幅乃并往耳。吴二十一武陵来[30],言足下为《醉赋》及《对问》,大善,可寄一本。仆近亦好作文,与在京城时颇异。思与足下辈言之,桎梏甚固[31],未可得也。因人南来,致书访死生,不悉。宗元白[32]。

[1]杨八:名敬之,排行第八。柳宗元的亲戚,王参元的好友。

[2]仆:古人书信中用以指代自身的谦称。

[3]吊:慰问。

[4]荡焉:全部失掉。 泯焉:消灭。

[5]炀(yáng):焚烧。 赫烈:火势猛烈。

[6]左右:指收信人。不直称对方,仅称对方的左右侍者,以示尊敬。

[7]糁潃(xiūsuǐ):淀粉类烹调佐料。

[8]倚伏:《老子》五十八章:"祸兮福之所依,福兮祸之所伏。"是说祸中有福,福中有祸,二者可以相互转化。

[9]孽(niè):灾祸。

[10]愠(yùn):恼怒,怨恨。

[11]小学:指研究文字、音韵、训诂的学问。

[12]嗤嗤(chī chī):讥笑。
[13]贞元十五年:公元799年。贞元(785—803),唐德宗李适年号。
[14]特:仅仅,只是。
[15]御史:御史台长官,掌管监察、执法等事。贞元十九年(803),柳宗元任监察御史里行(御史见习官)。尚书郎:贞元二十一年(805),柳宗元任礼部员外郎。
[16]奋其舌:鼓动舌头,指畅所欲言。
[17]行列:同一行列,即同事,同僚。
[18]孟几道:名简,字几道,柳宗元的好友。
[19]黔(qián):黑色,用作动词,烧黑。
[20]赭(zhě):红色,用作动词,烧红。
[21]祝融、回禄:传说中的火神名。 相(xiàng):辅助。
[22]宥(yòu):谅解,原谅,引申为帮助。
[23]喙(huì):鸟兽的嘴,借指人嘴。
[24]策:策问,唐代科举考试科目之一。 科:科举取士。发策决科者,即发出策问试题,决定是否录取的主考官。
[25]蓄缩:办事不出力。这里指才能无法施展,不得重用。
[26]其:表示反诘,岂。
[27]许不吊灾:《左传·昭公十八年》记载,宋、卫、陈、郑四国发生火灾,陈国不救火,许国不慰问,当时的有识之士据此推测陈、许二国就要灭亡了。许,春秋时国名,在今河南许昌一带。
[28]颜、曾:颜回、曾参,孔子弟子,二人均能安贫乐道。曾参事亲至孝。
[29]阙:同"缺"。
[30]吴二十一武陵:名侃(kǎn),字武陵,排行第二十一,信州(今江西上饶市)人,祖籍濮阳(今属河南省),唐宪宗元和二年(807)进士,元和三年(808)贬永州。
[31]桎梏(zhì gù):脚镣和手铐,用为动词,表示束缚,压制。
[32]白:禀告,陈述,常用于下对上。

答周君巢饵药久寿书

柳宗元

炼丹服药,追求长生,从古以来就有一些方士提倡此道,也有不少愚昧的人迷信此道。唐德宗贞元二十一年(805),柳宗元因参加政治改革贬为永州司马,十年间内心抑郁,体弱多病。朋友周君巢写信介绍服食丹药延年益寿的所谓"神仙之术",柳宗元从唯物主义哲学思想和儒家积极用世思想出发予以驳斥,拒绝了他的灵丹妙药,阐述了利己长寿等于夭折、利人而死等于长寿的君子之道。这种关注国家命运、人民苦乐的胸怀很可赞佩;不信鬼神,坚持真理,在今天仍然是可贵的。文中正反对比,态度鲜明,充分表现了作者唯物主义思想家的风貌。

本文选自《柳宗元集》。

原文

奉二月九日书[1],所以抚教甚具[2],无以加焉[3]。丈人用文雅从知己[4],日以惇大府之政[5],甚适。东西来者皆曰:"海上多君子,周为倡焉[6]。"敢再拜称贺。

宗元以罪大摈废[7],居小州,与囚徒为朋[8]。行则若带缧索[9],处则若关桎梏[10]。彳亍而无所趋[11],拳拘而不能肆[12]。槁然若藁[13],颒然若璞[14]。其形固若是,则其中者可得矣。然犹未尝肯道鬼神等事。今丈人乃盛誉山泽之臞者[15],以为寿且神。其道若与尧、舜、孔子似不相类焉,何哉?又曰:饵药可以久寿[16],将分以见与[17]。固小子之所不欲得也[18]。

尝以君子之道,处焉则外愚而内益智[19],外讷而内益辩,外柔而内益刚;出焉则外内若一[20],而时动以取其宜当,而生人之性得以安,圣人之道得以光[21]。获是而中[22],虽不至耇老[23],其道寿矣。今夫山泽之臞,于我无有焉。视世之乱若理[24],视人之害若利,视道之悖若义[25]。我寿而生,彼夭而死,固无能动其肺肝焉[26]。昧昧而趋[27],屯屯而居[28],浩然若有馀[29]。掘草烹石,以私其筋骨而日以益愚[30]。他人莫利,己独以愉。若是者愈千百年[31],滋所谓夭也[32],又何以为高明之图哉[33]?

宗元始者讲道不笃[34],以蒙世显利[35],动获大僇[36]。用是奔窜禁锢[37],为世之所诟病[38]。凡所设施,皆以为戾[39],从而吠者成群[40]。己不能明,而况人乎!然苟守先圣之道,由大中以出[41],虽万受摈弃,不更乎其内。大都类往时京城西与丈人言者,愚不能改。亦欲丈人固往时所执[42],推而大之,不为方士所惑[43]。仕虽未达,无忘生人之患[44],则圣人之道幸甚,其必有陈矣[45]!不宣。宗元再拜。

[1]奉:接到(含恭敬意)。
[2]抚教:慰问教诲。 具:全面。
[3]无以加焉:再也无法超过它了。焉,相当于"于是"。
[4]丈人:对年资高的人的尊称。 文雅:知识渊博。 从:做……的僚佐。
[5]惇(dūn):敦厚,用为动词,使……敦厚。 大府:高级官府。
[6]倡:带头,为首。
[7]摈(bìn)废:贬退不用。摈,排除。
[8]朋:同类的人。这句是说,名为司马,身份同如囚徒。
[9]缧(mò)索:绳索,特指捆缚罪犯的绳子。

[10]关:锁,套。 桎梏:束缚罪犯手脚的刑具,脚镣和手铐。
[11]彳亍(chìchù):小步行走。
[12]拳拘:四肢蜷曲。 肆:任意伸展。
[13]槁然:干枯的样子。 蘖(niè):树木砍去后再生的枝条。
[14]颓然:衰老的样子。 璞:含玉的石头。
[15]臞(qú):清瘦。
[16]饵:吃,服食。
[17]见与(yǔ):给我。见,对我。
[18]固:副词,本来。 小子:作者自称。
[19]处:在家,没有做官(与"出"相对)。
[20]出:出仕,做官(与"处"相对)。
[21]光:用为动词,光大。
[22]中:处在当中。
[23]耇(gǒu):长寿,年老。
[24]理:治。唐代避高宗(李治)讳,改治为理。
[25]悖:悖理,不合理。 义:合理。
[26]动其肺肝:使其内心触动。无能动其肺肝,如说不能触动他的内心,无动于衷。
[27]昧昧:糊里糊涂。
[28]屯屯:通"沌沌",愚昧无知的样子。
[29]浩然:广阔无边的样子。这里是说,学道求仙的人,糊里糊涂地走路,懵懵懂懂地坐着,还要装做见识远大的样子。
[30]私:保养。
[31]愈:通"逾",超过。
[32]滋:副词,更加。 夭:短命,夭折。
[33]图:打算,谋虑。
[34]讲:研究。 笃:深。
[35]蒙:承受。这里是说承受当代显官利禄。 显利:显要的官职和利禄。
[36]僇(lù):耻辱,指贬官。
[37]奔窜:流放。 禁锢:不准做官。柳宗元等参加政治改革的进步人士被贬斥后,朝廷曾下诏令,即使颁布大赦,这些人也不得提升。
[38]诟:斥骂。 病:用为动词,指责。
[39]戾:悖谬,不合情理。
[40]吠:狗叫,比喻攻击诬蔑。
[41]大中:伟大的中正之道。
[42]固:用为动词,坚持不改。 执:主张。
[43]方士:炼丹服药、学道求仙的人。
[44]生人:生民。唐代避太宗(李世民)讳,改"民"为"人"。
[45]陈:表现。

◎宋元明清

与张秀才第二书

欧阳修

欧阳修(1007—1072),宋代文学家、史学家,字永叔,自号醉翁、六一居士,祖籍吉州庐陵(今江西吉安),生于吉州永丰(今江西永丰)。天圣八年(1030)进士,曾任右正言、知制诰。庆历三年(1043),范仲淹主持以改革吏制、抑制兼并为重点的新政,欧阳修是积极支持者。次年新政失败,范仲淹等被贬出朝廷,欧阳修贬知滁州。官至枢密副使、参知政事。死谥"文忠"。他是宋代诗文革新运动的领袖,提倡古文,反对形式主义颓风,团结和影响了一批优秀散文作家。在诗、词方面也有很高的成就。著有《欧阳文忠公集》。

宋仁宗(赵祯)天圣九年(1031)三月,欧阳修任西京留守推官,三年当中与同僚尹师鲁、梅圣俞等著文吟诗,文名传遍天下。慕名来投文卷的文人很多。张耒,河中(河内)人,参加当地科举考试中选。在他投送的文章中有些论述太古之道,立论很高,缺乏事实。欧阳修在回信时指出,圣贤之道应是结合现实,便于实践的,古奥难懂,荒诞无稽,没有用处,不会成为高明的理论,优美的文章。文中崇奉尧、舜、孔、孟,是儒家学者的一贯主张;但是要求理论、文章联系实际,适合应用,无疑是正确的,今天也有借鉴作用。全文语调舒缓,迂回跌宕,语言朴实,平易近人,表现了欧氏散文的特有风格。

本文选自《欧阳修全集》。

修顿首白秀才足下:

前日去后复取前所贶古今杂文十数篇[1],反复读之。若《大节赋》《乐古》《太古曲》等篇,言尤高而志极大。寻足下之意,岂非闵世病俗[2],究古明道,欲拔今以复之古,而剪剥齐整凡今之纷縠驳冗者欤[3]?然后益知足下之好学,甚有志者也。然而述三皇太古之道[4],舍近取远,务高言而鲜事实,此少过也。君子之于学也,务为道。为道必求知古。知古明道,而后履之以身[5],施之于事,而又见于文章而发之以信后世。其道,周公、孔子、孟轲之徒常履而行之者是也;其文章,则六经所载,至今而取信者是也。其道易知而可法,其言易明而可行。及诞者言之[6],乃以混蒙虚无为道[7],洪荒广略为古[8],其道难法,其言难行。孔子之言道曰:"道不远人[9]。"言中庸者曰:"率性之谓道[10]。"又曰:"可离非道也[11]。"《春秋》之为书也，以成隐让而不正之[12]。传者曰："《春秋》信道不信邪[13]。"谓隐未能蹈道。齐侯迁卫，书"城楚丘[14]"，与其仁[15]，不与其专封[16]。传者曰："仁不胜道[17]。"凡此所谓道者乃圣人之道也，此履之于身施之于事而可得者也，岂如诞者之言者耶？尧禹之书，皆"曰若稽古[18]"。傅说曰[19]："事不师古[20]，匪说攸闻[21]。"仲尼曰："吾好古敏以求之者[22]。"凡此所谓古者，其事乃君臣、上下、礼乐、刑法之事，又岂如诞者之言者邪？此君子之所学也。

夫所谓舍近而取远云者，孔子曰生周之世去尧舜远[23]，孰与今去尧舜远也[24]？孔子删书，断自尧典[25]，而弗道其前。其所谓学，则曰"祖述尧舜[26]"。如孔子之圣且勤，而弗道其前者，岂不能邪？盖以其渐远而难彰，不可以信后世也。今生于孔子之绝后，而反欲求尧舜之已前世，所谓务高言而鲜事实者也。唐虞之道[27]，为百王首，仲尼之叹，曰"荡荡乎[28]"，谓高深闳大而不可名也。及夫二典[29]，述之炳然[30]，使后世遵崇仰望不可及，其严若天。然则书之言，岂不高邪？然其事，不过于亲九族，平百姓，忧水患，问臣下谁可任，以女妻舜，及祀山川，见诸侯，齐律度，谨权衡，使臣下，诛放四罪而已[31]。孔子之后，惟孟轲最知道，然其言不过于教人树桑麻，畜鸡豚，以谓养生送死为王道之本。夫二典之文，岂不为文？孟轲之言道，岂不为道？而其事乃世人之甚易知而近者，盖切于事实而已。今学者不深本之[32]，乃乐诞者之言，思混沌于古初[33]，以无形为至[34]。道者，无有高下远近，使贤者能之，愚者可勉而至。无过不及，而一本乎大中[35]，故能亘万世可行而不变也[36]。今以谓不足为，而务高远之为胜，以广诞者无用之说，是非学者之所尽心也。宜少下其高而近其远以及乎中，则庶乎至矣[37]。

凡仆之所论者[38]，皆陈言浅语，如足下之多闻博学，不宜为足下道之也。然某之所以云者，本欲损足下高远而俯就之，则安敢务为奇言以自高邪？幸足下少思焉[39]！

[1] 贶(kuàng)：赐给，赠给。

[2] 闵：同"悯"，可怜，怜惜。　病：用为动词，认为有病，认为错了。

[3] 剪剥：修剪削去。　齐整：用为动词，整顿。　纷毂：混乱。　驳冗：冗杂，繁杂。

[4] 三皇：一说伏羲、神农、黄帝，一说天皇、地皇、人皇。　太古：远古。

[5] 履：实践，实行。

[6] 及：他转连词，至于。　诞：荒诞，不合情理，无从查考。

[7]混蒙：混沌暗昧。混，混沌，无法分辨；蒙，暗昧不明，无法看清。

[8]洪荒：混沌愚昧的状态。 广略：广阔粗略。

[9]道不远人：道理不能脱离群众。远，用为动词，脱离。《礼记·中庸》："子曰：'道不远人，人之为道而远人，不可以为道。'"

[10]率性之谓道：遵循人性这才称为道理。率，遵循。《礼记·中庸》："天命之谓性，率性之谓道。"

[11]可离非道也：可以跟生活实践离开的就不是道理。《礼记·中庸》："道也者，不可须臾离也，可离非道也。"

[12]成：成全。 隐：鲁隐公。鲁隐公不是正妻所生，当时桓公年幼，立为太子，自己仅为摄政，表示谦让；桓公长大后，派人刺杀隐公，夺取君位。《春秋》不写隐公即位，注者认为这是"成隐让而不正之"。《穀梁传·隐公元年》："公何以不言即位，成公志也。焉成之？言君之不取为公也。何也？将以让桓也。让桓正乎？曰不正。《春秋》成人之美，不成人之恶。隐不正而成之，何也？将以恶桓也。" 不正：认为不合正道（鲁隐公准备让位于弟弟，不合兄弟之礼）。

[13]信：通"申"，说明。《穀梁传·隐公元年》："其恶桓，何也？隐将让而桓弑之，则桓恶矣；桓弑而隐让，则隐善矣。善则其不正焉，何也？《春秋》贵义而不贵惠，信(申)道而不信(申)邪。"

[14]城：用为动词，建造城池。鲁僖公二年（前658），以齐桓公为首的诸侯建造楚丘（今河南滑县东），把亡国的卫侯封在这里。《春秋》只记"城楚丘"，表示诸侯无权封卫侯。

[15]与：赞成。

[16]专封：擅自分封诸侯。《春秋》认为只有天子有权分封诸侯，齐桓公封卫侯于楚丘虽合仁爱，不合正道。《穀梁传·僖公二年》："春，王正月，城楚丘。楚丘者何？卫邑也。国曰城，此邑也，其曰城，何也？封卫也。则其不言城卫，何也？卫未迁也。其不言卫之迁焉，何也？不与齐侯专封也。其言城之者，专辞也。"

[17]仁不胜道：讲究仁爱不能超过道理。《穀梁传·僖公二年》："故非天子不得专封诸侯，诸侯不得专封诸侯。虽通其仁，以义而不与也，故曰：仁不胜道。"

[18]曰若：句首助词。 稽古：考查古道。稽，考查。《尚书》之中《尧典》《舜典》《大禹谟》《皋陶谟》各篇都以"曰若稽古"四字开端。

[19]傅说(yuè)：商王武丁的辅佐大臣，原为工匠，在傅岩（今山西平陆）筑墙，被推举做了宰相。见于《尚书·说命上》。

[20]师：用为动词，效法。

[21]攸：作用同"所"。这里是说，做事不效法古训，不是我所听到过的（表示不合正道）。《尚书·说命下》："事不师古，以克永世。匪说攸闻。"

[22]敏：努力。《论语·述而》："我非生而知之者，好古敏以求之者也。"

[23]曰：疑为多出的字。

[24]孰与……远：哪里跟得上……远？

[25]《尧典》：《尚书》首篇。传说孔子删定《诗》《书》。

[26]祖述：师法前人，加以陈述。《礼记·中庸》："仲尼祖述尧舜，宪章文武。"

[27]唐虞：唐尧、虞舜。

[28]荡荡：广大辽阔的样子。《论语·泰伯》："巍巍乎！唯天为大，唯尧则之。荡荡乎！民无能名焉。"

[29]二典：《尧典》《舜典》，《尚书》第一、二篇。

[30]炳然：光明显著的样子。

[31]诛放：处死或放逐。　四罪：四凶，舜帝时四个不服节制的部族首领，即浑敦、穷奇、梼杌(táowù)、饕餮(tāotiè)。

[32]本：用为动词，依据。

[33]混沌：天地开辟之初元气未分的状态，比喻远古人类愚昧无知的状态。

[34]至：最高境界。

[35]大中：伟大的中正之道。

[36]亘(gèn)：延续，贯通。

[37]庶乎：接近，几乎。

[38]仆：用作自称，表示谦恭。

[39]幸：希望。这里是说，希望先生稍加考虑吧。

与高司谏书

欧阳修

【题解】

宋仁宗(赵祯)在位期间，以范仲淹为首的革新派和以吕夷简为首的保守派之间展开一场激烈斗争。景祐三年(1036)，范仲淹因为经常议论时政得失，触怒宰相吕夷简这班腐朽官僚，给他加上"越职言事，离间群臣，引用朋党"之罪，贬职饶州。余靖、尹洙等人上疏辩解，都被贬斥。朝廷并有规定，除谏官外，别人不能越职论事。当时任左司谏的高若讷(字敏之，并州榆次人)，不但不敢主持公道，反而附和权奸，毁谤贤士，认为范仲淹当被斥逐。这使欧阳修义愤填膺，于是给他写了此信，揭露他的自私卑鄙、趋炎附势的可耻面目，表现了富有正义感的知识分子嫉恶如仇、刚直不阿的高尚气节。因此惹恼高若讷。把信送上朝廷，贬作者为夷陵令。本文言词简明而锋利，行文曲折而条畅，更兼深刻剖析当中含有讽刺嘲骂，处处击中对方要害，字字记录战斗风貌。

本文选自《欧阳修全集》。

【原文】

修顿首再拜，白司谏足下：

某年十七时[1]，家随州[2]，见天圣二年进士及第榜[3]，始识足下姓名。是时予年少，未与人接，又居远方，但闻今宋舍人兄弟[4]，与叶道卿、郑天休数人者[5]，以文学大有名，号称得人[6]。而足下厕其间[7]，独无卓卓可道说者，予固疑足下，不知何如人也。其后更十一年[8]，予再至京师，足下已为御史里行[9]，然犹未暇一识足下之面。但时时于予友尹师鲁问足下之贤否[10]，而师鲁说足下正直有学问，君子人也，予犹疑之。夫正直者不可屈曲，有学问者必能辨是非。以不可屈之节，有能辨是非之明，又为言事之官，而俯仰默默[11]，无异众人，是果贤者耶？此不得使予之不疑也。自足下为谏官来，始得相识，侃然正色[12]，论前世事，历历可听，褒贬是非，无一谬说。噫！持此辩以示人，孰不爱之？虽予亦疑足下真君子也。是予自闻足下之名及相识，凡十有四年而三疑之[13]。今者推其实迹而较之，然后决知足下非君子也。

前日范希文贬官后[14]，与足下相见于安道家[15]，足下诋诮希文为人[16]。予始闻之，疑是戏言；及见师鲁，亦说足下深非希文所为[17]，然后其疑遂决。希文平生刚正，好学通古今，其立朝有本末[18]，天下所共知。今又以言事触宰相得罪[19]。足下既不能为辩其非辜[20]，又畏有识者之责己，遂随而诋之，以为当黜[21]。是可怪也。夫人之性，刚果懦软，禀之于天，不可勉强。虽圣人，亦不以不能责人之必能。今足下家有老母，身惜官位，惧饥寒而顾利禄，不敢一忤宰相以近刑祸，此乃庸人之常情，不过作一不才谏官尔。虽朝廷君子，亦将闵足下之不能[22]，而不责以必能也。今乃不然，反昂然自得，了无愧畏[23]，便毁其贤，以为当黜，庶乎饰己不言之过[24]。夫力所不敢为，乃愚者之不逮[25]；以智文其过[26]，此君子之贼也[27]。

且希文果不贤邪？自三四年来，从大理寺丞至前行员外郎、作待制日[28]，日备顾问，今班行中无与比者[29]。是天子骤用不贤之人[30]？夫使天子待不贤以为贤，是聪明有所未尽。足下身为司谏，乃耳目之官[31]。当其骤用时，何不一为天子辩其不贤，反默默无一语；待其自败，然后随而非之？若果贤耶？则今日天子与宰相以忤意逐贤人，足下不得不言。是则足下以希文为贤，亦不免责；以为不贤，亦不免责：大抵罪在默默尔。

昔汉杀萧望之与王章[32]，计其当时之议，必不肯明言杀贤者也，必以石显、王凤为忠臣[33]，望之与章为不贤而被罪也。今足下视石显、王凤果忠耶？望之与章果不贤耶？当时亦有谏臣，必不肯自言畏祸而不谏，亦必曰当诛而不足谏也。今足下视之，果当诛耶？是直可欺当时之人，而不可欺后世也。今足下又欲欺今人，而不惧后世之不可欺耶？况今之人未可欺也！

伏以今皇帝即位以来[34]，进用谏臣，容纳言论，如曹修古、刘越[35]，虽殁犹被褒称。今希文与孔道辅[36]，皆自谏诤擢用。足下幸生此时，遇纳谏之圣主如此，犹不敢一言，何也？前日又闻御史台榜朝堂[37]，戒百官不得越职言事，是可言者，惟谏臣尔。若足下又遂不言，是天下无得言者也。足下在其位而不言，便当去之，无妨他人之堪其任者也！

昨日安道贬官[38]，师鲁待罪[39]，足下犹能以面目见士大夫，出入朝中，称谏官，是足下不复知人间有羞耻事尔。所可惜者，圣朝有事，谏官不言，而使他人言之。书在史册，他日为朝廷羞者，足下也。《春秋》之法[40]，责贤者备。今某区区犹望足下之能一言者[41]，不忍便绝足下，而不以贤者责也。若犹以谓希文不贤而当逐，则予今所言如此，乃是朋邪之人尔[42]。愿足下直携此书于朝，使正予罪而诛之，使天下皆释然知希文之当逐[43]，亦谏臣之一效也。

前日足下在安道家，召予往论希文之事。时坐有他客，不能尽所怀，故辄布区区，伏惟幸察！不宣[44]。修再拜。

[1]某：用为自称代词。
[2]随州：即今湖北随县。欧阳修4岁丧父，母亲带他投奔叔父随州推官欧阳晔，定居于此。
[3]天圣：宋仁宗年号。天圣二年为公元1024年。　榜：文中指公布录取进士的名单。
[4]宋舍人兄弟：指宋庠、宋祁兄弟，雍丘(今河南杞县)人，同时考中进士，并以文学著名。宋庠官至兵部侍郎、同平章事(宰相)。宋祁官至龙图学士，与欧阳修共修《新唐书》，是北宋早期古文作家。
[5]叶道卿：名清臣，长洲(今江苏苏州市)人，曾任两浙转运副使，兴修水利，关心民生，直言不避权贵，文章又很知名。郑天休：名戬，吴县(今江苏苏州市)人，曾任枢密副使、吏部侍郎，也有文名。
[6]得人：是说这年进士考试录取了很多优秀人才。
[7]厕：置身其中。
[8]更(gēng)：经历。
[9]御史里行：唐初设置官职名称，至宋承袭，职责同于监察御史，品级略低，人员不定。
[10]贤否(pǐ)：好坏。
[11]俯仰：一味附和别人，没有独立见解。
[12]侃(kǎn)然：刚直的样子。
[13]有(yòu)："又"的通假。
[14]范希文：范仲淹(989—1052)，字希文，苏州吴县(今江苏苏州市)人，是北宋著名的政治家，也是文学家。进士出身。他任参知政事(副相)，提出许多政治改革措施，并且长期防守西北，主张抵抗西夏、辽国，又因他能关心人民疾苦，生活自奉俭朴，受到敬仰。他的政治革新主张遭到阻挠，未能实际推行。
[15]安道：余靖，字安道，韶州曲江(今广东韶关市)人，很早就以文章著名，时任集贤校理，因为反对范仲淹被贬事，贬为筠州酒税监。
[16]诋诮(dǐqiào)：毁谤指责。
[17]非：非议，责怪。
[18]本末：如说"始终"。
[19]宰相：指吕夷简(979—1044)。景祐三年(1036)，范仲淹上《百官图》，指责宰相吕夷简任用私人，并且连续上书批评时政，激怒吕夷简，两人在朝廷上互相控告。最后范被贬逐。

[20]非辜：无罪。

[21]黜(chù)：贬斥，罢免。

[22]闵："悯"的通假，怜悯。

[23]了：全。

[24]庶乎：副词，表示希望。

[25]不逮：跟不上。

[26]文：巧妙地掩饰。

[27]贼：败类。

[28]大理寺丞：司法官员。天圣七年(1029)，范仲淹曾任大理寺丞，言事触犯章献太后，贬为河中府通判。前行员外郎：唐代六部分为前行、中行、后行三等，兵部、吏部及左右司为前行。前行员外郎，指范仲淹任吏部员外郎。景祐二年(1035)，范仲淹任为天章阁待制，当年进为吏部员外郎、权知开封府事。

[29]班行：同僚。

[30]骤用：破格提升。

[31]耳目之官：谏官担任弹劾、匡正等职，帮助皇帝识别忠奸真伪，分辨是非得失，犹如人的耳目，故称耳目之官。

[32]萧望之：字长倩，东海兰陵(今山东枣庄市峄城区)人，汉宣帝时，官至太子太傅。他受宣帝遗诏辅佐幼主(元帝)，为宰相，颇有政绩。后被宦官石显诬陷，下狱自杀。 王章：字仲卿，泰山巨平(今山东宁阳)人，汉元帝时因为参奏宦官石显而被免官。汉成帝时，任中书令、京兆尹，上章斥帝舅大将军王凤专权，被害死于狱中。

[33]石显：字君房，原为宦官，汉元帝时为中书令，汉成帝时免去官职。 王凤：字孝卿，汉成帝的舅父，官大司马、大将军，领中书事，独揽朝政。

[34]今皇帝：指宋仁宗(赵祯)。

[35]曹修古：字述之，建州建安(今福建建瓯市)人，宋仁宗时，任殿中侍卿御史，因为直言敢谏，得罪临朝听政的章献太后，被贬兴化。 刘越：字子长，大名(今河北大名)人，他曾上疏请章献太后还政。宋仁宗亲政，追赠他为右司谏，曹修古为右谏议大夫。文中故谓"虽殁犹被褒称"。

[36]孔道辅：字原鲁。宋仁宗时，与宰相吕夷简策划废掉郭皇后，御史中丞孔道辅率范仲淹等十人谏阻不听，反遭贬斥。后孔被提升为龙图阁直学士，范为吏部员外郎、权知开封府事。

[37]榜：用为动词，张榜公布。吕夷简攻击范仲淹"荐引朋党"，御史韩缜迎合吕的意图，请把范仲淹朋党姓名在朝堂列榜公布。

[38]安道：即余靖。

[39]师鲁：即尹洙，时任馆阁校勘，贬为唐州酒税监。

[40]《春秋》之法：出自《新唐书·太宗本纪赞》："《春秋》之法，常责备于贤者。"意思是说，《春秋》的体例，要求贤者具有完美的品德。

[41]区区：诚恳。

[42]朋邪：跟坏人相勾结。

[43]释然：毫无疑问。

[44]不宣：旧时信末常用套语，即言不尽意。

与尹师鲁书

欧阳修

题解

这是欧阳修在宋仁宗景祐三年(1036)深秋到贬所夷陵(今湖北宜昌市)时,写给先期到达贬所郢州(州治即今湖北钟祥市)的朋友尹师鲁的信。革新派代表人物范仲淹上书批评时政,得罪当朝宰相吕夷简,被贬饶州。赞同改革政治、敢于主持正义的余安道、尹师鲁同时也被贬谪。在此信中,他向知心朋友又是政治上的同志尹师鲁表达了深切慰藉之情。一致的见解,共同的命运,更加深了他们之间的友谊与信任。作者致书右司谏高若讷,公开为得罪权贵的范仲淹辩护,以激烈的言词斥责奸佞,招致斥逐之祸,人们对此有误解,有惊异,也有赞叹称赏。为此信中表明了自己坚守正道、勇于作为的高尚气节和不因成败得失变易其志的坦荡襟怀,从而展示了一个倾向进步、为人正直的知识分子身处逆境、坚贞不渝的光辉人格。语言浅明,行文自然。直抒胸臆,亲切有味。

本文选自《欧阳修全集》。

原文

某顿首[1],师鲁十二兄书记[2]:

前在京师相别时,约使人如河上[3],既受命,便遣白头奴出城,而还言:不见舟矣。其夕,又得师鲁手简,乃知留船以待,怪不如约,方悟此奴懒去而见绐[4]。临行台吏催苛百端,不比催师鲁人长者有礼,使人惶迫不知所为,是以又不留下书在京师,但深托君贶因书道修意以西[5]。

始谋陆赴夷陵[6],以大暑,又无马,乃作此行。沿汴绝淮[7],泛大江,凡五千里,用一百一十程[8],才至荆南[9]。在路无附书处,不知君贶曾作书道修意否?及来此,问荆人,云"去郢止两程"[10],方喜得作书以奉问。又见家兄,言:有人见师鲁过襄州[11],计今在郢久矣。师鲁欢戚,不问可知;所渴欲问者,别后安否?及家人处之如何?莫苦相尤否?六郎旧疾平否[12]?修行虽久,然江湖皆昔所游,往往有亲旧留连[13]。又不遇恶风水。老母用术者言,果以此行为幸。又闻夷陵有米面鱼如京洛,又有梨栗橘柚、大笋茶笋[14],皆可饮食,益相喜贺。昨日因参转运作庭趋[15],始觉身是县令矣,其馀皆如昔时。

师鲁简中言,疑修有自疑之意者,非他,盖惧责人太深以取直尔。今而思之,自决不复疑也。然师鲁又云暗于朋友[16],此似未知修心。当与高书时[17],盖已知其非君子,发于极愤而切责之,非以朋友待之也。

其所为何足惊骇?路中来,颇有人以罪出不测见吊者[18],此皆不知修心也。师鲁又云非忘亲,此又非也。得罪虽死,不为忘亲。此事须相见可尽其说也。

五六十年来,天生此辈,沉默畏慎,布在世间,相师成风。忽见吾辈作此事,下至灶间老婢,亦相惊怪,交口议之。不知此事古人日日有也,但问所言当否而已。又有深相赏叹者,此亦是不惯见事人也。可嗟世人目不见如往时事久矣!往时砧斧鼎镬[19],皆是烹斩人之物。然士有死不失义,则趋而就之,与几席枕藉之无异[20]。有义君子在傍,见有就死,知其当然,亦不甚叹赏也。史册所以书之者,盖特欲警后世愚懦者,使知事有当然,而不得避尔[21],非以为奇事而诧人也。幸今世用刑至仁慈,无此物。使有而一人就之,不知作何等怪骇也?然吾辈亦自当绝口,不可及前事也。居闲僻处,日知进道而已,此事不须言。然师鲁以修有自疑之言,要知修处之如何,故略道也。

安道与予在楚州[22],谈祸福事甚详,安道亦以为然。俟到夷陵写去,然后得知修所以处之之心也。又尝与安道言,每见前世有名人,当论事时,感激不避诛死[23],真若知义者;及到贬所,则戚戚怨嗟,有不堪之穷愁,形于文字,其心欢戚,无异庸人。虽韩文公[24],不免此累。用此戒安道,慎勿作戚戚之文。师鲁察修此语,则处之之心又可知矣。

近世人因言事,亦有被贬者,然或傲逸狂醉,自言我为大不为小。故师鲁相别自言:益慎职,无饮酒。此事修今亦遵此语。咽喉自京愈矣,至今不曾饮酒;到县后勤官,以惩洛中时懒慢矣。

夷陵有一路,只数日可至郢,白头奴足以往来。秋寒矣,千万保重。不宣。修顿首。

[1]顿首:叩头,在同辈中书信往来表示致敬。

[2]十二兄:十二为师鲁兄弟排行,唐宋人称排行以示亲切。 书记:尹师鲁曾考书判拔萃科目,被录取后任为邓州节度使掌书记,知伊阳县。这里是称旧职。

[3]如:前往。 河:指汴河。

[4]绐(dài):欺骗。

[5]君贶(kuàng):王拱辰,字君贶,曾任御史中丞,弹劾苏舜钦祠神宴客,即其所为。

[6]夷陵:即今湖北宜昌市。欧阳修为范仲淹辩解。指斥高若讷附和权贵,被贬为夷陵县令。

[7]汴:汴河。 绝:横渡。 淮:淮河。

[8]程:今语为站(一天的行程)。

[9]荆南:古代荆州南部,即今湖北江陵县等地。

［10］郢：宋代州名，州治即今湖北钟祥市。

［11］家兄：欧阳修之异母兄欧阳晒。　襄州：宋代州名，州治在今湖北襄阳市襄州区。

［12］六郎：尹洙的儿子。

［13］留连：挽留。

［14］荈(chuǎn)：茶叶老的叫荈。

［15］庭趋：趋走上堂参拜长官。

［16］暗：隐晦，这里是说看不清楚。

［17］高：即右司谏高若讷。

［18］见：副词，这里指代第一人称动词宾语，见吊，如说"吊我"。

［19］砧(zhēn)斧：砧锧、斧钺，古代处死刑具。　鼎镬(huò)：鼎有腿子、镬没有腿子，用以烹煮食物，也是古代处死刑具。

［20］几席：几案和坐席。　枕藉：枕头和草垫，古时寝具。

［21］尔：如说"而已""罢了"。

［22］楚州：宋代州名，州治即今江苏淮安市。　安道：余靖，字安道，与欧阳修、尹洙同时遭贬。

［23］感激：感奋，激发。

［24］韩文公：即唐代著名文学家韩愈。

答韩持国书

苏舜钦

苏舜钦(1008—1048)，字子美。祖籍梓州铜山(今四川中江县)，后徙开封(今河南开封市)。出身仕宦之家。少年即慷慨立大志。景祐元年(1034)进士，历任大理评事、集贤校理等职。庆历三年(1043)，范仲淹等主持新政。苏舜钦积极拥护改革弊政，挽救危局，抗击外来侵略。官位虽低，屡次上疏论政事，因而招致权贵忌恨。他是政治改革中最先受到打击的人，并从此失意落拓一生。御史中丞王拱辰抓住他监进奏院祠神，用卖旧纸钱宴客一事，示意下属弹劾。同时宾客都被贬降，他以监守自盗罪，于庆历四年(1044)免官。此后就在苏州造园亭，读书写作，后任湖州长史。庆历八年(1048)41岁时病死。他在早年就与兄苏舜元及穆修等提倡古文，反对形式主义文风，很为欧阳修所推崇，是宋代古文运动的先驱作家。欧阳修为他编辑文集，并写了序文。

这封信作于闲居苏州时，是给表弟韩维(字持国)的回信。苏舜钦因为拥护新政，遭到诬陷罢官，在京城难以立足，这才不得已抛下家中兄弟姊妹，南下几千里，来苏州谋生。这些情况，充分反映了顽固势力对新政人士的排挤迫害。但是，有些亲友不了解此中实情。因此苏舜钦写信抒发自己在京城时备受打击的痛苦心情，也描述了脱离官场、潜心诗书的惬意生活。这封信，成为我们了解宋代庆历新政前后政治斗争的重要佐证，也是记录这位优秀作家的思想生活的宝贵材料。文中描述京城生活的愁苦压抑和苏州闲居的轻松清静，对比鲜明，含蓄深刻。

本文选自《皇朝文鉴》卷一一四。

原文

近得京信[1],长姊奄逝[2],中怀殒裂[3],不堪其哀,更承慰问,重增号绝[4]。且蒙见责以兄弟在京[5],不以义相就以尽友悌之道[6],独羁外数千里[7],自取愁苦。持国,予之素所畏者也[8],今言如是,疑非出于持国也。然笔迹、趣向皆持国[9],又不足疑。是持国知其一,未知其他,予不得不为持国班班而言也[10]。予亦人也,非翼而飞、蹄而驰者也[11],岂无亲戚之情,岂不知会合之乐也?虽是禽兽,亦安肯舍安逸而就愁苦哉?此语去离物情远矣[12],岂当出于持国之口耶?

昨在京师官时[13],不敢犯人颜色[14],不敢议论时事,随众上下,心志蟠屈不开[15],固已极矣。不幸适在嫌疑之地[16],不能决然早自引去[17],致不测之祸,捽去下吏[18],无人敢言。友仇一波[19],共起谤议;被废之后[20],喧然未已[21],更欲置之死地然后为快。来者往往钩颐言语[22],欲以传播,好意相存恤者几稀矣[23]。故闭户或密出,不敢与相见,如避兵寇,惴惴然惟恐累及亲戚耳[24]。偷俗如此[25],安可久居其间[26]?遂超然远举[27],羁泊于江湖之上[28],不唯衣食之累[29],实亦少避其机阱也[30]。

况血属之多[31],持国见之矣;屋庐之隘[32],持国亦见之矣;资入之薄[33],持国又见之矣。常相团聚,不衣与食可乎?不可也。食虽足,闭关常不与人相接可乎[34]?亦不可也。既与人接,不与之言可乎?又不可也。既与之言,不与之往还可乎[35]?又不可也。既与之言语往还,人人皆如持国则可;今持国尚有此语,况亲也、义也、识也[36],不迨持国者多矣[37]。使之加酿恶言[38],喧布上下[39],不能自明,则前日之事未为重也[40]。便都无此事[41],亦终日劳苦,应接之不暇,寒暑奔走尘土泥淖中[42],不能了人事[43]。羸马傲仆[44],日栖栖取辱于都城[45],使人指背笑我哀闵我[46],亦何颜面,安得不谓之愁苦哉?

此虽与兄弟亲戚相远,而伏腊稍充足[47],居室稍宽,又无终日应接奔走之劳,耳目清旷[48],不设机关以待人[49],心安闲而体舒放[50]。三商而眠[51],高春而起[52],静院明窗之下[53],罗列图史琴樽以自愉[54],逾月不迹公门[55],有兴则泛小舟,出盘闾[56],吟啸览古于江山之间[57]。渚茶野酿[58],足以消忧;莼鲈稻蟹[59],足以适口;又多高僧隐君子[60],佛庙胜绝[61]。家有园林,珍花奇石,曲池高台,鱼鸟留连[62],不觉日暮。昔孔子作《春秋》而夷吴[63],又曰:"吾欲居九夷[64]。"观今之风俗,乐善好事,知予守道好学,皆欣然愿来过从[65],不以罪人相遇[66]。虽孔子复生,是亦必欲居此也。则持国以彼此较之,孰为然否哉[67]?

人生内自得,外有所适,故亦乐矣[68];何必高位厚禄,役人以自奉养,然后为乐?今虽侨此[69],亦如仕宦南北,安可与亲戚常相守耶?持国明年终丧[70],昆仲亦必游[71],何以尽友悌之道也?况予窘迫势不得?如持国之意[72],必使我尸转沟壑[73],肉喂豺虎[74],而后可也。何其忍耶[75]?尝观《常棣》之诗云[76]:"凡今之人,莫如兄弟。"谓兄弟以恩,当有急难之时,必相拯救。五章曰:"丧乱既平[77],既安且宁,虽有兄弟,不如友生[78]。"谓朋友尚义[79],及安宁之时,以礼义相琢磨也[80]。予于持国,外兄弟也[81]。当急难之时,不相拯救,今又于未安宁之际,欲以义相琢刻[82],虽古人,所不能受。予欲不报[83],虑浅吾持国也[84]。前得子华诗[85],意亦然,未暇缕述[86],今并此以达子华[87]。予非躁而忉咄者[88],察之。

[1] 京信:汴京(今河南开封市)来信。

[2] 奄逝:忽然逝世。奄,忽然;逝,远去(死亡讳称)。

[3] 中怀:内心。 殒裂:跌碎。殒,"陨"的通假,坠落。这是形容感情悲痛,仿佛心跌碎了。

[4] 号绝:哭号哽咽。

[5] 见责:责备我。见,指代动词宾语"我"。

[6] 就:靠近。 友悌(tì):爱护弟妹,尊敬兄长。悌,尊重服从兄长。

[7] 羁(jī):旅居外地。

[8] 素:向来,平时。 畏:敬畏。是说持国是他向来敬畏的人。持国,韩维,字持国,曾任翰林学士、门下侍郎。后因入元祐党籍,谪居均州。

[9] 趣向:志趣意向。

[10] 班班:明白清楚。

[11] 翼而飞、蹄而驰:有翅膀会飞、有蹄子会跑,即禽兽。

[12] 物情:物理人情。

[13] 昨:过去。 京师:京城(汴京)。

[14] 颜色:脸色。这句是说,害怕惹人家不高兴。

[15] 蟠屈:形容心情郁结委屈,很不舒畅。

[16] 适:恰巧,正当。 嫌疑之地:因事牵连而被怀疑的境地。即指作者是范仲淹所推荐,又是杜衍女婿,王拱辰为了打击革新派,就从他开刀。

[17] 决然:坚决。 引去:退避。

[18] 捽(zú):抓捕。 下吏:交司法官员(御史)审理。

[19] 友仇一波:朋友仇敌汇合一起,都来攻击我。

[20]废:罢免不用。

[21]喧然:众声喧闹的样子。这句是说,我已被罢官了,人们继续诬陷毁谤,一片喧闹之声。

[22]钩颐(yí)言语:故意引逗对方说话,以便搜寻攻击对方的口实。如说从对方嘴里套出话来。钩,探求;颐,腮颊。

[23]存恤(xù):安慰同情。存,温存;恤,怜惜。 几稀:几乎很少。

[24]惴惴然:恐慌不安的样子。 累及:牵连。

[25]偷俗:浇薄的风俗。

[26]安:疑问代词,怎么,表示反诘。以上两句是说,京城风气很坏。人情淡薄,怎么能长久住在那里?

[27]超然:高远的样子。 远举:远去,指退隐。

[28]羁泊:旅居飘泊。

[29]衣食之累:生活负担。

[30]少:略微。 机阱:本是捕捉鸟兽的机关陷阱,引申则为阴谋、暗算。以上两句是说,离开京城,不只由于生活负担太重,实在也是为了略为躲避一下人们的阴谋圈套。

[31]血属:有血缘关系的亲属,父子兄弟之类。

[32]屋庐:住宅。 隘:狭窄。

[33]资入:资财收入。

[34]闭关:锁门,不与外人来往。关,门闩。

[35]往还:来往,交际。

[36]亲:亲近。 义:信义。 识:见识。

[37]迨:赶上,跟上。

[38]加酿:制造夸大。

[39]喧布:喧嚷传扬,张扬。

[40]前日之事:被罢官受迫害的事。 未为重也:意思是说,还会有比上次更严重的事发生。

[41]便:即便,即使。

[42]尘土泥淖(nào):指道路,晴天尘土飞扬,雨天泥泞遍地。淖,烂泥。

[43]了:了结,结束。 人事:应酬人情。

[44]羸(léi)马傲仆:骑着瘦弱的马,带着不听话的仆人。

[45]栖栖:奔走忙碌的样子。

[46]指背:背后指点讥笑。 哀闵:可怜。闵,"悯"的通假。

[47]伏腊:过节酒饭。秦汉时,夏季伏日,冬季腊日,都是节日。

[48]清旷:清静。耳目清旷,是说不必接触人事纠纷、是非议论。

[49]机关:圈套。这句是说,待人诚恳坦白,不设圈套,不揣心眼。

[50]舒放:消闲自在,无拘无束。

[51]三商:三刻,黄昏。古代以漏刻计时,一刻也叫一商。三刻即三商。古代又有"日入三商为黄昏"之说。(《诗经·齐风·东方未明》孔颖达疏引郑玄《士昏礼·目录》)

[52]高春:傍晚。古代风俗,百姓傍晚时捣米(参看《淮南子·天文》注)。

[53]静院明窗:形容退隐苏州时清静幽美的生活环境。

[54]樽:酒杯。

[55] 逾: 超过。 迹: 脚印, 引申则为踩, 踏。 公门: 官府的门, 衙门。
[56] 盘阊: 苏州西门叫阊门, 西南门叫盘门(今为全国重点保护文物)。
[57] 吟啸: 吟咏诗歌。 览古: 游览古迹。
[58] 渚茶野酿: 河边的茶、乡村的酒。渚, 水边。
[59] 莼(chún)鲈: 莼菜鲈鱼。莼, 即水葵, 生于水中, 叶可作羹。
[60] 隐君子: 敬称隐居的人。
[61] 胜绝: 世间罕见的名胜。
[62] 鱼鸟留连: 观赏鱼鸟, 徘徊不肯离去。
[63]《春秋》: 鲁国史书, 记述简略, 类似大事年表。传说孔子加以删订。 夷吴: 把吴国当夷狄看待。当时吴国文化风俗与中原地区差别很大。
[64] 九夷: 地名, 处于淮河、泗水一带。《论语·子罕》: "子欲居九夷。"
[65] 欣然: 高兴的样子。 过从: 交往。
[66] 相遇: 待我。相, 指代动词宾语"我"。这句是说, 不把我当罪人对待。
[67] 然否: 对的和错的。
[68] 故: 当然, 本来。
[69] 侨: 旅居外乡。
[70] 终丧: 父母去世, 服满三年之丧。
[71] 昆仲: 兄弟。 游: 出外。
[72] 如: 按照。这句是说, 假如按你的意见办。
[73] 尸转沟壑(hè): 尸首扔到水沟山洼里。壑, 山谷。
[74] 肉喂豺虎: 肉给老虎豺狼吃掉。
[75] 忍: 狠心, 残忍。这句是说, 多么地残忍啊!
[76]《常棣》:《诗经·小雅》篇名, 以下所引两句在第一章。 云: 说。
[77] 丧乱: 丧亡变乱。
[78] 友生: 朋友。生, 年轻的书生。
[79] 尚义: 崇尚道义。
[80] 琢磨: 切磋学问, 研讨道理。琢, 刻玉; 磨, 磨石。引申则为修改加工, 切磋研究。
[81] 外兄弟: 古时亲戚有中表之名, 父亲姐妹的儿女叫外表, 母亲兄弟姐妹的儿女叫内表, 互称中表。外兄弟即姑舅兄弟、中表兄弟。
[82] 琢刻: 如说琢磨, 这里是指苛求, 责备。
[83] 报: 回信答复。
[84] 浅: 慢待, 冷淡。
[85] 子华: 韩维弟韩绛, 字子华, 宋神宗时拜枢密副使, 寻调参知政事, 罢知邓州。后代王安石为相。
[86] 未暇: 没有空闲, 没有顾上。 缕述: 细说, 逐条说明。
[87] 并此: 并在一起, 写成此信。 以达: 用来告知。
[88] 躁: 急躁, 不安静。 忉怛(dāoduó): 说话唠叨; 怛, 指责。这句是说, 我不是那种生性急躁, 因而唠唠叨叨指责别人的人。

寄欧阳舍人书

曾 巩

题解

曾巩(1019—1083),宋代古文作家,字子固,建昌南丰(今江西南丰)人。嘉祐二年(1057)进士。曾任集贤校理、实录检讨。后在越州(今浙江绍兴市)、齐州(今山东济南市)、福州(今福建福州市)等地做地方官,关心民生,颇有政绩。调任史馆修撰,官至中书舍人。他是"唐宋八大家"之一,著有《元丰类稿》。

庆历六年(1046),欧阳修应约为曾巩祖父撰写碑铭。次年曾巩写信致谢。此信从墓志铭的警恶劝善作用和当时写墓志铭一味褒扬而不顾事实的不良风气,引出选择作者是写好墓志铭的关键所在,只有道德文章兼备的人才能写出公正恰当、流传后世的墓志铭。徐徐导入,逐步深化,最后落实到称颂祖父和感激作者的主题上。语调舒缓从容,议论千回百转,不露锋芒,含蓄深沉,向来称为名作。

本文选自《元丰类稿》。

原文

巩顿首再拜[1],舍人先生[2]:

去秋人还[3],蒙赐书及所撰先大父墓碑铭[4]。反复观诵,感与惭并[5]。夫铭志之著于世[6],义近于史,而亦有与史异者。盖史之于善恶,无所不书;而铭者,盖古之人有功德才行志义之美者,惧后世之不知,则必铭而见之,或纳于庙[7],或存于墓,一也[8]。苟其人之恶[9],则于铭乎何有?此其所以与史异也。其辞之作,所以使死者无有所憾,生者得致其严[10]。而善人喜于见传[11],则勇于自立;恶人无有所纪,则以愧而惧。至于通材达识,义烈节士,嘉言善状,皆见于篇,则足为后法[12]。警劝之道,非近乎史,其将安近?

及世之衰,人之子孙者,一欲褒扬其亲,而不本乎理[13]。故虽恶人,皆务勒铭[14],以夸后世。立言者既莫之拒而不为,又以其子孙之所请也,书其恶焉,则人情之所不得,于是乎铭始不实。后之作铭者,常观其人。苟托之非人[15],则书之非公与是[16],则不足以行世而传后。故千百年来,公卿大夫至于里巷之士,莫不有铭,而传者盖少。其故非他,托之非人,书之非公与是故也。

然则孰为其人,而能尽公与是欤?非蓄道德而能文章者,无以为也。盖有道德者之于恶人,则不受而铭之,于众人则能辨焉[17]。而人之行,有情善而迹非[18],有意奸而外淑[19],有善恶相悬而不可以实指[20],有实大于名,有名侈于实[21]。犹之用人,非蓄道德者,恶能辨之不惑[22],议之不徇[23]?不惑不徇,则公且是矣。而其辞之不工,则世犹不传,于是又在其文章兼胜焉[24]。故曰:非蓄道德而能文章者,无以为也。岂非然哉?

　　然蓄道德而能文章者,虽或并世而有[25],亦或数十年或一二百年而有之。其传之难如此,其遇之难又如此。若先生之道德文章,固所谓数百年而有者也。先祖之言行卓卓[26],幸遇而得铭,其公与是,其传世行后无疑也。而世之学者,每观传记所书古人之事,至其所可感,则往往蠹然不知涕之流落也[27],况其子孙也哉!况巩也哉!其追睎祖德而思所以传之之由[28],则知先生推一赐于巩而及其三世[29]。其感与报,宜若何而图之?

　　抑又思若巩之浅薄滞拙[30],而先生进之[31];先祖之屯蹶否塞以死[32],而先生显之[33],则世之魁宏豪杰不世出之士[34],其谁不愿进于门?潜遁幽抑之士[35],其谁不有望于世?善谁不为,而恶谁不愧以惧?为人之父祖者,孰不欲教其子孙?为人之子孙者,孰不欲宠荣其父祖?此数美者,一归于先生!既拜赐之辱,且敢进其所以然[36]。所谕世族之次[37],敢不承教而加详焉?愧甚,不宣。巩再拜。

　　[1]载:助词,无义。

　　[2]舍人:知制诰的别称。欧阳修因于庆历五年(1045)上书为范仲淹等革新人物辩护,贬为知制诰、知滁州。

　　[3]去秋:庆历六年(1046)秋天。

　　[4]先:对去世长辈的称呼。　大父:祖父曾致尧,字正臣,太平兴国八年(983)进士,官至吏部郎中。墓碑铭:立在墓前的碑文,一般分志(记述生平事迹)、铭(颂辞)两部分。

　　[5]并:同时出现。

　　[6]铭志:包括墓志铭、神道碑、墓表、庙碑等。

　　[7]庙:家庙,后世泛指宗祠。

　　[8]一:一样,同样。

　　[9]苟:假设连词,如果。

　　[10]致:表达。　严:尊敬。

　　[11]见:表示被动,被。　传:流传。

　　[12]后法:后代的准则、典范。

　　[13]本:根据。

[14] 勒:镌刻。
[15] 非人:不是适当的人。
[16] 公与是:公正和正确。
[17] 众人:一般的人。
[18] 情善:内心善良。 迹非:行事有过错。
[19] 意奸:内心奸诈。 外淑:外表和善。
[20] 善恶相悬:做过的善事和劣迹相差悬殊。 实指:确认好坏。
[21] 侈:大,超过。
[22] 恶(wū):疑问代词,何,怎么。
[23] 徇:偏私,偏袒。
[24] 兼胜:同时都好,两者优秀。
[25] 并世:同一时代。
[26] 卓卓:卓越,崇高。
[27] 歔(xī)然:悲伤的样子。 涕:眼泪。
[28] 追:追念,怀念。 睎(xī):仰望,仰慕。
[29] 推:给予。 一赐:一次恩赐。
[30] 抑:转折连词,可是。 滞拙:呆滞笨拙。
[31] 进:推荐,奖拔。曾巩二十岁时入太学,文辞优秀,深受欧阳修赏识,因此文名远扬。
[32] 屯蹶(zhūnjué):时运艰难,屡受挫折。屯,《易经》卦名,艰难;蹶,跌倒。 否(pǐ)塞:遭遇不好,陷入困境。否,《易经》卦名,困顿;塞,阻塞不通。
[33] 显:用为动词,表扬,彰显。
[34] 魁宏:伟大。 不世出:不是代代都出现,举世罕见。
[35] 潜遁:隐居避世。 幽抑:深受压抑,默默无闻。
[36] 敢:大胆,冒昧。 进:陈述。
[37] 谕:指教,教导。 次:顺序,系列。

谢杜相公书

曾 巩

杜相公,即杜衍(978—1057),字世昌,山阴(今浙江绍兴市柯桥区)人。宋仁宗庆历四年(1044),授同平章事(宰相),与晏殊、范仲淹等推行新政,改革时弊。后因逸罢相,寓居河南商丘。曾巩之父曾易占,从江西来汴京途中,在河南安阳忽患重病。杜衍前往探视,多方营救;易占死后,又帮助料理后事。事隔多年之后,曾巩满怀辛酸与感激的心情写了这封信,诉说自己当时大祸临头,对杜衍的及时援助和真诚关怀,表示深挚的谢意,赞扬了他虽然不在相位,但仍然"爱育天下之人才"的高尚品德。最后表示,既然杜衍能以关心天下大事的政治责任感爱护人才,他也要用同样的态度加以报答。文章写得典雅庄重,诚挚深切,虽属应酬文字,却言之有物，不落俗套。

本文选自《元丰类稿》。

原文

伏念昔者[1]，方巩之得祸罚于河滨，去其家四千里之远。南向而望，迅河大淮，埭堰湖江[2]，天下之险，为其阴厄[3]。而以孤独之身，抱不测之疾，茕茕路隅[4]，无攀缘之亲，一见之旧，以为之托；又无至行上之可以感人，利势下之可以动俗。惟先人之医药，与凡丧之所急，不知所以为赖，而旅榇之重[5]，大惧无以归者。明公独于此时[6]，闵闵勤勤[7]，营救护视，亲屈车骑，临于河上，使其方先人之病，得一意于左右，而医药之有与谋。至其既孤，无外事之夺其哀，而毫发之私，无有不如其欲，莫大之丧，得以卒致而南。其为存全之恩，过越之义如此！

窃惟明公相天下之道，吟讼推说者穷万世[8]，非如曲士汲汲一节之善[9]。而位之极，年之高，天子不敢烦以政，岂乡闾新学[10]，危苦之情，藂细之事[11]，宜以彻于视听[12]，而蒙省察？然明公存先人之故，而所以尽于巩之德如此！盖明公虽不可起而寄天下之政[13]，而爱育天下之人才，不忍一夫失其所之道，[出]于自然，推而行之，不以进退。而巩独幸遭明公于此时也！在丧之日，不敢以世俗浅意，越礼进谢[14]；丧除，又惟大恩之不可名，空言之不足陈。徘徊迄今，一书之未进，顾其惭生于心[15]，无须臾废也[16]。伏惟明公终赐亮察[17]！夫明公存天下之义，而无有所私，则巩之所以报于明公者，亦惟天下之义而已。誓心则然，未敢谓能也。

[1] 伏念：恭敬地想。古代下对上陈述意见时所用的敬词。伏，趴在地上，表示恭敬。
[2] 埭(dài)：土筑的河堤。　堰(yàn)：河堰，较堤小。
[3] 厄(è)：阻塞，穷困。
[4] 茕茕(qióngqióng)：孤独无依。隅(yú)：角落。
[5] 旅榇(chèn)：在旅居之地停放灵柩。榇，棺材。
[6] 明公：古代对高级官员的尊称，指杜衍。
[7] 闵闵(mǐnmǐn)：忧虑，担心。
[8] 吟讼：歌吟称颂。　推说：推崇，称道。　穷：尽，一直到底。
[9] 曲士：见识不广的人。　汲汲(jíjí)：忙碌急切的样子。
[10] 乡闾：乡里。
[11] 藂：同"丛"，杂乱。

[12]彻:贯通,引申为达到。
[13]盖:句首语气助词,引起议论。
[14]越礼:违礼。古人在守孝期间,不得拜亲会友。
[15]顾:转折连词,只是。
[16]须臾(yú):片刻,一会儿。
[17]伏惟:希望,祈愿。　亮察:明鉴,谅解。

训俭示康

司马光

题解

司马光(1019—1086),宋代史学家,字君实,陕州夏县(今山西夏县)涑水乡人,世称涑水先生。幼时聪明好学,15岁,通览群书,文词醇深。仁宗宝元元年(1038)进士,曾任签书平江军判官、大理寺丞、同知谏院、翰林学士等职。神宗即位,起用王安石任参知政事(副相),推行变法措施。司马光是反对新法的代表人物之一,攻击王安石"侵官""生事""征利""拒谏",上疏神宗请停止新法,因此被贬出朝廷。此后他在洛阳共15年,埋头研究史学,主编《资治通鉴》,完成这部著名的编年体史书。

这是一篇写给儿子司马康,教导他树立节俭家风,并要传之子孙的训词。《宋史·司马康传》记载,司马康字公休,幼时端庄严谨,敏学过人,考中明经,历任校书郎、著作佐郎兼侍讲。为人廉洁,口不言财。这当然与父亲的教育熏陶很有关系。在本文中,作者引用古代史实和当代事例。对比节俭和奢侈的利害,语调从容自然,言论深刻动人。"由俭入奢易,由奢入俭难","俭则寡欲""侈则多欲",都成为人们传诵的名言警句。当然,司马光提倡节俭,教育儿孙,目的主要在于维护家族的利益。

本文选自《司马文公集》。

原文

吾本寒家[1],世以清白相承。吾性不喜华靡[2],自为乳儿,长者加以金银华美之服[3],辄羞赧[4],弃去之。二十忝科名[5],闻喜宴独不戴花[6]。同年曰[7]:"君赐不可违也。"乃簪一花[8]。平生衣取蔽寒[9],食取果腹[10],亦不敢服垢弊以矫俗干名[11],但顺吾性而已。

众人皆以奢靡为荣,吾心独以俭素为美。人皆嗤吾固陋[12],吾不以为病[13],应之曰:"孔子称'与其不逊也,宁固[14]'。又曰'以约失之者鲜矣[15]'。又曰'士志于道而耻恶衣恶食者[16],未足与议也[17]'。古人以俭为美德,今人乃以俭相诟病[18],嘻[19],异哉[20]!"

近岁风俗[21],尤为侈靡,走卒类士服[22],农夫蹑丝履[23]。吾记天圣中先公为群牧判官[24],客至未尝不置酒,或三行五行[25],多不过七行。

酒酤于市[26]，果止于梨、栗、枣、柿之类，肴止于脯、醢、菜羹[27]，器用瓷、漆[28]；当时士大夫家皆然，人不相非也[29]。会数而礼勤[30]，物薄而情厚。近日士大夫家，酒非内法[31]，果、肴非远方珍异，食非多品，器皿非满案[32]，不敢会宾友。常数月营聚，然后敢发书[33]。苟或不然[34]，人争非之，以为鄙吝[35]。故不随俗靡者[36]，盖鲜矣[37]。嗟乎[38]！风俗颓弊如是[39]，居位者虽不能禁[40]，忍助之乎！

又闻昔李文靖公为相[41]，治居第于封丘门内[42]，听事前仅容旋马[43]。或言其太隘[44]，公笑曰："居第当传子孙，此为宰相听事诚隘，为太祝、奉礼听事已宽矣[45]。"参政鲁公为谏官[46]，真宗遣使急召之[47]，得于酒家。既入，问其所来，以实对[48]。上曰[49]："卿为清望官[50]，奈何饮于酒肆[51]？"对曰："臣家贫，客至，无器皿、肴、果，故就酒家觞之[52]。"上以无隐，益重之[53]。张文节为相[54]，自奉养如为河阳掌书记时[55]。所亲或规之曰[56]："公今受俸不少，而自奉若此，公虽自信清约[57]，外人颇有公孙布被之讥[58]。公宜少从众。"公叹曰："吾今日之俸，虽举家锦衣玉食[59]，何患不能？顾人之常情[60]，由俭入奢易，由奢入俭难。吾今日之俸岂能常有？身岂能常存？一旦异于今日，家人习奢已久，不能顿俭[61]，必致失所[62]。岂若吾居位去位、身在身亡常如一日乎[63]？"呜呼！大贤之深谋远虑[64]，岂庸人所及哉！

御孙曰[65]："俭，德之共也[66]；侈，恶之大也[67]。"共，同也，言有德者皆由俭来也。夫俭则寡欲。君子寡欲则不役于物[68]，可以直道而行[69]；小人寡欲则能谨身节用[70]，远罪丰家[71]。故曰："俭，德之共也"。侈则多欲。君子多欲则贪慕富贵，枉道速祸[72]；小人多欲则多求妄用[73]，败家丧身。是以居官必贿[74]，居乡必盗[75]。故曰："侈，恶之大也"。

昔正考父饘粥以糊口[76]，孟僖子知其后必有达人[77]。季文子相三君[78]，妾不衣帛[79]，马不食粟[80]，君子以为忠[81]。管仲镂簋朱纮[82]，山节藻棁[83]，孔子鄙其小器[84]。公叔文子享卫灵公[85]，史鰌知其及祸[86]，及戌[87]，果以富得罪出亡[88]。何曾日食万钱[89]，至孙以骄溢倾家[90]。石崇以奢靡夸人[91]，卒以此死东市[92]。近世寇莱公豪侈冠一时[93]，然以功业大，人莫之非[94]，子孙习其家风[95]，今多穷困。其馀以俭立名，以侈自败者多矣，不可遍数[96]。聊举数人以训汝[97]。汝非徒身当服行[98]，当以训汝子孙，使知前辈之风俗云[99]。

[1]寒家:清贫的家庭。司马光父亲司马池,历任州县官,终天章阁待制,廉洁正直,家无馀财,所以作者自称寒家。

[2]华靡:奢华浪费。

[3]长者:长辈。 加以:拿来给我穿上。 金银:衣上装饰金银。

[4]辄(zhé):就。 羞赧(nǎn):害羞,脸红。

[5]二十:司马光20岁考中进士,为第六名。 忝(tiǎn):污辱,谦词。意思是说,自己列入科名,有辱进士这一称号。

[6]闻喜宴:唐宋制度,凡中进士者,朝廷赐以闻喜宴,又称琼林宴,并赐赴宴进士戴花。当时视为莫大荣耀。司马光不喜华丽,开始时不肯戴花。

[7]同年:同榜考中的人,互称同年。

[8]乃:才。 簪(zān):用作动词,别,插(在帽檐上)。

[9]蔽寒:御寒。

[10]果腹:吃饱肚子。

[11]垢弊:肮脏破烂的衣服。 矫俗干名:违背时俗求得名声。矫,违背;干,求取。

[12]嗤(chī):讥笑。固陋:鄙陋不通世事。

[13]病:缺点,毛病。

[14]宁固:《论语·述而》:"子曰:'奢则不孙(逊),俭则固,与其不孙也,宁固。'"大意是说,奢侈豪华就显得骄傲,节俭朴素就显得固陋,与其骄傲,宁愿固陋。

[15]以约失之者鲜(xiǎn)矣:见于《论语·里仁》。大意是说,因为俭朴节约而犯过失的,极少了。鲜,少。

[16]耻:以……为耻辱。 恶(è):粗劣。

[17]与:跟(他)。以上两句出自《论语·里仁》。大意是说,士者有志于追求真理,却以穿粗布吃粗粮为羞耻,这样的人,不值得跟他谈论道理。

[18]诟(gòu)病:讥评指摘,认为不好。诟,侮辱。

[19]嘻:叹词,表示惊诧。

[20]异:奇怪。

[21]近岁:指宋神宗元丰年间(1078—1085)。

[22]走卒:当差,役夫。 类:大都。这句是说,当差大都穿着士人的衣服。

[23]蹑(niè):踩,这里是说双脚穿着。 丝履:绸缎鞋子。

[24]天圣:宋仁宗(赵祯)年号(1023—1032)。先公:尊称死去的父亲(司马池)。群牧判官:群牧司判官(主管行政)。群牧司,管理国家公用马匹的官署。

[25]行(xíng):行酒,主人在宴席上为客斟酒一遍叫一行,也称一巡。

[26]酤(gū):"沽"的异体,买酒。这句是说,酒是从市场上买的,即普通的酒。

[27]肴(yáo):菜肴。 脯(fǔ):干肉。 醢(hǎi):肉酱。 菜羹:菜汤。

[28]瓷、漆:瓷器、漆器。

[29]非:讥评,非议。

[30]会数(shuò):会聚频繁,经常宴请。数,频繁。 礼勤:款待殷勤。

[31]内法：按宫廷方法酿酒。内，宫内。

[32]满案：摆满几案，形容器皿很多。

[33]发书：发出请帖。

[34]苟：如果。　或：有的人。

[35]鄙吝：见识浅陋、吝啬。鄙，没有见过世面，小家子气。

[36]靡：倒伏。以下两句是说，因此不顺随习俗的，大概少了。

[37]盖：大概，表示不很确定。

[38]嗟乎：叹词，表示感叹。

[39]颓弊：衰败。弊，毁坏，败坏。

[40]居位：掌权当政。

[41]李文靖公：李沆(hàng)，字太初，宋洛州肥乡(今河北邯郸市肥乡区)人。真宗时任宰相，死后谥文靖。

[42]治：建造。　居第：住宅。　封丘：今河南封丘县。

[43]听事：厅堂，接客或办公之处。　旋马：马转过身。这句是说，客厅前很狭小，只能容下一匹马转身。

[44]隘(ài)：狭窄。

[45]太祝、奉礼：古代官名，都是太常寺官员，掌管祭祀，地位卑下，多由功臣子孙担任。这两句是说，这个客厅给我当宰相的用，的确显得狭小，可是传给下一代，他们可能要做太祝、奉礼之类小官，用这客厅就很宽大了。

[46]参政鲁公：鲁宗道，字贯之，宋亳州谯(今安徽亳州市谯城区)人。真宗时历任右正言(谏官)，左谕德(执掌教导太子)。仁宗时拜参知政事(副相)。为谏官：记述有误。宋真宗派人从酒店里找到鲁宗道，在他任谕德时。

[47]真宗：赵恒，在位25年(998—1022)。

[48]对：回答尊长。

[49]上：皇帝(指宋真宗)。

[50]卿：宋代皇帝敬称臣下。　清望官：清廉而有名望的官。

[51]奈何：怎么。　酒肆：酒店。

[52]就：借着，利用。　觞(shāng)：酒杯，用作动词，劝酒，宴请。

[53]重：敬重。

[54]张文节：张知白，字用晦，宋沧州清池(今河北沧州市东南)人。真宗时为河阳节度判官，仁宗时为宰相。死后谥文节。

[55]奉养：生活供应。　掌书记：唐代官名，相当于宋代节度判官，掌管文书。古人有以旧称指代当代事物的习惯，显得措辞不俗。这句是说，张文节公做了宰相，生活仍像做河阳(今河南洛阳市)节度判官时一样。

[56]规：规劝。

[57]清约：清廉节俭。

[58]公孙布被：汉武帝时丞相公孙弘盖布被，遭到汲黯讥评，说他："弘位列三公，奉(俸)禄甚多，然为布被，此诈也。"讥刺公孙弘故意做作，骗取名声。这句是说，外人不了解你，却说你像汉代公孙弘那样矫情伪诈。

[59]举家：全家。　锦衣玉食：穿锦绣吃玉宴席，奢华享乐。古代贵族宴会，席上陈设美玉。

[60]顾：但是，可是。

[61] 顿：立刻。

[62] 必致失所：一定会弄到衣食无着的地步。

[63] 常如一日：始终过着俭朴自足的生活，没有变化。

[64] 大贤：指李、鲁、张这样见识高超的贤士大夫。

[65] 御孙：春秋时鲁国大夫。以下引文见于《左传·庄公二十四年》。

[66] 共：司马光解为共同，又有以为"恭"或"洪"的通假。

[67] 恶：恶行。

[68] 君子：这里是指贵族官僚。 役：役使、牵制。这句是说，有地位的人减少私欲，就不被外物（金钱物质）所牵制，即不会为了满足私欲徇私舞弊，违法乱纪。

[69] 直道而行：出于《论语·卫灵公》，按着正道行事，即不干违法的事。

[70] 小人：这里是指平民百姓。谨身节用：严于修身，节省用度。《孝经·庶人》："谨身节用，以养父母。"

[71] 远罪丰家：避免犯罪，发家致富。远、丰，用作动词。

[72] 枉道：不按正道行事。枉，邪曲。 速祸：招致祸殃。速，招引。

[73] 多求：多多搜取。 妄用：滥用，任意挥霍。

[74] 居官：做官，任职。这句承君子而言。

[75] 居乡：住在乡里。这句承小人而言。

[76] 正考父：宋国大夫，孔子远祖。以下记述见于《左传·昭公七年》。 饘(zhān)粥以糊口：吃稠粥来维持生活。饘，稠粥；粥，稀粥。《正考父鼎铭》："一命而偻，再命而伛，三命而俯，循墙而走，亦莫余敢侮，饘于是，粥于是，以糊余口。"

[77] 孟僖子：春秋时鲁国大夫仲孙貜(jué)。他说，正考父后代一定有显达的人。

[78] 季文子：春秋时鲁国大夫季孙行父，谥号文。相三君：季文子在鲁宣公、鲁成公、鲁襄公时，都任执政大臣。

[79] 衣(yì)：用作动词，穿。 帛：丝织品。

[80] 食(sì)：后来作"饲"。喂，给……吃。

[81] 君子：当时有名望的人，《左传》书中常以君子来发表评论。以上事迹见于《左传·襄公五年》，并说："君子是以知季文子之忠于公室也。"

[82] 管仲：春秋时齐桓公国相，名夷吾，字仲，辅佐桓公，称霸诸侯，桓公尊为仲父。史载管仲生活奢侈。镂簋(guǐ)朱纮(hóng)：刻有花纹的食器，红色的帽带。簋，圆口两耳的食器；纮，在下巴底下打结的帽带。

[83] 山节藻棁(zhuó)：刻着山岳的斗拱，画着水藻的短柱。节，柱上的斗拱(gǒng)；棁，梁上的短柱。

[84] 鄙其小器：见于《论语·八佾》："子曰：'管仲之器小哉！'"大意是说，鄙视他器量狭小。

[85] 公叔文子：卫国大夫公叔发。《左传·定公十三年》"初，卫公叔文子朝而请享灵公，退见史䲡而告之。史䲡曰：'子必祸矣！子富而君贫，其及子乎？'……及文子卒，卫侯始恶于公叔戍，以其富也。" 享：宴请。 灵公：卫灵公，在位42年(前534—前493)。

[86] 史䲡：字鱼，卫国大夫，直言敢谏，有贤名。 知其祸：预见到他要遭殃。

[87] 及戍：到了公叔戍(公叔文子的儿子)时。

[88] 出亡：《左传·定公十四年》春，公叔戍被卫侯驱逐，逃亡鲁国。证实了史䲡的预见正确。

[89] 何曾：字颖考，晋阳夏(今河南太康县)人，晋武帝时官至太尉。《晋书》记载："(何曾)性奢豪，务在华侈，厨膳滋味过于王者，食日万钱，犹曰'无下箸处'。"他的子孙也都奢华。到永嘉(晋怀帝年号)末，家族

灭亡，没有遗类。

[90]倾家：灭了家族。倾，覆灭。

[91]石崇：字季伦，晋渤海南皮(故城在今河北南皮东)人。历任散骑常侍、荆州刺史等职。在河阳造金谷园，生活豪华，穷奢极欲，常与贵戚王恺、羊琇等人斗富夸有。石崇依附贾后、贾谧。永康元年(300)，赵王伦带兵入京，杀贾后，废惠帝。石崇免官，次年被杀。

[92]卒：终于。死东市：被处死在东京(洛阳)东街(行刑之所)。《晋书·石崇传》："崇有妓曰绿珠，美而艳，善吹笛。孙秀(赵王伦主要谋臣和亲信)使人求之。崇竟不许。秀怒，乃劝赵王伦诛崇。车载诣东市，崇乃叹曰：'奴辈利吾家财。'收者答曰：'知财致害，何不早散之？'崇不能答。"

[93]寇莱公：寇准，字平仲，宋华州下邽(故城在今陕西渭南东北)人。真宗初为宰相。辽兵进犯，汴京震惊，他劝皇帝率兵亲征，军至澶州(今河南濮阳)，挫败辽兵，与之订立和约。寇准后封莱国公。史载他家生活豪华，厨房厕所也不点油灯，而用蜡烛。冠一时：当时号称第一。

[94]人莫之非：没有人非议他。古汉语否定句中，代词宾语前置。这句话用词极有分寸，实含贬义。

[95]习：习染。

[96]遍数(shù)：一一列举。

[97]聊：姑且，略微。

[98]非徒：不只。　服行：遵循施行。

[99]云：语气助词，表示叙述结束。

答秦太虚书

苏　轼

苏轼(1037—1101)，宋代文学家，字子瞻，自号东坡居士，眉州眉山(今四川眉山市东坡区)人。嘉祐二年(1057)进士。曾任翰林学士兼侍读等。王安石变法时他上书反对，司马光等保守派执政后他又不赞成尽废新法，因此多次遭到贬黜，长期任地方官，最后死在常州。他与父亲苏洵、弟弟苏辙，都是古文大家，其诗词、书画都有很高成就。著作有《东坡居士集》。

元丰二年(1079)，苏轼在诗作中讥讽新法，被捕入狱，被贬为黄州(今湖北黄冈)团练副使。这是到黄州后第二年(1080)冬天写给秦观(字太虚，"苏门四学士"之一)的信。信中叙述他在贬所的生活状况，终日以游山玩水、学道养生、饮酒读书为乐趣。作者受到政治迫害，用佛道思想自我解脱，既有消极衰退的一面，也反映了一种达观、超脱的人生态度。所写都是生活琐事，真情实感，自然平淡，使人读后备感亲切。

本文选自《苏东坡全集》。

轼启：五月末舍弟来[1]，得手书[2]，劳问甚厚[3]，日欲裁谢[4]，因循至今[5]，递中复辱教[6]，感愧益甚。比日履兹初寒[7]，起居何如[8]？轼寓居粗遣[9]，但舍弟初到筠州[10]，即丧一女子[11]，而轼亦丧一老乳母。

悼念未衰[12]，又得乡信，堂兄中舍九月中逝去[13]。异乡衰病，触目凄感，念人命脆弱如此。又承见喻[14]，中间得疾不轻，且喜复健。吾侪渐衰[15]，不可复作少年调度[16]，当速用道书方士之言[17]，厚自养炼[18]。谪居无事[19]，颇窥其一二[20]，已借得本州天庆观道堂三间，冬至后当入此室，四十九日乃出[21]。自非废放[22]，安得就此[23]！太虚他日一为仕宦所縻[24]，欲求四十九日闲，岂可复得耶！当及今为之。但择平时所谓简要易行者，日夜为之，寝食之外，不治他事，但满此期，根本立矣[25]。此后纵复出从人事[26]，事已则心返[27]，自不能废矣。此书到日，恐已不及[28]，然亦不须用冬至也。

寄示诗文，皆超然胜绝，娓娓焉来逼人矣[29]，如我辈亦不劳逼也[30]。太虚未免求禄仕[31]，方应举求之[32]。应举不可必[33]，窃为君谋，宜多著书，如所示论兵及盗贼等数篇。但似此得数十首，皆卓然有可用之实者[34]，不须及时事也[35]。但旋作此书[36]，亦不可废应举。此书若成，聊复相示[37]，当有知君者，想喻此意也[38]。公择近过此相聚数日[39]，说太虚不离口。莘老未尝得书[40]，知未暇通问[41]。程公辟须其子履中哀词[42]，轼本自求作，今岂可食言[43]？但得罪以来，不复作文字，自持颇严[44]，若复一作，则决坏藩墙[45]，今后仍复衮衮多言矣[46]。

初到黄，廪入既绝[47]，人口不少，私甚忧之，但痛自节俭[48]，日用不得过百五十。每月朔[49]，便取四千五百钱，断为三十块，挂屋梁上。平旦用画叉挑取一块[50]，即藏去叉，仍以大竹筒别贮用不尽者，以待宾客，此贾耘老法也[51]。度囊中尚可资一岁有余[52]，至时别作经画[53]，水到渠成，不须预虑，以此胸中都无一事。所居对岸武昌山水佳绝[54]，有蜀人王生在邑中。往往为风涛所隔，不能即归，则王生能为杀鸡炊黍，至数日不厌。又有潘生者，作酒店樊口[55]，棹小舟径至店下[56]，村酒亦自醇酽[57]。柑橘椑柿极多[58]，大芋长尺余，不减蜀中。外县米斗二十[59]，有水路可致。羊肉如北方，猪牛獐鹿如土[60]，鱼蟹不论钱。岐亭监酒胡定之[61]，载书万卷随行，喜借人看。黄州曹官数人[62]，皆家善庖馔[63]，喜作会[64]。太虚视此数事，吾事岂不既济矣乎[65]！

欲与太虚言者无穷，但纸尽耳，展读至此，想见掀髯一笑也。子骏固吾所畏[66]，其子亦可喜，曾与相见否？此中有黄冈少府张舜臣者[67]，其兄尧臣，皆云与太虚相熟。儿子每蒙批问[68]，适会葬老乳母[69]，今勾当作坟[70]，未暇拜书[71]。岁晚苦寒，惟万万自重。李端叔一书[72]，托为达之[73]。夜中微被酒[74]，书不成字，不罪不罪[75]。不宣[76]。

注释

[1] 舍弟:谦称自己的弟弟。元和十三年(818)五月,苏辙受哥哥牵累,被贬为筠州盐酒税监。赴任途中先把苏轼家眷送到黄州。此时带来秦观的信。

[2] 手书:亲笔信。

[3] 劳问:安慰问候。　厚:感情深厚。

[4] 日:每天。　裁:裁纸写信。　谢:致谢。

[5] 因循:拖延,推延。

[6] 递中:传送当中。这里是说又让带信的人捎话。　辱教:得到指教。辱,自谦之辞。

[7] 比日:近日。　履:进入。　兹:指示代词,此。

[8] 起居:作息,生活。

[9] 寓居:寄居他乡。　粗:大略,大致。　遣:安排,安顿。

[10] 筠州:今江西高安。

[11] 女子:女儿。

[12] 衰:减弱。

[13] 堂兄:苏不欺,字子正,任太子中舍。

[14] 见喻:对我告知。

[15] 侪(chái):辈,等,这类人。

[16] 调度:调理,安排生活。

[17] 方士:道士,讲求养生修炼、成仙得道、长生不老之类方术的人。

[18] 养炼:通过服药、气功等调养修炼。

[19] 谪(zhé):贬到远方做官。

[20] 窥:看到。　一二:几点(自谦之辞)。

[21] 四十九日:道家计数讲七,拜斗(北斗)要七天,修炼要四十九天。

[22] 自非:假如不是。　废放:废置流放。

[23] 就:办成。

[24] 仕宦:做官。　縻(mí):束缚。这里表现"官身不自由"的处境。

[25] 根本:基础。　立:奠定。

[26] 人事:世俗事务,官场应酬之类。

[27] 事已:公务完毕。　心返:心思返回(修炼活动)。

[28] 不及:赶不上(冬至这天开始养生修炼)。

[29] 娓娓(wěiwěi)焉:谈论不倦。焉,古代副词、形容词词尾。　逼人:气势很盛,使人畏惧。这里是说青年作家文辞奔放,下笔千言,使老一辈敬畏。

[30] 不劳逼:不用青年后辈推动,成就到此为止了(朋友之间的戏谑之言)。

[31] 禄仕:官职(俸禄是做官的待遇)。

[32] 方:将。　应举:参加科举考试。

[33] 必:用为动词,肯定,预先确定。

[34] 卓然:高超的样子。

［35］及：涉及，触及。 时事：当代政事。

［36］旋：随即，马上。

［37］聊：暂时，姑且。 示：让别人看。

［38］喻：明白，了解。

［39］公择：李常，字公择，进士出身，宋哲宗时官至户部尚书。在反对变法上，跟作者观点一致。

［40］莘(shēn)老：孙觉，字莘老，进士出身，宋哲宗时官至龙图阁学士。秦观同乡。也是反对变法的人。

［41］通问：通讯，通信联系。

［42］程公辟：程师孟，字公辟，进士出身，长期做地方官，政绩显著。 须：要，等着用。 哀词：哀悼死者的文章，悼词。

［43］食言：说了话不算数，答应的事不能兑现。

［44］自持：自守，坚持自己所定的原则。

［45］决：打开缺口，冲破。 藩墙：藩篱和围墙，比喻限制。这里是说，自己因作诗文得罪权贵，贬黜以后决心停止写作，如作哀词就打破自己的决定了。

［46］衮衮(gǔngǔn)：连续不断。

［47］廪：俸禄(以米计算)。

［48］但：副词，只得。 痛：狠，下定决心。

［49］朔：农历每月初一。

［50］平旦：早晨。 画叉：取挂字画的用具，长柄的一端有叉。

［51］贾耘老：贾收，字耘老，长于作诗，常与苏轼唱和。生活贫寒，节俭度日。

［52］资：供给(财物)。

［53］经画：谋划，设法。

［54］武昌：今湖北鄂州市，与黄冈隔江相对(与今湖北武汉市武昌区不同)。

［55］樊口：地名，位于黄冈西南。

［56］棹(zhào)：像桨的划船工具，用为动词，划(船)。 径：直接。

［57］醇酽(chúnyàn)：酒味纯厚。酽，浓。

［58］椑(bēi)：一种果树，柿子的变种，果实比柿子小。

［59］斗：每斗。 二十：二十钱。

［60］如土：很不值钱。

［61］岐亭：镇名，在今湖北麻城市西南。 监酒：官名，主管收缴酒税。 胡定之：生平不详。

［62］曹官：官署分科办理政务的官员。各科称曹，如户曹主管户口、农桑，功曹主管考查、记功。

［63］庖：厨房。 馔(zhuàn)：饭菜。这里是说善于做饭菜。

［64］作会：办宴会。

［65］既济：《易经》卦名，这里表示完全顺利。

［66］子骏：鲜于侁(shēn)，字子骏，进士出身，官至集贤修撰。 畏：敬畏，佩服。

［67］少府：县尉的别称，主管一县的治安防盗。 张舜臣：其兄张尧臣，二人生平不详。

［68］批问：提到，询问，表示关怀。

［69］适：恰巧，正。 会：遇到，正当。

［70］勾(gòu)当：当时俗语，料理，办理。

[71] 拜书：写信(敬辞)。
[72] 李端叔：李之仪，字端叔，熙宁年间进士，终官朝请大夫，文章有名。
[73] 为：介词，替，代。 达：送到。
[74] 被酒：中(zhòng)酒，喝醉了酒。
[75] 不罪：不要责备，请求原谅。
[76] 不宣：不尽，话未说完。信末常用套语。

答谢民师书

苏 轼

题解

谢民师，名举廉，新淦(今江西新干)人。元丰八年(1085)进士。元符三年(1100)，苏轼遇赦，自儋州(今海南儋州市)北归，经过广州。时任广州推官的谢民师携诗文拜见他，深受赏识。这是苏轼离开广州后，回答谢民师的第二封信。信中提出衡量文章的标准就是"辞达"，所谓"辞达"，就是崇尚自然，不拘一格，描写生动、说理透彻之中自然包含文采，不能另外追求文采；反对模拟雕琢，主张自由表达。这是他一生写作的宝贵经验，十分值得珍视。文章简洁明畅，舒卷自如，生动有味。

本文选自《苏东坡全集》。

原文

近奉违[1]，亟辱问讯[2]，具审起居佳胜[3]，感慰深矣！某受性刚简[4]，学迂材下[5]，坐废累年[6]，不敢复齿缙绅[7]；自还海北[8]，见平生亲旧，惘然如隔世人[9]；况与左右无一日之雅[10]，而敢求交乎！数赐见临，倾盖如故[11]，幸甚过望，不可言也。

所示书教及诗赋杂文，观之熟矣：大略如行云流水，初无定质[12]，但常行于所当行，常止于所不可不止，文理自然[13]，姿态横生[14]。孔子曰："言之不文[15]，行而不远。"又曰："辞达而已矣[16]。"夫言止于达意，即疑若不文——是大不然[17]。求物之妙，如系风捕影，能使是物了然于心者[18]，盖千万人而不一遇也；而况能使了然于口与手者乎！——是之谓辞达。辞至于能达，则文不可胜用矣。

扬雄好为艰深之辞[19]，以文浅易之说[20]；若正言之[21]，则人人知之矣：此正所谓"雕虫篆刻"者[22]。其《太玄》《法言》，皆是类也[23]；而独悔于赋，何哉？终身雕篆，而独变其音节，便谓之"经"，可乎！屈原作《离骚经》[24]，盖《风》《雅》之再变者[25]，虽与日月争光可也；可以其似赋，而谓之雕虫乎？使贾谊见孔子[26]，升堂有余矣[27]，而乃以赋鄙之，至与司马相如同科[28]。雄之陋如此比者甚众[29]。可与知者道,难与俗人言也。因论文偶及之耳。

欧阳文忠公言[30]:"文章如精金美玉,市有定价,非人所能以口舌定贵贱也。"纷纷多言,岂能有益于左右,愧悚不已!

所须惠力法雨堂两字[31],轼本不善作大字,强作终不佳;又舟中局迫难写,未能如教。然轼方过临江[32],当往游焉,或僧有所欲记录,当为作数句留院中,慰左右念亲之意[33]。今日至峡山寺[34],少留即去。愈远。惟万万以时自爱。

[1] 奉违:离别,分别。奉,表敬副词。
[2] 亟(qí):多次。 辱:承蒙。
[3] 具:全,备。 审:知道。 起居:作息,生活。
[4] 受性:秉性,天性。 刚简:刚直简慢。
[5] 迂:迂阔,不合时宜。
[6] 坐:因此。 废:贬黜不用。
[7] 齿:并列。 缙(jìn)绅:士大夫。
[8] 海北:南海以北。作者绍圣四年(1097)贬官昌化军(今海南儋州市),元符三年(1100)遇赦,渡海北归。
[9] 惘然:失意的样子。 隔世:不是同一时代,感到陌生。
[10] 一日之雅:一天的交往。雅,交情。
[11] 倾盖:车篷互相倾斜接近。两人途中相遇,停车交谈,情意亲切。 如故:像老朋友。这里是说,过去素无交往,现在一见如故。
[12] 初:本来。 定质:固定的形式。
[13] 文理:条理。
[14] 姿态横生:千姿百态,变化很多,不拘一格。横,不受拘束。
[15] 不文:没有文采。"言之不文,行之不远",出自《左传·襄公二十五年》。原为"无文"。
[16] 辞:文辞。语言。"辞达而已矣",出自《论语·卫灵公》。
[17] 是:这个。 不然:不对,错误。
[18] 了然:彻底明白。
[19] 扬雄(前53—18),西汉学者、辞赋家,字子云,蜀郡成都人。著《太玄》《法言》等。
[20] 文:修饰。
[21] 正言:直说。正,照直。
[22] 雕虫篆刻:雕、篆,刻写,虫、刻,秦代两种字体,即虫书和刻符,笔画纤细,结构复杂,难以刻写。汉代童子学习这种字体。这里比喻雕琢字句。《法言·吾子》:"或曰:'吾子少而好赋?'曰:'然。童子雕虫篆刻。'俄而曰:'壮夫不为也。'"
[23] 是类:此类。扬雄模仿《易经》作《太玄》,模仿《论语》作《法言》,都是模拟雕琢之作。
[24]《离骚经》:东汉王逸作《楚辞章句》,称《离骚》为"经"。

[25]《风》《雅》之再变:《诗经》的《国风》和《小雅》《大雅》之中,都有一些揭露政治黑暗、抒发人民怨愤的作品,汉代《毛诗序》称为"变风"、"变雅",因此这里称"离骚"为"再变",认为它是继承《风》《雅》的现实主义文学传统。

[26]使:假如。 贾谊:西汉政论家、辞赋家。

[27]升堂:如说(成就)到家。《论语·先进》:"子曰:'由(仲由)也升堂矣,未入于室也。'"

[28]司马相如:西汉辞赋家。 同科:同类。《法言·吾子》中把贾谊与司马相如的辞赋进行对比,认为前者略逊一筹。

[29]陋:浅陋。 比:类。

[30]欧阳文忠公:宋代文学家、史学家欧阳修,谥号文忠。

[31]惠力:寺名,一作"慧力寺",在今江西樟树市,是谢民师的家乡新淦的邻县。

[32]方:将要。 临江:今江西樟树市。

[33]念亲:追念先人。

[34]峡山寺:又名广庆寺、飞来寺,在今广东清远县峡山上。

答司马谏议书

王安石

王安石(1021—1086),宋代文学家、政治家,字介甫,号半山,抚州临川(今江西抚州市)人。庆历二年(1042)进士。做州县官员多年,了解时弊。熙宁二年(1069)任参知政事,次年拜同中书门下平章事(宰相),执政期间,实行变法。由于保守派的反对,被迫退出朝廷,住在江宁半山园。著有《临川先生集》。

王安石的变法主张得到宋神宗(赵顼)支持,熙宁二年(1069)他被任为参知政事(即副宰相),于是成立制置三司条例司,实行以理财、整军、富国、强兵为纲领的新法。新法如能实施下去,虽然不能从根本上解决北宋的社会危机,但是当时迫在眉睫的外族威胁、人民怨愤在一定程度上可能得到缓和。可是,由于新法触犯了大官僚、大地主、大商人的利益,朝野上下,议论纷纷。熙宁三年(1070)二月,翰林学士司马光(字君实)写了长达三千言的《与王介甫书》,攻击新法。本文就是他给司马光的答书,针锋相对地驳斥了保守派的污蔑攻击,毫不含糊地表明了打破苟且习气、坚决改革政治的信念。由于作者深信变法事业的正确性与必要性,并且认清他与守旧势力存在根本分歧,这封答书写得措辞简洁,干净利落,又能抓住要害,深刻犀利。置身新旧党争的漩涡之中,面对非难新法的一片喧嚣,这位厉行改革的政治家和一代文豪的倔强而又自信的性格,理直自然气壮的魄力,令人深为感动。

本文选自《临川先生集》。

某启[1]:昨日蒙教[2],窃以为与君实游处相好之日久,而议事每不合,所操之术多异故也[3]。虽欲强聒[4],终必不蒙见察[5],故略上报,不复一一自辨。重念蒙君实视遇厚[6],于反复不宜卤莽[7],故今具道所以,冀君实或见恕也[8]。

盖儒者所重[9],尤在于名实[10]。名实已明,而天下之理得矣。今君实所以见教者,以为侵官、生事、征利、拒谏[11],以致天下之怨谤也。某则以谓[12]:受命于人主[13],议法度而修之于朝廷,以授之于有司,不为侵官;举先王之政[14],以兴利除弊,不为生事;为天下理财[15],不为征利;辟邪说[16],难壬人[17],不为拒谏。至于怨诽之多,则固前知其如此也。

人习于苟且非一日[18],士大夫多以不恤国事、同俗自媚于众为善[19]。上乃欲变此[20],而某不量敌之众寡,欲出力助上以抗之,则众何为而不汹汹然[21]?盘庚之迁[22],胥怨者民也[23],非特朝廷士大夫而已[24]。盘庚不为怨者故改其度[25],度义而后动[26],是而不见可悔故也[27]。如君实责我以在位久,未能助上大有为,以膏泽斯民[28],则某知罪矣。如曰今日当一切不事事[29],守前所为而已,则非某之所敢知[30]。

无由会晤,不任区区向往之至[31]!

[1]某启:在文稿上以某代替本人名氏,在正式书函中仍用"安石"自称。

[2]蒙教:承蒙赐教,即指收到司马光来信。

[3]操:坚持,主张。 术:政治方针。

[4]强聒(guō):硬要啰唆。聒是吵嚷的意思,这是谦称自己的答复。

[5]见察:被您理解。见,表示被动。

[6]重(chóng)念:又想。 视遇:看待。

[7]反复:指书信往来。司马光曾连续写了三封信给王安石,指责王安石不该实行新法,王安石本来不拟详细作答,开始只写了一封简短的回信,经过考虑,又写这封信说明理由。卤(lǔ)莽:草率失礼。卤,"鲁"的通假。

[8]冀:希望。 或:副词,或许,也许。 见恕:原谅我。这里"见"字具有指代动词宾语(我)的作用。

[9]盖:副词,不很确定。 儒者:后世学者都称儒者,不同先秦所称儒生。 重:用为动词,注重。

[10]名实:名,指名称、概念;实,指实质、事实。孟子、荀子等人都论述过名实关系,但是实际内涵并不相同。王安石用名实相副的理论,批驳对方加给自己的"侵官"、"生事"、"征利"、"拒谏"四大罪名。

[11]侵官:侵夺其他机构和官员的职权。这是对王安石设立"制置三司条例司"作为制订新法机构、派遣诸路提举常平及广惠仓使者作为推行新法官员的污蔑之词。 生事:惹起事端。这是对王安石变更旧法,推行新法,打破旧的社会习俗,引起上层官绅怨恨的污蔑之词。 征利:设法积财,与民争利。 拒谏:拒绝劝谏,顽固不化。

[12]以谓:以为。谓,"为"的通假。

[13]人主:君主,皇帝。

[14]举:举办,施行。

[15]理财:管理财政,打击投机商人和高利贷者,增加国家财政收入。

[16]辟:破除,批驳。 邪说:错误论调,指反对阻挠新法的言论。
[17]难(nàn):非难,斥责。 壬人:佞人,善于巧辩的人。
[18]苟且:得过且过,不作长远打算。
[19]恤(xù):顾惜,忧虑。 同俗:附和流俗之见。 自媚于众:讨好众人。
[20]上:皇上,即宋神宗。 乃:就是,副词,加强肯定语气。
[21]汹汹然:众人议论、大声吵闹的样子。
[22]盘庚之迁:盘庚,商代中兴之君,商帝阳甲之弟。即位之后,为了巩固王室,便于教化,率领臣民从奄(今山东曲阜)迁都到殷(今河南安阳),史称殷商。盘庚五次迁都,准备建立新都亳(bó),遭到众人反对。亳,在今河南偃师市。《尚书·盘庚》记载此一史实。
[23]胥:共,都。
[24]特:只是,仅仅。非特,就是不仅。
[25]度(dù):计划,打算。名词。
[26]度(duó):考虑,忖度。动词。 义:理由正当。
[27]是:意动用法,认为……正确。
[28]膏泽:本指油脂,封建时代统治阶级认为他们实行善政加恩百姓,这种恩惠叫做膏泽。这里用为动词,给百姓以恩惠。
[29]事事:前一"事"字,用为动词,从事,办理。
[30]敢知:敢于承认(这种过错)。
[31]不任区区向往之至:这是古代书信习用的客套话。不任,不胜,无法承受。区区,谦称自己,私心。向往之至,仰慕到了极点。

答王樵秀才书

陆 游

陆游(1125—1210),南宋著名诗人,字务观,号放翁,越州山阴(今浙江绍兴市)人。绍兴年间应礼部试获第一,因秦桧之孙秦埙获第二,他被黜免。孝宗时赐进士出身,授枢密院编修。先后进入王炎、范成大幕府,力主收复中原。以宝章阁待制致仕后,隐居家乡。诗词慷慨激昂,大多抒写爱国情怀。著《渭南文集》、《剑南诗稿》、《老学庵笔记》等。

孝宗乾道七年(1171)四月,夔州(今重庆奉节)考选士子(中选者送礼部应进士考),作者当时担任夔州通判,临时任监试官。青年书生王樵(生平不详)才学很好,却落榜了,因此写信投诉。陆游在回信中揭露科举制度的腐朽黑暗,同情安慰王樵。文章据事说理,真切可信;婉转劝慰,亲切感人。

本文选自《陆游全集》。

十一月二日,山阴陆某再拜复书先辈足下[1]:贡举之法[2],择进士入官者为考试官[3]。官以考试名,当日夜专心致志以去取士[4],不可兼莅他事[5],则又为设一官,谓之监试[6]。监试粗官不复择,盖夫人而可为也[7]。甚至法吏流外[8],平日不与清流齿者[9],亦得为之。故又设法曰:监试毋辄与考校[10]。则所以待监试可知矣。

某向佐洪州[11],适科举岁[12],当以七月到官,遂泊舟星子湾。几月[13],闻已锁院[14],乃敢进。非独畏监试事烦,实亦羞为之。今年在夔府[15],府以四月试。试前尝白府帅[16],愿得移疾[17],已见许矣[18],会部使者难之[19]。某笃弱[20],畏以避事得罪,遂黾勉入院[21]。某与诸试官皆不相识,惴惴恐其以侵官犯律令见诟[22],自命题至揭榜,未尝敢一语及之[23]。不但不与也,间偶见程文一二可爱者[24],往往遭涂抹疵诋[25],令人气涌如山[26]。然归卧室中,才能向壁叹息。盖再三熟计,虽复强聒[27],彼护短者决不可回[28],但取诟耳。若可回,虽诟固不避也[29]。

如足下之文,又不止可爱[30],诚可敬且畏者。而一旦以疑黜[31],此岂独足下不能无言,虽试官与拔解诸人[32],亦啧啧称屈[33]。某至是直欲以粗官不与考试自恕[34],其可乎[35]?将因绍介再拜请罪于门墙而未敢也[36]。不图足下容之察之,更辱赐书,讲修朋友之好,而以前者不能无言为悔[37]。方是时[38],使足下遂能无言,固大善。然士以功名自许[39],非得一官,则功名不可致。虽决当黜,尚悒悒不能已[40],况以疑黜乎?某往在朝[41],见达官贵人免去[42],不忧沮者盖寡[43]。彼已贵,虽免,贵固在,其所失孰与足下多[44],然犹如此。今乃责足下以不稍动心[45],亦非人情矣。前辈有钱希白[46],少时试开封[47],得第二。希白豪迈,自谓当第一,乃诣阙上书讦主司[48]。当时不以为大过,希白卒为名臣[49]。夫科举得失为重,高下细事耳[50],希白不能忍其细,而责足下默默于其重者,可不可耶?是皆以往事,不足复言。区区仰叹足下才气[51],思有以奉广[52],故详及之。

某吴人[53],凡吴之陆皆同谱[54],所谓四十九枝谱是也[55]。如龙图公虽差远[56],颇尚可纪[57],则于足下亦有瓜葛[58],蒙敦笃[59],尤感。旦暮诣见[60],先此为谢。

[1]陆某:底稿写"某",正式写信仍写自己的名字。 先辈:行辈在前的人。这里用作尊称。

[2]贡举:举荐人才。这里指科举考试。

[3]进士入官:考中进士获得官职。科举时代以进士入仕为荣耀。 考试官:主持科举考试及阅卷、录取的官员。

[4]去取：录取或不录取。

[5]莅(lì)：临，到，担任。

[6]监试：监试官，负责监督检查科举考试。

[7]盖：大概，大体。　夫(fú)人：人人，普通的人。

[8]法吏：狱官，管理囚犯的官员。　流外：隋唐时期官员一品至九品为流内，九品以下官员称流外。

[9]与(yǔ)：为，被。　清流：清高的士大夫。　齿：谈论，提到。

[10]毋：不要。　辄(zhé)：动辄，总是。　与(yù)：参与。　考校(jiào)：考查比较，这里指评阅试卷、决定录取、确定等级等。

[11]向：过去。　佐：担任僚佐，协助长官处理政事。　洪州：今江西南昌市旧称。作者于南宋孝宗乾道元年(1165)为隆兴府(治今南昌市)通判。

[12]适：副词，正当。

[13]几(jī)：将近。　月：一个月。

[14]锁院：封锁试院大门。科举考试正式开始，试院大门加锁，禁止出入，以防舞弊。

[15]夔(kuí)府：夔州府(今重庆奉节)。陆游时任夔州通判。

[16]白：禀告。　府帅：府的长官(兼管军政)。

[17]移疾：作书称病(作为请求退职的婉辞)，即借口有病请假。陆游不愿当监试官，借病退避。

[18]见许：被批准。

[19]会：正遇。　部使者：朝廷派往地方主持科举考试的官员。　难：阻挠，反对。

[20]笃弱：很怯弱。笃，深，重。

[21]黾(mǐn)勉：勉强。

[22]惴惴(zhuìzhuì)：恐慌不安的样子。　侵官：超越职权。　律令：法律条文，即上文所说的"又设法曰：监试毋辄与考校"。　诟(gòu)：斥责。

[23]及：涉及，提及。

[24]间(jiàn)：有的时候。　程文：应试的文章(按一定格式写)。

[25]疵：用为动词，指责，挑剔。　诋(dǐ)诋毁，贬斥。

[26]气涌如山：如说怒火万丈，形容极其气愤。

[27]强聒(guō)：硬去争论。聒，吵闹。

[28]护短：掩盖过失，不肯认错。　回：改变主意。

[29]不避：不回避，甘心承受(斥责)。

[30]止：副词，仅仅，只。

[31]以疑：因为感到可疑(怀疑试卷是夹带、别人代作等)。　黜(chù)：打掉，不加录取。

[32]拨解(jiè)：唐宋时期不经州府考试直接送礼部考试的士人。

[33]啧啧(zézé)：连声叹惜。

[34]直：副词，只是。　恕：宽恕，原谅。

[35]其：副词，表示反诘，岂。

[36]门墙：老师的门前。《论语·子张》："夫子之墙数仞，不得其门而入，不见宗庙之美，百官之富，得其门者或寡矣。"这里用为敬辞，指王樵住所门前。

[37]不能无言：不能不为自己科考落选争辩。

[38] 方：副词，正当。
[39] 功名：功绩和名声。科举时代指参加考试中选，获得名次。　自许：期待自己，肯定自己。
[40] 悒悒(yìyì)：抑郁愁闷的样子。　已：作罢，停止。
[41] 往：从前，已往。
[42] 免去：罢免离开职位。
[43] 忧沮(jǔ)：忧愁颓丧。寡：很少。
[44] 孰与……多：与……相比，哪个多？
[45] 责：要求。　动心：情绪波动。
[46] 前辈：年辈高、资格老的人。　钱希白：钱易，字希白，五代吴越王钱俶之侄，文章书画很有名，官至翰林学士。
[47] 开封：宋代府名，今河南开封市。钱希白参加开封府试，以第二名录取，本人不服，上书宋真宗，词语讥讽，贬为第三名。第二年以第二名考中进士。
[48] 诣(yì)阙：到皇宫前。阙，宫殿门楼。　主司：主考官。
[49] 卒：终于。
[50] 高下：名次高低。　细事：小事。
[51] 区区：渺小(自称谦辞)。　仰叹：仰慕赞叹。
[52] 奉广：宽慰，开解。奉，表敬副词。
[53] 吴：吴郡(沿用旧称)，今江苏苏州市。陆游祖籍吴郡，吴越王时其中一支迁至山阴。
[54] 谱：族谱。
[55] 四十九枝：家族支派四十九个。
[56] 龙图公：龙图阁学士，陆游的祖父陆佃，官至尚书右丞，曾任此职。　差(chā)远：关系稍远。
[57] 纪：同"记"，记载。
[58] 瓜葛：辗转相连的社会关系，王樵的远亲。
[59] 敦笃：亲情深厚。
[60] 旦暮：早晚，时间很短，不久。　诣见：前去拜访。

答陆伯政上舍书

陆　游

　　这封信是陆游写给族兄的，作于庆元五年(1199)，主要表达他对作诗与做人关系的见解。作者认为，作诗绝非小技。只有学问精通，对自然和社会都有正确的认识，具有独立人格，不是那种与世浮沉，苟且猥琐的庸人俗夫，才能写出真正的诗，才能成为如陶渊明、杜子美那样伟大的诗人。当时朝廷政治腐败昏暗，士大夫大多贪恋官爵，没有救国图强的远大抱负，诗格、人格值得称道的人，十分少见。所举"太一高士"例子，含蓄深刻，很有讽刺意味，也点出了文章的宗旨。上舍，兼告侄子。

　　本文选自《渭南文集》卷十三。

原文

九月六日，某再拜复书，伯政学士宗友兄阁下[1]：即日初寒[2]，伏惟尊侯万福[3]。春中蒙见顾[4]，衰疾无聊[5]，不得款承绝尘迈往之论[6]，至今怏怏[7]。忽贤郎上舍携所况书及新诗来[8]，已深开慰[9]。又得杂著诗文一编，置百事读之[10]，所以开益[11]，殆非一端[12]。

古声不作久矣[13]，所谓诗者，遂成小技[14]。诗者果可谓之小技乎？学不通天人[15]，行不能无愧于俯仰[16]，果可以言诗乎？仆绍兴末在朝[17]，路偶与同舍二三君至太一宫[18]。闻中有高士斋[19]，皆名山高逸之士，欣然访之，则皆扃户出矣[20]。裴回老松流水之间久之[21]，一丫髻童负琴引鹤而来[22]，风致甚高[23]。吾辈相与言曰[24]："不得见高士，得见此童亦足矣。"及揖而问之，则曰："今日董御药生日[25]，高士皆相率往献香矣[26]。"吾辈遂一笑而去[27]。今世之以诗自许者[28]，大抵多太一高士之流也[29]，不见笑于人几希矣[30]；而望其有陶渊明、杜子美之馀风[31]，果可得乎？

杂文数篇，多甲寅以来所著[32]，言论风旨皆非同乎俗、合乎世者[33]。《与平父书》用意尤至[34]，则石守道、李泰伯气格相上下[35]，而师友渊源[36]，未可以望吾伯政也[37]。然所以告平甫者，尚恐有所含蓄，不欲尽发，此非面莫究[38]。

昨日儿子自城中来，知方伯谟已卒[39]。天乎，有是哉！计老兄亦同此哀也。贤子表表超绝[40]，当为名士[41]，不止取科第而已[42]，奉为宗家[43]，赞喜无已[44]。黄精奇妙[45]，感激千万。匆匆，不既所欲言者[46]，亦坐老惫耳[47]。渐寒，珍重珍重！

释

[1]伯政学士：陆伯政，字焕之，家世为儒，父亲九思，叔父九渊皆为一代名儒。屡试不第，决意退耕。著有《山堂类稿》20卷。他是作者族兄。其子为太学中高材生(上舍)。

[2]即日：当天。

[3]伏惟：古代书信常用敬词，含有希望、料想的意思。这里表示祝愿。 尊侯：敬称对方父亲。 万福：幸福，祝颂之词。

[4]见顾：看望我。见，指代动词宾语"我"。

[5]无聊：精神无所寄托，没有意思。

[6]款承：诚恳听取。款，诚恳。承，接受。 绝尘：高超。绝，超出。尘，世俗。 迈往：豪迈，高远。迈，远去。

[7]怏怏：心情不快。

[8]贤郎：您的公子，敬称对方儿子。 上舍：即太学中高材生。宋代太学按着学生成绩分为上舍、内舍、

外舍三级,类似后世学校分高年级、中年级、低年级。 贶:"贶"的通假,赐予(敬辞)。

[9]开慰:快慰。

[10]置:放下,丢下。

[11]开益:启发裨益。

[12]殆(dài):大概,恐怕。这句是说,读了您的诗文,给我的启发教益,恐怕不止一个方面。

[13]古声:以《诗经》为代表的现实主义诗歌,内容充实,诗体活泼。李白《古风五十九首·其一》说:"《大雅》久不作,吾衰竟谁陈?王风委蔓草,战国多荆榛。龙虎相啖食,兵戈逮狂秦。正声何微茫,哀怨起骚人。"古声,即是李白所谓正声。

[14]小技:是指专在平仄、对偶等文字技巧上刻意讲究的形式主义诗歌。

[15]通天人:搞通天象和人事的关系。司马迁《报任安书》:"亦欲以究天人之际,通古今之变,成一家之言。"

[16]无愧:这句是说德行高尚,没有缺憾。《孟子·尽心上》:"仰不愧于天,俯不怍于人。"盖为句意所本。这几句说,学问上不能搞通天人关系,德行上不能做到抬头无愧于天,低头无愧于人,真的还可以谈论作诗吗?

[17]仆:我,谦称。 绍兴:宋高宗(赵构)年号(1131—1162)。作者于绍兴三十年(1160)五月被推荐任敕令所删定官,开始列入朝臣。

[18]同舍:同一住所。陆游任敕令所删定官时住百官舍。 太一宫:供奉太一神的庙殿。太一,又作泰一,古代认为是天神中最尊贵者,即天帝。

[19]高士斋:太一宫中供隐逸之士居住的清静房舍。高士,又称高人,多指超脱世俗的隐士,也有自命清高、沽名钓誉的人。

[20]扃(jiōng)户:闭住门。扃,门闩,用作动词,关闭。

[21]裴回:即"徘徊",留连不去。

[22]丫髻童:头上梳着双髻的童子。 负琴引鹤:背着琴、牵着鹤。

[23]风致:风度。

[24]吾辈:我们。 相与:一起。

[25]御药:官名,为皇帝配药的药师。宋有太医局,是为皇帝看病配药的官署,其中有御医(医师)、御药(药师)等。

[26]相率:一个跟着一个。 献香:焚香致敬。

[27]一笑:既称高士,却又巴结权贵,应酬往来,所以作者一笑而去。

[28]以诗自许:自称是诗人。许,赞成。

[29]大抵:大概。这句是说,现在自称诗人的,大概都像太一高士一样,徒有其名罢了。

[30]见笑:被人耻笑。见,表示被动。 几希:几乎很少。

[31]陶渊明:东晋末年著名诗人,做过几任小官,后就退隐。他的诗多用平淡自然的语言描写田园生活,表达厌弃名利、远离世俗的思想情绪,也有一些篇章表现坚持政治理想、不与现实妥协的精神。 杜子美:杜甫,字子美。唐代伟大现实主义诗人,作品反映了天宝之乱前后贵族官僚的奢华享乐、骄横跋扈和广大人民的啼饥号寒、颠沛流离,堪称诗史。

[32]甲寅:宋光宗绍熙五年(1194)。

[33]风旨:风味,文艺作品的情趣、特色。

[34]《与平父书》：陆伯政所作杂文篇名。

[35]石守道：石介，字守道，世称徂徕先生，北宋兖州奉符(今山东泰安市)人。曾任国子监直讲。是宋代古文运动的早期人物之一，反对形式主义文风，提倡学习韩柳，起了积极作用。有文集。　李泰伯：李觏(gòu)，字泰伯，北宋南城(今江西南城)人，曾任太学助教。同情农民的痛苦状况，反对佛教违背人情，并对儒家学说提出非议。有文集。　气格：诗文风格。这里是指散文风格。

[36]师友渊源：师承来源及所受同辈影响。

[37]望：相比。

[38]非面莫究：这几句说，你对平甫(即平父)说的，大概还有保留，不愿完全说出来，这个，不是当面交谈不能说透。

[39]方伯谟：名士繇，一名伯休，莆阳(今福建莆田市)人，曾从朱熹求学，多才多艺，文章风格高远，终生授徒为业。52岁时卒。

[40]贤子：您的儿子。　表表：特出。　超绝：异于常人，非同一般。

[41]当：将。　名士：当代知名人物。

[42]不止：不仅限于。　取科第：参加科举考试，取得名次。

[43]宗家：当家，本家族的人。

[44]赞喜：祝贺。

[45]黄精：多年生草本植物，根如生姜，入药，有滋补作用。从文中看，陆伯政派人送来黄精，作者致谢。

[46]不既：没有完全表达。既，全，尽。

[47]亦坐：也是由于。　老惫：年老体弱，精神疲惫。

与李养吾书

谢枋得

谢枋得(1226—1289)，南宋爱国名臣，字君直，号叠山，信州弋阳(今江西弋阳)人。宝祐四年(1256)进士。为人豪爽，敢于直言，因得罪贾似道被贬谪到兴国军。德祐初年，元兵沿长江东下，他知信州，率军抵抗，兵败后入建宁(今福建建瓯市)山中。南宋灭亡，隐居闽中，不肯出仕。福建参政魏天祐强送北上，至燕京(今北京市)绝食而死。著有《文章轨范》、《叠山集》。这是他给李养吾(事迹不详)的信的节选，其中对李养吾身处亡国乱世能够保持名节深表崇敬，并表达了自己不计成败利害，誓死抗敌救国的坚强信念。爱国赤心，凛然正气，慷慨悲壮，震撼人心。

本文选自《叠山集》卷五。

宇宙大变[1]，一世无全人。饶、信持文之士[2]，勇为乱臣贼子者尤众[3]。少康逃匿有仍氏者四十年[4]，宣王逃匿召公家者十有四年[5]，夏周诸侯公卿大夫背叛者不见于史策：是何三代忠臣之多也[6]！养吾洁身全节于深山密林间，屹然如黄河之有砥柱[7]。先儒谓世有非常之变，天必预出非常之人以拟之[8],吾于是有望矣。

艺祖皇帝最重读书人[9]。天地折缺之馀[10],正望其整顿;人极倾颠之际[11],正望其扶持,在天之灵,想亦不能忘情也。

子房不能存韩而归汉[12],孔明不能兴汉而保蜀[13],君子怜之[14]。今日之事,视二子尤难[15]。愚公移山,精卫填海,取讪笑于腐儒、俗吏、鄙夫、庸人,固宜[16]。程婴、杵臼、乐毅、申包胥果何人哉[17]?天地间大事,决非天地间常人所能办,使常人皆能办大事,天亦不必产英雄矣。夷狄不可为诸夏之王[18],古今未有绝正统之时。使君臣上下同一豺狼蛇豕之心[19],而可立国,秦始皇、隋文帝必不再世而亡矣[20]。使五帝三王自立之中国,而终为戎狄所灭;使君无桀、纣、幽、厉之恶[21],而一废不复兴,少康、宣王、东周、蜀汉之事,皆不可信矣。人力终有穷[22],天道终有定,壮老坚一节[23],终始持一心,吾独于养吾有望。

某尝有言:人可回天地之心[24],天地不能夺人之心[25]。大丈夫行事,论是非不论利害,论逆顺不论成败,论万世不论一生。志之所在,气亦随之;气之所在,天地鬼神亦随之。愿养吾益自珍重。儒者常谈[26],所谓"为天地立心,为生民立极[27],为去圣继绝学[28],为万世开太平",正在我辈人承当,不可使天下后世谓程文之士[29],皆大言无当也[30]。

[1]宇宙大变:指南宋灭亡,是天地之间最大的变故。作者在《送黄六有归山序》中说:"嗟乎!夷狄而灭五帝三王自立之中国,有天地以来,无此变也。"

[2]饶:饶州(今江西上饶市)。 信:信州(今江西上饶地区)。 持文:具有文学才能(科举出身)。

[3]乱臣贼子:指投降变节的人。

[4]少康:夏王相的儿子。相被寒浞杀死,他才出生。母亲为有仍氏(今山东济宁市东南)女后缗(mín)。他在有仍氏家里任牧正。后来攻杀寒浞,恢复夏朝。史称"少康中兴"。

[5]宣王:周宣王,厉王太子姬静。厉王实行暴政,被本国人民驱逐到彘(zhì,在今山西霍州市境内)。姬静藏在召公(姬虎,厉王卿士)家里。厉王死后,他便即位。

[6]三代:夏、商、周。

[7]屹(yì)然:山势高耸的样子。 砥柱:山名,在今河南三门峡市东北黄河中,又名三门山,河水至此分流。后修三门峡水库,山已不见。中流砥柱,比喻起支柱作用的人。

[8]拟:承当(时代重任)。

[9]艺祖皇帝:宋太祖赵匡胤。艺祖,唐宋时称开国帝王。

[10]天地折缺:天崩地裂,比喻南宋灭亡,幼帝赵显(宋恭帝)被元兵俘去。《史记索隐》司马贞补《三皇本纪》中说,相传共工氏触不周山,天柱(顶天的大柱)折,地维(拴地的大绳)缺。 之馀:之后。

[11]人极:指幼帝赵显。极,屋子的正梁,比喻最高统治地位。皇帝称至尊,即位称登极。

[12]子房：汉初功臣张良，字子房，韩国贵族后代。韩国被秦灭亡，他曾用重金雇大力士，在博浪沙袭击秦始皇，刺杀未成，逃亡下邳。后来辅佐刘邦统一天下，封留侯。

[13]孔明：诸葛亮，字孔明，少有大志。东汉末天下大乱，避难荆州，在南阳山中隐居。后被刘备邀请出山，先后辅佐刘备、刘禅，封武乡侯，领益州牧。

[14]怜：同情。

[15]视：比照。 二子：张良、诸葛亮。这里是说，南宋末年抗敌复国，比秦末、三国时期还要困难。

[16]取：招致。

[17]程婴：赵朔的朋友。 杵臼：赵朔的门客公孙杵臼。春秋晋景公时，司寇屠岸贾杀死正卿赵朔全家，其妻生遗腹子，屠岸贾派人搜寻要杀死他。于是程婴和杵臼定计：让杵臼背着别人的孩子逃入山中，程婴伪装告密，屠岸贾派人把杵臼和孩子搜出杀死，程婴带着赵朔的孤儿在山中藏起来。孤儿长大，立为赵氏后嗣，即赵武，为父报仇。见于《史记·赵世家》。 乐毅：战国时魏国人，被燕昭王聘为将军，率兵攻入齐国临淄，以报齐湣王杀燕王哙之仇。 申包胥：春秋时楚国大夫。楚昭王十年（前506），吴王阖闾任用伍子胥，派兵攻入郢都，昭王逃亡。申包胥入秦请求救兵，立在秦宫门外哭了七天七夜，秦国终于出兵救援。见于《左传·定公四年》。

[18]夷狄：古代对东部、北部地区少数民族的蔑称。这里指蒙古贵族首领。 诸夏：中原。封建时代注重"夷夏之辨"，以夷为落后民族，以夏为正统。 正统：汉族世代传承的统治政权，汉族的封建王朝。

[19]豺狼蛇豕：比喻蒙古贵族首领凶狠残暴。

[20]再世：两代。秦始皇传位给秦二世，农民起义爆发，秦朝濒临灭亡，到秦王子婴只有很短时间。隋朝到第二代炀帝时即灭亡了。

[21]桀、纣：夏末暴君桀王、商末暴君纣王。 幽、厉：东周时期暴君幽王、厉王。

[22]人力：指蒙古贵族首领的势力。

[23]壮老：从壮年到老年。 坚：坚持。 一节：一贯的气节。

[24]回：扭转。

[25]夺：改变。

[26]儒者：指宋代学者张载。以下引言见于《张子语录》卷中。

[27]生民：人民。 极：标准。

[28]去圣：古代圣人，儒家所说尧、舜、禹、汤、文、武、周公、孔子。 绝学：断绝的学问，失传的学问。

[29]程文：科举出身的人。

[30]大言无当：说大话，靠不住。

与方伯公书

文天祥

文天祥（1236—1283），字宋瑞，又字履善，号文山，南宋吉州庐陵（今江西吉安）人。他是我国古代著名的民族英雄、爱国诗人。理宗宝祐四年（1256）进士第一。曾任刑部郎官、湖南提刑等职，因为勇于和投降派斗争，屡遭贬黜。恭帝德祐元年（1275），元兵逼近江南，形势危急。文天祥从江西起兵，入卫京城临安，拜右丞相兼枢密使。次年，元军兵临城下，朝廷命文天祥为右丞相出使议降。天祥辞职不拜,慨然赴敌,抗词斗争,被扣以后脱险逃回。至福州,继续组织军队抗敌,转战浙、闽、赣等。帝昺祥兴元年(1278)被俘,押送大都(今北京市)。敌帅迫其写信招降南宋大臣张世杰,他写了《过零丁洋》一诗,表示:"人生自古谁无死,留取丹心照汗青。"囚禁三年,始终不屈,作《正气歌》以明其志,最后从容就义。

文天祥所作诗文,很多是他满怀忠义、抗敌报国的斗争经历和崇高气节的记录。这封被关押时写给舅父曾梅溪的信,是他准备上刑场时的绝命书,跃动着爱国的赤心。信中虽然也有关于后事的嘱托,但主要是谈他在敌军压境、山河破碎的形势下艰难曲折的斗争经历,以及表达他身陷敌手,无所畏惧,"刀锯在前,含笑入地"的英雄气概。临难之时,他对死去的母亲和儿子,深为悼念,对于亲属,时刻挂念,每一南望,潜然泪下。这绝不仅仅是私人之间的感情,而是和亡国之痛、思乡之情联系在一起的。

本文选自《文山先生全集》卷十七。

天祥百拜,覆梅溪尊舅舅[1]:

天祥为子不孝,老母已矣[2],每诵如母存焉之诗[3]。今惟一舅矣,每一南望,未尝不为之潜然也[4]!

天祥自国难以来[5],间关兵革[6],鞠躬尽力[7],百折而不悔,以致家国俱毙[8],为之何哉[9]?当仓皇时[10],仰药不剂[11],以致身落人手,死生竟不自由。乃至朔庭[12],抗辞奉节[13],留连幽囚[14],旷阅年岁[15]。孟氏云[16],"夭寿不贰[17],修身以俟之[18]",如此而已矣。

老母年方望七[19],客殡馀憾[20],然生荣死哀[21],粗慰人子之情[22]。以此故应刀锯在前[23],亦含笑入地矣。不肖固不能躬毕大事[24],天地鬼神,谅昭鉴之[25]。母丧归葬,已戒仲氏[26]。八哥来[27],复审尊侯万福[28],仰惟德人动履[29],神物护持[30],优游馀年[31],万万珍重。儿子道生不幸夭折[32],今立升侄为子[33],凡百惟舅公教之诲之是望[34]。区区折骨[35],已分沟壑[36],当具衣冠[37],藏于文山之阳[38]——畴昔舅所指之处也[39],并哀而窆之[40]。

谨奉书永诀[41],万古万古[42]!

[1]覆:写信答复。由此可知,舅父曾梅溪(因曾任州长官,尊称方伯公)曾给狱中的文天祥写信。

[2]已矣:完了,死了。南宋帝昺祥兴元年(1278),文天祥屯兵广东海丰一带,军中发生瘟疫,母亲和儿子道生病死。

[3]每:常常。如母存焉之诗:指《诗经·秦风·渭阳》,序曰:"我见舅氏,如母存焉。"传为秦穆公太子念母之诗。

[4]潸(shān)然：泪水奔流的样子。

[5]国难：南宋恭帝德祐元年(1275)，元兵大举进攻江南，京城临安(今浙江杭州市)危急，恭帝下诏号召天下起兵勤王。文天祥时任江西提刑，捧诏流泪，立即募兵万馀，入卫临安。

[6]间关：道路艰险，曲折辗转。文天祥《指南录·后序》记述他从元军营中逃归，后有敌兵追捕，前有官府缉拿(误传天祥降敌)，他与同行诸人昼伏夜行，几次遇险，从陆路，转海道，终抵福州。兵革：指代战乱。

[7]鞠躬尽力：出自三国蜀诸葛亮《后出师表》，一作"鞠躬尽瘁"，为国事竭力尽心，奉献一切。

[8]家国俱毁：国家灭亡，家庭倾覆。在江西抗元，军队溃败，文天祥之妻及二子都被俘去，解送元都，两子途中病死。不久，其母与所剩唯一的儿子道生死于瘟疫。

[9]为之何哉：怎么办呢？

[10]仓皇：匆忙急迫。指遭到元军突袭，文天祥率残部匆忙逃出，被敌人俘获。

[11]仰药不剂：服药自杀未死。《宋史·文天祥传》："十二月，赵南岭、邹㳫、刘子俊又自江西起兵来，再攻(陈)懿党，懿乃潜道('导')元帅张弘范济潮阳。天祥方返五坡岭，张弘范兵突至，众不及战，皆顿首伏草莽。天祥仓皇出走，千户王惟义前执之。天祥吞脑子，不死。"脑子，冰片，多服致死。

[12]朔庭：北廷。元朝京城大都(今北京市)。庭，"廷"的通假。南宋人称元军为北军，元朝为北廷。

[13]抗辞：直率陈辞，毫不屈服。奉节：坚持气节，不受屈辱。

[14]留连：停滞，羁留。幽囚：囚禁。

[15]旷阅：间隔。以上四句是说，到我被押送到元朝都城，不肯屈服，慷慨陈词，坚守臣节，关进监牢，时隔两年。

[16]孟氏：孟子。以下两句，引自《孟子·尽心上》。

[17]夭寿不贰：不论短命长寿，意志决不动摇。贰，"二"的大写，三心二意。

[18]俟(sì)：等待。这几句说，人生世间，有夭折的，有长寿的，各不相同，只有修养自身品德，等待寿终之日到来，这样罢了。

[19]望七：文天祥母亲死时近70岁。

[20]客殡：停柩外地，没有迁葬祖坟。 馀憾：遗恨，做儿子的没有尽到安葬老人之责。

[21]生荣死哀：母亲随着文天祥在抗元救国战争中辗转南北，生前光荣，死后令人悼念。

[22]粗：大抵。

[23]刀锯在前：面对敌人的刑具。刀锯，古代处死刑具。

[24]不肖：我，谦称。 躬：亲自。 毕：完成。 大事：指将母亲灵柩迁葬祖坟。

[25]谅：诚然。 昭鉴：看得清楚。

[26]戒：告诫，托付。仲氏：二弟。

[27]八哥：舅父之子。

[28]审：得知，了解。 尊侯：尊称对方父亲。 万福：幸福，祝颂之词。

[29]仰惟：但愿，祈望。 德人：有德的人。 动履：行动。

[30]神物：神灵。 护持：保护，保佑。

[31]优游：生活悠闲。

[32]道生：作者儿子。 夭折：早死。

[33]立：马上，立即。 升侄为子：过继侄儿为子。

[34]凡百：所有诸事。 惟舅公教之诲之是望：只望舅父大人教育他启迪他。这是古代动词宾语前置句式。

[35] 区区：小小，谦称。 拆骨：身体。
[36] 分(fèn)：料定。以上两句是说，我这小小身躯，早已料定丢弃于水沟山洼中了(指死)。
[37] 具：准备。
[38] 藏：埋葬。 文山之阳：文山南面。文山，文天祥家乡之山。
[39] 畴昔：从前。
[40] 哀：祭吊致哀。 窆(biǎn)：棺材下葬。
[41] 永诀：永别，临死告别。
[42] 万古：永远怀念。

答许廷慎书

方孝孺

题解

方孝孺(1357—1402)，明代大臣，字希直，又字希古，浙东宁海人。宋濂弟子。以文章、学问闻名当世，人称正学先生。洪武二十五年(1392)任汉中教授。惠帝时任侍讲学士，诏令多出其手。燕王朱棣率兵攻入京城(南京)，命令他起草即位诏，他不听从，本人及宗族亲友八百馀人都被诛灭。著有《侯城集》《逊志斋集》。

方孝孺的朋友许廷慎(名伯旅，字廷慎，浙江黄岩人，诗歌有名，曾任刑科给事中)遭遇不幸，自己父亲也被诬告处死，方在信中把这一切归结为命运，认为造化吝惜文才，不肯施给人们，而且忌恨有文才的人，经常制造磨难。这种宿命思想，出于无可奈何，出于无法理解。继而又说，经受忧患折磨，才能成就才识，当时遭到忌恨，后世却能永垂不朽，这又是不幸中之大幸，勉励朋友在逆境中坚韧不拔，接受考验。全文夹叙夹议，委婉曲折，在对命运的感叹中抒发了胸中的愤懑，在对历史的反思中寄托了慰藉。

本文选自《逊志斋集》。

原文

往在京师[1]，士人从濠上来者[2]，多能诵足下歌诗，固以窥见胸中之一二。去在临海[3]，遇林左民、张廷璧二子，问足下言行滋详。二子自负为奇士[4]，至说足下，辄弛然自愧[5]，以为莫及也，然后益信所窥之不妄。近在王修德所，得所录文章数篇及手书，深欲读之，会仆家难作[6]，未果寓目[7]，辄引去。重入京师，道途所行千馀里，恒往来于怀。及到此，获《岁寒事记》于友人家[8]，览数行而大惊喜，命意持论，卓卓不苟[9]，非流俗人所敢望也。何足下取于天之厚至是耶？

斯文世以为细事[10]，然最似为天所靳惜[11]。其赋于人也[12]，铢施两较[13]，不肯多与。得之稍多者，便若为所记忆，时时迫蹙督责[14]，不使有斯须佚乐意[15]。此理绝不可晓，岂其可重者果在此耶？不然，何独忌此而悦彼耶？如仆自揣[16]，百无所有，以粗识数字，大为所困。当危忧兢悚时[17]，自誓欲以所能归诸造物[18]，甘为庸人而不可得。足下幸安适无所苦，而骎骎焉欲抉发奇秘[19]，以与造化争也[20]。然其取忌亦太甚矣，得微亦蹈其所忌乎[21]？仆虽为斯文喜，然窃为足下悼，非计之得也[22]。虽然，君子顾于道如何耳，宁论利害哉？自古奇人伟士，不屈折于忧患[23]，则不足以成其学。载籍所该[24]，大半皆不得意者之辞也，然后世卒光明崇大[25]，安知忌之于一时者，非所以为无穷之幸，而悦之于俄顷者[26]，非甚弃之耶？此可为足下道。聊以发笑，且自解耳！

左民多称王彻仲之贤。恨无由见之。适见其弟晃仲[27]，亦雅士，当是吾辈之秀，大不凡也[28]。仆侍祖母故来此，其详有所难言。

[1] 往：从前。　京师：当时京城南京，作者当年师从宋濂。

[2] 濠：濠水，在今安徽凤阳境内。

[3] 去：去年。　临海：浙江县名。

[4] 自负：自己认为，自居。

[5] 辄(zhé)：往往，总是。　弛然：松弛的样子，这里形容态度老实，没有傲气。

[6] 会：正遇。　仆：自谦之辞，在下。　家难：作者父亲方克勤被人诬告处死。方克勤，明初任济宁知府，政绩突出，受到百姓称赞。洪武九年(1376)被属吏程贡诬陷，处死于南京，这是一桩冤案。

[7] 寓目：过目，阅读。

[8] 《岁寒事记》：许廷慎所写的文章。

[9] 卓卓：高超的样子。　不苟：严谨。

[10] 斯文：文学。　细事：小事。

[11] 靳(jìn)惜：吝惜，舍不得给。

[12] 赋：赐给。

[13] 铢施两较：斤斤计较。铢(二十四铢为两)、两(旧制十六两为一斤)，都是极小的重量单位。

[14] 迫蹙(cù)：逼迫。蹙，困窘。

[15] 斯须：片刻，一霎。　佚乐：安闲快乐。

[16] 自揣(chuǎi)：自我估量，自我揣度。

[17] 危忧：危险忧患。兢悚：警惕恐惧的样子。

[18] 造物：万物的主宰，上帝，老天。

[19] 骎骎(qīnqīn)：迅捷的样子。　抉发：发掘，发现。

[20] 造化：如说"造物"。

[21] 得微：能不，莫非。　蹈：走上。

[22] 计：主意。　得：得当。

[23] 屈折：遭受挫折。

[24] 载籍：文献记载。　该：包含。

[25]卒:副词,终于。

[26]俄顷:片刻,顷刻。这里是说,造物忌恨才士只是一时,却给才士无穷的幸运;造物喜欢暂时侥幸的人,却永远抛弃了他们。

[27]适:副词,只,仅仅。

[28]不凡:不平常,一般。

与郡守肃斋王公书

文徵明

题解

文徵明(1470—1559),明代书画家,名璧,字徵明,以字行,又字徵仲,号衡山居士,苏州长洲(今江苏苏州市)人。正德末年(1521)以岁贡生举荐赴吏部考试,任翰林院待诏,三年后辞官回乡。诗、文、书、画都很著名,求书画者往往不断。是吴门画派代表人物。著有《莆田集》。

封建时代士大夫辞官还乡后成为乡绅,多数勾结官府,横行乡里。明代还有使百姓为他们建立牌坊的风气。文徵明讨厌这种抬高身价、扰害百姓的旧习,写信给苏州知府王公(据考,可能是文安人王仪),拒绝这种做法,说明他是见识较高、不同流俗的。文章先从"声闻过情,君子所耻;有损无益,贤者不为"立论,说明建立牌坊旧习俗不可耐;然后指出建坊扰民耗资,有损无益;最后请求停止建坊。坦率谦虚,态度诚恳;言词浅近,旨意深远。

原文

夫声闻过情[1],君子所耻;有损无益,贤者不为。今大巡郭公欲为某建立坊表[2],出于常格,区区浅薄[3],岂所宜蒙[4]?深有所不自安者。

自惟潦倒书生,尘伏里门[5],又以衰病蹇劣[6],不能厕迹士大夫之间[7],故揪敛退缩[8],非以是为高也。今以为贤于他人,郡士夫谁为不肖[9]?且某在今士夫中,名位极微,人品最下,行能才智,最为凡劣。一旦以为贤,而拔出其上,冒然居之[10],岂非君子之所深耻哉!某虽不当自托于君子,然亦安肯靦然甘于小人之归哉[11]?

尝阅郡志[12],宋蒋堂希鲁以礼部侍郎致仕居吴[13],时胡文恭公守郡[14],以其名德,因即其所居[15],表为"难老坊"[16]。蒋公愀然不乐曰[17]:"此俚俗歆艳[18],内不足而假之人以自夸者[19],何以至于我也?"胡公即为撤去。当时以为美谈,迄今传示方册[20]。某自视于蒋公无能为役[21],而明公则今之胡公也[22]。

且某素蒙垂爱[23],其忍以里俗小人待之哉[24]!某虽非足于内者,然窃欲自附于知分守己之士[25],以求免于务外为名之愆[26]。惟是宪府崇严[27],无由控诉[28],欲明公转达此情,得赐寝罢[29],实出至幸也。况今岁歉民穷[30]，赋无从出[31]，一有兴作[32]，不无动扰：此亦明公所宜轸念者[33]。且某世居此里，自祖父、父、叔以来，世叨薄官[34]，里中父老，每为赞喜[35]；然于其人，实未尝有毫发荫庇[36]。万一举事[37]，则匠作夫役，劳顿实多。夫不能覆庇[38]，而反至劳顿，岂当时赞喜之意哉！彼虽自受其役，而区区以一身标表之故[39]，坐视其劳，亦何能安然不为之意哉[40]！徒费财力，而又使人不安，正所谓无益而有损，窃为明公不取也。

比者萧二守顾访，首及此事[41]，某即欲以此事上渎明公[42]。彼时犹以为未必遽尔[43]。乃者反复思之[44]，恐一旦文移下督[45]，材木既具，营缮既严[46]，则势不可复止；虽欲有言，不可得矣。缘是不得已[47]，辄露血诚[48]，先此恳请，惟明公曲赐处分[49]！倘得幸免，则明公之惠，不浅浅矣[50]。区区此请，在于必得，若以为非出至诚，姑为是退托[51]，以激冒时誉[52]，则重得罪于左右矣[53]；然而不敢避也。病荼不前[54]，无缘躬叩铃阶[55]，谨敕手状[56]，令儿子俯伏以请。临纸不胜愿望之至[57]！

[1]声闻：声誉。 过情：超过实际。《孟子·离娄下》："故声闻过情，君子耻之。"

[2]大巡：对巡抚的尊称，因是朝廷派遣，很有权势，故称"大巡"。巡抚，明至清初是朝廷派往各省的考察、监督专员。清代成为省级行政长官。 郭公：郭宗皋，山东福山人，到苏州时为文徵明建立牌坊。坊表：在街道上建立的表彰功臣节妇等的石头或木质建筑。

[3]区区：渺小，谦称自己。

[4]宜蒙：应当承受。

[5]尘伏：像尘埃样潜居。尘，比喻卑贱。 里门：里巷门户，借指乡间。

[6]蹇(jiǎn)劣：迟钝低劣，才能低下。蹇，行走困难，比喻迟钝。

[7]厕迹：列入某一行列(中间)，置身(其中)。厕，参与。

[8]揪(jiū)敛：收敛，保持低调，不事张扬。

[9]郡：指府(借用古称)。 士夫：即士大夫。 不肖：不贤，不像样子。

[10]冒然：冒失，轻率。 居：占据。

[11]靦(tiǎn)然：厚着脸皮。靦，通"觍"。 小人之归：动词宾语前置，归于小人之列。

[12]郡志：指《苏州府志》。志，地方志，记载某一地区地理、历史、风俗、物产、人物等的书，如县志、府志、省志等。也叫方志。

[13]礼部侍郎：礼部行政长官的副职。 致仕：辞官还乡。

[14]胡文恭公：胡宿，字武平，宋代常州晋陵(今江苏常州市)人。官至太子少师。谥号"文恭"。 守郡：担任知府。

[15]即：就在。

[16]表：树立牌坊。 难老坊：表示这位老人极为难得。

[17]愀(qiǎo)然：神情改变的样子。

〔18〕俚俗:鄙陋的习俗。　歆(xīn)艳:羡慕。

〔19〕假:借助。

〔20〕方册:地方志。

〔21〕无能为役:没有能力供他役使,给他使唤还不够格,谦称自己差得很远。

〔22〕明公:对长官的尊称。　今之胡公:像胡公那样要为自己建立牌坊的人。

〔23〕垂爱:上司或长辈的关爱(谦辞)。

〔24〕里俗小人:乡间世俗小人。　待:对待。

〔25〕窃:私下。　附:追随。　知分(fèn):懂得本分。　守己:约束自身。

〔26〕愆(qiān):罪过,过失。

〔27〕宪府:御史的尊称。这里用于巡抚。　崇严:尊严,尊贵。

〔28〕无由:没有办法。　控诉:禀告,陈述。

〔29〕赐:批准,允许(含恭敬意)。　寝罢:停止,取消。

〔30〕岁歉:年成歉收。

〔31〕赋:租税。

〔32〕兴作:为建牌坊而征调民夫。

〔33〕轸(zhěn)念:深深考虑。

〔34〕叨(tāo):不够资格承受(自谦之辞)。　薄官:低微官级(自谦之辞)。文徵明父亲文林曾任温州知府。叔父文森曾任右佥都御史。

〔35〕赞喜:道喜,祝贺。

〔36〕荫庇:保护,带来好处。

〔37〕举事:动工修建。

〔38〕覆庇:荫庇。

〔39〕标表:树立牌坊。

〔40〕不为之意:不放在心里,不加考虑。

〔41〕比者:不久之前,近来。　二守:知府的副职,明清时期的通判、同知之类。知府称"太守",副职称"二守"(次于太守)。　顾访:地位高贵的人下来访问。　首及:首先谈到。

〔42〕渎(dú):冒犯,指向上禀告。

〔43〕遽(jù)尔:立即(动工)。尔,古代副词、形容词词尾。

〔44〕乃者:近来。

〔45〕文移:公文。　下督:下达。

〔46〕营缮:营造修建。　严:完备,整齐。

〔47〕缘:由于。

〔48〕辄(zhé):副词,便。　血诚:赤诚,指内心的诚意。

〔49〕惟:希望。　曲赐:由于特殊情况赐予。　处分:处理。

〔50〕浅浅:少。

〔51〕退托:谦让推辞。

〔52〕激冒时誉:迅速获得声誉,如说沽名钓誉。

〔53〕重:深深。　左右:对长官的尊称(借身边侍从人员指长官)。

[54] 苶(nié)：疲弱。　前：前去。

[55] 叩：叩拜。　铃阶：知府官署。古时太守称为"铃下"。

[56] 敕(chì)：陈述。　手状：手书。

[57] 不胜愿望之至：迫切希望（长官准许我的请求）。

答茅鹿门知县书

唐顺之

【题解】

唐顺之(1507—1560)，明代学者、古文作家，字应德，武进（今江苏常州市）人。嘉靖八年(1529)会试第一。曾任翰林院编修。后以职方郎中率军抗击倭寇，以功升右佥都御史，巡抚凤阳。他与王慎中并称"王唐"，都是唐宋派古文家。著有《荆川集》。

这封信是写给茅坤的。茅坤(1512—1601)，字顺甫，号鹿门，归安人。嘉靖进士，历任青阳、丹徒知县，官至大名兵备副使。唐宋派古文家。信中反对前后"七子"追求形式、抄袭古人的复古主义风气，主张与时俱进，提倡唐宋古文。例证典型，比喻恰当，对比鲜明，语言生动，既是唐宋派古文家的宣言，又是声讨复古主义的檄文。

本文选自《荆川集》。

【原文】

熟观鹿门之文[1]，及鹿门与人论文之书，门庭路径[2]，与鄙意殊有契合[3]，虽中间小小异同[4]，异日当自融释[5]，不待喋喋也[6]。至如鹿门所疑于我本是欲工文字之人而不语人以求工文字者[7]，此则有说[8]。

鹿门所见于吾者，殆故吾也[9]，而未尝见夫槁形灰心之吾乎[10]？吾岂欺鹿门者哉！其不语人以求工文字者，非谓一切抹煞，以文字绝不足为也。盖谓学者先务[11]，有源委本末之别耳[12]！文莫犹人[13]，躬行未得[14]，此一段公案[15]，姑不敢论。只就文章家论之，虽其绳墨布置[16]，奇正转折[17]，自有专门师法，至于中间一段精神命脉骨髓[18]，则非洗涤心源[19]，独立物表[20]，具今古只眼者[21]，不足以与此[22]。今有两人：其一人心地超然，所谓具千古只眼人也，即使未曾操纸笔，呻吟学为文章[23]，但直据胸臆[24]，信手写出，如写家书，虽或疏卤[25]，然绝无烟火酸馅习气[26]，便是宇宙间一样绝好文字；其一人犹然尘中人也[27]，虽其专学为文章，其于所谓绳墨布置，则尽是矣，然翻来复去，不过是这几句婆子舌头语[28]，索其所谓真精神，与千古不可磨灭之见，绝无有也，则文虽工而不免为下格[29]。此文章本色也。即如以诗为喻，陶彭泽未尝较声律[30]，雕句文[31]，但信手写出，便是宇宙间第一等好诗。何则？其本色高也。自有诗以来，其较声律、雕句文、用心最苦而立说最严者，无如沈约[32]，苦却一生精力[33]，使人读其诗，只见其捆缚龌龊[34]，满卷累牍，竟不曾道出一两句好话。何则？其本色卑也。本色卑，文不能工也，而况非其本色者哉[35]！

且夫两汉而下，文之不如古者，岂其所谓绳墨转折之精之不尽如哉！秦汉以前，儒家者有儒本色，至如老庄家有老庄本色[36]，纵横家有纵横本色[37]，名家、墨家、阴阳家皆有本色[38]。虽其为术也驳[39]，而莫不皆有一段千古不可磨灭之见。是以老家必不肯剿儒家之说[40]，纵横必不肯借墨家之谈，各自其本色而鸣之为言[41]。其所言者，其本色也，是以精光注焉[42]，而其言遂不泯于世[43]。唐、宋而下，文人莫不语性命[44]，谈治道，满纸炫然[45]，一切自托于儒家。然非其涵养畜聚之素[46]，非真有一段千古不可磨灭之见，而影响剿说[47]，盖头窃尾[48]，如贫人借富人之衣，庄农作大贾之饰[49]，极力装做，丑态尽露，是以精光枵焉[50]，而其言遂不久湮废。然则秦、汉而上，虽其老、墨、名、法、杂家之说而犹传，今诸子之书是也；唐、宋而下，虽其一切语性命，谈治道之说而亦不传，欧阳永叔所见唐四库书目百不存一焉者是也[51]。后之文人，欲以立言为不朽计者[52]，可以知所用心矣。然则吾之不语人以求工文字者，乃其语人以求工文字者也。鹿门其可以信我矣。

虽然[53]，吾槁形而灰心焉久矣，而又敢与知文乎！今复纵言至此[54]，吾过矣！吾过矣！此后鹿门更见吾之文，其谓我之求工于文者耶？非求工于文者耶？鹿门当自知我矣。一笑。

鹿门东归后，正欲待使节西上时，得一面晤[55]，倾倒十年衷曲[56]；乃乘夜过此，不已急乎[57]？仆三年积下二十余篇文字债[58]，许诺在前，不可负约，欲待秋冬间病体稍苏，一切涂抹[59]，更不敢计较工拙，只是了债。此后便得烧却毛颖[60]，碎却端溪[61]，兀然作一不识字人矣[62]。而鹿门之文，方将日进，而与古人为徒未艾也[63]。异日吾倘得而观之[64]，老耄尚能识其用意处否耶[65]？并附一笑[66]。

[1]鹿门：茅坤的号(古代对人称号表示尊敬)。

[2]门庭路径：比喻文学创作的风格和主张。

[3]殊：副词，很，极。契合：符合，一致。

[4]异同：偏义复词，指差异。

[5]异日：将来。融释：化解，消除。

［6］待：依赖，需要。喋喋(diédié)：说话啰唆，没完没了地说。

［7］语(yù)人：告诉别人。

［8］说：说法，道理。

［9］殆：大约，大概。故吾：旧日的我，指我以前的文学主张。

［10］槁形灰心：身体如同枯木，心境如同死灰，比喻极端消沉，看破世俗，无动于衷。《庄子·齐物论》："形固可使如槁木，而心固可使如死灰乎？"

［11］先务：首先追求的，首先应做的。

［12］源委：水流源头和下游汇聚之处，比喻本末。 本末：树根和枝梢，比喻事物的根本和细枝末节。

［13］文：文章。莫：大约。 犹：如同，相同。

［14］躬行：亲身践行。《论语·述而》："子曰：'文莫吾犹人也，躬行君子，则吾未之有得。'"孔子这一段话，历来有不同的理解，成为儒学一桩公案。

［15］公案：有争议的案件，比喻引起争论的问题。

［16］绳墨：规则，规律。 布局：布局，组织结构。

［17］奇正：兵法术语，比喻正规写法和特殊写法。这里是说灵活变化。 转折：曲折，婉转。

［18］精神命脉骨髓：都指文章的精神实质、思想内容。

［19］洗涤心源：清洗内心，比喻摆脱陈旧的见解和死板的教条，提出创见。

［20］独立物表：超出众人之上。物，众人；表，外边。

［21］具：具有。只眼：独特的眼光，与众不同的见解。

［22］与(yù)：参与，达到。

［23］呻吟：吟诵。写作时边吟诵一边推敲字句。

［24］直据胸臆：直接依照自己的体认，怎么想就怎么写。

［25］或：有时，有的。 疏卤(lǔ)：粗疏。卤，通"鲁"，粗野。

［26］烟火：烟火气，世俗习气。酸馅：比喻陈腐。

［27］犹然：仍然。尘中：世俗中间。

［28］婆子舌头语：老年妇女口头常说的话，指毫无新意的陈词滥调。

［29］下格：低等，劣等。格，规格。

［30］陶彭泽：晋末著名诗人陶渊明，曾任彭泽令。较：通"校"，衡量，订正。声律：声韵格律，如平仄是否搭配，押韵是否协调等。

［31］雕：雕饰，修饰。 句文：字句。

［32］无如：没有人赶得上。沈约：南朝诗人，字休文，历仕宋、齐、梁，官至尚书令。与谢朓等创永明体诗，提出"四声八病"之说。对诗歌平仄、押韵等确立种种规定。

［33］却：耗尽。

［34］捆缚：束缚限制。 龌龊：拘谨呆板，格调低劣。

［35］非其本色：没有自己的独立见解和风格。

［36］老庄家：道家，以老子、庄子为代表人物。

［37］纵横家：战国时期苏秦主张六国联合抵抗秦国，称为"合纵"；张仪主张六国共同奉事秦国，称为"连横"。以两种主张分别游说各国诸侯的策士称为纵横家，他们的活动、说辞载入《战国策》中。

［38］名家：战国时学派之一，讲求"名"（概念）"实"（事物）关系，以惠施、公孙龙为代表人物。 墨家：

战国时学派之一，主张兼爱、非攻、尚贤，以墨子为代表人物。　阴阳家：战国时学派之一，讲求阴阳四时、五行生克的术数之说，如邹衍、邹奭等。

[39] 驳：驳杂，混乱。

[40] 剿：抄袭，窃取。

[41] 鸣：发表意见。

[42] 精光：华采，光芒。　注：凝聚，集中。

[43] 泯：泯灭，消失。

[44] 性命：宋代以二程（程颢、程颐）、朱熹为代表的理学所说的人性（智愚、刚柔之类）、天命（贵贱、寿夭之类），属于唯心论的先验论。

[45] 炫然：光亮耀眼的样子。这里形容道理堂而皇之，言辞华美动人。

[46] 涵养：道德修养。　畜聚：学问积累。　素：本质，本色。

[47] 影响：影随形而来，响随声而来，比喻模仿、追随。　剿说：抄袭旧说。

[48] 盖头窃尾：剽窃别人的观点、言辞，却又加以掩饰。

[49] 庄农：乡下农民。　大贾(gǔ)：大商人。

[50] 枵(xiāo)：空虚，失去。

[51] 欧阳永叔：宋代文学家、史学家欧阳修，字永叔。四库：唐代宫廷藏书东、西两都，分为经、史、子、集四库。　百不存：此说过于夸张，应是"十盖五六"。欧阳修《新唐书·艺文志序》："今著于篇，有其名而无其书者，十盖五六也，可不惜哉！"他还指出："然凋零磨灭。不可胜数，岂其华文少实，不足以行远欤！"

[52] 不朽：《左传·襄公二十四年》："太上有立德，其次有立功，其次有立言。虽久不废，此之谓不朽。"古代认为立言（著书立说）是"三不朽"之一。

[53] 虽然：虽然如此。然，指示代词，如此。

[54] 纵言：畅谈，毫无拘束地谈论。

[55] 面晤：见面，会面。

[56] 倾倒：倾诉，完全说出。　衷曲：内心的想法。

[57] 已急：太急。已，副词，太，过于。

[58] 文字债：应许给人写，尚未写成的文章。

[59] 涂抹：胡乱写（自谦之辞）。

[60] 毛颖：毛笔的别称。唐代韩愈作《毛颖传》，以拟人手法为毛笔的制作、应用、传播立传。后来"毛颖"成为毛笔的别称。

[61] 端溪：水名，在今广东德庆。溪中所产石头制砚性能极优，唐宋以来称为端砚。这里借指砚台。

[62] 兀(wù)然：昏沉愚昧的样子，无知无识的样子。

[63] 与古人为徒：跟古人成为同类（达到古代作家的水平）。徒，同辈。　艾：停止。未艾，不止于此，还要超过。

[64] 异日：将来某天。

[65] 老耄(mào)：年老。耄，70岁以上。

[66] 附：加。照应上文"鹿门当自知我矣。一笑"。

报刘一丈书

宗 臣

题解

宗臣(1525—1560)，明代古文作家，字子相，自号方城山人，扬州兴化(今江苏兴化市)人。嘉靖二十九年(1550)进士，历任刑部主事、吏部员外郎，性情耿直，得罪权奸严嵩，被贬为福建布政参议，抗击倭寇有功，升为福建提学副使。他是"后七子"之一，著有《宗子相集》。

嘉靖年间，权奸严嵩及其子严世蕃把持朝政，官场腐败，贿赂成风。作者这封写给父亲至交刘一的信中，描写了趋奉权贵、谄媚逢迎的官场丑态，有强烈的讽刺性；在这种淋漓尽致的刻画的笔触中，也流露出他对庸俗之徒的鄙弃蔑视，表明了自己决不同流合污的态度。

本文选自《宗子相集》。

原文

数千里外，得长者时赐一书[1]，以慰长想，即亦甚幸矣。何至更辱馈遗[2]，则不才益将何以报焉？书中情意甚殷[3]，即长者之不忘老父，知老父之念长者深也。

至以"上下相孚[4]，才德称位"语不才[5]，则不才有深感焉。夫才德不称，固自知之矣；至于不孚之病，则尤不才为甚。且今世之所谓孚者何哉？日夕策马候权者之门，门者故不入，则甘言媚词作妇人状，袖金以私之[6]。即门者持刺入[7]，而主者又不即出见，立厩中仆马之间，恶气袭衣裾，即饥寒毒热不可忍[8]，不去也。抵暮，则前所受赠金者出，报客曰："相公倦[9]，谢客矣，客请明日来。"即明日又不敢不来。夜披衣坐，闻鸡鸣，即起盥栉[10]，走马抵门，门者怒曰："为谁？"则曰："昨日之客来。"则又怒曰："何客之勤也！岂有相公此时出见客乎？"客心耻之，强忍而与言曰："亡奈何矣[11]，姑容我入。"门者又得所赠金，则起而入之。又立向所立厩中[12]。幸主者出，南面召见[13]，则惊走匍匐阶下。主者曰："进！"则再拜，故迟不起，起则上所上寿金[14]。主者故不受，则固请；主者故固不受，则又固请。然后命吏纳之。则又再拜，又故迟不起，起则五六揖始出。出，揖门者曰："官人幸顾我，他日来，幸无阻我也！"门者答揖。大喜，奔出。马上遇所交识，即扬鞭语曰："适自相公家来，相公厚我[15]，厚我！"且虚言状[16]。即所交识亦心畏相公厚之矣。相公又稍稍语人曰："某也贤，某也贤。"闻者亦心计交赞之[17]。此世所谓上下相孚也。长者谓仆能之乎？

前所谓权门者，自岁时伏腊一刺之外[18]，即经年不往也[19]。间道经其门[20]，则亦掩耳闭目，跃马疾走过之，若有所追逐者。斯则仆之褊衷[21]。以此长不见悦于长吏[22]，仆则愈不顾也。每大言曰："人生有命，吾惟守分而已。"长者闻之，得无厌其为迂乎[23]？

乡园多故[24]，不能不动客子之愁[25]；至于长者之抱才而困[26]，则又令我怆然有感[27]。天之与先生者甚厚[28]，无论长者不欲轻弃之[29]，即天意亦不欲长者之轻弃之也。幸宁心焉[30]！

[1] 长者：年纪大、辈分高的人。　赐：给。
[2] 馈遗(wèi)：赠送礼物。
[3] 殷：深厚，恳切。
[4] 孚(fú)：信任。
[5] 称(chèn)：适合。　位：官位，官职。
[6] 袖：用为动词，袖筒里藏着。　私：私下买通。
[7] 刺：名刺，登门拜访时用的名帖。
[8] 即：即使，即便。
[9] 相公：尊称宰相。这里指达官贵人。
[10] 盥栉(guànzhì)：洗脸梳头。
[11] 亡：通"无"。
[12] 向：先前。
[13] 南面：面向南方，这是尊长的位置。
[14] 上：呈上。　寿金：拜见长官时进献的金银，名为赠礼，实为行贿。
[15] 厚：用为动词，款待，看重。
[16] 虚言：凭空编造。
[17] 交：一齐。
[18] 岁时：过年过节。　伏腊：古时两个节日。伏，伏祭，夏至后第三个庚日为初伏，举行伏祭；腊，腊祭，冬至后第三个戌日，举行腊祭。
[19] 经年：多年。
[20] 间(jiàn)：间或，有时，偶尔。
[21] 褊衷：狭隘的心思，自谦之辞，自己的本心。
[22] 见悦：受到喜欢。见，表示被动。
[23] 得无：能不，是不是。　迂：固执，不通世故。
[24] 乡园：家乡。　故：变故。
[25] 客子：离家在外的人。
[26] 困：仕途困顿，不被重视。
[27] 怆(chuàng)然：悲伤的样子。

[28] 天之与先生者：对方的天赋。与，给。

[29] 轻弃：轻易抛弃，指辞官还乡。

[30] 幸：希望。　宁心：安心。

答以女人学道为见短书

李贽

题解

李贽(1527—1602)，明代著名学者、哲学家，字宏甫，号卓吾，别号温陵居士。泉州晋江(今福建晋江市)人。嘉靖三十一年(1552)进士，曾任南京刑部郎中、云南姚安知府等。万历八年(1580)辞官，著述讲学二十多年。他以"异端"自居，反对道学，抨击礼教，贬斥儒学经典，肯定为士大夫所不齿的小说、戏曲《水浒传》《西厢记》等。因此遭到朝廷迫害，在北京逮捕入狱，自刎而死。著有《焚书》《续焚书》《藏书》《续藏书》等，清代大多列入"禁毁书目"。

他对封建礼教、男尊女卑思想极为反对，提倡男女平等，敢于打破常规，允许女子听讲学道，是这封信的中心思想，表现了他的反封建反传统的过人胆识。笔锋犀利，语言泼辣，有很强的感染力和冲击力。文中所引邑姜、文母、庞婆等事例并无确切依据，牵强附会，不足凭信，是其明显的弱点。文中所说"学道"，指学佛修炼。

本文选自《李温陵集》。

原文

昨闻大教[1]，谓"妇人见短[2]，不堪学道"。诚然哉？诚然哉？夫妇人不出阃域[3]，而男子则桑弧蓬矢以射四方[4]，见有长短，不待言也。但所谓短见者，谓所见不出闺阁之间[5]；而远见者则深察乎昭旷之原也[6]。短见者只见得百年之内，或近而子孙，又近而一身而已；远见则超于形骸之外[7]，出乎死生之表[8]，极于百千万亿劫不可算数譬喻之域是已[9]。短见者只听得街谈巷议，市井小儿之语[10]，而远见则能深畏乎大人[11]，不敢侮于圣言[12]，更不惑于流俗憎爱之口也。

余窃谓欲论见之长短者当如此，不可止以妇人之见为见短也[13]。故谓人有男女则可，谓见有男女，岂可乎？谓见有长短则可，谓男子之见尽长，女人之见尽短，又岂可乎？设使女人其身而男子其见[14]，乐闻正论而知俗语之不足听[15]，乐学出世而知浮世之不足恋[16]，则恐当世男子视之，皆当羞愧流汗，不敢出声矣。此盖孔圣人所以周流天下，欲庶几一遇而不可得者[17]，今反视之为短见之人，不亦冤乎！冤不冤与此人何与[18]，但恐傍观者丑耳[19]！

自今观之：邑姜以一妇人而足九人之数[20]，不妨其与周、召、太公之流并列为十乱[21]；文母以一圣女而正"二南"之风[22]，不嫌其与散宜生、太颠之辈并称为四友[23]。彼区区者特世间法、一时太平之业耳[24]，犹然不敢以男女分别短长异视，而况学出世道[25]，欲为释迦老佛，孔圣人朝闻夕死之人乎[26]！此等若使间巷小人闻之[27]，尽当责以窥观之见[28]，索以利女之贞[29]，而以文母、邑姜为罪人矣，岂不冤甚也哉！故凡自负远见之士，须不为大人君子所笑，而莫汲汲欲为市井小儿所喜可也[30]。若欲为市井小儿所喜，则亦市井小儿而已矣。其为远见乎？短见乎？当自辨也。余谓此等远见女子，正人家吉祥善瑞[31]，非数百年积德，未易生也。

夫薛涛[32]，蜀产也[33]。元微之闻之[34]，故求出使西川[35]，与之相见。涛因走笔作《四友赞》以答其意[36]，微之果大服。夫微之，贞元杰匠也[37]，岂易服人者哉？吁！一文才如涛者，犹能使人倾千里慕之，况持黄面老子之道以行游斯世[38]，苟得出世之人，有不心服者乎？未之有也。不闻庞公之事乎[39]？庞公，尔楚之衡阳人也[40]，与其妇庞婆、女灵照同师马祖[41]，求出世道，卒致先后化去[42]，作出世人，为今古快事。愿公师其远见可也[43]。若曰"待吾与市井小儿辈商之"，则吾不能知矣[44]。

[1]大教：阁下的指教。大，敬辞。

[2]见短：见识短浅。

[3]夫：句首助词，引出议论。　阃(kǔn)域：居室的范围。阃，妇女居住的内室(一般都在住宅深处)。

[4]桑弧蓬矢：桑枝做的弓，蓬草做的箭。《礼记·内则》："国君世子(太子)生射人以桑弧蓬矢，射天地四方。"以后成为习俗。射向天地四方，表示男子有四方之志。

[5]闺阁：闺房，古代妇女的住房。

[6]昭旷：明敞广阔。　原：原野。

[7]形骸：本身。

[8]表：外。

[9]极：至于。劫：佛家称宇宙从生成到毁灭一次为一劫。百千万亿劫，形容无限长久。　算数：计数、计算。　譬喻：比喻。

[10]市井小儿：街市上追求私利、见识浅薄、作风庸俗的小人。

[11]大人：德行高尚、见识远大的人。《论语·季氏》："君子有三畏：畏天命，畏大人，畏圣人之言。"(孔子的话)

[12]圣言：圣人之言("三畏"之一)。

[13]止：副词，仅仅。只。

[14]设使：连词，假如。这里是说，假如身为妇女，却有男人的见识，男人见了也会羞愧难当。

［15］正论：合乎正道的议论。

［16］出世：脱离世俗，脱离红尘，指出家学佛。　浮世：人世，世俗（佛家认为人世虚浮无定）。

［17］庶几：希望。

［18］与(yǔ)：关联，牵涉。

［19］傍(páng)：通"旁"。　丑：用为动词，耻笑。

［20］邑姜：周武王之后，吕尚（俗称姜太公）之女，周成王之母，姓姜。　足：补足。这里是说九人不足，另加一人。　九人：周武王统一天下的九位辅佐大臣，即周公旦、召(shào)公奭(shì)、吕尚、毕公、荣公、太颠、闳(hóng)天、散宜生、南宫适(kuò)。

［21］十乱：十名治国能人（周公、召公等加邑姜）。乱，治理。《论语·泰伯》："武王曰：'予有乱臣十人。'孔子曰：'才难，不其然乎？唐虞之际，于斯为盛。有妇人焉，九人而已……'"孔子轻视妇女，他只承认九人是治国能人，把妇女排除在外。但此"妇人"，向来注者认为是文母（周文王之后，周武王之母）。这是一桩疑案。

［22］文母：周文王之后、周武王之母太姒(sì)。"文"为丈夫谥号，"母"指天子之母。　二南：《诗经》十五国风中的《周南》《召南》。过去注者认为二南歌颂"文王后妃之德"，树立了妇女品行的正气，纯属附会。

［23］四友：周文王时以闳夭、太公望、南宫适、散宜生为四友，见于《尚书大传》。这里把文母列入"四友"，似无根据。

［24］区区：渺小的人。　特：副词，只是。　世间法：治国的方法（跟宣扬出世的佛法相对而言）。　太平之业：实行仁政、统一天下的事业。

［25］出世道：佛法。

［26］朝闻夕死：追求真理，死也没有遗憾。《论语·里仁》："子曰：'朝闻道，夕死可矣。'"

［27］阎巷：街巷。

［28］窥观：狭隘浅陋。

［29］索：要求。　利女之贞：《易经·观》爻辞："六二，阚观，利女贞。"是说遵从妇人之道吉祥。

［30］汲汲：急促的样子。这里是说抱有远见卓识的人不去博取市井小人的欢迎赞扬。

［31］善瑞：好的兆头。瑞，祥瑞，吉祥的征兆。

［32］薛涛：唐代官妓、女诗人，字洪度，原长安人，随父薛郧(yún)入蜀，父病死后沦为成都官妓。她懂音乐，工诗词。经常参加官府宴会，与元稹、白居易、杜牧等唱和。

［33］蜀：唐代郡名，至德二年(757)改为成都府。后为四川别称。"蜀产"（生于四川）之说并不确切。

［34］元微之：唐代诗人元稹，字微之，与白居易并称"元白"。

［35］西川：唐代蜀郡西部，东部则称东川，元和以后分设节度使。"元微之闻之，故求出使西川"，此说见于唐代范摅(shū)《云溪友议》，正史并无记载。

［36］走笔：挥笔疾书。　《四友赞》：传为薛涛诗作，后已亡佚。《唐名媛诗》记载此事。

［37］贞元：唐德宗年号(785—804)。　杰匠：杰出的诗人。

［38］黄面老子：指佛教始祖释迦牟尼。黄面，佛像面涂金粉；老子，道教始祖，这里借指佛教始祖。

［39］庞公：庞蕴，字道玄，唐代衡阳人。信佛，带发修行，称庞居士，贞元初年与丹渊禅师为友。有诗偈三百馀篇。

［40］楚：春秋战国时期诸侯国名，后指湖南、湖北。

［41］马祖(709—788)：唐代禅宗大师，俗姓马，法名道一，汉川（今四川广汉市）人。后世称为马祖。庞蕴及妻女师事马祖，文献没有记载。

[42]卒:终于。 化:佛家用语,修行得道而死。
[43]公:尊称对方。 师:学习。
[44]知:理解,懂得(含有赞成的意味)。

与汤义仍

袁宏道

袁宏道(1568—1610),明代文学家,字中郎,号石公,湖北公安人。万历二十年(1592)进士。选为吴县令,在任两年辞去;后被起用,官至吏部郎中。他与兄宗道、弟中道并称"三袁"。他们反对前、后"七子"的拟古主张,提倡抒写性灵,号"公安派"。著有《袁中郎集》。

这是万历二十三年(1595)任吴县令时写给遂昌县令汤显祖(戏剧家,字义仍,临川人。万历十一年进士,官至礼部主事)的信,其中表达做县令的苦处,并以此跟追求闲适、辞官还乡的陶潜和《庄子》所说不被使用、自由逍遥的大人相比,用自嘲的口吻说,自己既非大人,又做不成陶潜,只有供人驱使了。在无奈的感慨中,倾吐了内心的委屈和牢骚。这封信不仅见解新奇、高超,不同俗流,而且语言活泼,境界奇诡,冷嘲热讽,尽情抒发。

本文选自《袁中郎集》。

作吴令,备诸苦趣[1]。不知遂昌仙令[2],趣复何如?俗语云:"鹄般白,鸦般黑[3]。"由此推之,当不免矣!

人生几日耳!长林丰草[4],何所不适,而自苦若是?每看陶潜[5],非不欲官者,非不丑贫者[6];但欲官之心,不胜其好适之心[7];丑贫之心,不胜其厌劳之心。故竟归去来兮[8],宁乞食而不悔也。

弟观古往今来,唯有讨便宜人,是第一种人。故漆园首以逍遥名篇[9],鹏唯大[10],故垂天之翼,人不得而笼致之[11]。若其可笼,必鹅鸭鸡犬之类,与夫负重致远之牛马耳。何也?为人用也。然则,大人终无用哉[12]?五石之瓢[13],浮游于江海。参天之树[14],逍遥于广漠之间[15]。大人之用,亦若此而已矣。且《易》不以龙配大人乎[16]!龙何物也?飞则九天[17],潜则九地[18],而人岂得用之?由此观之,大人之不为人用久矣。对大人言,则小人也。弟小人也,人之奔走驱逐我,固分[19],又何厌焉!下笔及此,近况可知。知己教我。

[1]备:具备。 苦趣:苦味,痛苦的感受。
[2]仙令:作者把县令区分为三种类型:上等的称"仙令",其次为"才令",最差的称"奔走之令"。见

于《与管宁初》书中。

　　[3]鹄(hú)般白,鸦般黑:天鹅般都是白的,乌鸦般都是黑的。鹄,天鹅。

　　[4]长林丰草:禽兽保持自然生态之处,比喻离开官场、不受拘束的生活状态。嵇康《与山巨源绝交书》:"此由(犹)禽鹿,少见驯育,则服从教制,长而见羁,则狂顾顿缨,赴蹈汤火,虽饰以金镳,飨以嘉肴,逾思长林而志在丰草也。"

　　[5]陶潜:晋代著名诗人陶渊明,不愿为五斗米折腰,辞去彭泽令,回乡隐居。

　　[6]丑:厌恶。

　　[7]胜:超过。　好(hào)适:爱好闲适,爱好自由。

　　[8]归去来兮:回去吧。陶潜辞官还乡,作《归去来兮辞》。

　　[9]漆园:战国时道家代表人物庄子,名周,曾做漆园吏。　逍遥:《庄子》第一篇《逍遥游》。

　　[10]鹏:《庄子·逍遥游》中说,北海有一种大鱼叫鲲,变化为鹏这种大鸟,脊背有几千里长,翅膀像垂天的云一般。

　　[11]笼致:用笼子捕捉。

　　[12]大人:德行高尚的人,领悟大道的人。《易经·乾》:"夫六人者,与天地合德。"《荀子·解蔽》:"明参日月,大满八极,夫是之谓大人。"

　　[13]五石之瓠:《庄子·逍遥游》记述,容量五石的大瓠,剖开做瓢,可以系在身上,浮游江湖。

　　[14]参天之树:耸入云霄的大树。

　　[15]广漠:也作"广莫",空旷辽阔。《庄子·逍遥游》:"今子有大树,患其无用,何不树之无何有之乡,广莫之野?"

　　[16]以龙配大人:《易经·乾》爻辞:"飞龙在天,利见大人。"这里是说大人无拘无束,如同天龙飞翔。

　　[17]九天:天的最高处。

　　[18]九地:地的最深处。

　　[19]固:本来。　分(fèn):应分。本分。

与龚惟长先生

袁宏道

　　明代由于商品经济发展,对外交流扩大,在意识形态领域内也形成了反映市民思想、冲击封建传统的强大潮流。激进的思想家李卓吾,大胆地向封建道学挑战,反对崇拜孔孟,认为人们饮食男女的要求是合理的,清心寡欲的说教都是虚伪的,人们应当独立思考,探求真理,不能以孔子的是非为是非。袁宏道兄弟三人,都是李氏弟子,尤其是袁宏道,继承了前辈的反封建思想,在文学上倡导反对模拟、抒写性灵,对当时和后世影响都很大。

　　袁宏道万历二十三年(1595)选为吴县县令。这封写给舅父龚惟长的信,作于就任之初。信中表现了他不满封建政治、鄙弃官场、不慕荣利的思想情操;也表达了他自由发展个性,反对克制情欲的独立见解。在他看来,遵循封建礼教,泯灭人性,扼杀自由是违反自然的;只顾积财产,传子孙,也是没有意思的。人们应当满足身心的欲望,追求现实的快乐。这种生活态度对于打破封建束缚、要求思想解放,无疑有其进步意义。但是作者毕竟是个封建士大夫,他的"个性"、

"情欲"都有浓厚的封建气息,因而表现了"及时行乐"、"任情纵欲"的消极情调。

本文选自《袁中郎集》。

[原文]

数年闲散甚,惹一场忙在后。如此人置如此地,作如此事,奈之何?嗟夫!电光泡影[1],后岁知几何时[2],而奔走尘土[3],无复生人半刻之乐,名虽作官,实当官耳[4]。

尊家道隆崇[5],百无一阙[6],岁月如花[7],乐何可言?然真乐有五,不可不知。目极世间之色[8],耳极世间之声,身极世间之安,口极世间之谭,一快活也;堂前列鼎[9],堂后度山[10],宾客满席,男女交舄[11],烛气薰天[12],珠翠委地[13],皓魄入帷[14],花影流衣[15],二快活也;箧中藏万卷书[16],书皆珍异[17],宅畔置一馆,馆中约真正同心友十馀人,人中立一识见极高,如司马迁、罗贯中、关汉卿者为主[18],分曹部署[19],各成一书,远文唐宋酸儒之陋[20],近完一代未竟之篇[21],三快活也;千金买一舟,身中置鼓吹一部[22],妓妾数人,泛家浮宅[23],不知老之将至,四快活也;然人生受用至此[24],不及十年,家资田地荡尽矣[25],然后一身狼狈,朝不谋夕[26],托钵歌妓之院[27],分餐孤老之盘[28],往来乡亲,恬不知耻,五快活也。士有此一者,生可无愧,死可不朽矣。若只幽闲无事,挨排度日[29],此最世间不紧要人,不可为训[30]。古来圣贤,如嗣宗、安石、乐天、子瞻、顾阿英辈[31],皆信得此一着[32],此所以他一生受用。不然,与东邻某子甲蒿目而死者[33],何异哉!

[1] 电光泡影:比喻岁月流逝,人生短促。

[2] 后岁:今后,将来的时光。这句是说,今后还能活多久呢?

[3] 奔走尘土:官场应酬,奔波往来。作者与沈博士信中说:"作吴令,无复生人理,几不知有昏朝寒暑矣。何也?钱谷多如牛毛,人情茫如风影,过客积如蚁虫,官长尊如阎老。以故七尺之躯,疲于奔命,十围之腰,绵于弱柳。每照须眉,辄尔自嫌,故园松菊,若复隔世。夫伯鸾佣工人耳,尚尔逃世,彭泽乞丐子耳,羞见督邮,而况乡党自好之士乎?"果然一年多即辞官而去。

[4] 当官:作者把"作官"与"当官"加以区别,"作官"指实行自己的政治主张;"当官"指奉命照办,例行公事而已。

[5] 尊:敬称舅父龚惟长。龚惟长(1550—1602),名仲庆,号寿亭,宏道三舅父。万历八年(1580)进士,授行人,改福建道御史。与攻张居正者为敌,成为朝廷党争风云人物。万历十三年(1585),贬磁州通判,终兵部车驾司员外郎。蓄书至数万卷,著有《逊庵集》。 家道:家业,家产。 隆崇:富足,丰厚。

[6] 阙(quē):"缺"的通假,缺乏。

[7]岁月:日子,光景。这句是说,光景过得很美,如同鲜花一般。

[8]极:享尽。

[9]鼎:古代烹煮食物的用具,三足两耳,体型很大。贵族官僚之家人口众多,号称"钟鸣鼎食"。

[10]度:规划营造。　山:假山。封建时代,贵族庭院常置假山、亭榭、池塘之类,以为观赏。

[11]交舄(xi):各种鞋子错杂放置在一起。舄,古代木底鞋子。这句是说,男女宾客,饮宴欢乐,不拘礼节,混杂并坐。

[12]烛气:蜡油燃烧时的气味。古代照明用蜡烛,在厅堂上设宴待客。灯烛辉煌,蜡油的气味弥漫空间。

[13]珠翠:古代贵族妇女所戴的首饰、佩玉、镶嵌珍珠、翡翠之类。这句是说,男女宾客饮宴欢乐,彼此嬉闹,妇女的首饰、佩玉跌落在地上。　委:丢弃。

[14]皓魄:月亮,月光。皓,洁白,魄,月初出或将没时的微光,文中指月。　帷:幔帐、帘幕之类。

[15]流衣:在人身上移动。这句是说,月光照耀,花影映在人们衣服上,缓缓移动。

[16]箧(qiè):竹箱,古代用以盛书籍、衣物。

[17]珍异:文中是指世间少见的珍本秘籍。

[18]司马迁:字子长(前145—前86),西汉左冯翊夏阳(今陕西韩城市)人。我国古代杰出的史学家、文学家,著有《史记》。罗贯中(约1330—约1400):名本,字贯中,号湖海散人,元明之际浙江钱塘人。《三国演义》、《三遂平妖传》等作者,古代著名小说家。　关汉卿(约1220—约1300):号已斋叟,金末元初大都(今北京市)人,我国古代伟大戏剧家,著有《救风尘》、《窦娥冤》等杂剧和若干散曲。

[19]分曹:分门别类。曹,科目,门类。

[20]文:修饰,补订。　酸儒:迂腐保守的道学先生。　陋:见识浅陋偏狭。

[21]未竟:尚未完成。

[22]鼓吹:音乐,特指供奉贵族达官的乐队。

[23]泛家浮宅:乘船出游,随处游玩。

[24]受用:享乐。

[25]荡尽:挥霍一空。

[26]朝不谋夕:生计艰难,早晨不知道能否挨到晚上。又作"朝不虑夕"、"朝不及夕"。

[27]托钵(bō):端着盘子讨饭。钵,和尚化缘乞食的用具。

[28]孤老:妓院的客人。

[29]挨排:打发日子,无所事事。

[30]训:法则,榜样。

[31]嗣宗:阮籍(210—263),字嗣宗,三国魏尉氏(今河南尉氏县)人,"竹林七贤"之一。因为不满现实,纵酒谈玄,登山临水,以求安乐,有时乘车出门,行至穷途,痛哭而归。　安石:谢安(320—385),字安石,晋阳夏(今河南太康县)人。累次征召,不肯赴任,经常携妓游赏。至40岁才出仕,官至太保。　乐天:白居易(772—846),字乐天,唐代著名诗人。祖籍太原(今山西太原市),迁居下邽(今陕西渭南市临渭区)。在朝廷任官时,直言敢谏,触犯权奸,被贬地方。任杭州、苏州刺史时,政绩显著,民众爱戴。晚年过着隐居生活,饮酒赋诗。参禅学佛,思想消极。　子瞻:苏轼(1037—1011),字子瞻,宋代文学家。眉州眉山(今四川眉山市东坡区)人。诗文书画都有很高造诣。曾任翰林学士、礼部尚书等。因与当政看见解不和,长期贬放,屡遭压抑。但他胸怀旷达,以诗酒排遣自己,借览览寄托感情。顾阿英:顾德辉,一名阿英(阿瑛),字仲瑛,元末明初昆山(今江苏昆山市)人。少年时轻财好交游,性格豪放。30岁时,折节读书,饮酒赋诗,多次征聘不应。后隐

居嘉兴令溪,为道士。有《玉山璞稿》等。

[32]着(zhāo):办法,对策。

[33]蒿目:举目远望,忧虑世事的情貌。

与戴枫仲

傅 山

【题解】

傅山(1607—1684),明末清初爱国学者,初名鼎臣,改名山,字青竹,改字青主,又有石道人、丹崖翁、朱衣道人等别号,山西阳曲人。明末诸生。明亡后,转徙各地,隐居不仕。康熙十七年(1678),荐博学鸿词科,他不接受。次年,县令奉命登门强逼赴京,他称病不起,抬床而行,至京放归,特授中书舍人。学识渊博,经史、诸子、佛道无所不通,诗文书画都很有名,又善医术,平时以医为业。著有《霜红龛集》、《荀子评注》等。

戴枫仲,清初山西祁县人,以文章气节闻名当世,著有《半可集》。他与傅山同学于晋三立书院,友谊深厚。傅山多次为他题诗作画,他为傅山作《石道人传》。这封信中论述文学创作继承与创新的关系,强调吸取古人之长,加以变化,推陈出新,才能写出优秀作品;单纯摹拟抄袭是没有出息的。文章引证或古或今,措辞亦雅亦俗,不拘一格,随意发挥,确有神龙变化之妙。

【原文】

兄古文辞可谓风期日上矣[1],救病不必辄子书[2],但细细领会《汉书》一部整俊处[3],一切冗沓之痕不觉尽消[4]。此非弟无见之言,实所经豁[5]。兄久之自知。如《外戚》一传[6],尤琐碎俏丽[7],不可再得,如此一种,切无轻过也[8]。子书不无轻鸷可喜[9],但五六种以上,径欲重复,明志见道[10],取节而已[11]。兄所留心者,莫过纪传之事为急,故言兄专专于《史》《汉》中求之[12]。即《史》《汉》两书,千百年来效之者不知凡几百十家矣[13],而究之皆钞誊伎俩[14],其中变化之妙,全不曾有脱胎换骨手段[15]。王荆公一见《表忠观碑》[16],即云"似《史记·诸侯年表》"[17],此亦江姚、荔枝之喻[18],若与呆人辨之,径不知何处相似也[19]。精熟之艺,日新日奇,良工心苦[20],斫轮之人自解[21]。

至于操纵如意,则西方《楞严》、东土《南华》[22],须滔滔上口者[23]。请吾兄即构此二种[24],焚香细读,日十许行[25],亦不必多,多无益也。久之此二种,又复可置《净名》《楞伽》[26],损之又损,是老来归宿[27],却又躐等不得[28]。

[1]古文辞:清代称古文为"古文辞",如姚鼐编《古文辞类纂》。 风期:品格。 日上:天天向上。

［2］救病：纠正作文的毛病。辄：总是。子书：古代图书分为经、史、子、集四部，子书即诸子哲学著作。

［3］《汉书》：东汉班固著，记述自汉高祖元年至王莽地皇四年230年间历史，是我国第一部纪传体断代史。 整俊：结构严谨，文辞优美。

［4］冗沓(tà)：啰唆重复。 瘕(jiǎ)：肿瘤，比喻瑕疵。

［5］经繇(yóu)：经由，实际经历。繇，同"由"。

［6］《外戚》：《汉书·外戚传》，记述后妃事迹。

［7］琐碎：这里形容记述生活细节不厌其详。 俏丽：文采华美。

［8］无：不要。 轻过：轻易放过。

［9］轻鸷(zhì)：轻捷凌厉。

［10］明志：说明主张。 见道：考察大道。

［11］取节：抓住关键，不必纠缠枝节问题。

［12］《史》《汉》：《史记》、《汉书》。

［13］凡：总共，合计。

［14］钞袭：抄袭，照搬照抄。

［15］脱胎换骨：比喻彻底改变。

［16］王荆公：宋代政治家、文学家王安石。晚年封荆国公。 《表忠观碑》：宋代赵抃修废旧佛祠妙因院为观，以颂扬吴越王钱氏的功德。后来赐名表忠观，苏轼撰写碑文。

［17］《史记·诸侯年表》：即《史记·十二诸侯年表》，记述春秋周与鲁、齐、晋、秦、楚、宋、卫、陈、蔡、曹、郑、燕、吴十三诸侯国大事年表。

［18］江姚(yáo)、荔枝之喻：对没有吃过珍奇海产江姚（同"珧"）和名贵水果荔枝的人，使用比喻，也难让他知道江姚、荔枝的滋味哪里相似。

［19］径：简直。

［20］良工：优良的工匠，技艺高超的工匠。

［21］斫(zhuó)轮之人：用木头砍削成车轮的工匠。《庄子·天道》记述，齐桓公在厅堂上读书，轮人扁在下边砍削车轮，回答砍削车轮的技术。其中有"行年七十而老斫轮"的话。后用"斫轮老手"比喻高明的专家或技术能手。

［22］《楞严》：《楞严经》十卷，大乘佛经，经中阐述心性本体。 《南华》：《南华经》，《庄子》一书的别称。唐代天宝元年(742)号庄子为南华真人，称他著的书为《南华真经》，也称《南华经》。作者认为，学习这两种书，可以帮助开拓思维，发挥想象。

［23］滔滔上口：语句流利，读起来顺口。

［24］构：通"购"，买。

［25］许：助词，用在数词或数量词后，表示约数，左右。

［26］《净名》：《维摩经》的别称，三卷，记述维摩向释迦弟子舍利弗、弥勒、文殊师利等讲说大乘教义。《楞伽(qié)》：《楞伽经》，或译《大乘入楞伽经》，有四卷、十卷、七卷三种译本，述说宇宙万物皆自心所见，虚假不实。楞伽，师子国山名，佛在此山说法，故称。

［27］老来归宿：这里是说，研读佛经，破除世俗观念，是老年修身养性应做的事情。

［28］躐(liè)等：越过等级。

174

谢陈介眉代辞博学宏儒书

黄宗羲

题解

黄宗羲(1610—1695),明清之际爱国学者,字太冲,号南雷,世称梨洲先生,浙江馀姚人。父亲黄尊素是东林党人,被大阉权奸魏忠贤迫害,死于狱中。他19岁入京城伸冤,用铁锥击伤仇人。后在南京参加复社,领导反对宦官的斗争。清兵南下,他在浙东召集义兵抗清。明亡后,隐居著述。著有《易学象数论》、《明夷待访录》、《宋元学案》、《明儒学案》、《南雷集》等。

清廷在用武力吞并全国后,设法笼络收买汉族知识分子,于康熙十七年(1678)开博学宏辞科,黄宗羲受到推荐,陈锡嘏(陈介眉,字锡嘏,一字怡庭,鄞县人。康熙十五年进士,官庶吉士)劝阻,并说黄宗羲将以死拒绝征聘。黄宗羲认为这是知己之言,于是写信表示感谢。措辞委婉,态度坚定,用典贴切,而又不失明快畅达。

原文

吾兄与国雯书[1],见及言都下诸公[2],欲以不肖姓名尘之荐牍[3]。叶讱庵先生且于经筵御前面奏[4],其后讱庵移文吏部[5],吾兄力止。始闻之而骇,已喟然而叹[6],且喜兄之知我也。

某幼离党祸[7],废书者五年。二十一岁始学为科举,思欲以章句扬于当时[8],委弃方幅典诰之书而不视[9]。年近四十,蓦逢丧乱[10];负母流离[11],退栖陋室,与百姓杂处。又乌得有奇闻异见,下逮于农琐哉[12]?是空疏不学,未有甚于某者也!

今朝廷举博学宏儒,以备顾问。此为何等,谓之博学?吾意临平石鼓[13],青州墓刻[14],有一事之不知,即其罪矣!谓之宏儒,慎墨得进其谈[15],惠邓敢窜其察[16],即其罪矣!故非万人之英不能居此至美之名也。即以前代博学宏辞科而论:以真德秀处之[17],尚曰宏而不博;以留元刚处之[18],尚曰博而不宏。王应麟欲举是科[19],乃于制度典故,考索殆遍;今之《玉海》[20],其稿本也。见成《玉海》[21],某尚未一过[22];况《玉海》所本,馆阁万卷,纂要钩玄[23],取诸胸怀乎!乃如之人[24],而欲当是选,是引里母田妇,而坐于平王之孙、卫侯之妻之列也[25]。胡能不骇[26]?

从来士之求知者多矣,往往觌面而无所遇合[27]。以昌黎之贤[28],光范门下[29],三上书而不报[30]。故投行卷展坐席者[31],非危苦之词不道,非夸大之论不陈。揖洗割肉[32],破琴侍帚[33],穿屦行雪中[34],百方以博巨公一日之知[35]。然而有得有不得。某于讱庵未尝有一面之雅、尺素之通[36]；前岁观海于海盐遇彭骏孙[37]，言讱庵使之问学。去岁正月读所赠董在中诗[38]，其间称许过当[39]。今又云云，其何以得此于讱庵哉？夫讱庵之留心人物如此，向若得道弸艺襮之士而与之[40]，则可以为天下贺矣！无如某仅一怨悇之细民也[41]，孤负讱庵[42]，此某之所以叹也。

某年近七十，不学而衰；稍涉人事，便如行雾露中。老母年登九十，子妇死丧略尽；家近山海，兵声不时撼动，尘起镝鸣[43]，则扶持遁命。二十年以来，不敢妄渡钱塘[44]，渡亦不敢一月留也。母子相依，以延漏刻[45]。若复使之待诏金马[46]，魏野所谓断送老头皮也[47]。嗟呼！人之相知，贵相知心。王阳在位，贡禹弹冠[48]；戴逵逃吴，张玄止召[49]。古人或出或处[50]，未尝不藉友朋之力。不然，则山嵇魏谢[51]，徒以富贵为市耳[52]！非兄知我，何以有是乎！

讱庵先生处，意欲通书；然草野而通书朝贵，非分所宜。陈履常曰[53]："公他日成功谢事[54]，幅巾东归[55]，某当御款段[56]，乘下泽[57]，候公于上东门外[58]。"此其例也！

[1]国雯：范光阳，字国雯，号北山，鄞（今浙江宁波市）人。跟陈介眉是同乡。

[2]都下：京城（北京）。　诸公：诸位大臣。

[3]尘：玷污（列入姓名的谦辞）。　荐牍：推荐的文书，推荐信。

[4]叶讱庵：叶方蔼，字子吉，号讱庵，昆山人，康熙时为经筵讲官，官至刑部右侍郎。　经筵：为皇帝讲解经史而设的讲席。　御前：皇帝面前。

[5]移文：用公文递送平行机关。

[6]已：副词，此后，不久，继而。　喟（kuì）然：叹气的样子。

[7]离：通"罹"，遭受。　党祸：天启年间，大阉权奸魏忠贤独揽朝政，行凶作恶，东林书院学者敢于抗争，魏忠贤便以"党人"罪名以迫害，天启五年(1625)杀害杨涟、左光斗、魏大中、周顺昌等。作者父亲黄尊素也于此时遇害。

[8]章句：分析古书章旨（段落大意）句读(dòu，断句标点）。指学习四书五经，做八股文，准备参加科考。扬：选拔，提拔。

[9]方幅：古代书写典诰、诏命等用的四方笺册。　典诰：《尚书》中的《尧典》、《舜典》、《汤诰》、《大诰》等篇，泛指古代文献。

[10]蓦(mò)：突然，忽然。　丧乱：死丧祸乱，指明朝灭亡。

[11]流离：到处转移。作者在浙东地区组织抗清斗争，失败后躲避战乱。

[12]下逮：向下涉及。　农琐：家耕琐事。

[13]临平石鼓：《晋书·张华传》记载，晋武帝时，吴郡临平湖岸崩塌，出一石鼓，用木槌击打，没有声音。张华向皇帝建议，用四川桐材刻成鱼形，击打石鼓，声传数里。

[14]青州墓刻：《南史·贾希镜传》记载，南朝宋孝武帝时，青州从古墓中掘出一块石碑，碑文云："青

州世子,东海女郎。"人们都弄不懂。贾希镜说:"此为司马越(晋武帝时封东海王)女嫁苟晞(青州刺史)儿。"事实果然如此。

[15] 慎:战国时法家慎到,著《慎子》。　墨:战国时墨家墨翟,著《墨子》。　进:陈述。

[16] 惠:战国时名家惠施,著《惠子》,早已亡佚。　邓:战国时名家邓析,著《邓析》二篇,早已散佚。　窜:修改。

[17] 真德秀(1178—1235):南宋学者,字景元,后改希元,世称西山先生,庆元五年(1199)进士,又中博学宏词科,官至参知政事。著《大学衍义》《文章正宗》《西山集》等。

[18] 留元刚:南宋大臣,字茂潜,开禧年间应试博学宏词科,官至起居舍人。

[19] 王应麟(1223—1296):南宋学者,字伯厚,号深宁居士,淳祐元年(1241)进士,20年后中博学宏词科,官至礼部尚书。著《深宁集》《困学纪闻》《玉海》等二十馀种。

[20]《玉海》:王应麟所编著的类书,共二百卷,搜罗典故,囊括旧闻,分类编排,引证完备。

[21] 见(xiàn)成:现成。见,同"现"。

[22] 一过:看一遍。

[23] 纂要:归纳要点。　钩玄:探求深奥的涵义。

[24] 乃如之人:就像这样的人。如之,如此。出自《诗经·邶风·日月》。这里指自己。

[25] 平王之孙:周平王孙女王姬,嫁给齐侯之子。《诗经·召南·何彼秾矣》说她"华如桃李"。　卫侯之妻:卫庄公妻庄姜。《诗经·卫风·硕人》描写她身材高大,容貌美丽。

[26] 胡:疑问代词,何。

[27] 觌(dí)面:见面,当面。觌,见。　遇合:得到赏识。

[28] 昌黎:唐代文学家韩愈,祖籍昌黎,自称昌黎韩愈。

[29] 光范门下:使其门庭光耀。出自韩愈《上宰相书》。

[30] 三上书:韩愈考中进士后,于贞元十一年(795)三次上书宰相请求官职,没有结果。　不报:不回答。

[31] 行卷:唐代应试士子将自己的诗文投送公卿大臣,希望得到推荐,称为行卷。

[32] 揖洗:《汉书·高帝纪》记载,郦食其去见汉王刘邦,刘邦正在床边洗脚,郦食其长揖不拜。　割肉:《汉书·东方朔传》记载,汉武帝时,一次赏赐从官烤肉,主事的人未来,东方朔走上前拔剑割肉回去。次日皇帝责问,东方朔巧妙地为自己辩护,受到称赞。

[33] 破琴:《独异志》记载,唐代陈子昂住在京城,不被人们赏识。他用一千串钱买把胡琴,人们感到惊奇。他便当众摔破胡琴,赠给每人一卷文章,因此名声大振。　侍帚:《史记·齐王世家》记载,魏勃为了求见齐相曹参,每天拿着长帚打扫齐舍门前,因而得到舍人通报,见到曹参。

[34] 穿屦(jù):穿着破鞋。《史记·滑稽列传》记载,东郭先生待诏公车,衣服破旧,鞋子掉底,在雪地上走,留下脚印,受人嘲笑。最后得到卫青引荐,获得官职。

[35] 博:取得。　巨公:当权的王公大人。

[36] 一面之雅:见过一面的交情。　尺素:书信(写在一尺左右的绢帛上)。

[37] 海盐:浙江县名,明清时属嘉兴府。　彭骏孙:彭孙遹,字骏孙,浙江海盐人。官至翰林学士。

[38] 董在中:清初明州人,字允滔,黄宗羲弟子。他赴京应试,叶方蔼赠诗给他。

[39] 过当:过分。

[40] 道弸(péng):道德充实。弸,充满。　艺襮(bó):才艺出众。襮,显著。　与:给予。

[41] 无如:无奈。　某:作者自称。　愆餱(qiānhóu):由于吃了干粮而犯过失。　细民:小民,小小百姓。

177

[42]孤负:辜负,对不起。孤,通"辜"。

[43]尘起:骑兵(清兵)队伍经过,尘土飞扬。 镝(dí)鸣:飞箭发出声音。这里形容当时战乱惊扰居民。

[44]钱塘:江名,浙江的下游。

[45]漏刻:顷刻,短暂的时间。

[46]待诏金马:汉代征聘人才,让有才学的士人待诏金马门(宦者署门,原名鲁班门,后立铜马,改称金马门),等待皇帝召见顾问。这里是指充当文学侍从。

[47]魏野:北宋人,隐居不仕,不应征聘。 老头皮:脑袋,脑瓜。宋真宗时,寻访隐士,杞(今河南杞县)人杨朴奉召入京,对皇帝说,临行妻子送诗一首说:"更休落魄贪杯酒。亦莫猖狂爱咏诗。今日捉将官里去,这回断送老头皮。"借此表示不愿做官。见于《侯鲭录》。此处误作魏野之事。

[48]王阳在位,贡禹弹冠:《汉书·王吉传》:"王阳在位,贡公弹冠。"西汉王吉(字子阳)、贡禹是好朋友,王吉得到职位,贡禹即将出去做官了。弹冠,弹去冠上灰尘,准备出仕。

[49]戴逵逃吴,张玄止召:东晋孝武帝时,多次征召戴逵,他都称病拒绝。郡县催迫,他便逃往吴郡。会稽内史谢玄忧虑戴逵隐遁远方,经历风霜,上疏建议停止征召,皇帝应许了。张玄,应为谢玄。见于《晋书·戴逵传》。

[50]出:出仕。 处:辞官归隐。

[51]山嵇:魏晋之际名士山涛、嵇康。二人都在"竹林七贤"之列。后来山涛出仕,并荐嵇康代任选曹郎,嵇康写信拒不接受。 魏谢:元朝至元二十六年(1289),投降元朝的留梦炎举荐弟子谢枋得,福建行省参议魏天祐强迫谢枋得来到京城,最后绝食而死。

[52]为市:做交易。

[53]陈履常:陈师道(1053—1101),北宋诗人,字履常,一字无己,自号后山居士,彭城(今江苏徐州市)人。性情耿直,安于贫寒。章惇任知枢密院事,让秦观延聘陈师道,他不肯去,并回信说:"……幸公之他日,成功谢事,幅巾东归,师道当御款段,乘下泽,候公于东门外,尚未晚也。"见于《宋史·陈师道传》。

[54]谢事:辞职。谢,退掉。

[55]幅巾:不戴礼帽,用整幅绢包头。这是辞官后过休闲生活的装束。

[56]御:驾,乘。 款段:行走迟缓的马。

[57]下泽:低湿。这里指便于低湿地带乘坐的短毂之车。

[58]上东门:应作"东门"。

与阮光禄书

侯方域

题解

侯方域(1618—1654),明清之际散文作家,字朝宗,号雪苑,河南商丘人,寓居南京。明末与方以智、冒襄、陈贞慧合称"四公子"。南明弘光帝时,受到阉党馀孽阮大铖迫害,逃往江北。清初被迫参加河南乡试,考中举人。著有《壮悔堂文集》。

弘光元年(1645),南明朝廷内部分化。四月,襄阳总兵左良玉(原为侯方域之父侯恂部下)引兵东下,讨伐权奸马士英。阮大铖与侯方域有仇隙,构陷侯方域,他被迫离开南京。当出走时写信给阮大铖(阉党魏忠贤义子,曾任光禄卿。弘光称帝,任兵部尚书右副都御史。后来投降清朝),揭露他罗织罪名,制造党狱,疯狂迫害进步人士的阴险用心和丑恶伎俩。文章语言含蓄委婉,只举事实,不加评判,真伪忠奸,不言自明,这是他运用《史记》笔法的著名作品。有的题作《癸未去金陵日与阮光禄书》,癸未是崇祯十六年(1643),南明尚未建立,恐未必确当。

原文

仆窃闻君子处己[1],不欲自恕而苛责他人以非其道[2]。今执事之于仆[3],乃有不然者,愿为执事陈之。执事,仆之父行也[4],神宗之末[5],与大人同朝[6],相得甚欢[7],其后乃有欲终事执事而不能者[8],执事当自追忆其故,不必仆言之也。大人削官归,仆时方少[9],每侍,未尝不念执事之才而嗟惜者弥日[10]。及仆稍长,知读书,求友金陵[11],将戒途[12],而大人送之曰:"金陵有御史成公勇者[13],虽与我为后进[14],吾常心重之[15],汝至,当以为师;又有老友方公孔炤[16],汝当持刺拜于床下[17]。"语不及执事。及至金陵,则成公已得罪去[18],仅见方公;而其予以智者[19],仆之夙交也[20],以此晨夕过从[21]。执事与方公同为父行,理当谒[22],然而不敢者,执事当自追忆其故,不必仆言之也。今执事乃责仆与方公厚,而与执事薄,噫!亦过矣!

忽一日,有王将军过仆甚恭[23],每一至,必邀仆为诗歌,既得之,必喜而为仆觞酒奏伎[24],招游舫[25],携山屐[26],殷殷积旬不倦[27]。仆初不解,既而疑,以问将军。将军乃屏人以告仆曰[28]:"是皆阮光禄所愿纳交于君者也。光禄方为诸君所诟[29],愿更以道之君之友陈君定生、吴君次尾[30],庶稍湔乎[31]!"仆敛容谢之曰[32]:"光禄身为贵卿,又不少佳宾客,足自娱,安用此二三书生为哉[33]!仆道之两君,必重为两君所绝[34];若仆独私从光禄游[35],又窃恐无益光禄。辱相款八日[36],意良厚[37],然不得不绝矣。"凡此皆仆平心称量,自以为未甚太过,而执事顾含怒不已[38],仆诚无所逃罪矣!

昨夜方寝,而杨令君文骢叩门过仆曰[39]:"左将军兵且来[40],都人汹汹[41]。阮光禄扬言于清议堂云[42],子与有旧[43],且应之于内,子盍行乎[44]!"仆乃知执事不独见怒[45],而且恨之,欲置之族灭而后快也[46]。仆与左诚有旧,亦已奉熊尚书之教[47],驰书止之[48],其心事尚不可知。若其犯顺[49],则贼也;仆诚应之于内,亦贼也。士君子稍知礼义,何至甘心作贼!万一有焉,此必日暮途穷,倒行而逆施,若昔日干儿义孙之徒[50],计无复之[51],容出于此[52],而仆岂其人耶?何执事文织之深也[53]!

窃怪执事常愿下交天下士,而展转蹉跎[54],乃至嫁祸而灭人之族,亦甚违其本念。倘一旦追忆天下士所以相远之故,未必不悔,悔未必不改;果悔且改,静待之数年,心事未必不暴白[55];心事果暴白,天下士未必不接踵而至执事之门[56];仆果见天下士接踵而至执事之门,亦必且随属其后,长揖谢过,岂为晚乎?而奈何阴毒左计[57],一至于此[58]!

仆今已遭乱无家,扁舟短棹[59],措此身甚易[60]。独惜执事伎机一动[61],长伏草莽则已[62],万一复得志,必至杀尽天下士,以酬其宿所不快[63],则是使天下士终不复至执事之门,而后世操简书以议执事者[64],不能如仆之词微而义婉也[65]。仆且去,可以不言,然恐执事不察,终谓仆于长者傲,故敢叙其区区[66]。不宣。

[1]仆:谦称自己。 窃:私下。 处己:正确对待自己。

[2]自恕:原谅自己,宽容自己。 苛责:苛刻要求。《论语·卫灵公》:"子曰:'躬自厚而薄责于人,则可以远怨矣。'"君子之道,责己严,待人宽。

[3]执事:尊称对方。

[4]父行(háng):父辈。

[5]神宗:明神宗朱翊(yì)钧,年号万历(1573—1619)。

[6]大人:作者父亲侯恂。同朝:侯恂万历年间进士,曾任御史、兵部侍郎等。阮大铖万历四十四年(1616)会试中选,天启初年由行人升给事中。万历、天启年间,二人同朝做官,时常交往。

[7]相得:互相投合。

[8]终事:保持友谊到底。这里暗指明熹宗(朱由校)天启四年(1624),阮大铖投靠权奸魏忠贤,迫害东林党人,侯恂也受牵连罢官回乡。

[9]仆时方少:侯方域当时7岁。

[10]嗟惜:感叹惋惜(暗示阮大铖有才无德,仗势欺人)。 弥日:整天。

[11]金陵:南京古称,明代留都。

[12]戒途:准备起程。

[13]成公勇:成勇,字仁有,山东乐安人。天启五年(1625)进士。崇祯十一年(1638)任南京御史,因反对杨嗣昌进入内阁而被撤职。

[14]后进:出仕较晚的人。

[15]重:看重,器重。

[16]方公孔炤:方孔炤(昭),字潜夫,安徽桐城人。万历四十四年(1616)进士。崇祯十一年(1638)巡抚湖广,镇压农民起义。明亡后回乡隐居。

[17]刺:名帖。 床:古代交椅,此指坐椅。

[18]得罪:获罪(指成勇被撤职事)。

[19]以智:方以智,字密之,崇祯十三年(1640)进士,曾任翰林院检讨,明亡后出家为僧。

[20]夙交:多年的老朋友。

[21]过从:采征。

[22]谒(yè):拜访。

[23]王将军:阮大铖派来当说客的人,其人不详。

[24]赊(shì)酒:赊酒,这里是指买酒。 奏伎:召来歌伎奏乐唱歌。

[25]游舫:游船。

[26]山屐(jī):供登山时穿的木屐。

[27]积旬:连续十天,达到十天。

[28]屏(bǐng):斥退。

[29]诟(gòu):辱骂,斥责。明思宗(朱由检)时大阉权奸魏忠贤罪状败露,自缢而死。崇祯二年(1629)定逆党案,阮大铖名列其中,削职为民,住在南京,阴谋东山再起。复社名士杨廷枢、黄宗羲等作《留都防乱揭》(揭,类似大字报),揭发他的丑恶面目,因此他派人拉拢侯方域为自己说情。

[30]更:再,进一步。 陈君定生:陈贞慧,字定生,常州阳羡(今江苏宜兴市南)人。散文作家,复社成员。弘光元年(1645)受阮大铖迫害,逮捕入狱,出狱后隐居避世。 吴君次尾:吴应箕,字次尾,池州贵池(今安徽池州市贵池区)人,复社成员。明亡后,起兵抗清,被捕后不屈而死。

[31]庶:副词,希望。 稍:逐渐。 湔(jiān):洗刷,消除。

[32]敛容:神情变得严肃起来。 谢:谢绝。

[33]安:哪里。 为:句末语气助词,呢,表示反诘。

[34]绝:断绝。

[35]私:私下。 从:跟。 游:来往,交往。

[36]辱:承蒙(自谦之辞)。 款:招待。

[37]意:情谊。 良:很。

[38]顾:副词,反而,却。

[39]杨令君文骢:杨文骢,字龙友,贵阳(今贵州贵阳市)人。崇祯年间任江宁(今江苏南京市西南)知县。知县古称县令,尊称令君。弘光元年(1645),以右佥都御史巡抚常口。兵败后投唐王朱聿键,被清兵俘获,不屈而死。

[40]左将军:左良玉(1599—1645),字昆山,辽东人。明末镇压农民起义有功,升任将军,镇守荆襄。弘光称帝,马士英、阮大铖控制朝政,迫害复社名士,他以讨伐马、阮为名,率兵东进,死于中途。 且:副词,将要,即将。

[41]汹汹:众人惊慌不安,乱哄哄的。

[42]清议堂:南京大臣议论政事的地方。

[43]有旧:有老关系。左良玉当年是侯方域之父侯恂的部下,并于崇祯四年(1631)越级提升他为副将。

[44]盍(hé):何不。

[45]见怒:对我发怒。

[46]族灭:满门抄斩,古代最重的刑罚。

[47]熊尚书:当时南京兵部尚书熊明遇,字良孺。

[48]驰书:派人骑马送信。

[49]犯顺:对抗朝廷,大逆不道。

[50]干儿义孙:明熹宗时大阉权奸魏忠贤网罗党羽,扩大势力,有"五虎"、"五彪"、"十狗"、"十孩儿"、"四十孙"之称,阮大铖也是魏的干儿子。这里暗示阮大铖才是奸贼。

[51]之:出。

[52]容:副词,容或,或许。

[53]文织:深文巧诋,罗织罪名,即苛刻地引用法律条文,巧妙地毁谤别人,给别人加上罪名。

[54]展转:辗转,经过许多地方,形容曲折。 蹉跎:耽误时间。

[55]暴(pù)白:显露出来。暴,同"曝"。

[56]接踵:脚尖接着脚跟,形容人们一个接一个到来。

[57]阴毒:阴险毒辣。 左计:下流的计策,拙劣的计策。

[58]一:竟然。

[59]扁(piān)舟:小船。 棹(zhào):船桨一类的划船用具。

[60]措:安排。

[61]忮(zhì)机:忌恨别人的心机。

[62]草莽:乡下。长伏草莽,长期在野(跟"在朝"相对)。

[63]酬:报复。 宿:旧日。向来。

[64]简书:书册。古代用竹简木片书写,因称简书。操简书,编写史书。

[65]词微而义婉:措词隐微,表达婉转。这里是说对方将在历史上留下骂名,臭名远扬。

[66]区区:诚恳的心意。

复郎廷佐书

张煌言

张煌言(1620—1664),明末抗清将领,字玄著,号苍水,鄞县(今浙江宁波市)人。崇祯十五年(1642)举人。弘光元年(1645),清兵攻陷杭州,他与钱肃岳、张名振等倡议奉鲁王朱以海在绍兴监国,在浙江领导抗清斗争。第二年绍兴兵败,他就加入张名振部。永历九年(1655),张名振病死,他领导这支义军继续进行抗清斗争,两次北伐,给清军以沉重的打击。南明政权失败后,他于1664年解散馀部隐居南田悬岙岛(今浙江象山南),被俘后遇害于杭州。著有《张苍水集》。永历十三年(1659),他与郑成功联合北伐,他率所部攻取芜湖,郑成功围攻江宁(今江苏南京市),占领四府三州,取得重大胜利。后来郑成功战败撤兵,转入东海,张煌言困在芜湖,难以突围。郎廷佐时任清朝江南江西总督,写信劝降。他在回信中痛斥了郎廷佐随父降清,得到高官厚禄,背负国恩,甘心事敌的可耻行径,表明了自己不畏艰险,把抗清斗争坚持到底的决心。此信义正辞严,激昂慷慨。表现了为国献身的凛然正气和宁死不屈的英雄气概。

本文选自《张苍水集》。

某复书于皇明辽阳世胄郎使君执事前[1]:

夫揣摩利钝[2],指画兴衰[3],庸夫听之,或为变色[4];而忠贞之士则不然。其所持者天经地义,所图者国恤家仇[5],所期望者豪杰事功、圣贤学问,以故,每毡雪自甘[6],胆薪弥厉[7],而卒以成功[8]。古今以来,何可胜计[9]!

如仆者[10],将略原非所长[11]。止以读书知大义,痛念胡氛[12],左袒一呼[13],甲盾山立[14]。区区此志,以济则赖君之灵[15],不济则全臣之节[16]。是以不惜凭履风涛之中[17],纵横锋镝之下[18],迄今逾一纪矣[19]。同仇益广[20],晚节愈坚。练兵瀚宇[21],正为乘时。今何时乎?两粤天声[22],三楚露布[23],以及八闽军书[24],何啻雷霆飞翰[25]?况岛夷外讧[26],西戎内侵[27],清人左支右吾[28],其消灭可计日而待矣。仆方当起而匡扶帝室[29],克服神州[30],此正忠臣义士得志之秋也[31]。即或不然,而谢良、平竹帛[32],抗黄、绮衣冠[33],亦之死靡佗[34]。岂复烦词曲说[35],足以动其心哉!乃执事俨然以书进[36],是以仆为庸庸者流,可以利钝兴衰动者。譬之虎伥戒途[37],雁奴司夜[38],既受其役,竟忘其哀[39]!在执事固无足怪,而仆闻之,发且冲冠矣[40]!

夫执事固我朝勋旧之裔[41],而辽左死事之孤也[42]。念祖宗之厚泽,宜何如悲伤;痛父母之深仇[43],宜何如报雪?稍转一关[44],不失为中兴人物[45]。顾以陵、律自居[46],华夷莫辨[47],甚为执事不取也。姑以执事恩仇之说言之[48],自辽事起而征调始繁[49],催科益急[50];溃卒散而为盗贼[51],穷民聚而弄干戈。是酿成寇祸者清人也。及京华失守[52],属国兴师[53],诚能挈故物而还之天朝[54],吐蕃、回纥不足称美于前[55]。乃拒虎进狼,既收渔人之利于河北[56],而长蛇封豕[57],复肆蜂虿之毒于江南[58],则清人果恩乎?仇乎?执事亦可憬然自悟矣[59]。

以来函温润[60],谅执事非愦愦者[61],聊附数行以复[62]。若斩使焚书,适足以见不广[63],仆亦不为也。此复。

[1]某:作者自称。 辽阳:今辽宁辽河以北(山南为阳,水北为阳)。 世胄(zhòu):官僚贵族后代。郎使君:使君是汉代以后对州郡长官的尊称,表示他们是由朝廷派遣的。郎廷佐祖先几代担任明朝辽东武官,信中称他为"皇明辽阳世胄",谴责他背负国恩,愧对祖先。

[2]夫:句首语气助词,引起议论。 揣摩:估计,考虑。 利钝:事情顺利还是受挫失利。

[3]指画:指点规划。

[4]变色:改变脸色,形容十分恐惧惊慌。

[5]图:谋划。 国恤:国难。恤,丧事。一本作"恨"。

[6]毡雪:吞毡吃雪当作饮食。《汉书·苏建传》附《苏武传》记载,苏武出使匈奴被扣留后,不肯投降,被迫到北海上牧羊,吞毡吃雪当作饮食。

[7]胆薪:卧薪尝胆。春秋时越王勾践被吴王夫差击败,押到吴王宫内做奴仆。他回国后卧薪尝胆,刻苦自励,终于复兴国势,举兵灭吴,报仇雪恨。 弥:副词,更加。 厉:同"励",振作。

[8]卒:终于。

[9]胜计:尽数(shǔ),数得清。

[10]仆:作者自称(谦辞)。

[11]将略:带兵打仗的谋略。 长:擅长。

[12]胡氛:外族敌寇的气势。胡,古代对北方、西方民族的称呼。

[13]左袒一呼:露出左臂,一声呼唤,号召人民起来抗清。《史记·吕太后本纪》记载,汉高祖死后,吕太后执政,她的兄弟、侄子封王,企图篡夺天下。吕太后病死,太尉周勃与丞相陈平合谋铲除吕氏势力,进入军中,下令说:"为吕氏者右袒,为刘氏者左袒。"全军都袒露左臂,表示拥护刘氏。这里借用"左袒"表明自己忠于朱明王朝。

[14]甲盾:铠甲和盾牌,借指抗清武装。 山立:犹如高山耸立,形容义军势力雄壮。

[15]以济:因此成功。 赖君之灵:依赖明朝亡君的英灵保佑。

[16]全:保全。 节:名节,气节。

[17]凭:依托。 履:踏,踩。 风涛:张煌言所部抗清义军活动在长江下游、浙闽沿海一带,行军作战经常乘船。

[18]纵横:奔驰。 锋镝(dí):刀枪弓箭,借指战斗前线。镝,箭头。

[19]逾:超过。 纪:12年。张煌言自弘光元年开始投身抗清斗争,至写信时(永历十三年)已14年了。

[20]同仇:抗清的同志。《诗经·秦风·无衣》:"修我戈矛,与子同仇。"同仇,共同对敌。

[21]澥(xiè)宇:沿海地区。澥,海。为避鲁王朱以海名讳,改用"澥"字。

[22]两粤:广东、广西。 天声:朝廷的声威。李定国领导抗清斗争,立永历帝(朱由榔)在广东肇庆(今广东肇庆市高要区)即位,后转入云南。

[23]三楚:秦汉时指东楚、南楚、西楚,即长江中下游和淮河流域。 露布:战报。这里是指转战两湖、四川一带的以李来亨、郝摇旗为首领的农民抗清义军,时称"荆襄十三家"。

[24]八闽:明代福建分为八府(福州、兴化、建宁、延平、汀州、邵武、泉州、漳州),系由元代八路改称。这里是指闽海地区的郑成功抗清军队。

[25]何啻(chì):何止,哪里只是。啻,只,仅仅。 雷霆:比喻永历帝声威雄壮。 飞翰:迅速传递的文书。形容三楚、八闽捷报频传。翰,文书。

[26]岛夷外讧:海外异族进犯。

[27]西戎内侵:西北民族起兵。

[28]左支右吾:左右抵挡,难以招架。形容内外交困,四面受敌。支吾,抵拒。

[29]方当:正应当。 匡扶:(危急时刻)扶持,辅佐。

[30]克服:收复。 神州:战国时驺衍(约前305—前240)称中国为"赤县神州"。后用"神州"指中国。这里指大明江山。

[31]秋:紧要时期。

[32]谢:拒不接受,不要。 良、平:汉代开国功臣张良(封留侯)、陈平(封曲逆侯)。 竹帛:古代书写材料竹简、绢帛,借指史书。这里是说不肯投降清朝,做开国功臣,载入史册。

[33]抗:坚持高尚的节操。 黄、绮:秦朝末年隐居商山(今陕西商洛市商州区东南)的夏黄公、绮里季,他们与东园公、甪(lù)里先生合称"商山四皓",逃避乱世,不肯接受召聘。这里是说要效仿商山四皓,坚持高尚的节操,不为清朝效劳。

[34]之:到。 靡:无。 佗:同"它",别的。这里是说,到死也不变心。《诗经·鄘风·柏舟》:"之死矢(誓)靡佗。"

[35]烦词:啰唆的言词。 曲说:片面的说法,牵强的理由。

[36]俨然:貌似庄重,假装正经。

[37]虎伥(chàng):古代传说,被虎吃掉的人,灵魂变做伥鬼,老虎出来活动,它为老虎戒备并且寻找可吃的人。 戒途:在路上戒备。

[38]雁奴:相传雁群过夜,有雁担任警戒,称为雁奴。

[39]哀:可悲。这里斥责郎廷佐背叛朝廷,做了清朝的奴才,像伥鬼、雁奴一般供人驱使,实在可悲。

[40]发且冲冠:头发竖起,要把帽子顶起来了。形容极为愤怒。

[41]固:本来。 勋旧:旧日的功臣。 裔(yì):后代,子孙。

[42]辽左:辽西。 死事:死于国事,为国尽忠。 孤:遗留的后代。郎廷佐祖辈担任武官。明穆宗隆庆四年(1570),俺答(蒙古鞑靼部右翼土默特万户首领)之子辛爱入侵锦州,他的族祖郎得功时任锦义参将,死于阵中,祖辈数人为国捐躯。

[43]父母之深仇:郎廷佐之父郎熙载投降清朝,被授予三等轻车都尉。此处"父母"与上文"祖宗"互文见义,泛指先辈。

[44]转一关:转变过来。

[45]中兴:复兴国家(明朝政权)。

[46]顾:反而,却。 陵、律:汉代李陵(战败投降匈奴)、卫律(出使匈奴,变节投降)。他俩都曾遵从单于(匈奴首领)旨意,劝说苏武投降。

[47]华夷:中华与外族。

[48]恩内之说:清朝贵族硬说他们是从李自成农民军中夺得江山,他们击败李自成农民军,为明朝报仇,有恩于明朝,农民军才是仇敌。郎廷佐信中也有这种论调。

[49]辽事:明万历后清兵不断进犯明朝辽东边境。 征调:命令州县运送粮草。

[50]催科:催缴赋税。科,收税。

[51]盗贼:对农民起义军的蔑称。

[52]京华:京城,指北京。明崇祯十七年(1644),李自成农民军攻陷北京,思宗皇帝上吊自杀。

[53]属国:明代东北地区的女真族分为建州、海西、野人三大部,接受明朝管辖,因此称为属国。

[54]挈:拿。 天朝:指明朝。

[55]吐蕃(bō)、回纥:唐代西域的两个民族。吐蕃,古代藏族政权;回纥,西北地区的游牧民族。唐玄宗天宝十四载(755)安(禄山)史(思明)之乱发生,吐蕃赞普、回纥可汗都愿出兵协助平定叛乱。回纥援军在平乱中起了重要作用。

[56]收渔人之利:《战国策·燕策》中有"鹬蚌相争,渔人得利"的故事。这里是说清人乘着明朝国内发生农民起义,朝廷派兵镇压的机会大举入关,占领河北。

[57]长蛇封豕:比喻凶恶贪婪,如同野兽。封,大。

[58]肆:任意施展。 蜂虿(chài):胡蜂和蝎子,都是有毒的害虫。 江南:清兵攻占长江以南。

[59]憬然:醒悟的样子。

[60]温润:措辞温和有礼。

[61]谅:料想。 愦愦:糊涂,昏愚。

[62]聊:姑且,暂且。 附:寄。 复:回答。

[63]适:副词,正,恰恰。 见:同"现",表现。 不广:胸怀狭隘。

狱中上母书

夏完淳

题解

夏完淳(1631—1647),字存右,明末江苏华亭(今上海市松江区)人。他生当明朝灭亡,民族斗争空前激烈之际,备尝国破家亡之恨,本人聪明早熟,在政治活动和诗文写作上都表现了激昂悲壮的英雄气概和可歌可泣的爱国精神。9岁就能写诗作文。15岁时,清兵入关,明朝灭亡,王室贵族以及爱国志士退往东南,坚持反清斗争。夏完淳以少年民族英雄的姿态,奋不顾身,参加了实际斗争。他与父亲夏允彝、老师陈子龙奔走江浙之间,从事军队组织联络工作。最后因与南明鲁王(朱以海)联系,事情泄露,被捕入狱。他痛斥屈膝投降的大汉奸洪承畴,大义凛然,英勇不屈。就义时仅17岁。

这是他于南京狱中,临刑前夕写给母亲的信,抒发他对母亲、妻子、姐妹、外甥等亲属的感情,表达他为了继承先父遗志,报此国仇家恨,死得其所,含笑九泉的志向。他对亲人的挚爱和眷恋,与他所献身的抗清复国的事业是联系在一起的,赤子之诚,爱国之心,奏出一曲惊天地、泣鬼神的悲壮之歌。至于文字和结构,由于作者是写绝命书,只是信笔所至,倾吐衷肠,比较随便,然而更加真实可信,更具动人的力量。作者出身封建士大夫家庭,他的民族大义不能脱离忠孝观念,这是应当指出的。

本文选自《夏节愍全集》。

原文

不孝完淳今日死矣,以身殉父,不得以身报母矣!痛自严君见背[1],两易春秋[2],冤酷日深[3],艰辛历尽。本图复见天日,以报大仇,恤死荣生[4],告成黄土[5];奈天不佑我,钟虐先朝[6],一旅才兴[7],便成齑粉[8]。去年之举[9],淳已自分必死[10],谁知不死,死于今日也?斤斤延此二年之命[11],菽水之养[12],无一日焉。致慈君托迹于空门[13],生母寄生于别姓[14],一门飘泊,生不得相依,死不得相问。淳今日又溘然先从九京[15],不孝之罪,上通于天。

呜呼!双慈在堂,下有妹女,门祚衰薄[16],终鲜兄弟[17]。淳一死不足惜,哀哀八口[18],何以为生?虽然已矣[19],淳之身父之所遗,淳之身君之所用,为父为君,死亦何负于双慈[20]?但双慈推干就湿[21],教礼习诗,十五年如一日,嫡母慈惠,千古所难;大恩未酬,令人痛绝。慈君托之义融女兄[22],生母托之昭南女弟[23]。淳死之后,新妇遗腹得雄[24],便以为家门之幸;如其不然,万勿置后[25]。会稽大望[26],至今而零极矣[27],节义文章如我父子者,几人哉?立一不肖后如西铭先生[28],为人所诟笑[29]，何如不立之为愈耶[30]？呜呼！大造茫茫[31]，总归无后。有一日中兴再造[32]，则庙食千秋[33]，岂止麦饭豚蹄[34]，不为馁鬼而已哉[35]！若有妄言立后者，淳且与先文忠在冥冥诛殛顽嚚[36]，决不肯舍！

兵戈天地[37]，淳死后，乱且未有定期，双慈善保玉体，无以淳为念。二十年后[38]，淳且与先文忠为北塞之举矣[39]。勿悲勿悲！相托之言，慎勿相负！武功甥将来大器[40]，家事尽以委之[41]。寒食盂兰[42]，一杯清酒，一盏寒灯，不至作若敖之鬼[43]，则吾愿毕矣。新妇结褵二年[44]，贤孝素著，武功甥好为我善待之，亦武功渭阳情也[45]。语无伦次，将死言善[46]，痛哉痛哉！

人生孰无死，贵得死所耳！父得为忠臣，子得为孝子。含笑归太虚[47]，了我分内事。大道本无生[48]，视身若敝屣[49]；但为气所激[50]，缘悟天人理[51]。恶梦十七年，报仇在来世。神游天地间，可以无愧矣！

[1] 严君：父亲。古代有"严父慈母"之说，因称父亲为严君、慈君，或家严、家慈。作者父亲夏允彝，崇祯年间进士，曾任福建长乐县知县。　见背：离开了我，即死去。清世祖顺治二年(1645)八月，夏允彝与陈子龙等在松江起兵抗清，兵败，九月自沉松塘而死。

[2] 易：更迭。这句是说，过去两年(1645—1647)。

[3] 冤酷：仇恨极深，大仇大恨。

[4] 恤死荣生：使死者(指父亲)获得安慰，使生者感到光荣。恤，体恤，抚慰。

[5] 告成黄土：向地下的先父，报告抗清成功。黄土，指父亲的墓。

[6] 钟虐先朝：聚集一切灾难于亡明。钟，聚集；虐，凶残，灾难。

[7] 旅：军队。隆武二年(1646)，夏完淳与老师陈子龙、岳父钱梅共同参加了太湖地区吴易(日生)领导的抗清义军，担任参谋，不久义军即被清军击溃。

[8] 齑(jī)粉：粉末，比喻溃败。

[9] 去年之举：指参加吴易抗清义军。兵败之后，夏完淳只身辗转于长江中下游一带，多次陷入绝境。

[10] 自分(fèn)：自己料定。

[11] 斤斤：细小的意思。引申为时间短促。

[12] 菽水：豆和汤，指奉养老人的最起码的食物。《礼记·檀弓下》："啜菽饮水尽其欢，斯之谓孝。"

[13] 慈君：指作者嫡母盛氏。　托迹于空门：夏允彝为国牺牲以后，盛氏弃家入尼姑庵栖身。空门，佛门。

[14] 生母：指作者生母陆氏，是夏允彝的侧室，此时寄居外姓亲戚家中。

[15] 溘(kè)然：忽然，很快(死去)。　从：奔向，前往。　九京：坟墓。又称九原，本是晋国大夫的坟地。《礼记·檀弓下》："以从先大夫于九京也。"

[16] 门祚(zuò)：家世，福分。

[17] 鲜(xiǎn)：缺少。以上两句，出自晋代李密《陈情表》，是说我家家世衰落，福分浅薄，又缺少同胞兄弟。

[18]八口：全家人口。

[19]已矣：完了，生命终结了。

[20]双慈：嫡母和生母。

[21]推干就湿：抚育孩儿，备尝艰辛。把孩儿推到床上干燥的地方，自己睡在尿湿了的地方。

[22]义融：作者姐姐夏淑吉，别号义融。 女兄：姐姐。

[23]昭南：作者妹妹夏惠吉，字昭南。 女弟：妹妹。

[24]新妇：作者妻子钱秦篆，结婚二年，已经怀孕。 遗腹：父亲死后才出生的。 雄：男孩。

[25]置后：过继儿子。

[26]会(kuài)稽：指会稽郡，松江县原属会稽郡。明代郡已废，这里沿用旧称。 大望：大姓望族。古代有权势的世家称为望族。

[27]零极：衰落到极点了。

[28]西铭先生：张溥，字天如，号西铭先生，他是明末散文作家，复社领袖，夏完淳的老师。生前无子，死后立永锡为嗣子。从本文看来，他的嗣子有愧先人。

[29]诟(gòu)笑：耻笑。

[30]愈：更好。

[31]大造：造化，造物。即所谓冥冥中主宰宇宙万物者。

[32]中兴再造：恢复亡明政权。

[33]庙食：在祖庙里受祭。古代贵族祭祀用牛羊，称血食。

[34]麦饭豚蹄：面食猪蹄，平民祭祀祖先的供品。

[35]馁(něi)鬼：饿鬼，死后子孙断绝、无人祭祀的鬼。《左传·宣公四年》："鬼犹求食，若敖氏之鬼，不其馁尔！"（楚国令尹子文的话）

[36]且：将。 先文忠：先父。作者父亲以身殉国，南明唐王赐予谥号"文忠"。 冥冥：迷信所说阴间。 诛殛(jí)：处死。 顽嚚(yín)：顽固愚蠢之辈。

[37]兵戈天地：到处兵荒马乱。

[38]二十年后：转世为人。如俗话说再过20年又是一条好汉。这里表示死后不忘复仇。

[39]北塞之举：起兵抗清，收复中原，把清军驱逐到关外。

[40]武功：侯檠，字武功，夏淑吉之子，夏完淳外甥，时年11岁，很有才华。夏完淳托以家事，但他在17岁即夭折。 大器：大才。

[41]委：托付。

[42]寒食：约在清明节前二日，祭扫先人坟墓的节日。 盂兰：阴历七月十五日，祭奠祖先的节日，俗称鬼节。佛教盂兰节，施舍饿鬼的日子。

[43]若敖之鬼：若敖氏为楚王室姓氏。若敖氏后代令尹（官名）子文，担心侄子越椒将来会使宗族灭绝，就哭着说："鬼还要吃东西，若敖氏的鬼，不是将要挨饿么！"后来若敖氏果然灭族。

[44]结褵(lí)：结婚。古代习俗，女儿出嫁之前，母亲给她拴结佩巾，这是婚礼仪式之一。褵，佩巾。

[45]渭阳情：甥舅之情。《诗经·秦风·渭阳》："我送舅氏，日至渭阳（陕西渭水北岸）。"春秋时晋国公子重耳流亡于秦，归国时外甥（后为秦康公）为他送行，遂作《渭阳》之诗。后为甥舅情谊的典故。

[46]将死言善：出自《论语·泰伯》："鸟之将死，其鸣也哀；人之将死，其言也善。"

[47]太虚：天空。迷信说法，人死灵魂归天。这句是说，我含笑死去，死得心甘情愿。

[48]大道:道家认为道为万物的本源,无形无声,忽聚忽散,聚则化成万物,散则复归虚无。故说大道没有生或者死。

[49]敝屣(xǐ):破鞋子。这句是说,既然生死只是道的变化,生命不足珍贵,看它如同破鞋子。屣,鞋子。

[50]气:由道分化为阴阳二气,二气互相作用(即"激"),产生人的生命。

[51]缘:由于(这样)。这句是说,由于这样,就领悟了天地人事的道理。

范县署中寄舍弟墨第三书

郑燮

郑燮(1693—1765),字克柔,号板桥,清初江苏兴化(今江苏兴化市)人。"扬州八怪"(金农、汪士慎、黄慎、李鱓、郑燮、李方膺、高翔、罗聘)之一,他的画、诗、书法都很有名,世称"三绝"。乾隆元年(1736)进士,历任范县、潍县等地知县共十几年,体察民间疾苦,抑制富豪强横,颇有政声。后因灾荒,自行开仓救济贫民,触怒上司,愤而辞去。潍县父老为他建生祠,立画像,四时祭祀。他去职时没有什么积蓄,只有几卷图书。后在扬州卖字画为生,晚年潦倒不堪。在创作上他反对模拟古人,雕琢词句,主张直抒胸臆,反映生活。因其出身贫寒,比较了解下层人民,写过不少揭露贪官污吏、倾诉人民痛苦的诗文,有些广为传诵。他的家书,堪称"三绝"之外的一绝,内容或叙家常,或论诗文,信笔所至,自然朴实。其中多用俗语俚词,如同野老闲话,平易亲切,老成忠厚,独具风味,很为人们赞赏。这封寄给堂弟郑墨的第三书,是作者在乾隆九年(1744)任范县知县时所作。信中提出读书治学的正确态度,应该不被古人所束缚,不被俗儒所迷惑,"自出眼孔"、"自竖脊骨",拿出自己的眼光来,评论千古,褒贬百代,这样读书才值得自豪,才有趣味。这种提倡独立思考、反对盲从附和的精神,是作者研究学问、从事艺术几十年中一贯遵循的。他的诗、书、画都能突破传统,自出机杼,就是一个明证。历代封建学者,为了维护封建秩序,造出许多谎话,三代太平盛世,春秋为极乱之国,等等,是最有代表性的论调。作者根据历史事实,揭露了它们的荒谬和虚伪,以此为例,教育其弟,读书要有特识,否则就会轻信上当。这些经验直到今天仍然是很宝贵的。

本文选自《郑板桥集》。

禹会诸侯于涂山[1],执玉帛者万国[2]。至夏、殷之际,仅有三千[3],彼七千者竟何往矣?周武王大封同异姓[4],合前代诸侯,得八百国,彼一千馀国又何往矣?其时强侵弱,众暴寡,刀痕箭疮、薰眼破胁[5]、奔窜死亡无地者[6],何可胜道[7]?特无孔子作《春秋》[8],左丘明为传记[9],故不传于世耳。世儒不知,谓春秋为极乱之国,复何道?而《春秋》以前,皆若浑浑噩噩[10],荡荡平平[11],殊甚可笑也。以太王之贤圣[12],为狄所侵,必至弃国与之而后已[13]。天子不能征,方伯不能讨[14],则夏、殷之季世[15]，其抢攘淆乱为何如[16]，尚得谓之荡平安辑哉[17]！至于《春秋》一书，不过因赴告之文[18]，书之以定褒贬，左氏乃得依经作传。其时不赴告而背理坏道、乱亡破灭者，十倍于《左传》而无所考。即如"汉阳诸姬[19]，楚实尽之[20]"，诸姬是若干国？楚是何年月日如何殄灭他[21]？亦寻不出证据来。学者读《春秋》经传，以为极乱，而不知其所书，尚是十之一、千之百也。

嗟乎！吾辈既不得志于时，困守于山椒海麓之间[22]，翻阅遗编[23]，发为长吟浩叹，或喜而歌，或悲而泣。诚知书中有书，书外有书，则心空明而理圆湛[24]，岂复为古人所束缚，而略无张主乎[25]！岂复为后世小儒所颠倒迷惑，反失古人真意乎！虽无帝王师相之权[26]，而进退百王[27]，屏当千古[28]，是亦足以豪而乐矣。又如《春秋》，鲁国之史也，使竖儒为之[29]，必自伯禽起首[30]，乃为全书，如何没头没脑，半路上从隐公说起[31]？殊不知圣人只要明理范世[32]，不必拘牵。其简册可考者考之[33]，不可考者置之[34]。如隐公并不可考，便从桓、庄起亦得[35]。或曰：《春秋》起自隐公，重让也[36]；删《书》断自唐、虞[37]，亦重让也。此与儿童之见无异。试问唐、虞以前天子，那个是争来的？大率删《书》断自唐、虞[38]，唐、虞以前，荒远不可信也[39]；《春秋》起自隐公，隐公以前，残缺不可考也，所谓史阙文耳[40]。总是读书要有特识[41]；依样葫芦[42]，无有是处。而特识又不外乎至情至理[43]，歪扭乱窜，无有是处。

人谓《史记》以吴太伯为《世家》第一[44]，伯夷为《列传》第一[45]，俱重让国。但《五帝本纪》以黄帝为第一[46]，是戮蚩尤用兵之始，然则又重争乎？后先矛盾，不应至此。总之，竖儒之言，必不可听，学者自出眼孔[47]，自竖脊骨[48]，读书可乐。

乾隆九年六月十五日，哥哥字。

[1] 禹：又称大禹、禹王。因为治水有功，舜帝让位给他，成为天子，是为夏代之始。他在涂山会见诸侯。《左传·哀公七年》："禹合诸侯于涂山，执玉帛者万国。"　涂山：具体地点说法不一，《国语》《史记》《吴越春秋》以为涂山在会稽（今浙江绍兴市）。

[2] 玉帛：瑞玉和缯帛，古代祭祀、会盟用的礼物。诸侯朝拜天子要送玉帛，这是周代礼制，大禹时代无此制度。

[3] 三千：《战国策·齐策四》："大禹之时，诸侯万国；及汤之时，诸侯三千。"

[4] 周武王：姬发，文王（姬昌）之子，在吕尚、周公辅佐下，会合天下诸侯，推翻商末暴君纣王，建立周朝。

[5] 薰眼破胁：烤瞎眼睛、割破胸膛，形容遭到酷刑。

[6] 奔窜：逃跑躲藏。

〔7〕胜：尽。这句是说，哪里说得完呢？

〔8〕特：只是，仅仅。 《春秋》：儒家经典之一，是鲁国史书，记事简略，类似大事年表。作者失传。孔子曾用《春秋》教授门徒，儒家向有孔子作《春秋》之说，不可信。

〔9〕左丘明：春秋时期鲁国史官，据传他搜罗春秋时各国史料，著成《春秋左氏传》。

〔10〕浑浑噩噩：浑厚质朴，无知无识。古书称上古风俗淳朴，为浑噩之世。

〔11〕荡荡平平：荡荡，广大；平平，治理有序。《尚书·洪范》："无偏无党，王道荡荡。无党无偏，王道平平。"是为先王之道、三代之治歌功颂德。

〔12〕太王：周族祖先古公亶(dǎn)父，周文王的祖父，对周族的强盛有很大作用。根据《史记·周本纪》记载，周族原在的幽地，因受戎、狄侵逼，迁到岐山(今陕西岐山东北)之下，建城郭，设官吏，开荒积谷，周族兴盛起来。

〔13〕与(yǔ)：给予。

〔14〕方伯：古代一方诸侯之长，后来指称地方州郡长官。

〔15〕季世：末代，末期。

〔16〕抢攘(chéngrǎng)：纷乱的样子。

〔17〕安辑：安定，平定。

〔18〕赴告：古代诸侯之间凡有丧葬祸福之事，即派使者通告。凶事称赴(后写作"讣")，其他称告。

〔19〕汉阳：汉水以北。 诸姬：各个姬姓封国。

〔20〕楚：周成王封熊绎于荆山一带，称荆蛮，后建都于郢，为春秋战国时大国之一，灭于秦国。 尽：消灭。以上两句引文出自《左传·僖公二十八年》。

〔21〕殄(tiǎn)灭：消灭，灭绝。

〔22〕山椒：山陵。 海麓：海滨。麓，山脚。

〔23〕遗编：古人遗留的著作。

〔24〕空明：通达明白。 圆湛：圆，融会贯通；湛，深刻透辟。

〔25〕张主：主张。

〔26〕帝王师相：帝王的师傅(太师、太傅、太保，合称三公，执掌辅导天子，如周武王尊吕尚为师尚父)和宰相(协助天子处理军国大事，如三国蜀相诸葛亮等)。

〔27〕进退：褒扬贬斥。

〔28〕屏当：收拾，料理。这里如说研究、考辨。

〔29〕使：如果，假使。 竖儒：见识浅陋的学者。

〔30〕伯禽：周公之子。武王灭纣，封周公(姬旦)于鲁，周公留佐武王，使其子伯禽代往鲁国执政，曾经率兵平息淮夷、徐戎叛乱。实为鲁国开国之君。

〔31〕隐公：鲁国国君之一。鲁惠公死，太子允年少，长庶子息摄政，历时11年，史称隐公。

〔32〕范世：为后代树立典范。

〔33〕简册：古代文献。古代用竹简记事，编联数简而为册。册，同"策"。

〔34〕置：舍弃，放过。

〔35〕桓、庄：鲁国国君。太子允年长，听信逸言，派人杀死隐公，自立为君，是为桓公，在位18年，被齐人彭生害死。太子同继位，是为庄公，在位32年。

〔36〕重让：推崇礼让。鲁惠公死，太子允年少，隐公摄政。太子允长大，隐公决心交出政权，退位养老。但是作者认为"《春秋》起自隐公，重让也"之说并不确切，隐公以前文献资料不可考，所以置之不论。

[37]删《书》：儒家向有孔子删定《诗》《书》的说法。 唐、虞：尧帝、舜帝。《尚书》篇目，《尧典第一》、《舜典第二》。尧帝让天下于舜，舜帝让天下于禹。

[38]大率：大抵，大致。

[39]荒远：年代久远。

[40]史阙(quē)文：古代史官记事，凡是可疑之处，缺而不书。这是实事求是的态度。《论语·卫灵公》："子曰：吾犹及史之阙文也。"阙，同"缺"。

[41]特识：独到见解。

[42]依样葫芦：讽刺读书不能独立思考，人云亦云。

[43]至情至理：最根本的人情事理。

[44]吴太伯：周太王长子。太伯知道父亲欲传位于弟季历，于是逃往南方，建立吴国。

[45]伯夷：商末孤竹国君长子，按父亲遗旨，让王位于弟叔齐，叔齐不肯即位，二人逃往周国。

[46]黄帝：古代部落联盟首领。姓姬，号轩辕氏，又称有熊氏。习用五兵(五种兵器)，与蚩尤战于涿鹿之野，杀死蚩尤。诸侯尊为天子。黄帝向被当作中华民族的祖先。

[47]自出眼孔：有独立见解，不盲从别人。

[48]自竖脊骨：有自己的立场，不依傍他人。

范县署中寄舍弟墨第四书

郑　燮

这封寄给堂弟郑墨的第四书，是作者在乾隆十年(1745)任范县知县时所作。

郑燮的家世已无确考，但从所说"爨下荒凉告绝薪，门前剥啄来催债"，"我生二女复一儿，寒无絮络饥无糜"(《七歌》)种种情况可知，他家生活一向贫寒。他中举以后，只做到了七品县令，经常以卖字画维持生计，终其一生，穷困潦倒。因此他对穷苦百姓怀有很深的同情。做了知县，他对政治的黑暗，悍吏的暴虐，灾荒的严重，民众的苦难，体察得更深切具体了。虽然他想在职权范围内，为百姓们扶危济困，但却难以如愿。于是发为诗歌，如《悍吏》、《私刑恶》、《孤儿行》、《后孤儿行》、《逃荒行》、《还家行》、《满江红·田家四时苦乐歌》、《瑞鹤仙·田家》等，都是"横涂竖抹千千幅，墨点无多泪点多"的悲天悯时之作。

这封信摈弃封建士大夫"万般皆下品，惟有读书高"的偏见，对于农民的劳动给予很高的评价。他把农民和士者加以对比，称赞农民终年辛苦操劳，耕种收割，养活所有的人，农民是"天地间第一等人"。农业是国家的根本，一切鄙视农民、鄙视农业的观念都是错误的，也是不公道的。士者一向被认为高于农民，可是当时的读书人满脑子升官发财的念头，有的贪赃枉法，有的欺压乡邻，实在可鄙可恨。作者以重农务农为家法，置买田地，是为了过自食其力的生活，为了能在荒年灾月有炒米饭、糊涂粥周济乡邻。教育家中男女勤习农活，不要沾染游手好闲的坏习气；要尊重佃户，佃户与主人并无贵贱之别；反对广占土地，断了广大农民的生路。这些都反映了作者思想见解的进步性。

本文选自《郑板桥集》。

192

原文

十月二十六日得家书,知新置田获秋稼五百斛[1],甚喜,而今而后,堪为农夫以没世矣[2]。要须制碓[3],制磨,制筛罗簸箕,制大小扫帚,制升斗斛,家中妇女,率诸婢妾,皆令习舂揄蹂簸之事[4],便是一种靠田园长子孙气象。天寒冰冻时,穷亲戚朋友到门,先泡一大碗炒米送手中,佐以酱姜一小碟,最是暖老怜贫之具。暇日咽碎米饼,煮糊涂粥,双手捧碗,缩颈而啜之;霜晨雪早,得此周身俱暖。嗟乎!嗟乎!吾其长为农夫以没世乎!

我想天地间第一等人,只有农夫,而士为四民之末[5]。农夫上者种地百亩,其次七八十亩,其次五六十亩,皆苦其身,勤其力,耕种收获,以养天下之人。使天下无农夫[6],举世皆饿死矣。我辈读书人,入则孝,出则弟[7],守先待后[8],得志泽加于民[9],不得志修身见于世[10],所以又高于农夫一等。今则不然,一捧书本,便想中举,中进士,作官,如何攫取金钱,造大房屋,置多田产,起手便错走了路头[11]。后来越做越坏,总没有个好结果。其不能发达者,乡里作恶,小头锐面[12],更不可当。夫束脩自好者[13],岂其无人;经济自期[14],抗怀千古者[15],亦所在多有。而好人为坏人所累,遂令我辈开不得口;一开口,人便笑曰:"汝辈书生,总是会说,他日居官,便不如此说了。"所以忍气吞声,只得挨人笑骂。工人制器利用,贾人搬有运无[16],皆有便民之处;而士独于民大不便,无怪乎居四民之末也!且求居四民之末而亦不可得也[17]!

愚兄平生最重农夫[18],新招佃地人[19],必须待之以礼。彼称我为主人,我称彼为客户,主客原是对待之义,我何贵而彼何贱乎?要礼貌他,要怜悯他;有所借贷,要周全他;不能偿还,要宽让他。尝笑唐人七夕诗,咏牛郎织女,皆作会别可怜之语,殊失命名本旨[20]。织女,衣之源也;牵牛,食之本也。在天星为最贵,天顾重之[21],而人反不重乎?其务本勤民[22],呈象昭昭可鉴矣[23]!吾邑妇人[24],不能织绸织布,然而主中馈[25],习针线,犹不失为勤谨。近日颇有听鼓儿词[26],以斗叶为戏者[27],风俗荡轶[28],亟宜戒之[29]!

吾家业地虽有三百亩,总是典产[30],不可久恃。将来须买田二百亩,予兄弟二人,各得百亩足矣,亦古者一夫受田百亩之义也[31],若再求多,便是占人产业,莫大罪过。天下无田无业者多矣,我独何人,贪求无厌,穷民将何所措足乎[32]!或曰[33]:世上连阡越陌[34],数百顷有余者,子将奈何？应之曰：他自做他家事，我自做我家事。世道盛则一德遵王[35]，风俗偷则不同为恶[36]，亦板桥之家法也！哥哥字。

[1]置：买。 秋稼：秋季所收谷类。 斛(hú)：容量单位，古时十斗为一斛，南宋末年改为五斗一斛。

[2]没世：度完此生。没，尽。

[3]碓(duì)：舂米的工具。下有石臼，上架木杠以装杵，脚踏木杠，杵起落捣米。

[4]舂(chōng)：把谷捣成米，或将米制成米粉。 揄(yóu)：往臼中放谷或从臼中取米。

[5]四民：古代称士、农、工、商为四民。

[6]使：假使，如果。

[7]入则孝，出则弟(tì)：出自《论语·学而》："弟子入则孝，出则悌。"孝，孝敬父母；弟，"悌"的通假，尊重、顺从兄长。

[8]守先待后：保持前人的道德、事业，传给后辈儿孙。

[9]得志：做官顺利。以下两句见于《孟子·尽心下》。 泽：恩泽，统治阶级称其给予人民的福利。

[10]见(xiàn)：同"现"。以上两句是说，做官顺利，就为人民谋福利；没有进身机会，就修养品德，扬名于世。即是"穷则独善其身，达则兼善天下"（《孟子·尽心上》）的意思。

[11]起手：开始。

[12]小头锐面：善于钻营的形象，如说"削尖了脑袋"。

[13]束脩：严以律己，修养品德。 自好(hào)：自爱自尊。

[14]经济：经世济民。 自期：要求自己。

[15]抗怀千古：胸怀高尚，超越千古。

[16]贾(gǔ)人：商人。

[17]且：而且，甚而。

[18]愚兄：自谦之词。

[19]佃(diàn)地：租种土地。佃地人，即佃户，向地主租种土地受其经济剥削的农民。

[20]殊：极，很。 命名本旨：织女，重纺织的意思；牵牛，重耕种的意思。

[21]顾：却。

[22]务本勤民：注重农业生产，鼓励人民勤劳。本，古代以农业为本业，工商为末业。

[23]呈象：从星象(织女星、牵牛星)上表现出来。 昭昭可鉴：明明白白，可以看清。

[24]邑：这里指县。

[25]主：主办。 中馈(kuì)：家庭饮食烹饪。

[26]鼓儿词：大鼓书。

[27]斗叶：玩纸牌。纸牌，又名叶子。

[28]荡轶：放荡闲散。

[29]亟：急迫。 戒：禁止。

[30]典产：抵押的资产(土地)。抵押都有期限，到期原主可以用钱收回。

[31]一夫受田百亩：周代实行井田制度，一个成年男子得到土地百亩。《孟子·万章下》："耕者之所获，一夫百亩。"

[32]措足:立脚,容身。措,安放。

[33]或:有人。

[34]连阡越陌(mò):形容土地很广。阡陌,田间的分界,也是通路,南北为阡,东西为陌。《汉书·食货志》:"富者田连仟(阡)伯(陌),贫者亡(无)立锥之地。"

[35]一德遵王:统一道德,遵循王道。古代以仁义为王道。

[36]偷:浇薄,不厚道,不真诚。

与香亭

袁　枚

题解

袁枚(1716—1797),字子才,号简斋,世称随园先生,清浙江钱塘(今浙江杭州市)人。著名的诗人、散文家和文学批评家。乾隆四年(1739)进士,授翰林院庶吉士,历任溧水、江浦、沭阳、江宁等县知县,俱有政绩,人称干练。不到40岁时,他就称病辞官,在江宁(今江苏南京市)城西小仓山下修筑随园,每日论文赋诗,优游其中。四方文士都来投送诗文求教,名望颇著。著有《小仓山房诗文集》《随园诗话》《子不语》等。在诗歌创作与评论上,他是性灵诗派的提倡者,反对仅把诗歌作为明道的工具,抨击句摹字拟的复古主义,具有反对传统、着意创新的精神。但其作品则有轻浮之病。他的散文清新晓畅,独具特色。

这封信作于乾隆五十六年(1791),是写给其弟香亭,谈论儿子(文沄,小字阿通)报考秀才被控冒籍除名一事的。封建时代,一般士大夫都把科举功名看成进身之阶、富贵之途,因此竭尽全力教育子弟读书科考,以求十年寒窗,一举成名。现在袁枚的儿子被取消了考试资格,难怪亲友都很不平了。可是作为一位敢于冲破封建传统的风流名士,袁枚的态度却全然不同,认为考试入学不是什么要紧事,不必为此生闲气,根本问题在于求学成才,行义经世;父兄对子弟,也不须过分宝贵爱护,为了他们发达上进不惜一切代价,只要顺其本性加以引导就可以了。可见作者虽是晚年得子,毫无溺爱之意。这些见解高出时俗,即使在今天,仍然应当借鉴。文章抒写所见,如从肺腑中流出,率直感人。

本文选自《小仓山房尺牍》。

原文

阿通年十七矣[1],饱食暖衣,读书懒惰,欲其知考试之难,故命考上元以劳苦之[2],非望其入学也[3]。如果入学便入江宁籍贯[4]。祖宗丘墓之乡[5],一旦捐弃[6],揆之齐太公五世葬周之义[7],于我心有戚戚焉[8]。两儿俱不与金陵人联姻[9],正为此也。不料此地诸生竟以冒籍控官[10],我不以为怨而以为德,何也?以其实获我心故也[11]。不料弟与纾亭大为不平[12],引成例千言赴诉于县,我以为真客气也[13]。夫才不才者本也,考不考者末也。儿果才[14],则试金陵可,试武林可[15],即不试亦可[16];儿果不才,则试金陵不可,试武林不可,必不试废业而后可[17]。为父兄者，不教以读书学文，而徒与他人争闲气[18]，何不揣其本而齐其末哉？

　　知子莫若父，阿通文理粗浮，与秀才二字相离尚远。若以为此地文风不如杭州[19]，容易入学，此之谓不与齐楚争强[20]，而甘与江黄竞霸[21]，何其薄待儿孙[22]，贻谋之可鄙哉[23]？子路曰[24]："君子之仕也，行其义也。"非贪爵禄荣耀也。李鹤峰中丞之女叶夫人《慰儿落第》诗云[25]："当年蓬矢桑弧意[26]，岂为科名始读书[27]？"大哉言乎！闺阁中有此见解[28]，今之士大夫都应羞死。虽知此理不明，虽得科名作高官，必至误国误民并误其身而后已[29]。无基而厚墉[30]，虽高必颠[31]，非所以爱之，实所以害之也。

　　然而人所处之境亦复不同，有不得不求科名者，如我与弟是也。家无立锥[32]，不得科名则此身衣食无着[33]。陶渊明云[34]，"聊欲弦歌[35]，以为三径之资[36]"，非得已也。有可以不求科名者，如阿通、阿长是也。我弟兄遭逢盛世，清俸之馀，薄有田产，儿辈可以度日。倘能安分守己，无险情赘行[37]，如马少游所云[38]，"骑款段马[39]，作乡党之善人[40]"，是即吾家之佳子弟，老夫死亦瞑目矣，尚何敢妄有希冀哉？

　　不特此也[41]。我阅历人世七十年，尝见天下多冤枉事。有刚悍之才[42]，不为丈夫而偏作妇人者；有柔懦之性[43]，不为女子而偏作丈夫者；有其才不过工匠农夫，而枉作士大夫者；有其才可以为士大夫，而屈作工匠村农者。偶然遭际，遂戕贼杞柳以为杯棬[44]，殊可浩叹[45]！《中庸》先言"率性之谓道"[46]，再言"修道之谓教"[47]，盖言性之所无[48]，虽教亦无益也。孔孟深明此理，故教伯鱼[49]，不过学诗学礼，义方之训[50]，轻描淡写，流水行云[51]，绝无督责。倘使当时不趋庭[52]，不独立，或伯鱼谬对以诗礼之已学[53]，或貌应父命[54]，退而不学诗不学礼，夫子竟听其言而信其行耶[55]？不视其所以[56]，察其所安耶[57]？何严于他人而宽于儿子耶？至孟子，则云"父子之间不责善[58]"，且以责善为不祥[59]。似乎孟子之子尚不如伯鱼，故不屑教诲，至伤和气；被公孙丑一问，不得不权词相答[60]。而至今卒不知孟子之子为何人[61]，岂非圣贤不甚望子之明效大验哉[62]！善乎，北齐颜之推曰[63]："子孙者，不过天地间一苍生耳[64]，与我何与[65]？而世人过于宝惜爱护之。"此真达人之见[66]，不可不知。

　　有门下士因阿通不考为我怏怏者[67]，又有为我再三画策者，余笑而应之曰："许由能让天下[68]，而其家人犹爱惜其皮冠[69]；鹪鹩愁凤凰无处栖宿[70]，为谋一瓦缝以居之[71]。诸公爱我，何以异兹？韩、柳、欧、苏[72]，谁是靠儿孙俎豆者[73]？箕畴五福[74]，儿孙不与焉。"附及之，以解弟与纾亭之惑。

[1]阿通：作者长子。

[2]上元：县名，清代与江宁县同属江宁府。

[3]入学：明清时童子参加县考，取为秀才，即入县学深造，称为生员。

[4]江宁籍贯：作者儿子在上元县报考录取后即入江宁籍贯，抛弃原籍浙江钱塘了，为此深感不安。今被除名，正可打消这种顾虑，因此非但不怨恨，反而感激。

[5]祖宗丘墓之乡：指原籍，故乡。丘墓，坟墓。

[6]捐弃：抛弃，舍弃。

[7]揆(kuí)：揣度，衡量。　齐太公：商末处士吕尚(又名姜尚)，隐居渭水之滨渔钓，周文王立为师，尊为太公望。后辅佐武王，灭亡商纣，统一天下。吕尚封于齐，称太公。

[8]戚戚焉：心中触动的样子。

[9]两儿：作者长子阿通，次子阿迟。　金陵：明代南京(今江苏南京市)，古称金陵。　联姻：通婚。这句是说作者儿子都不娶南京女子为妻。

[10]诸生：明清时经考试入府、州、县学者称生员，其中又分增生、附生、廪生、例生等，统称诸生。这里是指上元县学诸生。　冒籍：假冒当地籍贯赴考。

[11]实获我心：正合乎我的心意。出自《诗经·邶风·绿衣》。

[12]弟：袁树，字豆村，号香亭，乾隆进士，知肇庆府，善画山水，工诗，著有《红豆村人诗稿》。　纾亭：作者堂弟袁知，字纾亭，乾隆举人，官大同知府，其诗自成一家，著有《次立斋诗文集》。

[13]客气：宋儒以为心是性的本体，称发于血气的生理之性为客气，即是意气用事。

[14]果：如果确实。

[15]武林：山名，即今浙江杭州市西灵隐山，用以指代杭州。

[16]即：即使，纵然。

[17]废业：放弃科举考试。

[18]徒：只。

[19]文风：尚文之风，爱好文化学术的风气。

[20]不与齐楚争强：不跟强者比试高低。齐、楚，战国时诸侯大国，这里比喻考场上的强手。

[21]江黄：皆为周代嬴姓诸侯国名，为楚所灭，江国在今河南正阳县，黄国在今河南潢川县西。这里比喻考场上的弱者。

[22]薄待：要求别人太低。

[23]贻谋：为儿孙打算。《诗经·大雅·文王有声》："诒厥孙谋，以燕翼子。"诒、贻，音义相同。

[24]子路：孔子弟子仲由，字子路，又称季路。为人逞强好勇，任卫大夫孔悝邑宰。以下引文，见于《论语·微子》。

[25]李鹤峰：事迹不详。　中丞：清代各省巡抚例兼右都御史，称中丞。

[26]蓬矢桑弧：古代礼俗，男子初生，以蓬蒿之矢、桑木之弓射天地四方，表示男儿志在四方。指代男子出生。

[27]科名：科举功名。参加科举考试，取得名次，授予官职。以上两句是说，当初父母生下男孩，难道是为获得科名才让儿子去读书吗？

[28]闺阁：妇人住处，指代妇女。

[29]已：完了。

[30]厚：用作动词，把……筑高大。　墉(yōng)：墙。

[31]颠：倒下。这两句说，没有打好基础，却把墙筑得很高，那一定会倒塌。比喻没有学问，却要科考做官，最后一定失败。

[32]立锥：比喻很小一块土地。

[33]衣食无着：穿衣吃饭，没有依靠。

[34]陶渊明：字元亮，又名潜，晋末著名诗人。以下引文，见于《宋书·陶潜传》。

[35]弦歌：一作弦歌。《论语·阳货》记载，孔子学生子游任武城宰，以弦歌为教化之具，后来诗文即以弦歌为出任县令的典故。

[36]三径之资：隐居乡村的生活费用。汉末王莽专权，政局混乱不堪，兖州刺史蒋诩辞官归隐，庭院辟有三径，只与求仲、羊仲来往。后以三径指代家园。

[37]险情：邪恶的欲望。　赘行：丑恶的行为。

[38]马少游：东汉名将马援从弟。《后汉书·马援传》："从容谓官属曰：'吾从弟少游常哀吾慷慨多大志，曰：士生一世，但取衣食裁足，乘下泽车，御款段马，为郡掾史，守坟墓，乡里称善人，斯可矣。'"

[39]款段：马行缓慢的样子。

[40]乡党：二者都是古代行政区域，后指乡里，家乡。以上两句是说，骑着走得很慢的笨马，做个乡村里的老实人。

[41]不特：不只。

[42]刚悍：刚强凶悍。

[43]柔懦：柔弱怯懦。

[44]戕(qiāng)贼：残害。　杞柳：树名，枝条柔韧，可编箱筐。　杯棬：先用枝条编成杯盘之形，经涂漆后成为杯盘。《孟子·告子上》："告子曰：'性犹杞柳也，义犹杯棬也；以人性为仁义，犹以杞柳为杯棬。'孟子曰：'子能顺杞柳之性而以为杯棬乎？将戕贼杞柳而后以为杯棬？如将戕贼杞柳而以为杯棬，则亦将戕贼人以为仁义与？率天下之人而祸仁义者，必子之言也。'"戕贼杞柳以为杯棬，是说摧残杞柳的本性来制成杯盘。

[45]殊：很，极。　浩叹：长叹，表示感慨深长。

[46]《中庸》：书名。原为《礼记》中的一篇，南宋理学家朱熹把它与《论语》《孟子》《大学》合在一起，编为"四书"，并作注解，以后成为科举考试的标准读物。　率性：依顺本性而行。

[47]修道：讲习道理。以上两句是说，《中庸》先说顺着人的本性而行，就叫做道理，又说讲习道理就叫做教育。

[48]盖：大概，表示不很确定。

[49]伯鱼：孔子儿子孔鲤，字伯鱼。《论语·季氏》："陈亢问于伯鱼曰：'子亦有异闻乎？'对曰：'未也。尝独立，鲤趋而过庭。曰："学诗乎？"对曰："未也。""不学诗，无以言。"鲤退而学诗。他日，又独立，鲤趋而过庭。曰："学礼乎？"对曰："未也。""不学礼，无以立。"鲤退而学礼。闻斯二者。'陈亢退而喜曰：'问一得三，闻诗，闻礼，又闻君子之远其子也。'"

[50]义方：做人的正道。《左传·隐公三年》："石碏谏曰：'臣闻，爱子教以义方，弗纳于邪。'"

[51]流水行云：比喻出于自然，不予勉强。

[52]倘使：如果。　趋庭：从庭前快步走过。趋，快步走，含有遇见尊长表示恭敬之意。

[53]谬对：回答时说假话。

［54］貌应：表面答应，实际上并不打算实行。

［55］听其言而信其行：《论语·公冶长》："子曰：'始吾于人也，听其言而信其行；今吾于人也，听其言而观其行。于予与改是。'"

［56］视其所以：观察他为达到一定目的所采用的方法。出自《论语·为政》。

［57］察其所安：了解他什么情况下心安理得。出自《论语·为政》。

［58］责善：用善的标准来要求。《孟子·离娄上》："公孙丑曰：'君子之不教子，何也？'孟子曰：'势不行也。教者必以正；以正不行，继之以怒。继之以怒，则反夷矣。"夫子教我以正，夫子未出于正也。"则是父子相夷也。父子相夷，则恶矣。古者易子而教之，父子之间不责善。责善则离，离则不祥莫大焉。'"

［59］祥：善，好。

［60］权词相答：临时措词来回答他。

［61］卒：始终。

［62］明效大验：明显的证据，突出的事例。

［63］北齐：北朝政权之一，高洋废东魏，称帝号，建都于邺，史称北齐。历28年（550—577），灭于北周。颜之推：北朝临沂（今山东临沂市市区）人，名介，博览群书，善于著述，所著《颜氏家训》流行至今。历仕梁、北齐、北周、隋，隋时为太子文学，很受礼遇。以下引文，见于《颜氏家训·归心第十六》，文字有出入。

［64］苍生：百姓。

［65］何与：有什么相干。以上几句是说，子孙，不过是世上千万百姓中的一个罢了，跟我有什么相干？

［66］达人：通达知命的人。

［67］门下士：拜作者为老师学习诗文的士者。　　怏怏（yàngyàng）：心中不快。

［68］许由：古代高士，传说尧帝曾要让位给他，他拒绝了，认为这样的话污辱了他的耳朵，到颍水边洗耳。

［69］皮冠：古代田猎时戴的帽子。以上两句，是用许由能让天下、家人不舍皮冠，比喻作者与亲友对待阿通被除名的不同态度。

［70］鹪鹩：一种会用茅、苇、麻、发等编窝的小鸟，又名巧妇。《庄子·逍遥游》："鹪鹩巢于深林，不过一枝。"凤凰：古代传说中的一种神鸟，圣人出世，凤凰飞来，并说凤凰非梧桐不栖息。这里是用凡鸟鹪鹩与神鸟凤凰，比喻亲友与作者的志趣迥然不同。

［71］居之：让它来住。

［72］韩、柳、欧、苏：指唐代文学家韩愈、柳宗元，宋代文学家欧阳修、苏轼。

［73］俎（zǔ）豆：二者是古代祭祀、宴客时盛食物的礼器，引申为祭祀、崇拜。

［74］箕畴：《尚书·洪范》，又名《洪范九畴》，传为箕子所作，故称箕畴。　　五福：古代所谓五种幸福。《尚书·洪范》："五福：一曰寿，二曰富，三曰康宁，四曰攸好德，五曰考终命。"

与书巢

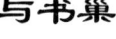

袁　枚

此信作于清高宗乾隆十七年（1752），作者时年46岁。他的妹夫胡书巢任山东省东昌（今山东聊城）知府，诗才很高。袁枚《仿元遗山论诗》对他有过评价："书巢健笔颇嵯岈，入蜀诗多近少陵。挥尽俸金留底物？白头一盏读书灯。"作者曾把诗稿寄给他，这封信中谈了学诗的经过和论诗的见解。

笔记杂著卷

袁枚诗名远播海内，从王公贵人、文人学士到里巷布衣，都来向他求诗和学诗。他在诗评上持论高迈，力主性灵，反对传统，尤其反对以诗歌为宣扬封建伦常的工具，使作品变成了没有感情、失了真气的僵尸。他的理论在诗坛上影响很大。在继承和创新的关系上，他并非一概反对学习古人，而是反对学古不知变化。他在信中提出"不合"、"不离"之说，简明而扼要。他在《答沈大宗伯论诗书》中更发挥了这种观点："唐人学汉魏变汉魏，宋人学唐变唐。其变也非有心于变也，乃不得不变也，使不变则不足以为唐、不足以为宋也。子孙之貌莫不本于祖父，然变而美者有之，变而丑者有之。若必禁其不变，则虽造物有所不能也。先生许唐人之变汉魏而独不许宋人之变唐，惑也。"另外，作者主张诗应讲究含蓄，不可一泻无馀，缺乏波澜；反对堆砌辞藻，五颜六色，炫人眼目，流于俗气。这些都是初学者容易犯的毛病。

本文选自《小仓山房尺牍》。

原文

足下官东鲁后[1]，两执讯而与书[2]，所以过存之者[3]，至殷且挚[4]。枚神心怖覆[5]，以手击头[6]，呼谢者再。道甲、丁两编都蒙英盼[7]，拙人之拙，布露所蓄[8]，不笑之至，矧而甘心以贤之[9]？使我变惭颜为欣瞩矣[10]！青莲玉局[11]，如云星天构[12]，足下以樿傍之柲俪之[13]，直是溺爱过差[14]，非其实也。纳手扪心[15]，自知不如阿品诗骨清绝[16]。其淫说靡辨才甚[17]，当是吾家临汝[18]。惜多公家之言[19]，速藻如下水舟[20]，不能纡澜回波[21]，得隐侯三易法[22]，而亦蹈繁华流荡之讥[23]；喜依傍大贤刘遵祖[24]，已作阿舅贼矣[25]。当好料理此人，幸宠秩之[26]，勿与冷将息。笼东而退[27]，为可惜也。

夫文章易作，逋峭难为[28]。不合古人不佳，不离古人又不佳，两者宜兼。非沉酣竹素[29]，修业不息版[30]，则高轨遐踪[31]，末由深造[32]。至于一绝处[33]，别有天授[34]，非人力也。枚生七八岁，即赉油素、弄柔翰[35]，学作振绮人[36]。时艺误之[37]，象胥误之[38]，竹皮冠再误之[39]，途杂学荒，如骏马登陑[40]，契需不进然[41]。尔时意态阔略[42]，谓能濡迹匡时[43]，小有建立，当不借空文以自表[44]。卒之仕宦不进，才亦退矣。如彼博枭[45]，掷辄鞭[46]，何能效碌碌者苏而复上乎[47]？不得不伏蛰盛夏[48]，藏华当春，韬精肆力[49]，以彼易此[50]。韵语外[51]，尚多沉博绝丽之制。此时虽甚没没[52]，而千百世后，未必不以子云为金匮[53]。非足下游目分明[54]，仆亦不敢褰帘自炫也[55]。

仆今年四十六矣，发种种欲宣[56]，左车牙先填沟壑[57]。儿胞未藏[58]，绿绨已裹[59]，得姓千年[60]，危乎艰哉！就使添丁迟暮[61]，不过曹瞒以爱子托人而已[62]。五棺碑綷未营[63]，羁鬼相至[64]，念古人随葬为达、归葬为仁之说[65],如行阴雪中,寒心飘摇,迷闷无主[66]。招难弟同居[67],此议甚健[68],奈庾诜十亩之宅[69],山池居半,薅其茶蓼[70],未必容彼妻孥[71]。阿五、阿三又霍霍如失鹰师[72],随风承流[73],未能自立。自此之后,或十年,或五六年,或四三年,想寒家此局才定耳。

足下绾符赤紧[74],身名俱泰[75],前程干云[76],非楚焞所卜[77]。然私心眷眷[78],望巾车早归[79],买一廛于南山之南[80],彼此如骖之靳[81],呻其占毕[82],并轨千秋[83]。愿虽至切,天不可期,且存此怀,各自努力而已。嗟乎!疾没世而名不称[84],定是宣尼晚年之语[85]。物孤则思伴,人老则思传[86],为可悲也。足下亦有意乎?

[1] 足下:敬称对方。 东鲁:指山东省东昌府。

[2] 执讯:古代官名,执掌传送信息。这里是说,派人送信。 与(yǔ):给,送。

[3] 过存:问候。

[4] 至殷:极其深厚。

[5] 怖覆:恐慌不安。

[6] 以手击头:这是古代心情激奋、感动的表示。

[7] 甲、丁两编:作者自编诗集。 蒙:承蒙(敬词)。 英盼:阅览。英,美好,称颂之意;盼,看,观。

[8] 布露:表达,写出。 所蓄:内心的感想。

[9] 矧(shěn):何况,况且。表示更进一层。 贤:好,用作动词,夸好,赞美。

[10] 惭颜:羞愧的脸色。 欣瞩:高兴的眼神。

[11] 青莲:李白,字太白,号青莲居士,唐代伟大诗人。 玉局:苏轼,字子瞻,号东坡居士,宋代大文学家,诗词以豪放著称。苏轼曾任玉局观提举,因称苏玉局。

[12] 天构:自然生成。这句是说,李白、苏轼的诗,才华横溢,出之自然,如同彩云、明星,不是人工雕琢所造成的。

[13] 椫(shàn)傍:用整块木料做成的棺木,贵族所用棺木都是大树制成。 杙(yì):木桩。 俪:并列,同样看待。

[14] 溺爱:过分宠爱,偏爱。 过差(cī):过度。差,等级,限格。

[15] 纳:伸进。 扪:按,摸。

[16] 阿品:作者堂弟阿品。名龙文,能诗,曾被袁枚称为"吾家临汝"。(《小仓山房诗集》卷三十《龙文设饯黄江厂,诸公送者自厓返矣,龙文独后》:"秋老关津树有霜,吾家临汝捧离觞。") 诗骨:诗歌的风骨、格调。 清绝:高超,不同一般。

[17] 淫说靡辨:议论任意发挥,分析不加节制。 才甚:很有才气。

[18] 吾家临汝:我家才子。袁宏,字彦伯,东晋时人,父袁勖,为临汝令,因称袁临汝郎,少有才名,文章绝美。安西将军谢尚称赏其才,引为参军。官至东阳郡守。著有《后汉纪》三卷等。

[19] 公家之言:官场用语,官腔官调。

[20] 速藻:笔调直快,无所含蓄。这句是说词藻丰富,急于倾吐,下笔如顺水小船,直接快速。

[21] 纡澜回波：起伏，文章富于变化。纡、回，曲折。

[22] 隐侯：沈约，字休文，南朝诗人。历仕宋、齐、梁三朝，入梁为尚书仆射，封建昌县侯，谥隐，因称沈隐侯。诗歌创作讲究声律对仗，造成深远影响。著有《宋书》《四声韵谱》等。　三易：颜之推《颜氏家训·文章》："沈隐侯曰：'文章当从三易：易见事，一也；易识字，二也；易读诵，三也。'"

[23] 蹈：陷进，走到。　繁华：堆砌辞藻，追求华丽。　流荡：放任散漫，虚浮轻靡。　讥：指责，非议。

[24] 刘遵祖：事迹不详。阿品舅父，当时名儒。

[25] 作阿舅贼：戏称阿品学刘遵祖文章笔调，有所采取。

[26] 宠秩：宠爱并授予官职。

[27] 笼东：溃败。

[28] 逦峭：形容曲折多姿。《魏书·温子昇传》"诗章易作，逦峭难为。"

[29] 沉酣：深入领会，以致陶醉。　竹素：典籍，因为古书都是写在简牍、绢帛上的。

[30] 息版：如说放下笔纸。版，古代写字用的简牍，竹、木制成，呈长方形。《管子·宙合》："故退身不舍端，修业不息版。"

[31] 高轨遐踪：高超的成就。轨指道路，踪指足迹，引申为造诣、成就。

[32] 末由：没有办法着手。

[33] 一绝：独到。

[34] 天授：天所赐予，即是作家的天才、气质、灵感等。《史记·淮阴侯列传》："且陛下所谓天授，非人力也。"

[35] 赍(jī)：带着，拿着。　油素：光滑的白绢，古代书画所用。　柔翰：毛笔。

[36] 振绮：比喻作文下笔轻捷，不费力。李白《送王屋山人魏万还王屋》："十三弄文史，挥笔如振绮。"

[37] 时艺：又称时文，对古文而言，指科举考试的文体，即明清的八股文。

[38] 象胥：周代官名，执掌传达王言，通译蛮夷之语。作者乾隆四年(1739)中进士，任翰林院庶吉士，参与编修国史、草拟诰命。

[39] 竹皮冠：汉高祖刘邦微贱时以竹皮所制之冠，既贵以后，常戴。又称刘氏冠。后于皇帝祭祀宗庙时用。这里是指乾隆十七年(1752)辞官还乡，忙于应酬、游览，虚掷光阴。

[40] 陁(yǐ)：山势倾斜。

[41] 契需：马行不利。　如……然：像……的样子。

[42] 尔：那。　意态：神情姿态。　阔略：粗疏，看得不清。

[43] 濡迹：停留，引申则为投身、涉足。　匡时：挽救时局。《后汉书·荀爽传论》："平运则弘道以求志，陵夷则濡迹以匡时。"即为本文所本。

[44] 空文：文章（与"功业"相对而言）。

[45] 博枭：古代一种局戏叫六博，双方各六子，在棋局上走子，杀死对方的枭为胜。

[46] 掷：投子。　辄：总是。　鞬：装箭的袋，引申为束缚。

[47] 碌碌：忙碌(文中讽刺汲汲追逐利禄的人)。　苏：困顿后获得休息。

[48] 伏蛰：冬季昆虫、兽类藏伏起来。伏蛰盛夏及后文的藏华当春，是说正当壮年退隐。

[49] 韬精：保存精力，与"肆力"相对而言。韬，装刀剑的鞘，用作动词，收藏。　肆：用尽，放开。

[50] 易：代替，交换。

[51] 韵语：诗、赋、赞、铭之类押韵的文体。

[52] 没没：埋没。

[53]子云：扬雄，字子云，汉代学者、汉赋作家。毕生从事校订典籍和著述，著有《太玄》《法言》《方言》等，多为模仿，颇遭讥评。　金匮：古代保存典籍秘文之处。这句是说，后世也许认为扬雄留下宝贵的遗作。是以扬雄指代自己。

[54]游目：观览。

[55]搴(qiān)帘：露出面目，让人观看（比喻把诗集送给人看）。搴，提起，掀起。

[56]种种：头发短。　欲：将近，几乎。　宣：头发斑白。

[57]车：牙床。　填沟壑：埋入山沟，古代死的代称。作者左侧牙蛀坏，故如此说。

[58]儿胞：儿子的胎胞。作者此年46岁，未生儿子，心怀忧虑。62岁时生子。

[59]绿绨：官服。古代官级不同，官服颜色不同，朱、紫为高级官服，绿为低级官服。官服裹起，表示辞官还乡。

[60]得姓：子孙延续。

[61]添丁：生男孩儿。唐代男子21岁服丁役，因称生男孩为添丁。　迟暮：晚年。

[62]曹瞒：东汉末政治家、文学家曹操，字孟德，小字阿瞒，位至丞相，封魏王。此处应是刘备之误。刘备临死，太子刘禅未成年，托孤于诸葛亮。

[63]五棺：作者原籍杭州，他辞官后定居南京清凉山东小仓山，他的母亲等五人死后葬在这里，准备迁回原籍。　碑绋(lù)：古代下葬所用之物。碑，用以引棺木入墓穴的木柱或石柱，上有文字（后世演变成为碑碣）；绋，即绷，引棺木的绳索。

[64]羁鬼：葬在外地的死者。

[65]随葬：人死后就地埋葬。　归葬：人死后灵柩运回原籍埋葬。古代认为，死在外地，就地埋葬，这是不拘古礼的变通做法；送回原籍，埋进祖坟，这是尽了人道。

[66]迷闷：迷惘苦闷。　无主：心神不定。

[67]难弟：作者之弟袁树（香亭）失官，生活困难。书巢信中建议招袁树与他一起生活。

[68]健：强，好。

[69]庾诜：字彦贵，南朝梁新野（今河南新野）人，自幼颖异，百家无不研习。性情恬淡质朴，不治产业，特爱林泉，屡征不仕，晚年信佛。著有《帝历》《易林》等。《梁书》本传："十亩之宅，山池居半。"

[70]薅(hāo)：除掉田中杂草。　荼蓼(túliǎo)：杂草。荼，生在陆地的野草；蓼，生在水中的野草。

[71]孥(nú)：妻子儿女。

[72]阿五、阿三：袁树二子。　霍霍：形容行踪不定，忽来忽去，不听管教。　鹰师：驯鹰的人。

[73]随风承流：随波逐流。

[74]绾(wǎn)符：佩带符节，担任封疆大吏的象征。绾，拴结。　赤紧：应作"赤绂"，高级官员的服饰。

[75]泰：安宁，通畅。这句是说，身体安康，名声传扬。

[76]干云：入云，形容远大。干，抵触，侵犯。

[77]楚焞(dūn)：钻灼龟甲用的荆条。古代用龟甲占卜，先用点燃的荆条钻灼龟甲，视其裂纹以定吉凶。焞，光亮，这里用作点燃。

[78]眷眷：留恋，依恋。

[79]巾车：有帷幕的车。

[80]廛(chǎn)：古代一夫所有的田宅，《孟子·梁惠王上》所谓"五亩之宅"、"百亩之田"。

[81]如骖之靳：比喻前后相随。骖，古代四马驾车，两旁叫骖，中间叫服；靳，服马当胸的套革，骖马之首，

正当服马之胸,所以前后相随,叫做如骖之靳。《左传·定公九年》:"吾从子如骖之靳。"

[82]呻其占毕:出自《礼记·学记》。呻,念,诵;占,王引之《经义述闻》:"占读为笘。"占、毕,都是竹简。原意指照读文字,不明意义;后来指读书。

[83]并轨:并驾齐驱。

[84]疾:痛恨。 没世:死去。《论语·卫灵公》:"子曰:'君子疾没世而名不称焉。'"是说君子最怕死后名声不被人们称诵。

[85]宣尼:孔子,名丘,字仲尼。唐代加封号文宣王,因称宣尼。

[86]传:这里是指留下诗文,传名后世。

复鲁絜非书

姚 鼐

姚鼐(1732—1815),清代古文作家,字姬传,一字梦谷,安徽桐城人。乾隆二十八年(1763)进士。曾任刑部郎中、四库全书纂修。辞官后主讲江南紫阳、钟山等书院达40年。与方苞等为桐城派古文代表作家。著有《古文辞类纂》、《惜抱轩诗文集》。

鲁絜非,原名仕骥,后改九皋,字絜非,保定新城人。曾任山西夏县知县。他写信向姚鼐请教古文作法。在这封回信中,姚鼐着重以阴阳二气的哲学原理为基础,论述了文章风格阳刚、阴柔两大类型及其错综变化,比喻形象,分析透辟,是对古代文学风格理论的概括和总结,在文学创作、鉴赏上都有指导作用。

本文选自《惜抱轩诗文集》。

桐城姚鼐顿首,絜非先生足下:

相知恨少,晚遇先生。接其人,知为君子矣。读其文,非君子不能也。往与程鱼门、周书昌尝论古今才士[1],惟为古文者最少,苟为之,必杰士也,况为之专且善如先生乎!辱书[2],引义谦而见推过当[3],非所敢任。鼐自幼迄衰,获侍贤人长者为师友,剽取见闻[4],加臆度为说[5],非真知文能为文也,奚辱命之哉?盖虚怀乐取者[6],君子之心;而诵所得以正于君子[7],亦鄙陋之志也[8]。

鼐闻天地之道,阴阳刚柔而已。文者,天地之精英[9],而阴阳刚柔之发也。惟圣人之言[10],统二气之会而弗偏[11],然而《易》《诗》《书》《论语》所载,亦间有可以刚柔分矣[12]。值其时其人[13],告语之体[14],各有宜也。自诸子而降[15],其为文无弗有偏者。其得于阳与刚之美者,则其文如霆[16],如电,如长风之出谷,如崇山峻崖,如决大川,如奔骐骥;其光也,如杲日[17],如火,如金镠铁[18];其于人也,如冯高视远[19],如君而朝万众,如鼓万勇士而战之[20]。其得于阴与柔之美者,则其文如升初日,如清风,如云,如霞,如烟,如幽林曲涧,如沦[21],如漾[22],如珠玉之辉,如鸿鹄之鸣而入寥廓[23];其于人也,漻乎其如叹[24],邈乎其如有思[25],暖乎其如喜[26],愀乎其如悲[27]。观其文,讽其音,则为文者之性情形状,举以殊焉[28]。

且夫阴阳刚柔,其本二端[29],造物者糅而气有多寡、进绌[30],则品次亿万[31],以至于不可穷,万物生焉。故曰:"一阴一阳之为道[32]。"夫文之多变,亦若是也。糅而偏胜可也[33],偏胜之极,一有一绝无,与夫刚不足为刚,柔不足为柔者,皆不可以言文。今夫野人孺子闻乐[34],以为声歌弦管之会尔;苟善乐者闻之,则五音十二律[35],必有一当[36],接于耳而分矣。夫论文者岂异于是乎?宋朝欧阳、曾公之文[37],其才皆偏于柔之美者也。欧公能取异己者之长而时济之[38],曾公能避所短而不犯。观先生之文,殆近于二公焉。抑人之学文[39],其功力所能至者,陈理义必明当,布置取舍繁简廉肉不失法[40],吐辞雅驯不芜而已[41]。古今至此者,盖不数数得[42],然尚非文之至。文之至者,通乎神明,人力不及施也。先生以为然乎?

惠寄之文,刻本固当见与[43],钞本谨封还。然钞本不能胜刻者。诸体中书疏、赠序为上,记事之文次之,论辨又次之。鼐亦窃识数语于其间[44],未必当也。《梅崖集》果有逾人处[45],恨不识其人。郎君令甥,皆美才未易量,听所好恣为之[46],勿拘其途可也。于所寄文,辄妄评说,勿罪勿罪!秋暑,惟体中安否?千万自爱[47]!七月朔日。

[1]程鱼门:程晋芳,字鱼门,安徽歙县人。乾隆年间进士。 周书昌:周永年,字书昌,山东历城人。乾隆年间进士。程、周二人与姚鼐同任四库全书纂修。

[2]辱书:荣幸地接到来信。辱,谦辞,表示自己没有资格接受。

[3]引义:承担责任。 见推:对我推崇。 过当:过分。

[4]剽取:窃取,采取(自谦之辞)。

[5]臆度:主观测度,猜想(自谦之辞)。

[6]虚怀:虚心。 乐取:乐于学习他人的长处。《孟子·公孙丑上》:"大舜有大焉,善与人同,舍己从人,乐取于人以为善。"

[7]正:定其是非。

[8]鄙陋:谦称自己。

[9]精英:精华。

[10]圣人:指尧、舜、禹、汤、文、武、周公、孔子。

[11]统:全部掌控。 二气:阴阳。 会:会合。 弗偏:没有偏向。
[12]间(jiàn):间或,有的。
[13]值:正当,遇到。
[14]告语之体:记载言论的文体,例如《尚书》中的《训》《诰》和《论语》《孟子》等。
[15]而降:以下。
[16]霆:雷霆。
[17]杲(gǎo)日:明亮的太阳。
[18]金镠(liú)铁:镂刻镶嵌金花的铁器。镠,纯金,即紫磨金。
[19]冯高:站在高处。冯,同"凭"。
[20]鼓:用为动词,击鼓指挥。
[21]沦:水面微波。
[22]漾(yàng):水流很长。
[23]鸿鹄(hú):大天鹅。 寥廓:高远空阔的天空。
[24]漻(liáo)乎:寂静的样子。
[25]邈(miǎo)乎:深远的样子。
[26]暖乎:热烈的样子。
[27]愀(qiǎo)乎:伤感的样子。
[28]举:完全。 殊:不同。
[29]本:根源。 二端:两个方面。
[30]造物者:老天,万物的主宰。 糅(róu):混合,杂糅。 进绌:增减,伸缩。
[31]品汶:品种等级。
[32]一阴一阳之为道:出自《易经·系辞上》。
[33]偏胜:偏重某一方面。
[34]野人:农夫。 孺子:小孩儿。
[35]五音:宫、商、角、徵(zhǐ)羽五种音阶。 十二律:黄钟、太簇、姑洗、蕤宾、夷则、亡射(以上阳律)、大吕、夹钟、中吕、林钟、南吕、应钟(以上阴律)十二种乐调。
[36]当:符合,相当。
[37]欧阳:宋代欧阳修。 曾公:宋代曾巩。以上二人都是古文名家。
[38]异己者:与自己风格不同的作家。 济:补益,补助。
[39]抑:转折连词,可是。
[40]廉:古代音乐术语,声音峭厉。 肉:古代音乐术语,声音洪亮。
[41]雅训:文雅不俗。 不芜:不杂。
[42]数数(shuòshuò):屡屡,常常。
[43]见与:赠送给我。
[44]识:通"志",记。
[45]《梅崖集》:清代古文作家朱仕琇,字斐瞻,福建建宁人,乾隆年间进士,著《梅崖集》。
[46]恣:听任。
[47]自爱:自己保重身体。

家　书

林则徐

题解

林则徐(1785—1850),清代大臣,字元抚,一字少穆,晚号俟村老人,福建侯官(今福建福州市)人。嘉庆十六年(1811)进士,道光十七年(1837)任湖广总督,次年被任命为钦差大臣,节制广东水师,前往广东查办鸦片事件。他一面销毁鸦片,一面加强海防,给予英国侵略者以沉重打击。后因遭到投降派的陷害被革职,充军伊犁。遇赦以后,任过陕西巡抚、云贵总督。太平天国革命爆发前夕,他再次被任命为钦差大臣,赴广西进行镇压,病死途中。著有《林文忠公政书》《信及录》《云左山房文钞》等。

林则徐是近代进步的思想家、伟大的爱国主义者。他出身于社会的中下层,对于清王朝的政治腐败、经济衰退,有较深刻的认识,对于帝国主义利用鸦片贸易侵略中国,有较清醒的了解。他主张改革,见识卓越,在当时和后来都产生了很大影响。特别是在鸦片战争中,他站在反抗侵略的斗争前列,成为近代史上高举反帝斗争旗帜的第一人。

这封家书,是林则徐在被革职后等候处理期间写下的,时在道光二十一年正月初四(1841年1月26日)。与英帝国主义相勾结的顽固官僚琦善到广州后,解散兵勇,拆除工事,甚至不惜出卖国家领土和主权,借以向英国侵略者乞降求和,以致大角、沙角炮台陷落敌手。此时作者深为国家担忧,极其痛恨投降派,准备不顾牺牲一切,要与琦善的卖国投降行径斗争到底。这封信反映了林则徐的爱国主义思想立场和面对打击迫害毫不屈服、敢于斗争的精神。

本文选自《鸦片战争》资料丛刊第二册。关于此信,又有致友人、致两江总督裕谦等不同说法。

原文

广东夷务[1],大不可问。议和之事,静老以为秘计[2],不令外人知情。密任直隶守备白含章及汉奸鲍鹏[3],往来寄信;虽甚秘密,其实人人皆知。如烟价已许七百万[4],尚要一千万,且要现银。闻已付一百万,尚且不肯。其马头除广东外[5],闻又许以福建省城及厦门两处;而彼尚要苏州、上海、宁波等处,并定海亦不肯还。其骄恣如此,看来和议不成,仍须动干戈[6]。彼时欲收已懈之军心,与已散之壮勇,又何可得哉？譬如治气血大亏之症,正在用药扶持中间,忽被医用了泻药剂,几乎气脱,如何保全？此真可为痛哭者也！

逆夷与静老照会,动云限以三日[7],若不许即攻打虎门[8],如是者已数次。且其照会内云："若添兵勇来敌,则不准和。"静老一意要和,竟不敢添兵。文武等再四禀求,密派三百名至五百名为止,夜闻偷载渡船,散插各处,毫无济事。上年十二月十五日[9],逆夷突乘多船,来攻沙角炮台，后面有二千人，用竹梯爬上后山。副将陈连陞久历川、楚军营[10]，最为老练，曾于后山埋有地雷，将机发动，击死百馀人。然不能再发，后队逆夷，并汉奸复拥而进。打至申刻，我兵止有六百名，彼有五倍，而火药已竭。彼又用火轮船、三板船，并汉奸船数十只，绕赴三门口[11]，将师船十只放火烧毁。其船上官兵，或阵亡，或逃命，人心已乱，炮台上已来不及矣。其横档、镇远、靖远、威远各台[12]，俱在附近，而各保自己，不能相救；且即添兵协济火药，亦须用船，而夷船已横截之矣。沙角、大角两炮台均被夺去。可怜陈连陞并其子鹏举被锉数十刀[13]，且刳破肚腹[14]，言之可痛。守备张清龄[15]、外委翟长龄均阵亡[16]。三口营兵死者最多[17]，惠州次之[18]，抚标殊少[19]。大抵死者死，伤者伤，而逃者亦复不少矣。

关滋圃尚守镇远[20]，李润堂守威远[21]，马辰、多隆武守靖远[22]，皆不过数百兵，藩篱全不足恃[23]。向来广东门户之紧，总因内河水浅，夷船重笨，不能进来。自今议和以来，兵勇撤去，九月底卸事后[24]，更无人管了。静老到后，更纵汉奸之所为，亲造三板小船[25]，招集贩烟蜈蚣、快蟹等船数百只[26]，竹梯千馀架。此外火箭喷筒之类，照内地制造者，更不可以数计。此次爬沙角后山之人，大半皆汉奸，或冒官兵号衣[27]，或穿夷服，用梯牵引而上。从前七、八月间，一面拿汉奸，一面出示，令其杀夷领赏。汉奸密谋动手，鬼子心悸，不敢留汉奸在船，一时几于尽除羽翼[28]。及静老来后，有人拿鸦片烟，即碰其钉子；有人说汉奸，则曰："汝即汉奸。"故此辈全无忌惮，酿成今日之事。沙角、大角两口既已被占，伊即于山上造屋矣[29]。其小船若闯进三门，则镇口唾手可得[30]。关提、李镇虽在威远等处[31]，而兵单难以拒守。且镇口一失，尽可直逼省城，徒守此三、四炮台[32]，又复何益？众文武佥请大添兵力[33]，而静老至此田地，尚且恐添兵而阻和议，各官再四恳求，乃准暗添兵数百。于夜始渡，官兵均极愤愤。

此次失事之后[34]，屿老作字谓再难坐视[35]，且云嗣后当无议和之理。因各备一柬[36]，遣人赴督署，禀称闻有此事，心甚焦急，特遣人来请安，并请中堂吩咐[37]。据其答云："无话商量。"盖其讳疾忌医，尚不欲人知道乃事也[38]。闻两日连赶数信与义律[39]，皆不与人知。而逆夷声称事事全依，乃能歇手，不然限至十九日止，二十日又要动手。关、李专弁请兵[40]，仅许密添二百，其差官来寓哭诉，据云："提、镇二位在炮台，相向而泣，恐无援兵，安得不坐以待毙？"予谓提、镇能以死报国，亦是分所当然；但何以不将此情形，透切一奏，死后亦有申冤之日？即一时不能申冤，后世亦有记载。未知滋圃亦见及此否？今恐无别法，只须看伊和议成否。如和议成，原不过暂解一时，而大事已去，三年后不堪设想矣。若和议不成，则镇口先受其亏。倘镇口一失，省城便危，到此水尽山穷，亦何所逃也？十五日打仗之后，义律却用文书与提督，并寄静老信，限三日回信，否则再攻。闻静老业已全许矣。伊全不信广东官员。凡奉到廷寄，以至发递奏折，及夷书往来，从不以一字示人。即见司道时偶然说及[41]，亦不过云夷人求几件事而已；所求何事，则又秘而不宣。已过三日之限，闻挂了白旗，似是和了。及顷间又闻挂红白双旗，传言要得新安县，不知果否。李总戎跑回问静老[42]，嚎咷痛哭，不肯再去。伊亦云："若去，只有一死。"是亦知和之不得成矣。而尚讳疾忌医，犹可问乎？此次攻占炮台在和议数日之后，必不能遥接上文[43]，仍谓缴烟有激而成也，乃巘老总以此为虑。殊不思逆夷前此所以不敢轻犯者，原因防守严密，众志成城，解散汉奸，故不敢狡焉思逞也[44]。自奉旨不开枪炮[45]，即被抢去师船。静老到时，先要究问何人放炮[46]。并说莫得放炮，听炮台上放一号炮，以致夷人生气，将师船抢去。似此倒行逆施，懈军心，颓士气，壮贼胆，蔑国威，此次大败，皆伊所卖，岂尚能追溯缴烟之事乎？如尚谓有激而成，则七百万银激之、牛、羊、鸡、鸭、黍、米之馈激之而已。若果再为诬枉之言，归咎前事，则只得拼命畅叙一呈，遣人赴都察院呈递[47]。即置之死地，亦要说了明白也。

连日探知和议已定，尖沙嘴一带，许其造屋居住，作为贸易之所。所赔之银，勒令伍怡和先垫出一百万[48]，约于新正给付[49]。夷船已允正月退出，并先退还舟山。或可希冀目前无事，然其情伪虚实不可知也。本日早晨，静老接到廷寄，即刻来拜，排闼而入[50]，始知和议忽又不准[51]。然此时局势全散，何从收复？静老仍一意主和，力言不可打仗之故，名为来此面商，实则封钳其口[52]。亦无庸与之细说。即使极力与辩，伊必恨我阻其和议；倘以阻挠军情密劾，又安敢尝试乎？现在廷寄内云"当大伸张挞伐"，又云"朕志已定，断无游移"。然后之果否游移，仍属难料。计算上元之内[53]，尚有五个折批回。若一直生怒，则静老亦是覆辙[54]。但恐无人下药[55]，又来抓住旧医[56]。此时万无措手之处。较之从前一气作下，难易迥殊霄壤[57]，奈何奈何！此次廷寄，此间竟不敢转行；然处处皆有汉奸探听事情，不出数日，自必尽知。倘再一蛮来，则虎门各炮台，全无预备，火药兵丁均无接援，省垣殊觉可危[58]。静老现与义律约定新正四日在狮子洋边之莲花城相会[59]，无人敢阻之，想彼此别有心交，不致相害也。此次川、楚调兵，难瞒汉奸耳目。况烟价已许伊先解一百万，此时夷人穷极，必先索讨。此项系令伍怡和垫出，亦迫于有旨，不得不然耳。若知有不准给还之旨，伍商岂肯出钱？夷人正在要钱，静老无钱给付，逆夷又必攻打。此时虎门各处兵力恐单，兵心全散；再若狼奔豕突[60]，即使省城保住，而新安、香山二县及虎门炮台，均恐唾手而去。祸患真不可测。新正三日，静老赴狮子洋，与义律约于初四日见面。顷知初四日，义律又不肯见，改于初五日辰刻[61]，究尚未知情形何如也。

[1]夷务：外交事务。清朝以天朝大国自居，称外国为夷，外交事务为夷务。

[2]静老：指琦善，字静庵，姓博尔济吉特氏，满洲正黄旗人。他是鸦片战争投降派的代表人物。1836年8月起任直隶总督，反对禁烟。1840年8月，英军窜犯天津海口，道光皇帝派他同英国侵略者谈判。他答应一切问题都可以到广州谈判解决，换取了英国撤兵。道光皇帝以他"退敌"有功，任命他为钦差大臣，到广州与英人谈判。同时以"办理不善"的罪名，把林则徐、邓廷桢撤职查办，由他继任两广总督。他到广州后，与英人秘密谈判，出卖国家利益，不让林则徐等知道。

[3]白含章：原是直隶千总。1840年9月，琦善在天津与英人义律谈判，他充当联系人。后随琦善赴广州，升任守备，成为琦善投降卖国的亲信。　鲍鹏：原名鲍亚囚、鲍聪，通晓英语，是鸦片贩子英商颠地的买办。禁烟运动开始，他畏罪潜逃到山东，改名鲍鹏。琦善路过山东时，由山东巡抚托浑布引荐，把他带到广东。

[4]烟价：英人义律在与琦善谈判中，提出赔款、割地和开放商埠等无理要求，其中仅赔偿烟价就要两千万元，后来双方讨价还价，降到七百万元。

[5]马头：也作码头，河岸泊船之处。这里是指通商口岸。

[6]干戈：古代兵器，这里指代武力、战争。

[7]动云：动不动就说，常说。

[8]虎门：在广东东莞市，珠江三角洲东南侧，为珠江主要出海口和广东海防的门户之一。林则徐在这里修筑工事，曾给来犯的英军以痛击。

[9]上年：道光二十年(1840)。

[10]陈连陞：湖北鹤峰人，当时任三江口副将，驻守沙角炮台。道光二十年十二月十五日(1841年1月7日)，他率兵六百抵抗入侵英军数千，击毙敌人数百，终因孤立无援，与其子陈鹏举一起壮烈牺牲。　久历川、楚军营：指陈连陞曾参加过镇压四川、湖北一带白莲教起义。

[11]三门：在广东虎门南山(即武山)下十多里地方。因山前有两块大石，直插水中，分水为三，故称三门。

[12]横档、镇远、靖远、威远：都是虎门海口炮台。横档炮台建在横档山麓，所辖海面是外船出入广州必经之路。镇远、靖远、威远三炮台都建于武山，与横档隔海对峙，互相呼应，成为当时防御英军入侵的第二重门户。其中靖远炮台是道光十九年(1839)林则徐修筑的，火力最强。

[13]剉(cuò)：斩、砍。

210

［14］刳(kū)：剖开挖空。

［15］张清龄：时任水师千总。这里说任守备，记叙有误。

［16］翟长龄：时任抚标外委。

［17］三口：即三江口。

［18］惠州：今广东惠州市惠阳区，明清两代为府。

［19］抚标：标为清代军队名称，总督所辖军队称督标，巡抚所辖军队称抚标。 殊：极，很。

［20］关滋圃：即关天培，时任水师提督。

［21］李润堂：名廷钰，福建同安人，时任潮州镇总兵。

［22］马辰：安徽怀宁人，时任候选都司。 多隆武：满族人，时任肇庆协副将。

［23］藩篱：庭院、园圃周围的篱笆、围墙，这里比喻边防门户。

［24］卸事：免职。道光二十年九月二十五日（1840年10月20日），林则徐接到吏部"奉旨交部严加议处，来京听候部议"的公文，被撤去两广总督职务。

［25］三板：即"舢板"，明清战船中最小的，仅可坐十人左右。

［26］蜈蚣、快蟹：多人驾驶、速度很快的战船。

［27］号衣：旧时士兵所穿制服，带有标记。

［28］羽翼：左右辅助的人，这里是指替英国侵略者效劳的汉奸。

［29］伊：他们，指英国侵略者。

［30］镇口：即虎门镇口。 唾手可得：轻易得到。

［31］关提：指水师提督关天培。 李镇：指潮州镇总兵李润堂。

［32］徒：副词，只。

［33］佥：副词，都。

［34］失事：指英军攻占沙角、大角两炮台。

［35］屿老：即邓廷桢，字屿筠，江宁人。道光十五年（1835）任两广总督，后与林则徐同心协力查禁鸦片，迎击入侵英军。 作字：写信。

［36］各备一柬：林则徐、邓廷桢听到沙角、大角炮台失陷消息后，对琦善的卖国投降行为极其愤慨，各自写信送给琦善，要求组织抵抗，但遭无理拒绝。柬，信札。

［37］中堂：明清时对大学士的称呼，琦善有文渊阁大学士衔，故称他为中堂。

［38］乃：这。

［39］义律：鸦片战争期间英国侵略者的谈判代表。

［40］专弁(biàn)：负有专门使命的低级武官。弁，皮帽，古代武官戴皮帽，因称武官为弁，清代专称低级武官为弁。

［41］司道：都司（清代四品武官）、道台（省以下、府以上的行政官员）。

［42］总戎：指统帅。李总戎，指李润堂。

［43］遥接上文：时间相隔很久，继续使用以前的借口。投降派代表人物琦善为英国侵略者辩护，硬说英舰入侵，是由于林则徐禁毁鸦片，激怒英国人而引起的。这次英军攻占沙角、大角炮台，是在琦善与义律和谈之后，不能继续使用以前的借口为侵略者辩护了。

［44］狡焉思逞：想狡猾地实现他的侵略野心。

［45］奉旨：道光二十年八月二十日（1840年9月17日），道光皇帝为了讨好英国侵略者，竟下令沿海各省

督抚:"如有该夷船只经过,或停泊外洋,不必开放枪炮。"此令一下,英国侵略者气焰更加嚣张。此年十月十六、十七两日,广东沿海即发生了艚船一只、米艇一只、盐船八只被英军掳去,兵丁三十名下落不明的事件。信中所说"即被抢去师船",即指此事。

[46]究问:道光二十年八月(1840年9月),林则徐派副将陈连陛率兵船五艘,载兵勇五千名,袭击停泊在磨刀洋上的五艘英国兵船,敌船战败逃去,捞获敌尸十馀具。道光皇帝得到战报,反斥之为"贪功启衅,杀人灭口"。琦善到广州后,说是要替英人"代伸冤抑",诘问谁先开炮,并且扬言要处决杀敌有功的陈连陛。

[47]都察院:清代最高的监察、弹劾及建议的机关。

[48]伍怡和:怡和行行商伍敦元。

[49]新正:旧历正月。

[50]排闼(tà)而入:推门进来,情况紧急,未等通报。闼,小门。

[51]和议忽又不准:琦善于道光二十年十月二十六日(1840年12月19日)给道光皇帝上了一道奏折,请求准许英人到福州、厦门通商,并赔偿烟价六百万元。道光皇帝在当年十二月十四日(1841年1月6日)发出一道上谕,对琦善大加申斥,要琦善督同林则徐、邓廷桢准备抵抗。琦善接到上谕,立即去找林则徐。

[52]封钳其口:堵住我的嘴巴,使我不能发表抗英主张。钳,用作动词,夹住;其,我的。

[53]上元之内:指农历正月初一至十五。农历正月十五称为上元,其夜又称元宵。

[54]覆辙:翻车的道路,过去失败的教训。

[55]下药:拿出挽救局势的措施和对策。

[56]旧医:指作者。

[57]迥殊:远远不同,差得很远。 霄壤:天地,比喻相差悬殊,天地之隔。

[58]省垣:省城(指广州)。

[59]狮子洋:在小虎山西,离省城广州八十里。 莲花城:即莲花冈,在狮子洋旁边。琦善与义律约定于道光二十年正月初四日(1841年1月26日)在莲花城会见,准备正式签订《穿鼻草约》。

[60]狼奔豕突:比喻成群的坏人乱窜乱撞。

[61]辰刻:上午七时至九时。道光二十一年正月初五(1841年1月27日),琦善与义律会见,再次交涉《穿鼻草约》事宜。琦善不敢公开割让香港,以允许英人"寄居"为名,由英国实行事实上的占领。义律则坚持于草约内写明"割让"。结果双方同意缓期签约。

为学一首示子侄

彭端淑

彭端淑,字乐斋,清代四川丹棱人。雍正十一年(1733)进士。曾任吏部郎中、广东肇罗道台等。辞官后主讲四川锦江书院。著有《白鹤堂诗文集》。

这篇短文说明做事、治学,关键并不在于天资的聪敏与昏庸,而是在于刻苦努力,坚持不懈。先论证难与易、聪敏与昏庸之间的关系不是一成不变,而是可以转化的,决定条件就是本身的努力。然后运用两个和尚朝拜南海的故事证明奋发努力是成功的关键。最后归结到不自恃天资聪敏,不埋怨天生愚笨,努力上进。正反对比,说理明豁,事例生动,通俗易懂。文章简洁明白,颇有教益。这是给子侄们的家训,兼有书信的特点,流传甚广。

本文选自《白鹤堂诗文集》。

原文

天下事有难易乎？为之，则难者亦易矣；不为，则易者亦难矣。人之为学有难易乎？学之，则难者亦易矣；不学，则易者亦难矣。吾资之昏[1]，不逮人也[2]；吾材之庸[3]，不逮人也；旦旦而学之[4]，久而不怠焉[5]，迄乎成[6]，而亦不知其昏与庸也。吾资之聪，倍人也[7]；吾材之敏，倍人也；屏弃而不用[8]，其与昏与庸无以异也[9]。圣人之道[10]，卒于鲁也传之[11]，然则昏庸聪敏之用[12]，岂有常哉[13]？

蜀之鄙[14]，有二僧，其一贫，其一富。贫者语于富者曰[15]："吾欲之南海[16]，何如？"富者曰："子何恃而往[17]？"曰："吾一瓶一钵足矣[18]。"富者曰："吾数年来欲买舟而下[19]，犹未能也，子何恃而往？"越明年[20]，贫者自南海还，以告富者，富者有惭色。西蜀之去南海，不知几千里也，僧之富者不能至，而贫者至之。人之立志，顾不如蜀鄙之僧哉[21]！

是故聪与敏，可恃而不可恃也；自恃其聪与敏而不学者，自败者也[22]。昏与庸，可限而不可限也；不自限其昏与庸而力学不倦者[23]，自力者也[24]。

[1]资：天资，禀赋。　昏：鲁笨，愚笨。

[2]逮：赶上，及。

[3]材：才质。　庸：平常，平庸。

[4]旦旦：天天。

[5]怠：懈怠，松劲。

[6]迄乎：直到。

[7]倍：用为动词，高出一倍。

[8]屏(bǐng)弃：扔掉，放在一边。

[9]无以：没有什么。

[10]圣人：儒家学派代表人物孔子。　道：理论体系。

[11]卒：副词，终于。　于：介词，由。　鲁：天资鲁钝的人，指曾参(shēn)。《论语·先进》："参也鲁。"据说孔子之道传给曾参，曾参传给子思，子思传给孟子。

[12]然则：这样说来，那么……

[13]常：固定，不变。

[14]蜀：古代国名，秦汉郡名，后为四川别称。　鄙：边境地区，乡野偏远地方。

[15] 语(yù)：告诉。

[16] 之：前往，前去。　南海：浙江舟山市普陀山(我国著名佛教圣地)。

[17] 子：对人的尊称，您。　恃：依靠，凭借。

[18] 瓶：水瓶。　钵(bō)：又称钵盂，古代和尚盛饭的扁平器具。和尚云游四方，随身携带一瓶一钵。

[19] 买舟：花钱雇船。　下：四川在西方，处于上游，南海在东方，处于下游，因此称"下"。

[20] 越：到。

[21] 顾：反而，却。

[22] 自败：自甘堕落，自暴自弃。

[23] 自限：限制自己，不求上进。

[24] 自力：主动进取，自求上进。

与澄、温、沅、季四弟书

曾国藩

曾国藩(1811—1872)，清代大臣，古文作家，字涤生，号伯涵，湖南湘乡人。道光十八年(1838)进士，选翰林院庶吉士，升礼部右侍郎。咸丰二年(1852)。返回原籍为母丧守孝，奉旨办团练，扩建成湘军，成为镇压太平天国农民起义的主力。曾任两江总督。天京(南京)攻下以后，又到河北攻剿捻军，处理天津教案。他注重经史研究，讲究经世致用；长于古文，是桐城派后期作家；适应形势，提倡洋务，与李鸿章、左宗棠等举办军事工业。死后遗稿编为《曾文正公文集》。

他很重视家庭教育，在政务繁忙、戎马倥偬之际，从未间断写家书教导子弟，共计保存一千四百多封。这些家书词句简明，含义深刻，充满亲情，亲切有味。或报告近况，或安排家事，或指导读书修身，或勉励建功立业，对后世影响较大。这封家书作于道光二十四年(1844)九月十九日，作者正任京官。信中告诫四位弟弟国潢(字澄侯)、国华(字温甫)、国荃(字沅甫)、国葆(字季洪)，立志是成材的第一个因素，严厉批评他们历年没有长进；并且指出，如果自己不立志，即使有良师益友也不能得到教益，切实进步。

本文选自《曾国藩家书》。

四位老弟足下：

自七月发信后未接诸弟信，乡间寄信较省城百倍之难，故余亦不望也[1]。

九弟前信有意与刘霞仙同伴读书[2]，此意甚佳。霞仙近来读朱子书大有所见[3]，不知其言语容止、规模气象何如。若果言动有礼，威仪可则[4]，则直以为师可也，岂特友之哉[5]？然与之同居，亦须真能取益乃佳，无徒浮慕虚名[6]。人苟能自立志，则圣贤豪杰何事不可为？何必借助于人？"我欲仁，斯仁至矣[7]。"我欲为孔孟，则日夜孜孜[8]，惟孔孟之是学，人谁得而御我哉[9]？若自己不立志，则虽日与尧舜禹汤同住，亦彼自彼，我自我矣，何与于我哉[10]？去年温甫欲读书省城[11]，吾以为离却家门局促之地而与省城诸胜己者处[12]，其长进当不可限量。乃两年以来看书亦不甚多[13]，至于诗文，则绝无长进，是不得归咎于地方之局促也。去年余为择师丁君叙忠[14]，后以丁君处太远，不能从，余意中遂无他师可从。今年弟自择罗罗山改文[15]，而嗣后杳无信息，是又不得归咎于无良友也。日月逝矣[16]，再过数年则满三十，不能不趁三十以前立志猛进也。

　　余受父教，而余不能教弟成名，此余所深愧者。他人与余交，多有受余益者，而独诸弟不能受余之益，此又余所深恨者也。今寄霞仙信一封，诸弟可抄存信稿而细玩之[17]，此余数年来学思之力，略具大端。

　　六弟前嘱余将所作诗录寄回，余往年皆未存稿，近年存稿者不过百余首耳，实无暇抄写，待明年将全本付回可也。

[1]望：埋怨。
[2]刘霞仙：刘蓉，曾国藩同乡，咸丰四年(1854)入其幕府，同治元年(1862)授四川布政使。
[3]朱子书：宋代理学家朱熹的著作，他的《四书集注》《通鉴纲目》等都是应考士子经常阅读的。
[4]威仪：严肃的容貌和庄重的举止。　则：用为动词，当作标准。
[5]特：副词，仅仅，只。　友：用为动词，当作朋友。
[6]无：不要。　徒：副词，仅仅。
[7]我欲仁，斯仁至矣：孔子的话，见于《论语·述而》。是说我想要得到仁爱的品德，那么它就到来了。斯，承接连词，那么。
[8]孜孜(zīzī)：努力的样子。
[9]御：阻挡，阻止。
[10]与(yǔ)：关涉，关联。
[11]省城：湖南省会长沙。
[12]局促：狭小。
[13]乃：副词，表示出乎预料，可是，却。
[14]丁君叙忠：丁叙忠，字秩臣，长沙廪生。
[15]罗罗山：曾国藩同乡罗泽南，字仲岳，号罗山，举人出身，湘军将领。咸丰六年(1856)与太平军作战，死于武昌城外。
[16]日月逝矣：出自《论语·阳货》。时光消逝了。
[17]细玩：细心体会。玩，玩味。

与沅、季二弟书

曾国藩

题解

随着湘军镇压太平天国农民起义的胜利，曾国藩兄弟都获得了朝廷的封赏，曾国藩任两江总督、钦差大臣、协办大学士，曾国荃（字沅甫）任浙江按察使，曾家正在兴盛时期。他在同治元年(1862)五月十五日从安庆给两弟国荃、国葆写信，遵照"满招损，谦受益"的古训，劝诫他们从古今多少达官显贵由于骄满放纵而迅速溃败的惨剧中汲取教训，常用"廉、谦、劳"三字自勉自抑。虽是从保持个人富贵、家族兴盛的角度考虑，并非为了国家民族的前途着想，但在今天仍有一定警示意义。

本文选自《曾国藩家书》。

原文

沅、季弟左右：

帐棚即日赶办[1]，大约五月可解六营[2]，六月再解六营，使新勇略得却暑也[3]。抬小枪之药与大炮之药，此间并无分别，亦未制造两种药。以后定每月解药三万斤至弟处，当不致更有缺乏。王可升十四日回省[4]，其老营十六可到，到即派往芜湖[5]，免致南岸中段空虚[6]。

雪琴与沅弟嫌隙已深[7]，难遽期其水乳[8]。沅弟所批雪信稿，有是处，亦有未当处。弟谓雪声色俱厉。凡自能见千里，而不能自见其睫[9]，声音笑貌之拒人，每苦于不自见，苦于不自知。雪之厉，雪不自知；沅之声色，恐亦未始不厉，特不自知耳[10]。曾记咸丰七年冬，余咎骆、文、耆待我之薄[11]，温甫则曰："兄之面色，每予人以难堪。"又记十一年春，树堂深咎张伴山简傲不敬[12]，余则谓树堂面色亦拒人于千里之外。观此二者，则沅弟面色之厉，得毋似余与树堂之不自觉乎[13]？

余家目下鼎盛之际[14]，余忝窃将相[15]，沅所统近二万人，季所统四五千人，近世似此者曾有几家？沅弟半年以来，七拜君恩[16]，近世似弟者曾有几人？日中则昃，月盈则亏[17]，吾家亦盈时矣。管子云[18]：斗斛满则人概之[19]，人满则天概之[20]。余谓天之概无形，仍假手于人以概之[21]。霍氏盈满[22]，魏相概之[23]，宣帝概之；诸葛恪盈满[24]，孙峻概之[25]，吴主概之[26]。待他人之来概而后悔之，则已晚矣。吾家方丰盈之际，不等天之来概，人之来概，吾与诸弟当设法先自概之。

自概之道云何？亦不外清、慎、勤三字而已。吾近将清字改为廉字，慎字改为谦字，勤字改为劳字，尤为明浅，确有可下手之处。沅弟昔年于银钱取与之际不甚斟酌，朋辈之讥议菲薄，其根实在于此。去冬之买犁头嘴、栗子山[27]，余亦大不谓然[28]。以后宜不妄取分毫，不寄银回家，不多赠亲族，此廉字工夫也。谦之存诸中者不可知，其着于外者，约有四端：曰面色，曰言语，曰书函，曰仆从属员。沅弟一次添招六千人，季弟并未禀明，径招三千人[29]，此在他统领所断做不到者[30]，在弟尚能集事[31]，亦算顺手。而弟等每次来信，索取帐棚、子药等件[32]，常多讥讽之词，不平之语，在兄处书函如此，则与别处书函更可知已。沅弟之仆从随员颇有气焰[33]，面色言语，与人酬接时，吾未及见，而申夫曾述及往年对渠之词气[34]，至今饮憾[35]。以后宜于此四端痛加克治，此谦字工夫也。每日临睡之时，默数本日劳心者几件，劳力者几件，则知宣勤王事之处无多[36]，更竭诚以图之，此劳字工夫也。

余以名位太隆，常恐祖宗留诒之福自我一人享尽[37]，故将劳、谦、廉三字时时自惕，亦愿两贤弟之用以自惕，且即以自概耳。

湖州于初三日失守，可悯可敬！

[1] 帐棚：帐篷。

[2] 解(jiè)：解送，押送。

[3] 新勇：湘军新兵。　却暑：免受暑气。

[4] 王可升：湘军营官。

[5] 芜湖：安徽县名。

[6] 南岸中段：天京(南京)附近长江南岸(当时湘军正在围困天京)。

[7] 雪琴：湘军将领彭玉麟，字雪琴，因作战有功任安徽巡抚。　嫌隙：仇隙，怨恨。

[8] 遽(jù)：很快，迅速。　期：要求，期待。　水乳：水乳交融，比喻关系融洽。

[9] 自见其睫：自己看到自己的睫毛，比喻看到自己的短处。

[10] 特：副词，仅仅，只是。

[11] 咎：用为动词，责怪。　骆：骆秉章，道光三十年(1850)任湖南巡抚。　文：官文，满正白旗人，曾任湖广总督。　耆：耆龄，满正黄旗人，咸丰七年(1857)任江西巡抚。

[12] 树堂：曾国藩家庭塾师冯卓怀，字树堂。　张伴山：湘军将领。

[13] 得无：莫非，是不是。

[14] 鼎盛：正当兴盛。

[15] 忝(tiǎn)窃：侥幸占据(自谦之辞)。忝，辱没，玷辱。

[16] 七拜君恩：七次获得皇帝封赏，上表谢恩。

[17] 日中则昃(zè)，月盈则亏：太阳到了中午就开始偏西了，月圆以后就要短缺了，比喻事物盛极则衰。《易经·丰》："日中则昃，月盈则食。"《管子·白心》："日极则仄，月满则亏。"昃，太阳偏西；亏，短缺。

[18]管子:管仲,春秋时齐国人,辅助桓公,称霸诸侯。《管子》一书并非管仲所著。

[19]斗斛(hú):古代两种量器,十升为一斗,十斗为一斛(南宋末年改为五斗一斛)。 概:古代量谷物时用来刮平斗斛的工具,用为动词,表示刮平。

[20]概:压平,抑止。《管子·枢言》:"釜鼓(古代量词,四升八合为一釜,四石为一鼓)满,则人概之;人满,则天概之。"

[21]假手于人:借助别人的手。假,借助。

[22]霍氏:西汉霍光。霍光侍奉三朝(武帝、昭帝、宣帝),官至大将军大司马,权倾内外,族党满朝。宣帝亲政以后,先收其兵权,后以谋反罪灭全族。

[23]魏相:西汉大臣,宣帝时任御史大夫。霍光死后,奏请将霍氏家族权力全部收回。

[24]诸葛恪:三国吴诸葛瑾之子。建兴初年,为荆州牧,总督中外诸军事,率兵进攻新城,未能攻下,士卒疲劳,多有怨言。侍中孙峻乘机诬告他要谋反,将他杀死。

[25]孙峻:三国吴大臣,吴主孙权死时,受遗诏与诸葛恪共同辅政。谋害诸葛恪后,升任丞相、大将军,总督中外诸军事。

[26]吴主:孙亮。

[27]犁头嘴、栗子山:曾国藩家乡地名。曾国荃曾买两处土地,受到他(作者)的批评。

[28]大不谓然:很不以为做得对。

[29]径:径直,擅自。

[30]他:其他,别的。 统领:清代武官,一般指营的长官。 断:肯定。

[31]集事:办成事。

[32]子药:子弹火药。

[33]气焰:威风气势(多含贬义),对人很凶。

[34]申夫:湘军将领李申夫。 渠:人称代词,他。

[35]饮憾:含恨,怀有怨恨。

[36]宣勤:效劳。 王事:公事,为君主服役的事。

[37]诒(yí):传给,遗留。

谕孝威、孝宽

左宗棠

【题解】

左宗棠(1812—1885),清代大臣,字季高,湖南湘阴人。道光十二年(1832)举人。三试礼部不第,于是绝意仕进,研究舆地、兵法。初为湖南巡抚骆秉章幕宾。后随曾国藩镇压太平天国运动,升任闽浙总督。同治五年(1866),调任陕甘总督,镇压捻军和回民军。同治八年(1869)进驻平凉,收马化隆。沙俄乘我内乱之际,侵占伊犁等地,妄图蚕食中华领土。光绪元年(1875),受命督办新疆军务,进兵伊犁。他对沙俄侵略野心早有警觉,力主收复领土。朝廷采纳他的意见,一边用兵,一边谈判,终于迫使沙俄交还所占地方。后调两江总督。中法战争中督办福建军务。著有《左文襄公全集》。

这封家书是同治十年(1871)正月写给长子孝威、次子孝宽的。作者时任陕甘总督,正在平凉(今甘肃平凉市)镇压回民军前线。信中除了安排家事外,主要谈了军事形势和自己对西北局势的分析与态度。此时重要据点已经收复,如取敷衍塞责态度,也可以向朝廷报功请赏、交代任务了。但是作者看到西北边防对于国家安全的重要性,沙俄侵略势力南下,如果不加阻止,就会形成西北隐患。这种深远的战略思想,以及不顾一切困难阻挠,尽力保卫边防的爱国精神,令人深为钦佩。作者在家书中讲述这些,目的就是鼓励儿子们苦心读书,学习知识,将来担当国事以后,能够牺牲个人,有所成就。信中嘱咐儿子们不得将军事秘密对外宣扬,在功名可待之时也应审慎自持,不应恃功骄傲,表现了作者丰富的政治经验和谦虚谨慎的态度。

本文选自《左文襄公家书》下卷。

原文

孝威、孝宽知之:正月二十一日始接孝宽腊八日一函[1],知尔母墓工将次告竣[2],心中稍慰,但未言土色何如、深浅何如。孝威想已回家[3],何不详写一信告我也?尔等所作行述[4],多不妥,暇时改正寄归。尔母一生淑慎,视古贤媛无弗及也[5],吾家道赖以成[6],无内顾忧。今在军经画边事,昼夜鲜暇[7],然每念尔母,辄废寝[8]。未知何日事定还山[9],一践同穴夙约[10],思之慨然[11]。

二伯今年七十[12],精神想尚如常,寿日是否开筵召客?前交刘玉田带回皮衣,当于腊月到矣。得若农观察信[13],知已拨二百两归家,为每年甘旨之费[14],尔等亦接到转奉。

金积堡琐围久合[15],马化隆只身就擒[16]。若论敷衍了事,亦可结局;然此贼谋逆日久,蓄机甚深,此时若稍松手,将来仍是西北隐患。且戎狄之患[17],最难收拾。本朝都燕[18],九边为肩背[19],尤不宜少留根荄[20],重为异日之忧;不比陕回由积鲜私斗起事[21],尚可网开一面也[22]。度陇以来[23],先注意于此。虽同事之牵掣,异己之阻挠,朝廷之训饬,皆所不敢屈,幸如此了结,寸心乃安。若论其事之难,则赵元昊始终为宋患[24],河套为明患[25],圣祖之征准部[26],抚定蒙古而众建之,一时名臣各将所绸缪[27],其计画亦无以逾此[28]。姑为儿等言之,俾知事业非可幸成[29]。未出任事以前,当苦心读书;既任事以后,当置身家性命于度外,乃可望有成就。吁!岂易言哉?

尔等除至亲至好外,对外人断不宜将此段尽情说出。盖名者造物之所忌[30],亦人世之所忌也。报捷折已于二十五日拜发[31],试看有一字铺张否耶?哀痛之馀[32],畏慎未敢稍间[33]。所虑智虑才气日绌一日[34]。虽关内年内可望安谧[35],不能久待,仍当据实直陈,请朝廷预觅替手[36],

一俟旧政告知[37]，乃可奉身而退[38]。或圣明不允放归[39]，即老死西域，亦担荷少轻[40]，可免贻误也。二伯处即以此及钞稿呈览，不再函致矣。手此即谕威、宽，并解与勋、同听之[41]。

何三在家看门久[42]，老实而晚景不好[43]。在闽时尔母曾说过给与一名勇价[44]，吾亦诺之。惟念勇之口粮不可给，家人是以久未给，予亦且忘之。今寄信若农观察，请其划拨二百十两零六钱，交尔给何三以了，此项盖四年勇费之数也。此项当由驻陕局作收[45]，于养廉项拨填[46]。又及。

辛未正月三十日，平凉大营。

注释

[1]腊八日：即同治九年(岁次庚午)十二月初八日。

[2]将浚：将近。浚，接近。 告竣：宣告工程完成。

[3]回家：长子孝威曾来甘肃探视父亲，此时已经返乡。

[4]行述：又称"行状"。这里指有关于作者亡妻生前事迹的记述文字。

[5]视：比起。 古贤嫒(yuàn)：古代贤良妇女。嫒，出身名门贵族的女子。

[6]家道：家业。

[7]鲜(xiǎn)：很少。

[8]废寝：失眠，不能入睡。

[9]还山：辞官返乡。

[10]同穴：夫妻死后合葬。唐白居易《赠内》诗："生为同室亲，死为同穴尘。" 夙约：素有的盟约。

[11]慨然：感慨。

[12]二伯：作者之兄。

[13]若农：王若农。

[14]甘旨之费：奉养老人的费用。

[15]金积堡：回民军重要据点之一，其地中华人民共和国成立前为宁夏金积县。 琐围：封锁包围。琐，"锁"的通假。

[16]马化隆：回民军首领。 就擒：被捕获。

[17]戎狄：古代对边境少数民族的蔑称。

[18]都燕：清朝入关以后，建都北京，正当古代燕国蓟地。

[19]九边：明代北方的九处军事重镇。初设辽东、宣府、大同、延绥四镇，继设宁夏、甘肃、蓟州三镇，加上偏头、固原二镇，合称九边。 肩背：如说屏障、防线。

[20]少：略微。 根荄(gāi)：草根。这句是说，必须斩草除根，以免留下后患。

[21]陕回：指捻军起义。作者认为，陕西回民响应捻军，起兵反抗清朝，是由于阶级压迫激起人民仇恨，不是民族分裂活动。

[22]网开一面：比喻留条生路，宽大处理。

[23]度:越过。 陇:陇山,位于甘肃东部,是六盘山的南段,山势险峻,为陕甘的要隘。

[24]赵元昊(hào):宋代西夏国主,封西平王。宋仁宗宝元元年(1038)称帝,国号大夏,对抗宋朝,侵扰边境,成为宋朝西北一带主要威胁。至宋仁宗庆历四年(1044)达成议和,宋朝每年纳币以求苟安。

[25]河套:指明代盘踞河套一带的蒙古部落瓦剌,经常侵入内地,成为明朝西部边患。明英宗正统十四年(1449),瓦剌首领也先侵扰大同,英宗亲征,在土木堡兵败被俘。兵部尚书于谦反对迁都之议,拥立英宗弟为景帝,整顿军备,终于击退也先。

[26]圣祖:清圣祖玄烨,年号康熙,在位61年(1662—1722)。 准部:准噶尔部,清时蒙古部落瓦剌四部(杜尔伯特、准噶尔、土尔扈特、和硕特)之一。吞并诸部,侵略土地,终被征服。

[27]绸缪(chóumóu):事前规划筹备。《诗经·豳风·鸱鸮》:"迨天之未阴雨,彻彼桑土,绸缪牖户。"是说鸱鸮乘天尚未阴雨,剥下那桑根,缠绕加固它的巢穴门户。后以"未雨绸缪"比喻事前做准备,防患于未然。

[28]逾:超越。

[29]俾:使。

[30]造物:旧时所谓冥冥中万物的主宰。

[31]报捷折:呈送朝廷报告作战胜利的奏折。 拜发:发出。拜,表示恭敬。

[32]衰病之馀:体弱病痛。进军甘肃时,作者年近60岁,环境艰苦,时常闹病。

[33]间(jiàn):间断,停顿。这句是说,谨慎小心,担惊受怕,不敢有一刻疏忽松劲。

[34]绌(chù):不足,减少。

[35]关内:指玉门关内。

[36]预觅:预先物色。 替手:继任官职的人。

[37]俟:等。

[38]奉身而退:脱身归乡。

[39]圣明:指皇帝。

[40]担荷:责任。

[41]勋、同:作者幼子孝勋、孝同。这句是说,要孝威、孝宽把信讲给两个小弟弟听。

[42]何三:作者家中看门人,此时已经回家,生活困难。

[43]晚景:晚年景况。

[44]勇价:亲兵的工钱。

[45]驻陕局:陕西厘局,临时筹措军费的机关。

[46]养廉:官俸。清代在官吏正俸之外,按官职高低另给银钱,称养廉银,取其保持廉洁之义。

与蕙仙书

梁启超

梁启超(1873—1929),清代维新派领导者之一、著名学者,字卓如,号任公,别号饮冰室主人,广东新会人。举人出身。光绪二十一年(1895)进京会试,与其老师康有为一起发动三千参加会试的举人上书(史称"公车上书"),要求变法。光绪二十四年(1898),康、梁等人入京参与维新变法，失败后逃往日本。辛亥革命前后，继续鼓吹君主立宪，受到批判。但后半生倾心于学术研究和教育事业，著述丰富，影响较大。他多年办报纸，写政论，文笔自由晓畅，时称"新文体"，在文体改良上起了重要作用。著有《饮冰室合集》。

戊戌变法失败，梁启超得到日本使馆保护，幸免于难。光绪二十四年十月十三日，他在东渡抵日后，写了这封信给避居澳门的妻子李蕙仙，告知自己在异国生活情形，说明不能接眷属到日本的原因，并且以自己身遭患难，刚毅不屈的精神鼓励妻子振作起来，从读书求学问中得到乐趣，得到长进。情深词切，表达了他对妻子的劝勉、开导和安慰，处处都能把国家大义和夫妻之情恰当地结合起来，也从一个侧面映照出这位政治改革家的人格。

本文选自《梁启超年谱长编》第一册。

原文

九月二十三日书悉一是[1]。吾在此乃受彼中朝廷之供养[2]，一切丰盛，方便非常；以起居饮食而论，尤胜似家居也[3]。来信问有立足之地，当速来接云云[4]。立足之地何处无之？在此即无政府之供养，而著书撰报亦必可自给[5]。然卿之来[6]，则有不方便者数事：一，今在患难之中，断无接妻子来同住，而置父母兄弟于不问之理。若全家接来，则真太费矣，且搬动甚不易也。二，我辈出而为国效力，以大论之，所谓"匈奴未灭，何以家为"[7]？若以眷属自随，殊为不便[8]。且吾数年来行踪之无定，卿已知之矣。在中国时犹如此，况在异域[9]？当无事时犹如此，况在患难？地球五大洲，随处浪游，或为游学[10]，或为办事，必不能常留一处，则家眷居于远地，不如居于近乡矣。三，此土异服异言[11]，多少不便，卿来亦必不能安居，不如仍在澳也[12]。此吾所以决意不接来也。

此间情形及吾心事，具见于大人安禀及二弟书中[13]，可以取观。来书谓想吾必非一蹶不振之人[14]，然待吾扬眉吐气时不知卿及见否云云。卿本达人[15]，志气不同凡女子，何必作颓唐语乎[16]？此次之变，以寻常理势论之，先生及吾皆应万无生理[17]，而冒此奇险，若有神助，种种出人意料，是岂无故哉？益信天之所以待我者厚，而有以玉成之也[18]。患难之事，古之豪杰无不备尝[19]，惟庸人乃多庸福耳[20]，何可自轻乎？卿固知我，然我愿卿之自此以后，更加壮也[21]。先生之教，道理极多，吾间未以语卿[22]。卿如有问学之志[23]，盍暇日常与二弟讲论之[24]？卿家居无事，经此变后，益当知世俗之荣辱苦乐，富贵贫贱，无甚可喜，无甚可恼，惟有读书穷理[25]，是最快乐事。有时忽有心得，其乐非寻常所可及也。卿盍从事于此乎[26]？若有志则常从二弟及薇君相与讲求[27]，久之，当想吾言之不谬也。

[1]书悉:来信收阅。悉,知道。 一是:完全正确。一,完全。
[2]彼中朝廷:指日本政府。康有为、梁启超逃往日本,得到日本首相大隈重信的帮助,并幻想借助日本的力量实现光绪复位。
[3]胜似:高于,超过。
[4]云云:如此这般。
[5]撰报:编辑报纸。梁启超在日本办《清议报》鼓吹变法,拥护帝制。
[6]卿:对妻子的爱称。
[7]匈奴未灭,何以家为:匈奴尚未消灭,哪里顾得上家事呢?《汉书·霍去病传》记载,汉代著名武将霍去病六次出击匈奴,跋涉沙漠,远至狼居胥山,封冠军侯,拜骠骑将军。汉武帝为他建造府第,他推辞说:"匈奴未灭,无以家为。"信中引这两句话,表明作者一心救国、不顾家庭的磊落胸襟。
[8]殊:很。
[9]异域:外国,这里指日本。
[10]或:有时。 游学:出外讲学。
[11]此土:指日本。 异服异言:服饰、语言都与中国不同。
[12]澳:澳门。戊戌变法失败后,梁启超父亲梁莲涧携家人避居澳门。
[13]大人安禀:作者寄给父亲报告平安的家书。 二弟:作者二弟梁启勋,字仲策。
[14]一蹶不振:一次失败,再也振作不起来了。蹶,跌倒,比喻事业受挫或失败。
[15]达人:通达的人,明白道理的人。
[16]作颓唐语:说丧气话。
[17]先生:指康有为(1858—1927),字广厦,号长素,广东南海人。进士出身,任工部主事。著《大同书》等。他是戊戌变法的代表人物。晚年继续鼓吹君主立宪,反对以孙中山先生为代表的革命党,成为保皇派。
[18]玉成:宋代张载《张横渠集·西铭》:"贫贱忧戚,庸玉女于成也。"意思是说,生活贫困,遭遇患难,这是上天爱你,使你有所成就,才用困难考验你磨炼你的。
[19]备尝:完全经历体味。
[20]庸福:世俗所谓幸福,即生活平静,诸事顺利,家人团聚之类。
[21]壮:坚强。
[22]间:近来。 语(yù):告诉。
[23]问学:立志研究学问。
[24]盍(hé):何不,为什么不。
[25]穷理:深入探求真理。穷,用为动词,探究。
[26]盍(hé):何不。
[27]薇君:作者二弟梁启勋之妻。 相与:共同,一起。

与妻书

林觉民

题解

林觉民(1886—1911),字意洞,清末福建闽侯(今福建福州市)人。他生当封建制度濒于崩溃的时期,少年时即具有民主革命思想。曾留学日本,学习文学、哲学,并与留日同学一道,积极参与资产阶级民主革命的宣传和组织工作。1911年由日本回到香港,筹备武装起义。这年3月29日参加广州起义负伤,被捕入狱。刑讯时慷慨陈词,宣传革命道理,痛斥清朝反动政府,表现了革命者的凛然正气。不久英勇就义,是黄花岗七十二烈士之一。

这是林觉民烈士在广州起义前夕写给其妻意映的一封绝笔书,是写在一块白色方巾上的。作者冒着生命危险,投身组织武装起义、推翻封建帝制的工作,一直是在秘密进行的,就连自己的爱妻也未告知。现在起义在即,作者早已准备慷慨牺牲,特写此书,告别爱妻,向她倾吐为革命而死的衷情,并且慰勉亲人,前赴后继。信中表达了"爱亲人、更爱天下受苦受难的广大人民"这一伟大思想,抒写了他们夫妻之间亲密的感情和往日离家投身革命时的情景,表现了革命志士宽广的胸怀和高尚的精神,也倾吐了对亲人无限眷恋的心情。这封信是用血泪谱成的一曲革命英雄主义的颂歌。

本文选自《广州三月二十九日革命史》(民智书局,1926年版)。

原文

意映卿卿如晤[1]:吾今以此书与汝永别矣!吾作此书时,尚是世中一人;汝看此书时,吾已成阴间一鬼。吾作此书,泪珠和笔墨齐下,不能竟书而欲搁笔[2]。又恐汝不察吾衷[3],谓吾忍舍汝而死,谓吾不知汝之不欲吾死也,故遂忍悲为汝言之。

吾至爱汝,即此爱汝一念,使吾勇于就死也。吾自遇汝以来,常愿天下有情人都成眷属[4];然遍地腥云,满街狼犬[5],称心快意,几家能彀[6]?司马春衫[7],吾不能学太上之忘情也[8]。语云[9]:仁者"老吾老以及人之老,幼吾幼以及人之幼"。吾充吾爱汝之心[10],助天下人爱其所爱,所以敢先汝而死,不顾汝也。汝体吾此心,于啼泣之馀,亦以天下人为念,当亦乐牺牲吾身与汝身之福利,为天下人谋永利也。汝其勿悲[11]!

汝忆否?四五年前某夕,吾尝语曰:"与使吾先死也,无宁汝先吾而死。"汝初闻言而怒,后经吾婉解[12],虽不谓吾言为是,而亦无词相答。吾之意盖谓以汝之弱,必不能禁失吾之悲[13],吾先死留苦与汝,吾心不忍,故宁请汝先死,吾担悲也。嗟夫!谁知吾卒先汝而死乎?吾真真不能忘汝也!回忆后街之屋,入门穿廊,过前后厅,又三四折,有小厅,厅旁一屋,为吾与汝双栖之所[14]。初婚三四个月,适冬之望日前后[15],窗外疏梅筛月影,依稀掩映,吾与(汝)并肩携手[16],低低切切,何事不语?何情不诉?及今念之,空馀泪痕。又回忆六七年前,吾之逃家复归也,汝泣告我:"望今后有远行,必以告妾[17],妾愿随君行。"吾亦既许汝矣。前十馀日回家,即欲乘便以此行之事语汝。及与汝相对,又不能启口,且以汝之有身也[18],更恐不胜悲,故惟日日呼酒买醉。嗟夫!当时余心之悲,盖不能以寸管形容之[19]。

吾诚愿与汝相守以死,第以今日事势观之[20],天灾可以死,盗贼可以死,瓜分之日可以死,奸官污吏虐民可以死,吾辈处今日之中国,国中无地无时不可以死。到那时使吾眼睁睁看汝死,或使汝眼睁睁看我死,吾能之乎?抑汝能之乎[21]?即可不死,而离散不相见,徒使两地眼望穿而骨化石[22],试问古来几曾见破镜能重圆[23]?则较死为苦也。将奈之何?今日吾与汝幸双健。天下人之不当死而死,与不愿离而离者,不可胜计。钟情如我辈者[24],能忍之乎?此吾所以敢率性就死不顾汝也。吾今死无馀憾,国事成不成自有同志者在。依新已五岁[25],转眼成人,汝其善抚之,使之肖我[26]。汝腹中之物,吾疑其女也,女必像汝,吾心甚慰。或又是男,则亦教其以父志为志,则我死后尚有二意洞在也。甚幸,甚幸!吾家后日当甚贫,贫无所苦,清静过日而已。

吾今与汝无言矣。吾居九泉之下[27],遥闻汝哭声,当哭相和也。吾平日不信有鬼,今则又望其真有。今人又言心电感应有道[28],吾亦望其言是实,则吾之死,吾灵尚依依旁汝也[29],汝不必以勿侣悲[30]。

吾平生未尝以吾所志语汝,是吾不是处;然语之,又恐汝日日为吾担忧。吾牺牲百死而不辞,而使汝担忧,的的非吾所忍[31],吾爱汝至,所以为汝谋者惟恐未尽。汝幸而偶我[32],又何不幸而生今日之中国!吾幸而得汝,又何不幸而生今日之中国!卒不忍独善其身。嗟夫!巾短情长[33],所未尽者,尚有万千,汝可以模拟得之[34]。吾今不能见汝矣!汝不能舍吾,其时时于梦中得我乎!一恸!

辛未三月念六夜四鼓[35],意洞手书。

家中诸母皆通文[36],有不解处,望请其指教,当尽吾意为幸。

[1]卿卿:旧时夫妻之间的爱称,文中用于称呼妻子。

[2]竟书:写完。

[3]吾衷：我的内心。

[4]愿天下有情人都成眷属：出自元代王实甫《西厢记》。

[5]遍地腥云，满街狼犬：比喻清朝封建统治的横暴血腥。

[6]彀："够"的通假。

[7]司马春衫："春"为"青"字笔误。唐代诗人白居易因为揭露时弊，得罪朝中权贵，贬为江州司马，心情郁闷。一日送客浔阳江边，遇一女子弹琵琶感叹身世飘零，引起诗人的感慨，写了长诗《琵琶行》，有"座中泣下谁最多，江州司马青衫湿"的诗句，以后"司马青衫"便成为心情悲伤的典故。

[8]忘情：喜怒哀乐全不动心。《世说新语·伤逝》："圣人忘情，最下不及情，情之所钟，正在我辈。"

[9]语云：以下引文，出自《孟子·梁惠王上》。

[10]充：普遍推广。

[11]其：表示祈使语气。

[12]婉解：婉词劝解。

[13]禁(jīn)：忍受。

[14]双栖之所：夫妻同居的房子。

[15]望日：农历每月十五日。

[16]汝：原文无"汝"，根据文意补出。

[17]妾：古代妇女的谦称。

[18]有身：指怀孕。

[19]寸管：指毛笔。

[20]第：只是，不过。

[21]抑：表示选择关系，还是。

[22]眼望穿：是说长久盼望，两眼干枯成洞。　骨化石：是说夫妻悬念，久待不归，以致变成化石。古代传说有一男子远行不归，妻子十分思念他，每天站在山头遥望，久而久之，变成石头，名望夫石。我国多处有此古迹。

[23]破镜重圆：比喻夫妻分离后重新团聚。《古今诗话》记载，南朝陈代徐德言预料时势动乱，身家难保，就把镜子分开两半，与妻子乐昌公主各持一半，约定以后夫妻离散，即在正月十五日到都市上卖镜。后来，他的妻子为杨索所得。德言到京城来，看见一老仆人卖镜，于是与妻子相见。

[24]钟情：汇集感情。钟，专注，集中。

[25]依新：作者长子。

[26]肖：相似。

[27]九泉之下：指地下，墓中。

[28]心电感应有道：近代某些唯心主义者编造一种说法，人死后心灵还有知觉，能和生人的精神、意念交相感应，毫无科学根据。

[29]旁："傍"的通假，陪伴。

[30]勿侣：无侣，失去伴侣。勿为"无"字笔误。

[31]的的(dídí)：的确。

[32]偶：遇。

[33]巾短情长：即纸短情长，因为此信写在一条白色方巾上。

[34] 模拟：捉摸，揣想。

[35] 辛未：应为"辛亥"（1911）。　念六：即二十六日。　四鼓：四更。

[36] 诸母：指伯母、叔母。

驳康有为论革命书

章炳麟

章炳麟（1869—1936），我国近代革命家、思想家、国学大师。初名学乘，字枚叔，后改名绛，号太炎，一名炳麟，浙江馀杭人。光绪二十三年（1897）任《时务报》撰述、《经世报》编辑，因参加维新运动被通缉，流亡日本。光绪二十六年（1900）剪掉辫子，立志革命。光绪二十九年（1903）发表《驳康有为论革命书》和邹容《革命军》序，因此被捕入狱。光绪三十年（1904）与蔡元培等发起成立光复会。光绪三十二年（1906）出狱后为孙中山迎至日本，参加同盟会。宣统三年（1911）上海光复后回国，主编《大共和日报》，并任孙中山总统府枢密顾问。民国二年（1913）参加讨袁，为袁禁锢，袁死后获释。民国六年（1917）参加护法运动，任护法军政府秘书长。晚年脱离政治活动，以讲习国学为主。在哲学、文学、史学和语言文字学领域均有很大贡献。其著作汇成《章氏丛书》、《章氏丛书续编》和《章氏丛书三编》等。

《驳康有为论革命书》是一封驳斥以康有为为代表的保皇派反对革命的谬论的公开信，发表后影响很大。康有为（1858—1927），近代资产阶级改良运动领袖，原名祖诒，字广厦，号长素，又号更生，后改名有为，广东南海（今广东广州市）人。光绪二十一年（1895）赴京会试，时值甲午战败，将签"马关条约"，他与弟子梁启超等发动"公车上书"，要求拒约、迁都、变法。当年考中进士。此后多次上书、办报、组织社团，鼓吹变法。光绪二十四年（1898）参与变法失败，逃亡日本。此后在美洲、南洋、日本立保皇会，宣传君主立宪，反对孙中山领导的民主革命。光绪二十八年（1902）发表《答南北美洲诸华侨论中国只可行立宪不可行革命书》（即致华侨书），蛊惑人心。作者次年写了这封公开信。信中首先批判"满汉平等"的欺骗性，唤醒民族意识，反对民族压迫；其次论证君主立宪行不通，革命条件已经具备，成功指日可待；最后，揭露康氏政治投机的种种行径，戳穿他的可耻面目。全文论据充分，批驳有力，锋芒所向，把康氏散布的一套谬论批得体无完肤，原形毕露，对大造革命舆论起了重要作用。不足之处是文词古奥，不易理解。谈论民族关系问题，有时混淆了满洲贵族和满族人民的界限。

本文选自《太炎文录》卷二。

长素足下：

读《与南北美洲诸华商书》，谓中国只可立宪，不能革命，援引今古，洒洒万言[1]。呜呼[2]，长素何乐而为是邪[3]？热中于复辟以后之赐环[4]，而先为是龃龉不了之语[5]，以耸东胡群兽之听[6]，冀万一可以解免[7]。非致书商人，致书于满人也。夫以一时之富贵，冒万亿不韪而不辞[8]，舞词弄札[9]，眩惑天下。使贱儒元恶为之则已矣[10]；尊称圣人[11]，自谓教主[12]，而犹为是妄言，在己则脂韦突梯[13]，以佞满人已耳[14]，而天下之受其蛊惑者，乃较诸出于贱儒元恶之口为尤甚。吾可无一言以是正之乎[15]？

　　谨案长素大旨：不论种族异同，惟计情伪得失以立说。虽然，民族主义，自太古原人之世[16]，其根性固已潜在，远至今日，乃始发达，此生民之良知本能也[17]。长素亦知种族之必不可破，于是依违迁就以成其说[18]。援引《匈奴列传》[19]，以为上系淳维[20]，出自禹后。夫满洲种族，是曰东胡，西方谓之通古斯种，固与匈奴殊类[21]。虽以匈奴言之，彼既大去华夏[22]，永滞不毛[23]，言语政教，饮食居处，一切自异于域内[24]，犹得谓之同种也邪？智果自别为辅氏[25]，管氏变族为阴家[26]，名号不同，谱牒自异[27]。况于戕虐祖国[28]，职为寇仇[29]，而犹傅以兄弟急难之义[30]，示以周亲肺腑之恩[31]，巨缪极戾[32]，莫此为甚[33]！近世种族之辨，以历史民族为界[34]，不以天然民族为界[35]。藉言天然[36]，则褅祫海藻[37]，亨袱猿蜼[38]，六洲之氓[39]，五色之种[40]，谁非出于一本，而何必为是聒聒者邪[41]？

　　长素又曰：氐、羌、鲜卑等族[42]，以至元魏所改九十六姓[43]，大江以南，骆越、闽、广[44]，今皆与中夏相杂，恐无从检阅姓谱而攘除之[45]。不知骆越、闽、广，皆归化汉人而非陵制汉人者也[46]。五胡、代北[47]，始尝宰制中华。逮乎隋、唐统一[48]，汉族自主，则亦著土傅籍[49]，同为编氓[50]，未尝自别一族，以与汉人相抗，是则同于醇化而已[51]。日本定法，凤有蕃别[52]；欧、美近制，亦许归化[53]。此皆以已族为主人，而使彼受吾统治，故一切无可异视[54]。今彼满洲者，其为归化汉人乎？其为陵制汉人乎？堂子妖神[55]，非郊丘之教[56]；辫发璎珞[57]，非弁冕之服[58]；清书国语[59]，非斯、邈之文[60]。徒以尊事孔子，奉行儒术，崇饰观听[61]，斯乃不得已而为之，而即以便其南面之术[62]，愚民之计。若言同种，则非使满人为汉种，乃适使汉人为满种也。长素固言大同公理非今日即可全行[63]。然则今日固为民族主义之时代，而可混淆满、汉以同薰莸于一器哉[64]！时方据乱，而言太平，何自悖其三世之说也[65]？

　　长素二说[66]，自知非持之有故，言之成理，不得已复援引《春秋》，谓其始外吴、楚，终则等视[67]。不悟荆、扬二域[68]，《禹贡》既列于九州[69]，国土种类，素非异实[70]。徒以王化陵夷[71]，自守千里，远方隔阂，沦为要荒[72]。而文化语言无大殊绝，《世本》谱系犹在史官[73]，一旦自通于上国^[74]，则自复其故名^[75]，岂满洲之可与共论者乎？

至谓衣服辫发，汉人已化而同之，虽复改为宋、明之服，反觉不安。抑不知此辫发胡服者，将强迫以成之邪^[76]？将安之若性也^[77]？禹入裸国^[78]，被发文身^[79]，墨子入楚，锦衣吹笙^[80]，非乐而为此也。强迫既久，习与性成^[81]，斯固不足以定是非者。吾闻洪、杨之世^[82]，人皆蓄发^[83]，不及十年，而曾左之师^[84]，摧陷洪氏，复从髡剃^[85]。是时朋侪相对^[86]，但觉纤首锐颠^[87]，形状噩异^[88]。然则蓄发之久，则以蓄发为安；辫发之久，则以辫发为安。向使满洲制服，涅齿以黛^[89]，穿鼻以金^[90]，刺体以龙^[91]，涂面以垩^[92]，恢诡殊形^[93]，有若魑魅^[94]，行之二百有六十年，而人亦安之无所怪矣。不问其是非然否，而惟问其所安，则所谓祖宗成法不可轻变者^[95]，长素亦何以驳之乎？野蛮人有自去其板齿^[96]，而反讥有齿者为犬类，长素之说，得无近于是邪^[97]？种种缪戾，由其高官厚禄之性素已养成，由是引犬羊为同种，奉猴尾为鸿宝^[98]。

向之崇拜《公羊》^[99]，诵法《繁露》^[100]，以为一字一句皆神圣不可侵犯者，今则并其所谓复九世之仇而亦议之^[101]。其言曰：扬州十日之事^[102]，与白起坑赵、项羽坑秦无异^[103]。岂不曰秦、赵之裔^[104]，未有报白、项之裔者，则满洲亦当同例也？岂知秦、赵、白、项，本非殊种，一旦战胜而击坑之者，出于白、项二人之指麾，非出于士卒全部之合意；若满洲者，固人人欲尽汉种而屠戮之，其非为豫酋一人之志可知也^[105]。是故秦、赵之仇白、项，不过仇其一人；汉族之仇满洲，则当仇其全部。且今之握图籍、操政柄者^[106]，岂犹是白、项之胤胄乎^[107]？三后之姓^[108]，降为舆台^[109]，宗支荒忽^[110]，莫可究诘^[111]，虽欲报复，乌从而报复之^[112]？至于满洲，则不必问其宗支，而全部自在也；不必稽其姓名^[113]，而政府自在也。此则枕戈剚刃之事^[114]，秦、赵已不能施于白、项，而汉族犹可施于满洲，章章明矣^[115]。明知其可报复，犹复饰为瘖聋^[116]，甘与同壤，受其豢养，供其驱使，宁使汉族无自立之日，而必为满洲谋其帝王万世祈天永命之计^[117]，何长素之无人心一至于是也^[118]！

[1]洒洒：(文辞)很多。"洒洒万言"，如说洋洋万言。

[2]呜呼：叹词，唉呀。

[3]为是：干这个。是，指示代词，这个。　邪：助词，表示疑问语气。

[4]赐环：即赐还，古代指被放逐的臣子赦罪召还。这里指回到朝廷，重新任职。

[5]龃龉(jǔyǔ):自相抵触。 不了:不明不白,糊涂。
[6]耸:惊动。 东胡群兽:满洲贵族。
[7]冀:希望。 解免:解除通缉,免罪复职。
[8]万亿:亿万民众。 不韪(wěi):认为不对,反对。 不辞:不拒绝,照样做。
[9]舞词弄札:舞文弄墨,卖弄文词。札,古代用来写字的小木片,借指文词。
[10]使:假设连词,假使。 元恶:首恶。 则已矣:也就罢了。
[11]圣人:康有为的追随者们吹捧他为"圣人"。
[12]教主:康有为鼓吹成立孔教,并以教主自命。
[13]脂韦:油脂和熟皮,比喻圆滑。 突梯:没有棱角,奉承讨好。
[14]佞:使用花言巧语谄媚讨好。
[15]是正:纠正,改正。
[16]原人:原始人类。"太古原人之世",指原始社会。
[17]良知本能:生而具有的、并非学来的才性能力。把民族主义说成人的本能,从原始社会寻找它的起源,这是唯心史观的表现。
[18]依违:模棱两可。
[19]《匈奴列传》:《史记》篇名。
[20]淳维:《史记·匈奴列传》中有匈奴远祖出自夏禹后代的传说。康氏援引这一传说,妄图证明满汉同出一源,攻击推翻清朝的革命口号。
[21]殊类:异类,不是一类。
[22]大去:远远离开。 华夏:古代称中原一带。
[23]不毛:不长草木的荒凉地方。
[24]域内:境内,中原。
[25]智果:春秋时期晋国执政大臣智瑶的同族,看到智瑶专权跋扈,预见智氏将有灭族的灾祸,另立门户,改称辅氏。
[26]管氏:传说春秋时期齐国管仲的后代,迁到楚国做了大夫,封于阴邑,改姓阴。
[27]谱牒:记载家族系统的书,族谱、家谱等。
[28]戕(qiāng):屠杀。 虐:摧残。
[29]职:专。
[30]傅:傅会,附会。满洲贵族把他们乘李自成起义、形势混乱之机入侵中原说成"兄弟急难",帮助平乱。
[31]周亲:至亲。
[32]巨缪:极其荒谬。缪,通"谬"。 极戾(lì):极其不合情理。戾,乖违。
[33]莫此为甚:没有比这个更严重的了。
[34]历史民族:经过长期历史过程逐渐形成的外貌、风俗、语言、文化不同的民族。
[35]天然民族:原始氏族部落。
[36]藉言:假如说。藉,假如。 天然:生物的自然进化过程。
[37]禘祫(dìxiá):合祭远近祖先。这里是说,人类要把低级植物海藻当作远祖。
[38]享祧(tiāo):合祭远祖。 蜼(wěi):长尾猿。这里是说,人类要把猿猴奉为祖宗。
[39]六洲:亚洲、非洲、欧洲、大洋洲和南美洲、北美洲。 氓(méng):民众。

[40]五色之种:五色人种,即黄、白、黑、棕、红。

[41]聒聒(guōguō):絮絮叨叨,使人厌烦。

[42]氐(dī)、羌(qiāng)、鲜卑:我国古代西北地区的三个少数民族。

[43]元魏:鲜卑族拓跋氏所建的北魏(386—534),改姓元,因称元魏。 九十六姓:北魏为了推行汉化政策,将鲜卑、乌丸、匈奴、氐、羌、羯等少数民族一律改为汉姓。

[44]骆越:古代部族,越族之一,在今贵州、云南、广西一带。 闽:闽越,越族之一,在今福建。 广:南越,在今两广和湖南南部。

[45]攘(rǎng)除:排除。

[46]陵制:欺压统治。

[47]五胡:东晋南北朝时期进入中原建立政权的五个少数民族匈奴、鲜卑、羯、氐、羌。 代北:北魏,起初建都平城(今山西大同市),古代国地。

[48]逮乎:到了。

[49]著土:定居。 傅籍:编入当地户籍。

[50]编氓:编户之民,普通百姓。

[51]醇化:同化。

[52]夙:向来。 蕃:通"番",外族。

[53]归化:外族迁入本地,取得国籍。

[54]异视:歧视,两样看待。

[55]堂子:清朝王室贵族祭祀本族神灵的地方,祭祀仪式对汉人保密。 妖神:斥责满人所祭祀的不是天地,而是邪魔外道。

[56]郊丘:郊祭(祭天)的地方,圜丘(明清时称天坛)。指祭天。这里是说,满洲贵族祭祀妖神,不是汉人祭天的习俗。

[57]辫发璎珞(yīngluò):头上留辫子,颈上挂朝珠,是清朝官员的打扮。

[58]弁冕(biànmiǎn):古代汉族官员的礼帽。

[59]清书:满文。清朝规定,公文、档案要用满、汉两种文字书写。 国语:满语。

[60]斯:李斯,秦朝丞相,奉秦始皇的命令统一文字,以小篆为规范文字。 邈:程邈,秦始皇时简化小篆为隶书。

[61]崇饰观听:掩饰自己,混淆视听。

[62]南面之术:帝王之术,统治手段。古代帝王在朝廷上面南而坐,因用南面指代帝王。

[63]大同公理:康氏及其同党宣扬"大同世界",幻想建立一个人人平等、废除私有的理想社会。后来康氏著《大同书》。

[64]薰莸(yóu):香草和臭草。这句是说,混淆满、汉的界限,是把香草、臭草放在一个器皿中,怎么可以?

[65]悖:违背。 三世之说:康氏根据汉代董仲舒的思想,把人类历史分成据乱世、升平世、太平世三个阶段。这里是说,当代处于割据混乱时期,大谈什么太平盛世才有的种族平等,这不是自相矛盾吗?

[66]二说:以上所举"满汉平等"两种谬论。

[67]始外吴、楚,终则等视:《春秋》(传为孔子编定)开始把吴、楚两国视为外族,后来却跟中原一样看待。康氏借此为自己的"满汉平等"论调辩护。

[68]不悟:不懂。 荆、扬:荆州(今湖北、湖南一带,楚国统辖地区)、扬州(今江苏、浙江、安徽一带,吴

［69］《禹贡》:《尚书》篇名。《尚书·禹贡》载,夏禹把天下分为九州。荆州、扬州列入九州,非外族国统辖地区)。

［70］异实:实质不同。

［71］王化:周朝天子的教化。 陵夷:衰落。

［72］要荒:要服和荒服,偏远地方。《尚书·禹贡》按与王都距离远近,把各地分为五服,即侯服、甸服、绥服、要服、荒服。地方不同,共同服事天子。

［73］《世本》:记载由传说黄帝到春秋时期帝王诸侯姓氏、谱系的古书。 史官:掌管史书的官员。

［74］上国:春秋时期中原诸侯国家,与吴、楚等远地方相区别。

［75］故名:吴、楚原来的名称,蛮夷。这里是说,吴、楚一旦与中原各国交往,就又恢复旧称,清朝贵族怎能跟他们同日而语呢?

［76］抑:转折连词,可是。

［77］将:选择连词,是……? 还是……?

［78］裸国:不穿衣服、身体裸露的部落。

［79］被(pī)发:披散头发。被,通"披"。 文身:身上刺花纹。据说夏禹进入江南部落,随从当地风俗,赤身露体,披散头发,身刺花纹。

［80］锦衣吹笙:墨子提倡节俭,反对音乐,但他进入楚国,随从当地风俗,穿着锦绣衣服,听乐手吹笙。

［81］习与性成:长期的习惯就会形成某种性格。

［82］洪、杨:太平天国农民起义领袖洪秀全、杨秀清。

［83］蓄发:对抗清朝头顶前部剃发,脑后留辫子的习俗,太平天国下令留发。

［84］曾、左:曾国藩、左宗棠,组织湘军镇压太平天国运动的首领。

［85］复从:重新实行。 髡(kūn)剃:剃光头顶前部。

［86］朋侪(chái):朋友。侪,同辈。

［87］纤首锐颠:小脑袋尖头顶。

［88］骇异:古怪吓人。这里是说,蓄发久了,重新剃头,很不习惯,觉得样子古怪可怕。

［89］涅齿以黛:用青色染牙齿。涅,染黑;黛,青色。

［90］穿鼻以金:穿透鼻子悬挂铜环。

［91］刺体以龙:身上刺绘龙形。

［92］涂面以垩(è):用白垩土涂脸。

［93］恢诡殊形:打扮成怪模样。恢诡,离奇;殊形,样子奇怪。

［94］魑魅(chīmèi):旧指山林妖怪。

［95］祖宗成法不可轻变:康氏主张变法,顽固守旧的官僚贵族就以"祖宗成法不可轻变"反对变法。如果要以安于旧习为口实,为清代的装束辩护,那么怎样反驳顽固守旧的官僚贵族呢?

［96］板齿:门牙。

［97］得无:副词,表示疑问、揣测语气,恐怕,是不是。

［98］豭(jiā)尾:猪尾巴,对满人辫子的蔑称。豭,公猪。清朝强迫汉人留辫子,革命者号召人民剪辫子,表达反清情绪。 鸿宝:大宝,巨宝。

［99］《公羊》:《春秋公羊传》,康氏高度评价它对《春秋》微言大义的解释。

［100］诵:熟读。 法:效法。 《繁露》:汉代董仲舒著《春秋繁露》,大多依据公羊的学说,发挥《春秋》

的微言大义,宣扬天人感应的唯心主义思想。

[101]九世之仇:世代积累的深仇大恨。《公羊传》《春秋繁露》主张复九世之仇,康氏口称崇拜二书,现在为了反对革命,连复九世之仇也要加以非难了。

[102]扬州十日:清兵攻入扬州,连续十天屠杀城内百姓。

[103]白起坑赵:前260年,秦国将军白起在长平之战中击败赵国,把俘获的40万赵国士兵全部坑杀。项羽坑秦:前206年,项羽在巨鹿之战中击败秦国,把俘获的20万秦国士兵全部坑杀。

[104]裔(yì):子孙后代。这里是说,赵国、秦国的后代没有人对白起、项羽的后代报仇,岂不是说,汉人对满洲贵族也应同样对待吗?

[105]豫酋:清朝将军多铎,率兵攻陷扬州,纵兵屠杀劫掠。后封豫亲王。酋,敌寇首领。这里认为清兵屠杀扬州百姓是对汉民族的残暴罪行,白起、项羽坑杀俘虏是个人的过失,二者区别明显。

[106]图籍:地图和户籍。"握图籍"指执掌政权。

[107]胤胄(yìnzhòu):后代。

[108]三后之姓:夏、商、周三代君主的子孙。后,君主;姓,子孙。

[109]舆台:奴隶。

[110]宗支:古代宗法制度,嫡长子的家族系统为"宗",从同宗中分出来的庶子的家族系统为"支"。荒忽:模糊不清。

[111]究诘:追究盘查。

[112]乌:疑问代词,何。这里是说,三代君主后代子孙,有的沦为奴隶,谱系支派也搞不清了,要想复仇,从何谈起?这跟反清复仇情况完全不同。

[113]稽:考查。

[114]枕戈:枕着武器睡觉,时刻不忘复仇。 剚(zì)刃:用刀子刺,指刺杀仇人。

[115]章章:明显得很。这里是说,赵国、秦国的后代无法对白起、项羽的后代复仇,汉族人民却能够对清朝复仇,这是十分明显的。

[116]饰为瘖(yīn)聋:故意装聋作哑。饰,伪装;瘖,哑。

[117]祈天永命:祈求上天,保佑自己江山永远巩固。

[118]一至于是:竟然到了这种地步。一,副词,竟然。

原文

长素又曰:所谓奴隶者,若波兰之属于俄,印度之属于英,南洋之属于荷[1],吕宋之属于西班牙[2],人民但供租税,绝无政权,是则不能不愤求自立耳。若国朝之制,满、汉平等,汉人有才者,匹夫可以为宰相。自同治年来[3],沈、李、翁、孙[4],迭相柄政,曾、左及李[5],倚为外相[6],恭、醇二邸[7],但拱手待成耳[8]。即今除荣禄、庆邸外[9],何一非汉人为政?若夫政治不善,则全由汉、唐、宋、明之旧,而非满洲特制也。然且举明世廷杖、镇监、大户加税、开矿之酷政而尽除之[10]。圣祖立一条鞭法[11],纳丁于地,永复差徭[12],此唐、虞至明之所无[13],大地万国所未有。他日移变[14],吾四万万人必有政权自由,可不待革命而得之也。

夫所谓奴隶者,岂徒以形式言邪?曾、左诸将,倚畀虽重[15],位在藩镇[16],蕞尔弹丸[17],未参内政。且福康安一破台湾[18],而遂有贝子郡王之赏[19],曾、左反噬洪氏[20],挈大圭九鼎以付满洲[21],爵不过通侯[22],位不过虚名之内阁[23],曾氏在日,犹必谄事官文[24],始得保全首领[25]。较其轻重,计其利害,岂可同日而道[26]!近世军机首领[27],必在宗藩[28]。夫大君无为而百度自治[29],为首领者,亦以众员供其策使。彼恭、醇二邸之仰成[30],而沈、李、翁、孙之有事,乃适见此为奴隶而彼为主人也。阶位虽高,犹之阉宦仆竖而赐爵仪同者[31],彼固仰承风旨云尔[32],曷能独行其意哉[33]!

一条鞭法,名为永不加赋,而耗羡、平馀[34],犹在正供之外[35]。徭役既免,民无恶声,而舟车工匠,遇事未尝获免。彼既以南米供给驻防[36],亦知民志不怡,而不得不藉美名以媚悦之[37]。玄烨、弘历[38],数次南巡,强勒报效,数若恒沙[39]。已居尧、舜、汤、文之美名,而使佞幸小人,间接以行其聚敛,其酷有甚于加税开矿者。观唐甄之《潜书》与袁枚之《致黄廷桂书》,则可知矣[40]!庄生有云[41]:狙公赋芧[42],朝三暮四[43],众狙皆怒;朝四暮三,众狙皆悦。名实未亏,而喜怒为用[44]。此正满洲行政之实相也[45]。

况于廷杖虽除,诗案史祸[46],较诸廷杖,毒螫百倍[47]。康熙以来,名世之狱[48],嗣庭之狱[49],景祺之狱[50],周华之狱[51],中藻之狱[52],锡侯之狱[53],务以摧折汉人,使之噤不发语[54]。虽李绂、孙嘉淦之无过[55],犹一切被赭贯木以挫辱之[56]。至于近世,戊戌之变,长素所身受,而犹谓满洲政治为大地万国所未有。呜呼!斯诚大地万国所未有矣!李陵有言[57]:"子为汉臣,安得不云尔乎[58]?"

夫长素所以不认奴隶,力主立宪,以摧革命之萌芽者,彼固终日屈心忍志,以处奴隶之地者尔。欲言立宪,不得不以皇帝为圣明。举其诏旨,有云"一夫失职,自以为罪"者[59],而谓"亟亟欲开议院,使国民咸操选举之权以公天下,其仁如天,至公如地,视天位如敝屣[60]"。然后可以言皇帝复辟而宪政必无不行之虑。则吾向者为《正仇满论》既驳之矣[61]。盖自乙未以后[62],彼"圣主"所长虑却顾[63],坐席不暖者,独太后之废置我耳[64]。殷忧内结[65],智计外发[66]。知非变法,无以交通外人,得其欢心;非交通外人,得其欢心,无以挟持重势,而排沮太后之权力[67]。载湉小丑,未辨菽麦[68],铤而走险,固不为满洲全体计。长素乘之，投间乘隙[69]，其言获用。故戊戌百日之政，足以书于盘盂[70]，勒于钟鼎[71]，其迹则公，而其心则只以保吾权位也。曩令制度未定[72]，太后夭殂[73]，南面听治，知天下之莫予毒[74]，则所谓新政者，亦任其迁延堕坏而已[75]。非直堕坏[76]，长素所谓"拿破仑第三[77]，新为民主，力行利民，已而夜宴伏兵[78]，擒议员百数及知名士千数，尽置于狱"者，又将见诸今日[79]。何也？满、汉两族，固莫能两大也[80]。

今以满洲五百万人，临制汉族四万万人而有馀者，独以腐败之成法，愚弄之、锢塞之耳[81]，使汉人一日开通[82]，则满人固不能晏处于域内[83]，如奥之抚匈牙利、土之御东罗马也[84]。人情谁不爱其种类而怀其利禄[85]？夫所谓圣明之主者，亦非远于人情者也。果能敝屣其黄屋[86]，而弃捐所有以利汉人邪？藉曰其出于至公，非有满、汉畛域之见[87]，然而新法犹不能行也。何者？满人虽顽钝无计[88]，而其怵惕于汉人[89]，知不可以重器假之[90]，亦人人有是心矣。顽钝愈甚，团体愈结。五百万人同德戮力[91]，如生番之有社寮[92]。是故汉人无民权，而满洲有民权，且有贵族之权者也。虽无太后，而掣肘者什伯于太后[93]，虽无荣禄，而掣肘者什伯于荣禄。

今夫建立一政，登用一人[94]，而肺腑昵近之地群相谨诿[95]，朋疑众难[96]，杂沓而至[97]。自非雄杰独断如俄之大彼得者[98]，固弗能胜是也[99]。共、驩四子[100]，于尧皆葭莩姻娅也[101]，靖言庸回[102]，而尧亦不得不任用。今其所谓圣明之主者，其聪明文思[103]，果有以愈于尧邪[104]？其雄杰独断，果有以侪于俄之大彼得者邪[105]？往者戊戌变政，去五寺三巡抚如拉枯[106]，独驻防则不敢撤[107]。彼圣主之力，与满洲全部之力，果孰优孰绌也[108]？由是言之，彼其为私，则不欲变法矣；彼其为公，则亦不能变法矣。长素徒以诏旨美谈视为实事，以此诳耀天下[109]。独不读刘知几《载文》之篇乎[110]？谓魏、晋以后，诏敕皆责成群下[111]，藻饰既工[112]，事无不可，故观其政令，则辛、癸不如[113]，读其诏诰，则勋、华再出[114]。此足以知戊戌行事之虚实矣。

且所谓立宪者，固将有上、下两院[115]，而下院议定之案，上院犹得以可否之[116]。今上院之法定议员，谁为之邪？其曰皇族，则亲王、贝子是已；其曰贵族，则八家与内外蒙古是已[117]；其曰高僧，则卫藏之达赖、班禅是已[118]。是数者，皆汉族之所无，而异种之所特有，是议权仍不在汉人也[119]。所谓满、汉平等者，必如奥、匈二国，并建政府，而统治于一皇，为双立君主制而后可。使东三省尚在，而满洲大长[120]，得以兼统汉人，吾民犹勉自抑制以事之。今者满洲故土，既攘夺于俄人[121]，失地当诛，并不认为满洲君主，而何双立君主之有[122]？夫戴此失地之天囚[123]，以为汉族之元首，是何异取罪人于囹圄而奉之为大君也[124]？乃曰："朋友之交，犹贵久要不忘[125]，安有君臣之际，受人之知遇，因人之危难，中道变弃，乃反戈倒攻者[126]？"诚如是，则载湉者，固长素之私友，而汉族之公仇也。况满洲全部之蠢如鹿、豕者，而可以不革者哉？

[1]南洋：指印尼。

[2]吕宋：指菲律宾。

[3]同治：清穆宗(载淳)年号(1862—1874)。

[4]沈、李、翁、孙：沈桂芬、李鸿藻、翁同龢(hé)、孙毓汶，四人曾在同治、光绪年间任协办大学士、军机大臣，都是汉人。

[5]曾、左及李：曾国藩、左宗棠及李鸿章，三人在同治、光绪年间任地方官而能参预朝廷决策。

[6]外相：在地方任总督又有内阁大学士的官衔。

[7]恭：恭亲王奕䜣(xīn)，咸丰帝的弟弟，长期任首席军机大臣。 醇：醇亲王奕譞(huán)，光绪帝的父亲，曾任总理海军衙门大臣。 邸(dǐ)：官邸，借指亲王。

[8]拱手待成：不问政事，坐享其成。

[9]荣禄：满洲贵族，慈禧太后亲信，曾任协办大学士、北洋大臣等要职，是镇压戊戌变法的主谋。 庆邸：庆亲王奕劻，满洲贵族，曾任总理各国事务大臣、外务部总理大臣等。

[10]廷杖：官员有过失，在朝廷上打棍子。这是明初刑罚，万历以后已经停用。 镇监：镇守太监。明宣宗时皇帝派太监到各省监督地方官员，嘉靖年间已经停止。 大户加税：对商户增收税捐。万历年间朝廷派太监到各地征收苛捐杂税，称为"税监"。 开矿之酷政：明朝万历年间开始设立矿税，数额巨大。

[11]圣祖：清康熙帝(玄烨)谥号。 一条鞭法：康熙、雍正年间，沿袭明朝税制，将田赋和丁银(成年劳力的人头税，代替劳役)按"丁四粮六"比例征收。

[12]纳丁之地：雍正初年规定"摊丁入地"，将丁银并入田赋征收。 永复差徭：康熙晚年规定"滋生人丁，永不加赋"，新增劳力免征丁银。复，免除；徭，劳役。

[13]唐、虞：唐尧、虞舜时代，传为上古太平盛世。

[14]移变：指慈禧太后死后，政权移交光绪帝。

[15]倚畀(bì)：倚赖。畀，给。

[16]藩镇：唐代执掌地方军政大权的节度使。这里借指清朝各地的总督。

[17]蕞(zuì)尔：地区狭小。 弹丸：弹丸之地，小块地方。

[18]福康安：满洲贵族，乾隆年间任为将军，率兵镇压台湾林爽文领导的农民起义，因功封为贝子。

[19]贝子：清代贵族爵位。次于贝勒，相当于公爵。 郡王：指清朝的亲王。这里是说福康安不是王室，封为贝子，得到了王室的特殊待遇。

[20]反噬(shì)：反咬。洪秀全领导太平天国农民起义，旨在推翻清朝，曾国藩、左宗棠也是汉人，却为清朝驱使，反过来打太平天国。

[21]挈(qiè):拿。 大圭、九鼎:古代政权的象征。圭,古代帝王诸侯举行典礼时所拿的玉器,上尖下方;鼎,传国的宝器。

[22]通侯:列侯。

[23]虚名之内阁:曾国藩、左宗棠因镇压太平天国有功,封大学士,仅为虚衔,并无实权。这与朝廷对满族有功将军的封赏是不同的。

[24]谄(chǎn)事:谄媚服事。 官文:满洲贵族,曾国藩、左宗棠镇压太平天国时期,他任湖广总督,控制长江上游。

[25]首领:脑袋。

[26]同日而道:同日而语,同样看待。

[27]军机:雍正年间开始设立的军机处,是协助皇帝处理机要的机构,后来权力扩大,超过内阁,首席军机大臣成为事实上的宰相。

[28]宗藩:宗室亲王。

[29]大君:君主,皇帝。 无为:不用亲自处理事务。 百度自治:百样事情自然有人办理。

[30]仰成:等待成功。

[31]阉官:被阉割的太监。 仆竖:少年奴仆。 仪同:仪同三司,古代享有和三公(太师、太傅、太保)同等礼仪的荣誉官衔。这句是说,沈、李、翁、孙官职虽高,犹如太监、奴仆获得仪同三司官衔样,是因为他们听主子的话,哪里能按自己的意志行动?

[32]仰承:恭敬地顺承。 风旨:意旨。

[33]曷:疑问代词,何。

[34]耗羡:又称火耗,清朝田赋正项之外的加征税种,借口碎银熔化成锭上交,要有一定损耗,于是加征百分之二十至五十的火耗,成为地方官吏勒索百姓的一种手段。 平馀:清朝田赋正项之外另一加征税种。银两按成色高低,实物按质量高低,计算耗欠数量。

[35]正供:田赋正项缴税。

[36]南米:清朝征收的一种实物税,用以供给各地八旗驻兵的粮饷。

[37]媚悦:讨好,取悦。这里是说,朝廷知道百姓对征南米税不满,就用"永不加赋"的动听言词欺骗他们。

[38]玄烨:清康熙帝名。 弘历:清乾隆帝名。

[39]恒沙:流经印度和孟加拉国的恒河的沙,佛经常用"恒河沙数"比喻极多。

[40]唐甄:(1630—1704),四川达州(今四川达州市通川区)人,举人出身,做过知县。所著《潜书》揭露康熙中期以后民生凋敝的严重情况。 袁枚之《致黄廷桂书》:信中指责清朝两江总督黄廷桂借乾隆帝南巡之机搜刮民财,自饱私囊。

[41]庄生:战国时期道家学派代表人物庄子。

[42]狙(jū)公:养猴子的老头。 赋:分配。 芧(xù):橡实。

[43]朝三暮四:这个故事见于《庄子·齐物论》。

[44]喜怒为用:猴子一会儿发怒,一会儿欢喜,喜怒变化都被老头所控制。

[45]实相:实在的情形。这里是说清朝利用"永不加赋"愚弄人民,跟老头利用"朝三暮四"愚弄猴子,情况相同。

[46]诗案:因作诗讽刺清朝而被治罪的案件。 史祸:因编纂南明史而遭迫害的灾祸。

[47]毒螫(shì):毒害。螫,毒虫蜇(zhē)人。

［48］名世之狱：康熙五十年(1711)，有人告发翰林编修戴名世《南山集》主张以南明福王、唐王、桂王等小朝廷的历史为正统，戴被处死。狱，案件。

［49］嗣庭之狱：雍正四年(1726)，礼部侍郎查嗣庭奉命赴江西主持乡试，所出试题为"君子不以言举人"，被告发为讥刺雍正帝下令保荐人才。又有记载，说试题为"维民所止"，被告发"维""止"隐含雍正斩首之意。

［50］景祺之狱：雍正三年(1725)十二月，川陕总督年羹尧居功自傲，滥杀无辜，被处死刑。旧日幕僚汪景祺替他鸣冤，被告发后杀头。

［51］周华之狱：乾隆三十二年(1767)，有人告发浙江天台秀才齐周华著《天台游记》中有"犯上"的言词，被处死。

［52］中藻之狱：乾隆二十年(1755)，翰林学士胡中藻在派系斗争中攻击皇帝倚重大学士张廷玉，触怒皇帝，借口他的诗集自号"坚磨生"妄图反叛，将他处死。

［53］锡侯之狱：乾隆四十二年(1777)，江西举人王锡侯私改《康熙字典》，另著《字贯》，书中排列康熙、雍正、乾隆三人的名字，被以"大逆不道"罪名处死。

［54］噤：闭口，不敢作声。以上是说，清朝制造《南山集》案、江西试题案、《天台游记》案、《坚磨生诗钞》案、《字贯》案系列文字狱，都是为了打击迫害有民族意识的汉族文人，使他们不敢说话。

［55］李绂(fú)：雍正年间任工部右侍郎，受宠臣田文镜诬陷，被捕入狱，后被赦免。 孙嘉淦(gàn)：雍正年间任吏部侍郎，因任命官员触犯皇帝，判处死刑，不久赦免出狱。

［56］被赭(zhě)：穿上罪犯的红色囚服。被，穿；赭，红褐色。 贯木：颈上套枷锁。

［57］李陵：汉代名将李广之孙。汉武帝时率兵与匈奴作战，失败被俘。以下引自《文选》卷四十一中李陵《答苏武书》。

［58］安：疑问代词，怎么。 云尔：这样说。这里借用李陵的话，斥责康氏为清朝奴才，怎么能不为它歌功颂德呢？

［59］"一夫失职，自以为罪"：有一个人失业，皇帝也要把这当作自己的罪过。康氏引用这两句变法上谕的话，企图证明皇帝是爱民的贤君。

［60］天位：皇位。 敝屣(xǐ)：破鞋。以上所引康氏的话，都是鼓吹君主立宪的骗人鬼话。

［61］向者：从前。《正仇满论》：章炳麟作，批驳梁启超光绪二十七年(1901)在《清议报》上发表的《积弱溯源论》。梁氏把救国图强的希望寄托在光绪帝身上。《正仇满论》尖锐指出，依靠光绪帝实行变法必然落空，只有推翻清朝反动统治，祖国才能复兴。并且申明，反清绝不是像保皇派所歪曲的消灭一切满人。

［62］乙未：农历乙未，光绪二十一年(1895)。

［63］"圣主"：指光绪帝。 长虑却顾：长远的忧虑。

［64］太后：指慈禧太后。这里是说，光绪帝担忧慈禧太后废掉自己的帝位，所以赞成变法，借此得到维新派支持，夺取慈禧太后及顽固官僚所把持的实权。

［65］殷忧：深忧。

［66］智计：智谋和计策。

［67］排沮(jǔ)：排除摧毁。沮，毁坏。

［68］未辨菽麦：没有知识，分辨不清豆麦。菽，豆类。

［69］投间(jiàn)乘隙：找机会，钻空子。这里是说，康氏利用慈禧太后与光绪帝之间的矛盾，乘此机会，推行变法。

[70]盘盂:古代的浴器和食器。

[71]勒:刻。 钟鼎:古代的乐器和礼器。这里是说戊戌变法是不朽的事业,应当刻写在器物上,留传后世。商周时代常在盘盂、钟鼎上书写、镌刻文字记载国家大事,歌功颂德。这里用作比喻。

[72]曩(nǎng):以往,以前。 令:假设连词,如果。

[73]夭殂(cú):突然死去。殂,死。

[74]莫予毒:没有人能危害我,没有人把我怎么样。

[75]迁延:推迟拖延。 堕坏:败坏。

[76]非直:不只,不仅限于。直,仅仅。

[77]拿破仑第三:路易·波拿巴(1808—1873),1848年当选为法兰西第二共和国总统,1851年发动武装政变,次年称帝号。巴黎公社起义,建立无产阶级政权,他被废黜。

[78]已而:不久之后。

[79]见诸今日:这里是说,光绪帝如果利用变法上台执政,他会反过来迫害维新派。拿破仑发动政变,解散议会,逮捕反对派两万六千多人的惨剧将在今日重演。

[80]两大:并存,两者共掌政权。

[81]锢塞(gùsè):阻塞,蒙蔽。

[82]开通:醒悟,明白过来。

[83]晏处:安然地生存。

[84]奥之抚匈牙利:奥地利帝国于1699年占领匈牙利,推行殖民政策。抚,占领。土之御东罗马:15世纪中期土耳其的奥斯曼帝国灭亡拜占庭帝国(东罗马),推行同化政策。御,统治。

[85]种类:种族,民族。

[86]敝屣:用为动词,当作破鞋抛弃。 黄屋:皇帝的车盖,用黄色缯帛装饰,借指帝位。

[87]畛(zhěn)域:界限。这里是说,没有民族偏见,不歧视汉人。

[88]顽钝:愚笨。 无计:没有智谋。

[89]怵(chù)惕:害怕警惕。

[90]重器:钟鼎之类传国宝器,借指政权。 假:给予,交付。

[91]同德:同心。 戮力:协力。

[92]生番:古代对异族的蔑称。 社寮:原始部落祭神、聚会的棚子。这里是说,满洲贵族联成一体对付汉人,如同原始部落利用迷信神灵巩固内部团结。

[93]掣肘:牵制阻止。 什伯:十倍百倍。什,通"十";伯,通"百"。这里是说,变法会使满洲贵族失去一切特权,一定遭到满洲贵族的反对,即使没有慈禧太后、荣禄,也会出现比这两个人大十倍、百倍的顽固派阻挠变法,改良主义行不通,革命才是唯一的救国途径。

[94]登用:提升任用。

[95]肺腑:心腹,比喻太监和近臣。 昵近:亲近,比喻皇亲贵戚。 谨譊(huānnáo):乱嚷乱叫。

[96]朋疑众难(nàn):成群结伙起来猜疑责难。朋、众,成群结伙。

[97]杂沓(tà):乱哄哄地。

[98]俄之大彼得:俄国沙皇彼得一世(1672—1725),又称彼得大帝,在位期间,大力推行改革,打击封建贵族,为资本主义的发展创造有利的条件。

[99]胜是:战胜这些反对改革的顽固保守势力。

[100]共、驩(huān)四子：共工、驩兜、三苗和鲧(gǔn)，传为尧帝时四个部族首领。

[101]葭莩(jiāfú)：芦苇管中的薄膜，比喻疏远的亲戚。姻娅：亲家和连襟，泛指姻亲。

[102]靖言：言词谦恭。靖，谦卑。庸回：任用邪恶的人。回，邪。以上是说，四人言词谦恭，行事不端。

[103]文思：功业和道德。

[104]愈：超过。

[105]侪(chái)：同类，用为动词，相比，跟上。

[106]五寺：清朝政府机关光禄寺、鸿胪寺、太常寺、太仆寺、大理寺。 三巡抚：湖北、广东、云南三省的巡抚。 拉枯：折断枯枝，比喻轻而易举。光绪二十四年(1898)七月，皇帝下诏裁撤通政司和五寺，所掌事务归内阁及各部处理，裁撤三巡抚和东河总督，授权湖广总督兼管巡抚事宜。

[107]驻防：驻扎全国各处军事重镇的八旗军队，他们享有特权，无所事事。当时有人建议裁撤八旗驻军，但光绪帝不敢得罪满洲贵族，没有采纳。

[108]绌(chù)：不足，差。

[109]诳耀：欺骗诱惑。

[110]《载文》：唐代历史学家刘知几所著《史通》篇名。

[111]责成：督责完成任务。 群下：群臣。

[112]藻饰：修饰文词。 工：精巧，巧妙。

[113]辛：帝辛，商末暴君纣王。 癸：履癸，夏末暴君桀王。

[114]勋：尧帝名放勋。 华：舜帝名重华。 再出：重生。以上是说，考察他们的行政措施和法令制度，连商纣王、夏桀王也不如；阅读他们的诏书谕旨，却像唐尧、虞舜重新出现了。

[115]上、下两院：英国、日本等君主立宪制国家的最高立法机关，分为上、下两院，上院为贵族院，由贵族、僧侣组成；下院为众议院，议员通过选举产生。

[116]可否：批准通过或者否决。

[117]八家：八旗。 内外蒙古：清朝在满族八旗外又建蒙古八旗。

[118]卫藏，西藏地方。 达赖、班禅：藏传佛教格鲁派两大领袖。

[119]议权：议政的权力。

[120]大长：首领，头领。

[121]攘夺：棘夺，夺取。19世纪中期以来，沙俄逼迫清朝签订系列不平等条约，夺取了我国黑龙江以北一百多万平方公里的土地。光绪二十六年(1900)六月，沙俄参加八国联军入侵我国，同时出兵占领我国东北。

[122]双立君主：既是满族君主，又任汉族君主。这里是说，清朝皇帝把满洲的土地都失掉了，做满族首领都不被认可，怎么能当汉族的君主？

[123]戴：拥戴。 天囚：对帝王的蔑称，没用的家伙。

[124]囹圄(língyǔ)：监狱。这里是说，把光绪帝这个没用的家伙奉为君主，这跟从牢房里拉出一个罪犯奉为君主有什么区别？

[125]犹贵：还要注重。 久要：旧约，平时的期待。《论语·宪问》："久要不忘平生之言。"这里是说，朋友相处，不忘旧情。

[126]反戈倒攻：掉转武器，攻打自己的同伙。康氏这里是说，光绪帝对自己有恩情，危难之际，不能背弃朋友。文中斥责康氏只讲"私交"，抛弃"公仇"。

原文

虽然，如右所言，大抵关于种类[1]，而于真伪得失未暇论也[2]。则将复陈斯旨[3]，为吾汉族筹之，可乎？长素以为"革命之惨，流血成河，死人如麻，而其事卒不可就[4]"。然则立宪可不以兵刃得之邪[5]？既知英、奥、德、意诸国，数经民变[6]，始得自由议政之权。民变者，其徒以口舌变乎？抑将以长戟劲弩飞丸发熗变也[7]？近观日本立宪之始[8]，虽徒以口舌成之，而攘夷覆幕之师[9]，在其前矣。使前日无此血战，则后之立宪亦不能成。故知流血成河，死人如麻，为立宪所无可幸免者。长素亦知其无可幸免，于是迁就其说以自文，谓"以君权变法，则欧、美之政术器艺[10]，可数年而尽举之"。夫如是，则固君权专制也，非立宪也。阔普通武之请立宪[11]，天下尽笑其愚，岂有立宪而可上书奏请者？立宪可请，则革命亦可请乎？以一人之诏旨立宪，宪其所宪[12]，非大地万国所谓宪也。长素虽与载湉久处，然而人心之不相知，犹挳一体而他体不知其痛也[13]。载湉亟言立宪，而长素信其必能立宪，然则今有一人执长素而告之曰"我当酿四大海水以为酒"，长素亦信其必能酿四大海水以为酒乎？夫事之成否，不独视其志愿，亦视其才略何如[14]。长素之皇帝，圣仁英武如彼，而何以刚毅能挟后力以尼新法[15]，荣禄能造谣诼以耸人心[16]，各督抚累经严旨皆观望而不辨[17]，甚至章京受戮[18]，己亦幽废于瀛台也[19]？人君者，善恶自专，其威大矣，虽以文母之抑制[20]，佞人之谗喙，而秦始皇之在位，能取太后、嫪毐、不韦而踣覆之[21]，今载湉何以不能也？幽废之时，犹曰爪牙不具[22]。乃至庚子西幸[23]，日在道涂，已脱幽居之轭[24]，尚不能转移俄顷，以一身逃窜于南方，与太后分地而处，其孱弱少用如此[25]。是则仁柔寡断之主，汉献、唐昭之俦耳[26]。太史公曰："为人君父而不知《春秋》之义者，必蒙首恶之名[27]。"是故志士之任天下者，本无实权，不得以成败论之，而皇帝则不得不以成败论之。何者？有实权而不能用，则不得窃皇帝之虚名也。夫一身之不能保，而欲其与天下共忧，督抚之不能制，而欲其使万姓守法，庸有几乎[28]！

事既无可奈何矣，其明效大验已众著于天下矣[29]。长素则为之解曰："幽居而不失位，西幸而不被弑，是有天命存焉。"王者不死。可以为他日必能立宪之征[30]。呜呼！王莽渐台之语曰[31]："天生德于予，汉兵其如予何[32]？"今之载湉，何幸有长素以代为王莽也[33]。必若图录有征[34]，符命可信[35]，则吾亦尝略读纬书矣[36]。纬书尚繁，《中庸》一篇[37]，固为赞圣之颂。往时魏源、宋翔凤辈，皆尝附之三统三世[38]，谓可以前知未来。虽长素亦或笃信者也[39]。然而《中庸》以"天命"始[40]，以"上天之载，无声无臭"终[41]。"天命"者，满洲建元之始也[42]；"上天之载"者，载湉为满洲末造之亡君也[43]。此则建夷之运[44]，终于光绪，努尔哈赤之祚[45]，尽于二百八十八年。语虽无稽，其彰明较箸，不犹愈于长素之谈天命者乎？

要之，拨乱反正，不在天命之有无，而在人力之难易。今以革命比之立宪，革命犹易，立宪犹难。何者？立宪之举，自上言之，则不独专恃一人之才略[46]，而兼恃万姓之合意[47]；自下言之，则不独专恃万姓之合意，而兼恃一人之才略。人我相待，所倚赖者为多。而革命则既有其合意矣，所不敢证明者，其才略耳。然则立宪有二难，而革命独有一难。均之难也[48]，难易相较，则无宁取其少难而差易者矣[49]。虽然，载湉一人之才略，则天下信其最绌矣。而谓革命党中必无有才略如华盛顿、拿破仑者[50]，吾所不敢必也。虽华盛顿、拿破仑之微时[51]，天下亦岂知有华盛顿、拿破仑者？而长素徒以阿坤鸦度一蹶不振相校[52]。今天下四万万人之材性，长素岂尝为其九品中正[53]，而一切检察差第之乎[54]？藉曰此魁梧绝特之彦[55]，非中国今日所能有，尧、舜固中国人矣。中国亦望有尧、舜之主出而革命，使本种不亡已耳，何必望其极点如华盛顿、拿破仑者乎？

长素以为"中国今日之人心，公理未明，旧俗俱在，革命以后，必将日寻干戈[56]，偷生不暇[57]，何能变法救民，整顿内治！"夫公理未明、旧俗俱在之民，不可革命，而独可立宪，此又何也？岂有立宪之世，一人独圣于上，而天下皆生番野蛮者哉？虽然，以此讥长素，则为反唇相稽[58]，校轸无已[59]，吾曰不可立宪，长素犹曰不可革命也。则应之曰：人心之智慧，自竞争而后发生。今日之民智，不必恃他事以开之，而但恃革命以开之。且勿举华、拿二圣，而举明末之李自成。李自成者，迫于饥寒，揭竿而起[60]，固无革命观念，尚非今日广西会党之俦也[61]。然自声势稍增，而革命之念起。革命之念起，而剿兵、救民、赈饥、济困之事兴，岂李自成生而有是志哉？竞争既久，知此事之不可已也。虽然，在李自成之世，则赈饥、济困为不可已；在今之世，则合众、共和为不可已。是故以赈饥、济困结人心者，事成之后，或为枭雄[62]；以合众、共和结人心者，事成之后，必为民主。民主之兴，实由时势迫之，而亦由竞争以生此智慧者也。征之今日[63]，义和团初起时[64]，惟言"扶清灭洋"，而景廷宾之师[65]，则知"扫清灭洋"矣。今日广西会党，则知不必开衅于西人[66]，而先以扑灭满洲、剿除官吏为能事矣。唐才常初起时[67]，深信英人，密约漏情，乃卒为其所卖。今日广西会党，则知己为主体[68]，而西人为客体矣[69]。人心进化，孟晋不已[70]，以名号言，以方略言，经一竞争，必有胜于前者。今之广西会党，其成败虽不可知，要之继此而起者，必视广西会党为尤胜，可豫言也[71]。然则公理之未明，即以革命明之；旧俗之俱在，即以革命去之。革命非天雄大黄之猛剂[72]，而实补泻兼备之良药矣[73]！

长素以为今之言革命者，"或托外人运械，或请外国练军，或与外国立约，或向外国乞师"；"卒之堂堂大国，谁肯与乱党结盟[74]，可取则取之耳"。吾以为今日革命，不能不与外国委蛇[75]，虽极委蛇，犹不能不使外人干涉。此固革命党所已知，而非革命党所未知也。日本之覆幕也，法人尝通情于大将军[76]，欲为代平内乱，大将军之从之与否，此固非覆幕党所能豫知，然以人情自利言之，则从之为多数，而不从为少数，幸而不从，是亦覆幕党所不料也。而当其歃血举义之时[77]，固未尝以其必从而少沮[78]。今者人知恢复[79]，略有萌芽，而长素何忍以逆料未中之言[80]，沮其方新之气乎？乌呼！生二十世纪难，知种界难，新学发见难，直人心奋厉时难[81]。前世圣哲，或不遇时；今我国民，幸睹精色[82]。哀哀汉种，系此刹那，谁无父母，谁无心肝，何其天阏之不遗馀力[83]，幸同种之为奴隶，以必信其言之中也！且运械之事，势不可无；而乞师之举，不必果有。今者西方数省，外稍负海而内有险阻之形势[84]，可以利用外人，而不为外人所干涉者，亦未尝无其地也[85]。略得数道[86]，为之建立政府，百度维新，庶政具举[87]。彼外人者，亦视势利所趋耳，未成则欲取之，小成则未有不认为与国者[88]，而何必沾沾多虑为乎[89]！

［1］种类：民族之间的关系。

［2］真伪：真假。　得失：利害。　未暇：没有顾上。这里是说：以上所论，限于民族关系，没有顾上讨论君主立宪和暴力革命二者的利害得失问题。

［3］复陈：再说。　斯旨：这方面的意见，即关于君主立宪和暴力革命的意见。

［4］卒不可就：终于不能获得成功。

［5］兵刃：武器，兵力。

［6］民变：群众暴动。

［7］劲弩：用机关发射的强弓。　飞丸：射击子弹。　发礚(kuài)：发射炮弹。礚，石头，借指炮弹。

［8］日本立宪：1868年1月，天皇睦仁发布号令，废除幕府；10月改元明治，开始实行各项改革。史称"明治维新"。

［9］攘夷：排外，摆脱美、俄帝国主义的侵略势力。　覆幕：倒幕，推翻幕府统治。日本封建政权被德川

幕府所控制,实行军事独裁。1867年11月8日,京都朝廷颁下讨幕密敕,次日,幕府将军德川庆喜被迫还政。不久,军队进入京都附近,击败幕府驻兵。幕,幕府,将军府。

[10]政术:西方国家的政治制度。　器艺:机器技术。

[11]阔普通武:满洲贵族,属正白旗,内阁学士。戊戌变法期间,上"请定立宪开国会"奏折。

[12]宪其所宪:按皇帝自己的意愿建立宪政。

[13]挃(zhì):捣,撞。　一体:某一肢体。这里是说,人心难以了解,就像打某一肢体而别的肢体并不感到痛一样。

[14]才略:才智,才能智谋。

[15]刚毅:满洲贵族,属镶蓝旗,任兵部尚书兼协办大学士,很受慈禧太后宠信,攻击变法。　尼:阻挠。戊戌变法期间,光绪帝要下诏书废除八股取士,刚毅坚决反对,提出必须请示慈禧太后。

[16]诼(zhuó):谣言。这里是说,为了废除光绪帝,荣禄造谣惑众,如说皇帝病重等等。

[17]督抚:总督、巡抚,清朝执掌一省或数省军政大权的地方长官。　辨:通"办"。这里是说,光绪帝连下变法诏书,严令总督、巡抚实施,他们仍旧观望等待。

[18]章京:军机章京,清朝军机处办理机密的高级官员。光绪二十四年(1898)七月初五日,慈禧太后发动政变,幽禁光绪帝,杀害谭嗣同等四名军机章京。

[19]瀛台:在北京故宫西侧中南海。

[20]文母:周文王的后妃,这里指秦始皇母亲赵太后。

[21]嫪毐(làoǎi):赵太后的宠臣,吕不韦舍人,封长信侯。　不韦:吕不韦。秦始皇幼年即位,他任相国,尊为仲父,主持政事,封文信侯。秦始皇八年(前239),嫪毐调兵发动叛乱,秦始皇处死嫪毐,并将暗中支持嫪毐的赵太后迁出咸阳,吕不韦因受牵连被免官。

[22]爪牙:得力的助手。　不具:没有。

[23]庚子西幸:光绪二十六年(1900),农历庚子,这年八月,八国联军侵入北京,慈禧太后挟持光绪帝逃往西安。这时光绪帝已不受幽禁,仍然不敢脱离慈禧太后,可见他的懦弱无用。

[24]轭(è):牛、马等驾车时颈上的横木,比喻束缚。

[25]孱(chán)弱:软弱无能。

[26]汉献:东汉末代皇帝汉献帝(刘协),朝政被丞相曹操把持,自己成为傀儡。　唐昭:唐朝末代皇帝唐昭宗(李晔)。天复三年(903),宣武节度使朱温率兵入长安,尽杀宦官,封为梁王。次年昭宗被杀,太子李柷立为皇帝。　侪:同一类人。

[27]首恶:罪大恶极的人。《春秋》注重君臣名分,身为君主,却听属臣摆布,就是不懂《春秋》的道理。这里斥责光绪帝软弱无能,空有皇帝虚名,怎么能将变法的希望寄托在这样的人身上?

[28]庸:反诘副词,岂,难道。　几:通"冀",希望。

[29]明效大验:明显的效果,重大的验证。　众著:许多事实证明。箸,通"著",显著,显明。

[30]征:象征,预兆。　王莽:西汉末期大臣,封安国公,平帝死后,孺子刘婴即位,他为摄政,不久篡位,建立新朝。

[31]渐台:在西汉长安未央宫内。新莽末年,赤眉、绿林农民起义爆发,地皇四年(23),王莽被绿林军(时称汉军)困在渐台,被杀。

[32]其如予何:能把我怎么样?《史记·孔子世家》记载,孔子到了宋国,跟弟子们到大树下演习礼仪,宋国司马桓魋要杀孔子,把大树拔起,孔子走开,说:"天生德于予,桓魋其如予何!"王莽模仿孔子的话,不

过是虚张声势罢了。

[33]代为王莽:这里斥责康氏所说"是有王命存焉"等话,是替光绪帝虚张声势。

[34]图录:图谶。汉代宣扬天命的图画文字,妄称可以预测未来,多为方士所造荒诞无稽之谈。

[35]符命:古代迷信所说天赐祥瑞,作为人君受命于天的证据,如凤凰、麒麟、甘露、嘉禾等,多属伪造。

[36]纬书:对经书而言,以儒家经义附会人事,预言吉凶祸福、治乱兴衰。起于汉代。有《易纬》、《书纬》等七种,至隋炀帝时,搜寻焚毁。

[37]《中庸》:《礼记》篇名,南宋朱熹从《礼记》中抽出《中庸》、《大学》,与《论语》、《孟子》合成《四书》,并为作注,作为儒学必读教材,元明清时成为科举课目。

[38]魏源:(1794—1857),清末湖南邵阳人,字默深,道光进士。近代著名学者,积极介绍西方文化学术,主张革新政治,但又借汉代董仲舒的三统三世之说附会社会进化。 宋翔凤:(1779—1860),清末江苏长洲(今江苏苏州市)人,字于庭,嘉庆举人。今文经学家。所著《论语说义》利用谶纬迷信宣扬天命。 三统:汉代董仲舒认为历史是黑、白、赤三种统系,往复循环,是典型的唯心史观。 三世:汉代公羊学派认为历史分为"所传闻世"、"所闻世"、"所见世",历史是倒退的,只有复古才有出路。近代的改良主义者把三统三世说改装成社会进化论,宣扬渐进的改良,反对突变的革命。

[39]笃:通"笃",诚恳。

[40]《中庸》以"天命"始:《中庸》开头一句:"天命之谓性。"

[41]以"上天之载,无声无臭"终:《中庸》篇末引用《诗经·大雅·文王》两句:"上天之载,无声无臭。"

[42]建元之始:建立的第一个年号。元,年号。清朝始祖努尔哈赤称后金国主,建元"天命"(1616—1626)正与《中庸》开头相符。

[43]末造之亡君:末代亡国之君。造,世代,时期。光绪帝名载湉,《中庸》末句为"上天之载",如照谶纬说法,表示他是清末亡国之君。

[44]建夷:满族。满族旧自称建州女真。夷,外族。

[45]祚(zuò):帝王的位置。努尔哈赤之祚,由清太祖努尔哈赤开始建立的帝位。

[46]恃(shì):依仗,依赖。

[47]合意:同心,齐心。

[48]均之难也:(立宪和革命)同样困难。

[49]无宁:不如。 差(chā)易:稍微容易。这里是说,立宪有两种困难,革命只有一种困难,两者比较,不如选择困难较少而稍微容易的革命。

[50]华盛顿:(1732—1799),乔治·华盛顿,美利坚合众国奠基人之一。任大陆军总司令,领导独立战争,推翻英国殖民统治,取得胜利。被选为第一届总统。 拿破仑:(1769—1821),拿破仑·波拿巴,又称拿破仑一世,法国政治家和军事家。1799年发动雾月政变,组建执政府,自任第一执政。1804年称帝,建立法兰西第一帝国,对内打击封建复辟,对外侵略扩张。康氏狂妄断言革命党内没有华盛顿、拿破仑这样的伟人,文中予以驳斥。

[51]微:身份卑微。

[52]阿坤鸦度:又译阿奎纳多(1869—1964),菲律宾总统。1896年参加反西班牙起义,后与西班牙殖民者妥协。1899年选为菲律宾总统,美菲战争爆发,投降美国。康氏胡说革命一旦发生,必让外人得利。

[53]九品中正:魏晋时期各地设立中正(考察人才的官员),把人才分为九等,以便推荐官吏。

[54]差(cī)第:用为动词,划分等级。

[55]魁梧:伟大。 绝特:超群。 彦:杰出人才。

[56]日寻干戈:天天打仗。干戈,借指武力。

[57]偷生:顾全性命。 不暇:来不及。

[58]反唇相稽:也作"反唇相讥",受指责后不服气,反过来指责对方。

[59]较(jiào):调整。 轸(zhěn):琴瑟腹下用来转弦的木柱。转动木柱可以调节声音高低。 无已:没完没了。这里借用调整琴弦比喻争论不休。

[60]李自成:(1608—1645),明末农民起义领袖。陕西米脂人,本名鸿基。崇祯三年(1630)参加农民起义,号八队闯将,发展成为起义军主力。崇祯十七年(1644),在西安建立大顺政权。不久攻克北京。后在吴三桂勾结满洲贵族共同镇压下失败。 揭竿而起:举起义旗革命。

[61]广西会党:清朝末年在广西一带活动的民间秘密团体三合会、天地会等,光绪二十八年(1902)秋天多次发动武装暴动,历时三年之久。

[62]枭雄:强横的政治野心家,如刘邦、朱元璋等由农民起义领袖做了封建皇帝。

[63]征:验证。

[64]义和团:光绪二十六年(1900)六月,八国联军进攻中国,义和团在保卫京津地区战斗中英勇作战,形成反帝爱国运动,因受到帝国主义镇压和被慈禧太后为代表的当权派所出卖,终告失败。

[65]景廷宾:河北地区义和团领袖。光绪二十七年(1901),清朝同帝国主义侵略者签订投降卖国的《辛丑条约》,使广大群众认清了清朝沦为帝国主义走狗的反动本质。次年河北地区义和团在景廷宾领导下再次起义,由过去的"扶清灭洋"口号改为"扫清灭洋",证明人民群众觉悟逐步提高。

[66]开衅:挑起争端。

[67]唐才常:(1867—1900),清末维新派人物,字黻丞,后改佛尘,湖南浏阳人。早年创办学堂,编辑报纸,宣传变法。戊戌变法失败后流亡日本。光绪二十五年(1899)回国,次年在汉口组织自立军,准备起兵"勤王",借光绪帝实行改革。他对英国抱有幻想,把起兵计划交给汉口的英国领事,机密泄露,被湖广总督张之洞尽数消灭,唐才常等遇害。

[68]主体:主力。

[69]客体:外来的辅助力量。

[70]孟晋:勇猛进取。孟,通"猛";晋,上进。

[71]豫言:预言。豫,通"预"。

[72]天雄:附子所生,有毒,中医入药。 大黄:多年生草本植物,根茎入药,泻火解毒。 猛剂:烈性药物。

[73]补泻兼备:兼有滋补元气和排除毒火两种作用。以上以李自成起义、义和团运动为例,论述人民群众在斗争中学会斗争,在革命实践中增长才干,颇有见地。也粉碎了康氏污蔑革命的一派胡言。

[74]乱党:对革命党的蔑称。康氏认为,英、美这些大国不肯跟革命党结成联盟对付清朝,如果清朝可以夺取,他们便自己夺取过来。

[75]委蛇(wěiyí):假意应付,表面敷衍。

[76]通情:表达意愿。

[77]歃(shà)血:古代诸侯结盟,把牛、马的血含在口中或涂在口上,表示诚意。借指宣誓。

[78]少沮(jǔ):略微沮丧。沮,泄气,沮丧。

[79]恢复:光复旧物,夺取失掉的江山。

[80]逆料:预料。 未中(zhòng):没有说中。

[81]直:通"值",遇到。 人心奋厉:群众强烈要求革命,人心振奋,情绪高涨。

[82]精色:光明的景象。这里是说我国人民幸而看到了革命的前景一片光明。

[83]夭阏(yāoè):阻塞,阻挠。

[84]负海:靠近海域。

[85]地:机会。

[86]道:清代省以下的行政区域,一道辖若干州、府。

[87]庶政:各项政事。 具举:一起兴办。

[88]与国:友好的国家,同盟国家。

[89]沾沾:浓重的样子。 为:表示反诘的语气助词。这里是说,何必顾虑重重呢?

原文

世有谈革命者,知大事之难举,而言割据自立[1]。此固局于一隅,所谓井底之蛙,不知东海者,而长素以印度成事戒之[2]。虽然,吾固不主割据,犹有辩护割据之说在,则以割据犹贤于立宪也。夫印度背蒙古之莫卧尔朝[3],以成各省分立之势,卒为英人蚕食,此长素所引为成鉴者[4]。然使莫卧尔朝不亡,遂能止英人之蚕食邪?当莫卧尔一统时,印度已归于异种矣。为蒙古所有,与为英人所有,二者何异?使非各省分立,则前者为蒙古时代,后者为英吉利时代,而印度本种,并无此数十年之国权。夫终古不能得国权[5],与暂得国权而复失之,其利害相越[6],岂不远哉?语曰:"不自由,无宁死[7]!"然则暂有自由之一日,而明日自刎其喉,犹所愿也,况绵延至于三四十年乎!且以印度情状,比之中国,则固有绝异者。长素《论印度亡国书》,谓其文学工艺,远过中国,历举书籍见闻以为证。不知热带之地,不忧冻饿,故人多慵惰,物易坏烂,故薄于所有观念。是故婆罗、释迦之教[8],必见于印度,而不见于异地。惟其无所有观念,而视万物为无常[9],不可执著故[10]。此社会学家所证明,势无可遁者也。夫薄于所有观念,则国土之得丧,种族之盛衰,固未尝概然于胸中[11]。当释迦出世时,印度诸国已为波斯属州[12]。今观内典[13],徒举比邻诸王,而未见波斯皇帝,若并不知己国之属于波斯者。厥有愤发其所能自树立者,独阿育王一家耳[14]。近世各省分立之举,亦其出于偶尔,而非出于本怀。志既不坚,是故迁延数世,国以沦丧[15]。夫欲自强其国种者,不恃文学工艺,而惟视所有之精神。中国之地势人情,少流散而多执著,其贤于印度远矣。自甲申沦陷以至今日[16],愤愤于腥膻贱种者[17],何地蔑有[18]?其志坚于印度,其成事亦必胜于印度,此宁待蓍蔡而知乎[19]!

若夫今之汉人,判涣无群[20],人自为私,独甚于汉、唐、宋、明之季。

是则然矣,抑谁致之而谁迫之邪?吾以为今人虽不尽以逐满为职志,或有其志而不敢讼言于畴人[21],然其轻视鞑靼[22],以为异种贱族者,此其种性,根于二百年之遗传,是固至今未去者也。往者陈名夏、钱谦益辈[23],以北面降虏,贵至阁部[24],而未尝建白一言[25],有所补助,如魏徵之于太宗、范质之于艺祖者[26]。彼固曰异种贱族,非吾中夏神明之胄,所为立于其朝者,特曰冠貂蝉、袭青紫而已[27],其存听之,其亡听之。若曰为之驰驱效用,而有所补助于其一姓之永存者[28],非吾之志也。理学诸儒[29],如熊赐履、魏象枢、陆陇其、朱轼辈[30],时有献替[31],而其所因革[32],未有关于至计者[33]。虽曾、胡、左、李之所为[34],亦曰建殊勋、博高爵耳,功成而后,于其政治之盛衰,宗稷之安危[35],未尝有所筹画焉,是并拥护一姓而亦非其志也。其他朝士,入则弹劾权贵,出则搏击豪强,为难能可贵矣;次即束身自好[36],优游卒岁[37],以自处于朝隐[38];而下之贪墨无艺、怯懦忘耻者[39],所在皆是。三者虽殊科[40],要其大者不知会计之盈绌[41],小者不知断狱之多寡,苟得廪禄以全吾室家妻子,是其普通之术矣。无他,本陈名夏、钱谦益之心以为心者,固二百年而不变也。明之末世,五遭倾覆[42],一命之士[43],文学之儒,无不建义旗以抗仇敌者,下至贩夫乞子,儿童走卒,执志不屈,而仰药剚刃以死者[44],不可胜计也。今者北京之破[45],民则愿为外国之顺民,官则愿为外国之总办,食其俸禄,资其保护,尽顺天城之中[46],无不牵羊把茅[47],甘为贰臣者[48]。若其不事异姓,躬自引决[49],缙绅之士,殆无一人焉。无他,亦曰异种贱族,非吾中夏神明之胄,所为立于其朝者,特曰冠貂蝉、袭青紫而已。其为满洲之主则听之,其为欧、美之主则听之,本陈名夏、钱谦益之心以为心者,亦二百年而不变也。然则满洲弗逐,而欲士之争自濯磨[50],民之敌忾效死[51],以期至乎独立不羁之域,此必不可得之数也[52]。浸微浸衰[53],亦终为欧、美之奴隶而已矣。非种不锄,良种不滋;败群不除[54],善群不殖。自非躬执大篲[55],以扫除其故家污俗[56],而望禹域之自完也[57],岂可得乎?(以上录旧著《正仇满论》)

夫以种族异同,明白如此,情伪得失,彰较如彼,而长素犹偏言立宪而力排革命者[58],宁智不足、识不逮邪?吾观长素二十年中,变易多矣[59]。始孙文倡义于广州[60],长素尝遣陈千秋、林奎往,密与通情。及建设保国会[61],亦言保中国,不保大清,斯固志在革命者。未几,瞑眩于富贵利禄[62],而欲与素志调和,于是戊戌柄政[63],始有变法之议。事败亡命,作衣带诏[64],立保皇会,以结人心。然庚子汉口之役[65],犹以借遵皇权,密约唐才常等,卒为张之洞所发。当是时,素志尚在,未尽澌灭也[66]。唐氏既亡,保皇会亦渐溃散。长素自知革命之不成,则又瞑瞒于富贵利禄,而今之得此,非若畴昔之易[67],于是宣布是书。其志岂果在保皇立宪邪?亦使满人闻之,而曰长素固忠贞不贰,竭力致死,以保我满洲者,而向之所传借遵皇权,保中国不保大清诸语,是皆人之所以诬长素者,而非长素故有是言也。荣禄既死,那拉亦耄[68],载湉春秋方壮,他日复辟必有其期,而满洲之新起柄政者,其势力权藉或不如荣禄诸奸,则工部主事可以起复,虽内阁军机之位亦可以觊觎矣[69]。长素固云"穷达一节[70],不变塞焉[71],盖有之矣,我未之见也"。

抑吾有为长素忧者,向日革命之议,哗传于人间,至今未艾[72]。陈千秋虽死,孙文、林奎尚在;唐才常虽死,张之洞尚在;保国会之微言,不著竹帛,而入会诸公尚在;其足以证明长素之有志革命者,不可件举[73]。虽满人之愚蒙,亦未必遽为长素欺也。呜呼哀哉!"南海圣人",多方善疗[74],而梧鼠之技[75],不过于五,亦有时而穷矣。满人既不可欺,富贵既不可复,而反使炎黄遗胄受其蒙蔽[76],而缓于自立之图。惜乎,已既自迷,又使他人沦陷,岂直二缶钟惑而已乎[77]!此吾所以不得不为之辨也。

若长素能跃然祗悔[78],奋厉朝气,内量资望[79],外审时势,以长素魁垒耆硕之誉闻于禹域[80],而弟子亦多言革命者,少一转移,不失为素王玄圣[81]。后王有作[82],宣昭国光[83],则长素之像,屹立于星雾;长素之书,尊藏于石室[84];长素之迹[85],葆覆于金塔[86];长素之器,配崇于铜柱[87],抑亦可以尉荐矣[88]。藉曰死权之念[89],过于殉名[90],少安毋躁,以待新皇[91]。虽长素已槁项黄馘[92],卓茂之尊荣[93],许靖之优养[94],犹可无操左契而获之[95]。以视名实俱丧,为天下笑者何如哉?书此。敬问起居。不具。章炳麟白。

[1]割据自立:维新派人物梁启超、欧榘甲等看到清朝腐败,卖国投降,国势危急,提出各省自立的主张。

[2]戒:警告,告诫。康氏于光绪二十八年(1902)发表《与同学诸子梁启超等论印度亡国由于各省自立书》,反对割据自立,极力维护王权。文中引用此信,称《论印度亡国书》。

[3]背:背叛。 莫卧尔朝:蒙古成吉思汗后裔巴卑尔于1526年攻占古印度,建立莫卧尔王朝。18世纪初期,莫卧尔王朝开始分裂,英国殖民者逐步侵入。

[4]成鉴:历史的借鉴。

[5]终古:永远。

[6]相越:相差,差别。

[7]"不自由,无宁死":美国独立战争中提出的反对殖民统治、争取民族独立的口号。

[8]婆罗:婆罗门教,印度古代宗教之一,形成于前7世纪,信奉多神,以《吠陀》为最古的经典。释迦之教:佛教,始祖释迦牟尼,因称释迦之教。

[9]无常:佛教术语,时常变化,流动不息。

[10]执著:佛教术语,坚持不放,不能超脱。这里把私有观念淡薄归结到地理环境,是庸俗社会学的观点。

[11]概然:心中记挂的样子。

[12]波斯:波斯帝国,伊朗高原西部的古国,前6世纪时,帝国疆域东达印度河,西邻爱琴海,印度部分地区成为帝国省份。

[13]内典:佛教术语,佛教经典。

[14]阿育王:古代印度摩揭陀国孔雀王朝国王(前266—前232),在位期间统一除半岛南端以外的印度全境。

[15]国以沦丧:指印度沦为英国殖民地。

[16]甲申:顺治元年(1644),清兵入侵中原,建立清朝。

[17]腥膻(shān):难闻的气味,借指入侵的外敌,这里是指满洲贵族。

[18]蔑有:无有。

[19]蓍(shī)蔡:占卜。蓍,用蓍草的茎占卜,蔡,大龟,用龟甲占卜。

[20]判涣:涣散。 无群:不能形成群体。

[21]讼言:公开宣布。讼,通"诵"。 畴人:同类的人。

[22]鞑靼(dádá):古代汉族对北方各游牧民族的统称。明代指东蒙古人,清代指满人。

[23]陈名夏:(1601—1654),明末江南溧阳(今江苏溧阳市)人,字百史,崇祯进士,任翰林修撰。投降清朝后任吏部尚书,后被处死。 钱谦益:(1589—1664),明末江南常熟(今江苏常熟市)人,字受之,万历进士,任礼部侍郎。南明弘光帝时任礼部尚书,投降清朝后任礼部侍郎。

[24]阁部:内阁六部长官。

[25]建白:提出建议或主张。

[26]魏徵:(580—643),唐太宗时宰相,字玄成,曾参加隋末李密领导的农民起义。 范质:(911—964),宋太祖时宰相,字文素,曾任五代后周宰相。 艺祖:古代帝王对有功业的祖先的美称。这里指宋太祖赵匡胤。

[27]冠貂蝉:戴着高官礼帽。貂蝉,古代大臣礼帽上的貂尾和蝉羽。 袭青紫:穿着高官礼服。青紫,古代大臣青色、紫色礼服。一说指青紫绶带。

[28]一姓:皇帝一家。这里指清朝爱新觉罗一家。

[29]理学:宋明以来以二程(程颢、程颐)、朱熹为代表的哲学流派,讲究天人性命之理。又称道学。清代成为官方哲学。

[30]熊赐履:清湖北孝感人,字敬修,顺治进士,康熙时任武英殿大学士。 魏象枢:清蔚州(今河北蔚县)人,字环溪,顺治进士,任刑部尚书。 陆陇其:清浙江平湖人,字稼书,康熙进士,任监察御史。 朱轼:清江西高安人,字若瞻,康熙进士,任文华殿大学士兼吏部尚书。

[31]献替:献可替否,向君主提出可行的,废除不可行的。

[32]因革:继承或革除。

[33]至计:根本大计,大政方针。

[34]曾、胡、左、李:镇压太平天国起义的湘军首领曾国藩、胡林翼、左宗棠和淮军首领李鸿章,四人后来都任清朝高官。

［35］宗社：宗庙、社稷，借指清朝王室。

［36］束身自好：自我约束，不同流合污。

［37］优游：生活悠闲。　卒岁：一年到头。

［38］朝隐：虽在朝中任职而淡泊恬静，不理政事。

［39］贪墨：贪污。　无艺：没有限度。

［40］殊科：异类，不是同类。

［41］会计：财政收支。　盈绌(chù)：盈亏，盈馀或亏损。

［42］五ընণ倾覆：明朝亡后，王室成员福王朱由崧(年号弘光)、唐王朱聿键(年号隆武)、唐王朱聿𨮁(年号绍武)、桂王朱由榔(年号永历)、韩王朱本铉(年号定武)先后在南方建立政权，都被清兵消灭。

［43］一命之士：低级官吏。古时官爵分为九等，最高九命，最低一命。

［44］仰药：服毒。　刎(zì)刃：指用刀自杀。这里是说抗清志士誓死不屈，自杀的很多。

［45］北京之破：光绪二十六年(1900)八月，八国联军攻入北京。

［46］顺天：北京。明清时为顺天府。

［47］牵羊把茅：表示投降。传说周武王军队攻占商朝都城，商朝王室微子出城投降时左手牵羊，右手拿着茅草。

［48］贰臣：背叛旧朝，投降新朝任职的臣子。

［49］引决：自杀保持名节。

［50］濯(zhuó)磨：洗涤磨砺，比喻改过自新，振作精神。

［51］敌忾(kài)：一致仇恨敌人。

［52］数：定数，规律。

［53］浸：逐渐，一步步地。

［54］败群：败类。指满洲贵族、清朝王室。

［55］大彗(huì)：大扫帚。

［56］故家：旧的世家，清朝王室。

［57］禹域：中华国土。大禹治水，划分九州，因称中国为禹域。

［58］偷言：妄言，没有根据地胡说。

［59］变易：变化，改变。

［60］孙文倡义：光绪二十一年(1895)，孙中山在广州发动武装起义。康氏当时表示同情革命，派学生陈千秋、林奎前去联络。

［61］保国会：光绪二十四年(1898)三月，康氏在北京建立保国会，提出"保国、保种、保教"的政治口号，为变法维新制造舆论。保国会只保中国，不保大清，说明当时康氏有反清思想。

［62］瞢瞢：迷惑。

［63］戊戌柄政：光绪二十四年(1898)四月，康氏被任命为总理衙门章京行走，参预掌政。

［64］作衣带诏：康氏自称得到光绪帝密诏，作者认为是他伪造出来，用以笼络人心的。

［65］庚子汉口之役：光绪二十六年(1900)，唐才常在汉口成立自立军，准备起兵"勤王"。当时康氏曾跟唐才常秘密联系。

［66］澌灭：消失，消灭。

［67］畴昔：从前，昔日。畴，助词。

[68]那拉：叶赫那拉氏，即慈禧太后。　　耄(mào)：八九十岁，泛指年老。

[69]觊觎(jìyù)：窥伺，希望得到。

[70]穷达：困顿或显达。　　一节：节操始终不变。

[71]变塞：改变实际。塞，实，满。以上是说，康氏的政治主张，二十年内多次变化，由同情革命、主张立宪，到鼓吹保皇，都是进行政治投机，实现个人野心。他在致华侨信中说的"穷达节，不变塞焉，盖有之矣，我未之见也"，正是自我供状。

[72]艾：停止。

[73]件举：逐件列举，一一列举。

[74]多方善疗：药方很多，善于治病。康氏致华侨信中声称自己握有救国图强的多种良药，这里借此讥讽他会变换手法，投机钻营。

[75]梧鼠之技：《荀子·劝学》："梧鼠五技而穷。"梧鼠，南方森林中的飞鼠，能飞不能飞上屋顶，能攀不能攀上树梢，能游水不能过河，能挖洞不能藏身，能跑跑不过人。它有五种技能，有时也没办法了。讥讽康氏手段虽多，也用尽了，终于现出原形。

[76]炎黄遗胄：炎黄子孙。炎黄，炎帝和黄帝，中华民族的祖先，遗胄，后代子孙。

[77]二缶(fǒu)钟惑：不能分辨大小。缶，古代量器，一缶容四斛，二缶容八斛；钟，古代量器，钟容六斛四斗。

[78]跃然：猛地。　　祗悔：认真悔过。

[79]资望：资历声望。

[80]魁垒：雄伟，很了不起。　　耆硕：年高而有威望的人物。

[81]素王：儒家对孔子的美称。　　玄圣：大圣人。这里是说，康氏是有威望的大人物，弟子中有很多倡导革命的，稍一转变，就可成为孔子那样的大圣人。

[82]后王有作：后来的资产阶级革命领导人有所作为，革命成功。

[83]宣昭：宣扬。　　国光：国家的光荣历史。

[84]石室：古代朝廷把档案图书收藏在金匮(金制匣子)石室(石窟)中。

[85]迹：遗迹。这里指遗骨或骨灰。

[86]葆覆：珍藏。葆，通"宝"；覆，收藏。

[87]配：随从。　　崇：修饰，雕刻。　　铜柱：古代帝王宗庙中的涂金铜柱。这里是说，康氏的用具，可以刻在铜柱上。

[88]尉荐：慰藉。尉，通"慰"；荐，安抚。

[89]死权：宁死也要保住眼前利益。权，权宜之计。

[90]殉名：以死保全名节。

[91]新皇：革命成功以后的领导人物。即上文所说"后王"。

[92]槁项：脖颈干枯。　　黄馘(guó)：脸色黄瘦。馘，脸。槁项黄馘，形容年老枯衰。

[93]卓茂：东汉南阳宛(今河南南阳)人，字子康。西汉元帝时任密县令。王莽执政时任京部丞。东汉光武时征为太傅。　　尊荣：尊贵显荣。

[94]许靖：东汉汝南平舆(今河南平舆)人，字文休。董卓执政时任尚书郎。后受益州刺史刘璋招聘，任巴郡、广汉太守。刘备为汉中王，任太傅。　　优养：供养优厚。

[95]左契：左券。古代借契约用竹做成，左右两片，左券是索债的凭据。这里是说，像卓茂、许靖那种待遇，康氏不拿左券也能得到。

252

◎附　录
《古代书信精选》名言警句

△故察能而授官者,成功之君也;论行而结交者,立名之士也。(乐毅《报燕惠王书》)(第001页)

△掩人之邪者,厚人之行也;救人之过者,仁者之道也。(燕王喜《遗乐间书》)(第005页)

△人固有一死,死或重于泰山,或轻于鸿毛,用之所趋异也。(司马迁《报任安书》)(第008页)

△山溜至柔,石为之穿;蝎虫至弱,木为之弊。(孔臧《与子琳书》)(第014页)

△徒学知之未可多,履而行之乃足佳。(孔臧《与子琳书》)(第014页)

△董生有云:"吊者在门,贺者在闾。"……又曰:"贺者在门,吊者在闾。"(刘向《诫子歆书》)(第018页)

△盖闻智者顺时而谋,愚者逆理而动。(朱浮《为幽州牧与彭宠书》)(第021页)

△凡举事,无为亲厚者所痛,而为见仇者所快。(朱浮《为幽州牧与彭宠书》)(第022页)

△珠玉无胫而自至者,以人好之也,况贤者之有足乎!(孔融《论盛孝章书》)(第026页)

△夫君子之行,静以修身,俭以养德,非淡泊无以明志,非宁静无以致远。(诸葛亮《诫子书》)(第033页)

△夫志当存高远。(诸葛亮《诫外生书》)(第034页)

△夫居敬而行简,可以临民;爱人多容,可以得众。(孙权《让皖书》)(第035页)

△少壮真当努力,年一过往,何可攀援? 古人思炳烛夜游,良有以也。(曹丕《与吴质书》)(第037页)

△盖有南威之容,乃可以论于淑媛;有龙渊之利,乃可以议于断割。(曹植《与杨德祖书》)(第041页)

△夫人之相知,贵识其天性,因而济之。(嵇康《与山巨源绝交书》)(第045页)

△昔骥骡倚辀于吴坂,长鸣于良乐,知与不知也。百里奚愚于虞而智于秦,遇与不遇也。(刘琨《答卢谌书》)(第051页)

△常言:五六月中,北窗下卧,遇凉风暂至,自谓是羲皇上人。(陶渊明《与子俨等疏》)(第056页)

△常谓情志所托,故当以意为主,以文传意。以意为主,则其旨必见;以文传意,则其词不流。然后抽其芬芳,振其金石耳。(范晔《狱中与诸甥侄书》)(第059页)

△夫迷途知反,往哲是与,不远而复,先典攸高。(丘迟《与陈伯之书》)(第070页)

△暮春三月,江南草长,杂花生树,群莺乱飞。(丘迟《与陈伯之书》)(第070页)

△鸢飞戾天者,望峰息心;经纶世务者,窥谷忘返。(吴均《与朱元思书》)(第073页)

△故愿得锄彼草茅,逐兹鸟雀,去一恶,树一善,不违先旨,以没九泉。求仁得仁,其谁敢怨?(魏长贤《复亲故书》)(第075页)

△根之茂者其实遂,膏之沃者其光晔,仁义之人,其言蔼如也。(韩愈《答李翊书》)(第085页)

△气,水也;言,浮物也。水大,而物之浮者大小毕浮;气之与言犹是也:气盛,则言之短长与声之高下者皆宜。(韩愈《答李翊书》)(第086页)

△自登朝来,年齿渐长,阅事渐多,每与人言,多询时务,每读书史,多求理道,始知文章合为时而著,歌诗合为事而作。(白居易《与元九书》)(第090页)

△其能到古人者,则仁义之辞也,恶得以一艺而名之哉?(李翱《寄从弟正辞书》)(第106页)

△夫力所不敢为,乃愚者之不逮;以智文其过,此君子之贼也。(欧阳修《与高司谏书》)(第117页)

△所示书教及诗赋杂文,观之熟矣:大略如行云流水,初无定质,但常行于所当行,常止于所不可不止,文理自然,姿态横生。(苏轼《答谢民师书》)(第140页)

△天地间大事,决非天地间常人所能办,使常人皆能办大事,天亦不必产英雄矣。(谢枋得《与李养吾书》)(第151页)

△自古奇人伟士,不屈折于忧患,则不足以成其学。(方孝孺《答许廷慎书》)(第156页)

△夫声闻过情,君子所耻;有损无益,贤者不为。(文徵明《与郡守肃斋王公书》)(第157页)

△只就文章家论之,虽其绳墨布置,奇正转折,自有专门师法,至于中间一段精神命脉骨髓,则非洗涤心源,独立物表,具今古只眼者,不足以与此。(唐顺之《答茅鹿门知县书》)(第160页)

△本色卑,文不能工也,而况非其本色者哉!(唐顺之《答茅鹿门知县书》)(第161页)

△人生孰无死,贵得死所耳!父得为忠臣,子得为孝子。含笑归太虚,了我分内事。(夏完淳《狱中上母书》)(第187页)

△诚知书中有书,书外有书,则心空明而理圆湛,岂复为古人所束缚,而略无张主乎!

岂复为后世小儒所颠倒迷惑,反失古人真意乎!(郑燮《范县署中寄舍弟墨第三书》)(第190页)

△总是读书要有特识;依样葫芦,无有是处。(郑燮《范县署中寄舍弟墨第三书》)(第190页)

△无基而厚墉,虽高必颠,非所以爱之,实所以害之也。(袁枚《与香亭》)(第196页)

△夫文章易作,遒峭难为。不合古人不佳,不离古人又不佳,两者宜兼。(袁枚《与书巢》)(第200页)

△文者,天地之精英,而阴阳刚柔之发也。(姚鼐《复鲁絜非书》)(第204页)

△天下事有难易乎?为之,则难者亦易矣;不为,则易者亦难矣。人之为学有难易乎?学之,则难者亦易矣;不学,则易者亦难矣。(彭端淑《为学一首示子侄》)(第213页)

△人苟能自立志,则圣贤豪杰何事不可为?何必借助于人?(曾国藩《与澄、温、沅、季四弟书》)(第214页)

△吾家方丰盈之际,不等天之来概,人之来概,吾与诸弟当设法先自概之。(曾国藩《与沅、季二弟书》)(第216页)

△自概之道云何?亦不外清、慎、勤三字而已。(曾国藩《与沅、季二弟书》)(第216页)

△未出任事以前,当苦心读书;既任事以后,当置身家性命于度外,乃可望有成就。(左宗棠《谕孝威、孝宽》)(第219页)

△患难之事,古之豪杰无不备尝,惟庸人乃多庸福耳,何可自轻乎?(梁启超《与蕙仙书》)(第222页)

△天下人之不当死而死,与不愿离而离者,不可胜计。钟情如我辈者,能忍之乎?此吾所以敢率性就死不顾汝也。(林觉民《与妻书》)(第225页)

△然则公理之未明,即以革命明之;旧俗之俱在,即以革命去之。革命非天雄大黄之猛剂,而实补泻兼备之良药矣!(章炳麟《驳康有为论革命书》)(第243页)

图书在版编目（CIP）数据

古代书信精选/陈霞村，李国锋注析．—太原：三晋出版社，2008.8（2024.5重印）
（中国家庭基本藏书·笔记杂著卷）
ISBN 978-7-80598-895-5-01

Ⅰ.古… Ⅱ.①陈…②李… Ⅲ.书信集—中国—古代 Ⅳ.I262

中国版本图书馆 CIP 数据核字（2008）第 111974 号

古代书信精选

注 析 者：陈霞村　李国锋	
责任编辑：任如花	审 订 者：落馥香
封面设计：敬人工作室	版式设计：敬人工作室
责任校对：任如花	责任印制：李佳音

出版发行　山西出版集团·三晋出版社
地　　址　太原市建设南路 21 号
电　　话　（0351）4956036（咨询）　　4922268（邮购）
传　　真　（0351）4922102
网　　址　www.sxskcb.com
邮　　编　030012

印刷装订　山西新华印业有限公司
（本书如有破损、缺页、装订错误，请与本社联系调换）

开　本：787mm×960mm　1/16
字　数：300 千字
印　张：16.75
版　次：2008 年 8 月第 1 版
印　次：2024 年 5 月第 2 次印刷
书　号：ISBN 978-7-80598-895-5-01
定　价：65.00 元

版权所有，翻印必究。本书图文未经书面授权，不得以任何方式转载或公开发表。